戯れの後に。

益子 勲
Mashiko Isao

文芸社

〈主な登場人物〉

増田　健…五十代のタクシー運転手。別れた元恋人・信が殺され、工藤刑事と事件の解明に乗り出す。

工藤吉成…埼玉県警葦川署の刑事。出世欲がなくいまだに平刑事だが、その捜査能力は抜群。

小糸　信…健を含め多くの男性関係があり、荒川で全裸死体となって発見される。

カイ…信を健に紹介した謎めいた女。後に房総の漁協組合長の娘・黄金丸　櫂と判明するが、梅毒に侵されて入院する。

大野木憲二郎…東進電気の総務部長でありながら、信との交際のために公金使いこみをして解雇され、離婚して消息不明となる。

鏑木悠太…表向きは人材派遣会社の社長だが、裏では妻にソープ経営をやらせている。

瀬川頼子…鏑木の妻。健とともに梅毒に罹った櫂の面倒をみる。

黄金丸梶之助・津和…櫂の両親。

名波武徳…ソープの従業員。

目次

プロローグ

工藤吉成は、刑事部屋に一人で座っている。両の手の平をそれぞれの耳に当てて、雑音を防ぐかのようにして……。

今は警察の先輩も同僚も後輩も、退署したか、帰宅途中の時間帯だ。この時間にこうしているのは、工藤には担当している事件がないことを意味している。

彼は時には夜勤者に「具合でも悪いのですか」と声をかけられるまで、こんな姿勢をしていることがある。そして誰かが何か言おうものなら、「調子いいからこうしているんだ。具合が悪いならさっさと家に帰るよ」と顔も上げずに言うのだった。

今夜も一時間くらいはこうしているだろう。つまり工藤は、孤独が好きなのである。仕事も一人でやりたいのが本心だ。

だが、刑事たる者は常に複数での行動が基本である。ところが工藤には、その基本の共同捜査においてさえ同僚を無視したい気持ちが常に前に出る。よしんばそれが上司であっても、だ。

ともかく工藤は、自分勝手とわがままを絵に描いたような刑事だった。だが、ひとたび捜査や聴取や尋問となれば鬼になる。聴取や尋問をされた凶行犯は、「工藤の心には閻魔とイエスと鬼畜が同居している」と言う。凶行犯が言うからには相当に厳しいのだろう。また、イエスも同居しているというからには、優しい慈悲心で聴取や尋問をすることもあるのだろう。厳しい言葉と優しい言葉の両方を使い分けられることで、凶行犯はつい本心を吐露して自白してしまうのだろう。

孤独が好きとはいうものの、工藤にはもちろん妻子がある。しかし年齢からいえば警察の相当高い地位にいるはずなのに、彼は進級試験拒否でヒラを通し、刑事になるための試験に合格した以外は無試験で現在に至っている。同級生のほとんどは役職にあるのに、工藤はそれには全く無頓着だった。

警察機構は縄張り意識がどの政府機関や諸官庁より強く、通常は越権捜査も越境捜査も許されない。ところが工藤吉成という刑事は、越権も越境も平気で無視して捜査する猛者である。警察では事件の重みによってその担当が違い、一課から四課、生活安全部や暴力団対策部、さらに特殊犯捜査部などの所管に配属されるのだが、工藤はそれらのどれにも属さず、いわば遊軍、今風に言うならフリーター的刑事、悪く言うなら村八分刑事であった。

そんなわけで、彼は警視庁からも警察本部や所轄署からも、また直属の上司にとっても「扱いにくい奴、面倒な奴」として敬遠される弾かれ者だったが、後輩からは慕われ、工藤刑事と組みたいという若手がたくさんいた。

彼は捜査においては非常に優秀な刑事で、迷宮入りかと思われた事件も工藤が加わることによって解決したケースは数多い。

ニュース

増田健はこれまでに十数人の女と交際した。しかし、本気で結婚を考えたのは二人だけである。後は数回の食事だけで別れた。別れるには惜しいと思った女性もいたが、未練たらしく消息を尋ねたり、その後を知りたいなどと思ったりしたことはない。

いや、そうではなかった。ただ二人だけ例外があった。そのうちの一人は、既に結婚して幸福な生活を営んでいるが、彼が成人して初めて好きになった女である。交際が進展し、結婚もあり得ると思っていたのに、その一歩手前で終わってしまった。

彼女は、「どんなに好きな男でも、長男とは絶対に結婚しない」と周囲に漏らし、交際中の男の前でも口憚ることなくそう公言する厚かましい女だった。そんな彼女と付き合ってしまった健だったが、彼女の結婚後に東京に出ることになった。

もう一人は約四年前に付き合った女である。ひょんなことから交際が始まり、それが三年余り続いた。名は小糸信《のぶ》。交際が始まった頃は彼女が二十五歳くらいだったが、そんな年には見えず、誰の目にも二十歳辺りと映った。信はショートヘアーで小柄。口紅を薄く塗る程度の化粧で、イヤリングやネックレスはしない。顔は丸型というか、ややふっくらしていた。

健とは、恋人というより親子くらいの年齢の差があったが、コンビニ等に一緒に買い物に行くと、おばさん店員に「可愛いお嬢さんですね」と言われたこともあった。親子には見られても、男女関係にあるような二人には見えなかったのだろう。

健が「信って変な名前だな。男か女か分からないね。知らない人は男と思うだろう」と言うと、信は半ベソになって怒ったが、それも年齢差の甘えからだった。

健は、埼玉県の葦川《あしかわ》市に隣接する東京の足立区に住んでいた。職業はタクシードライバーである。二十四時間勤務だが、実際の拘束は約十八時間なので、一般のサラリーマンよりは自由な時間がある。

信と交際中は平均して週に二度以上会っていた。二人が会う時は、信から電話が入る。電話で場所と時間を勝手に告げる。信は待たされるのが嫌いで、健が遅れるといつも機嫌が悪かった。健の都合や道路渋滞は全く考えない。男は、誰でも自分に都合をつけてくれる存在だと思っている。自分の部屋には電話はなく、携帯電話もない、と言っていた。

健にとって信は結婚相手にはいいとしても、その年齢差を思うとなかなか決断できなかった。そして健は、信が他にも男と付き合っていることを知っていた。

別れた後の信の消息は分からない……。いや、知ろうとすれば調べられるが、その勇気がない。会いたい気持ちに嘘はないが、あくまでも自然に任せる方がいい、と健は思っていた。

健は、信と別れてからは女なしでいる。女は時にはいいと思うのだが、健は自分が持っていた全てを信に捧げてしまったような気がしていた。当時の彼は生活のリズムを信に合わせていた。空いた時間を全て信に使った。だから彼女と別れてから、一日が長くなったような気がする。

しかし、時間を無駄にしないのが健の生き方である。もともと出無精で自分からは積極的に出かけない。信以外の女と交際する時も、自分からは次回のデートを求めず、求められたら応じるだけであった。

自分でもこの辺りが女に見放される原因と自覚している。信とも、「もしも今日別れて、次に電話がないなら、それで終わり」と思っていたのに、意外にもそんな二人の関係が三年余りも続いたのである。しかし、それももう昔の話だ。別れてから既に四年の月日が過ぎていた。

今日の健は、明け番で帰宅途中だ。出勤は競歩のように歩き、帰りはのんびりでも二十分とかからない。携帯ラジオのバラエティー番組をイヤホンで聴いていると、「埼玉県警察本部からのニュースが入ります」と、オンエア中の番組を一時中断してアナウンサーが割り込んだ。

「お伝えします。都と県の境を流れる荒川の葦川市側に今朝六時前、女性の全裸死体が浮いているのが発見されました。浮いていたのは鹿浜橋の約二キロメートル上流、上流に向かう小型タンカーから、全裸死体が浮いているとの一一〇番通報が入り、約一時間後に葦川警察署員が死体を引き揚げ、現場で検死した結果、死後十数日とみられています。氏名や年齢等は分かりません。分かり次第発表します。以上です」と伝えて通常番組に戻った。

しかしこのような事件や事故にはあまり興味がない健は、築三十年過ぎた木造アパートに戻った。独身だから住めるが家族持ちでは不向きな部屋だ。今は上下四世帯分に上だけが住み、下の二世帯は空いている。隣は独身のおばさんだ。

帰宅し、茶、牛乳、リンゴ、トマトの朝食を摂り、その後に寝る。風呂は会社で済ます。何時に寝ても午後一時に起きる。そこから健の一日が始まる。掃除と洗濯の後に新聞を読んだり読書で過ごす。

信と交際していた時は何時に電話があっても指定場所にマイカーを走らせた。しかし今はマイカーはない。タクシーを生業にすると、仕事以外は乗りたくないのだ。電動自転車が健のマイカーだ。

健はめったに見ないテレビをつけてみた。ワイドショーは、今朝のラジオの割り込みニュースの詳細を報じていた。男性レポーターが発見現場近くの堤防の裾に立ち、「事故ではなく、殺害された後に上流に投げ込まれたようです」と告げた後に、「女性の推定年齢は二十歳から三十歳くらい。血液はA型。髪はショートかオカッパ。身長は百四十センチ前後で着衣なし。そのために遺体は相当に傷んでいます。それが流されたことによる傷か、死亡前の何らかによる傷かは現時点では不明。手足の指の一部は、流されて何かにぶつかって欠落したとも思われます。発見現場周辺の川幅は五百メートル前後ですが、流れが大きくカーブしています。干満の差が大きいので、遺体は下流に流れたり上流に戻されたりを何度か繰り返したと思われ、死後十日から半月が経過しています」と言った。

カメラは広い河川敷の一部と流れを映している。何度か見た風景である。近くに国土交通省の治水管理棟と水門があるので、健は近隣駅から職員を何度も運んでいる。

この辺は上流に大雨が降ると増水するので、大量の雨水が隅田川に流れるのを防ぐための管理棟と新旧二つの水門がある。死体の発見された辺りは、洪水時に隅田川へ流れようとするのを阻止するための遊水池の役割を果たしている箇所でもある。幅広く、逆の「く」の字カーブで満潮時は澱み、干潮になるとさまざまな浮遊物がヘドロとともに浅瀬に残されている。

この頃は事件に巻き込まれる女性が多いが、その大半は自業自得だ。自業自得とは、その原因を自らが作っているということだ。最近はどうも「らしさ」を失った女性が多過ぎる、と思いながら、健はふと被害者は信くらいの体型だな、と考えていた。

九時に布団に潜った。夏になると日中はエアコンなしで寝られないが、今頃は寝るには楽だ。

電話がプルルン、プルルンと鳴った。買い物に出る矢先だ。「誰だ」と思いつつ健は受話器を握った。

「増田健さんのお宅ですね。葦川警察署の工藤です。お尋ねしたいことがあります。これからお迎えに伺いたいのですが、ご都合はいかがでしょうか」と事務的な声がした。葦川警察署と聞いた健は、とっさにテレビのワイドショーを脳裏に描いた。しかし、全く関係ないはずだ。警察から電話なんて予想したこともなかった。

「いったい何なんでしょうか。どうして私の番号が分かりました。あなたは本当に刑事さんですか」と逆に質問した。

「これは申し遅れまして大変失礼しました。ニュース等で聞かれたかもしれませんが、実は今朝、荒川で女性の水死体が見つかりました。ところが、その女性のものらしい持ち物が別の場所で数日前に見つかっていて、携帯電話の登録番号の中に増田健さんの番号がありました。増田さんは小糸信さんという女性をご存じですか。字は、小さい糸に信ずる、の信です」

「えっ、刑事さん。いま小糸信と言いましたか。流されてたのは小糸信さんなのですか」

一気に聞き返した後で、健は体が震えるのを感じた。

「まだ確認はされていないのですが、司法解剖中です。間もなく確認されると思います」

「分かりました。すぐに支度して西新井駅東口前で待っています」

受話器を戻した後、健は朝のテレビを見て、被害者は信くらいの体型だ、と思ったことを思い出した。それが現実になったと思うと恐ろしい。

それにしても変な話だ。交際中に信は携帯など持っていなかった。「買ってあげようか」と言った時、「嫌いなの。公衆電話で充分」「俺も嫌いだ」と笑い合った記憶がある。本当は内緒で持っていたのだろうか。

間違いであってほしいが、符合し過ぎだ。信ならなぜ殺された？　信の周囲に事件の要因があったのだろうか。


二十数分で迎えのパトカーが着いた。初めて乗るパトカーだ。

工藤刑事は五十歳をちょっと超した辺りだろう。警察手帳を示し、「参考までに葦川警察署へご足労願います」と言った。アパートに押しかけられては困る。どんな噂が流れるか分からない。駅近くで乗ったのは正解だった。潔白の自信はあっても刑事の押しかけを歓迎する人などいない。

工藤刑事は「お休みのところを申し訳ありません」と言ってはいた。健がタクシードライバーで日中に寝ていることも承知しているはずだが、それにしても早過ぎると思う。

「殺されたのに間違いないのですか」と健は信の名をあえて出さずに尋ねた。

「捜査はその線に向かっています」

「刑事さん。もしかして僕は疑われているんですか」

「いや、そんなことはありませんよ。……ところで小糸信さんて、どんな女性ですか。一言では難しいでしょうが」

「ということは、殺されたのは小糸信さんに間違いない？」

「……いや、あくまでも仮定ですが」

健は返答に窮した。仮定で話してほしくない。会話が途切れた。しかし行き先が近距離でよかった。

パトカーは環状7号線から足立・葦川線に入った。

二十分ほどで到着した葦川警察署は、さいたま市に通ずる産業道路に面している。信を乗せて何度も往来した道路、その度に目にした葦川警察署であるが、そこに呼び出されるとは想像もしなかった。

二人の刑事に前後から挟まれる形で、健は正面玄関から入った。「荒川女性殺人事件捜査本部」の立て看板があった。

小さな部屋に案内された。初めて入る取調室だ。畳なら四畳間くらいの中央に普通大のスチール製机があった。座った後ろから見られる位置に、書記用だろうやや小型の机と椅子があった。わざと造ったのか構造上の設計なのかは知らないが、窓のない部屋は圧迫感がある。罪を犯していなくても、心臓の弱い人間なら罪を認めてしまいそうだ。真夏にエアコンを止めて尋問されたら、簡単に自白してしまうだろう。

戯れの後に。


「お座りください。……煙草やりますか」と、工藤はポケットからケースを出して健の前に出した。

「吸いません。それより被害者を確認することはできますか。遺体があるなら確認させてください」

「ここにはありません。それに相当に傷んでいます。素人目には判別できないと思います」

「そんなにひどくですか」

「……俺もやめとくかな、吸い過ぎでね。増田さんのようにやらない人はいいですね」

そうとぼけながら工藤刑事は、煙草ケースをやや照れ顔でポケットに納めた。健が年上であることに一応は敬意を払っているのだろう。

ノックの後でドアが開き、二個の湯飲み茶碗を乗せたトレーを持ち、制服警察官が入室した。腋の下に書類を挟んでいるのを見ると、聴取したことを調書にする警察官だろう。

「ご苦労さまです。お一つどうぞ」と言いながら、二人の前に湯飲み茶碗を置いた。

「どうぞ」健に手で示した後、工藤刑事は先に湯飲み茶碗を手にして茶を啜った。

「いただきます」健も茶碗を手に茶を一口だけ啜った。

警察官は書類を机に残して部屋を出た。

「先に遺留品を確認していただきます。増田さんはいつ頃から小糸さんと交際して、それはいつ頃まで続きましたか」

工藤は被害者は小糸信であると決めてかかっている。本当は確認も何もないのだ。やはり自分は容疑者の一人なのだろうか。

「交際というか付き合いというか、約七年前のことです。別れたのは約四年前」

「随分と年齢差があるのに。……で、交際のきっかけは？」

「きっかけと言われても困るのですが、まあ自然にです。本当に自然体です。男女間は計画どおりにはいかないと思います」

「そうですね。男と女の関係は」

「容疑者の一人なんですか、僕は」

「そんなことありません。で、小糸さんはどのような女性でしたか。随分とモテたらしいですね」

「そのようです。……僕と食事して別れた後、その足で別の男とデートする勇気のある女です」

この時突然ドアがノックされ、パトカーに同乗していた曾根刑事が、透明ビニール袋に入れたハンドバッグらしき物を持ってきた。証拠遺品なのだろう番号付きの札が添付されている。健は瞬時に、ああこれはあのハンドバッグだな、と思った。何度か信が持参した網目模様入りの小型バッグだ。被害者は信に間違いない。

曾根刑事がビニール袋から出したバッグを机の上に出し、収納品を一個ずつ並べた。バッグに水を含んだ気配はないが、何かの汚れが斑模様にある。べっ甲模様の櫛、口紅、濡れテイッシュ、ハンカチ、ボールペン、手鏡、コンパクト、小銭入れ、キー二個……どれも濡れた形跡はない。

「このバッグに記憶がありますか」

「あります。信の、いや、小糸さんのです」

「そうだとすると、残念ながら被害者は小糸信さんに間違いありませんね」

「バッグはどこにあったのです？　家族は遺品を確認したのですか」

「妹さんに確認をいただきました。被害者は六年前にワンルームマンションに移ったそうです。ですから妹さんは、信さんの持ち物を生前に直接目撃をしたわけではありませんが、あなたのお話で、もう間違いなさそうです。このバッグは、さいたま市大宮区内のゴミ収集所の四月三十日のゴミに交ざっていた。市の清掃部が警察に届けたのは三日後の五月三日です」

バッグにコンパクトが入っていたことに、健はちょっとだけあらぬ想像をした。コンパクトで顔を直して、別の男とデートしたのだろう。信の器量なら、男など引く手数多だったろう。けれども三年余りを楽しませてくれた信に感謝こそしても、恨んではならない。信を殺害した犯人逮捕に協力するのが国民の義務であると同時に、元恋人としての義務だ、と健は思った。

しかし六年前に家を出てワンルームマンションに入ったという話は初耳だった。六年前なら自分と交際中だったが、健はそれらしいことは全然聞いていない。

「容疑者ではないと言っておいてからこんなことをお聞きするのも何ですが、増田さんは、完全に小糸さんと縁が切れていましたか。別れてから一度も会わず、電話もなかったんですか」

「ありません。完全に切れていました」

「ここ半月は休みなく勤務されていますか。会社の勤務表どおりに……」

やや遠慮ぎみに言ったと健には受け取れた。そうだろう、容疑者でないと二度も言っているのに、この質問はアリバイ確認だ。アリバイならアリバイときっぱり言われた方が気分がいい。

健はもちろん勤務表どおりに皆勤している。もっとも、葦川市もさいたま市も走行範囲だ。王子駅と赤羽駅を基幹地点としている健には、埼玉県東南部の客は時々ある。殺そうと思えば勤務中に信に会うことも可能だ。殺害して運搬も可能。土地勘もありだ。これはやはり、重要嫌疑の範疇にあるな、と健は思った。今頃は別の刑事達が会社に行き、運転日誌とタコチャート紙で走行状態を調べているだろう。だが自信をもって言える。俺は潔白だ。

しかし確か十五日前に、自分はさいたま市内の国道17号沿線に客を運んでいる。運転日誌には出鱈目に記入しても、タコチャート紙はごまかせない。空車も実車も正確に表すのだから……。

「聞くだけ野暮な質問になりますが、小糸さんとはどの程度の関係でした？　結婚したいとか、今はやりの援助交際とか」

「できれば結婚したいと考えていました。が、年齢差を考えると最後の決断には至りませんでした」

「結婚までも？　小糸さんもそう考えていたと？」

「と思うこともありました。しかし、彼女こそ決断できなかったと思います。年齢差もさることながら、なにしろモテましたからね。こんなオヤジと結婚しなくても、いい若者が周囲に何人もいたでしょうから」

「若いかどうかは別にして、彼女に男が何人もいたとして、増田さんは妬けませんでした？」

「嫉妬ですか。全然です。こんなオヤジを相手にしてくれることに感謝こそすれ、妬くなんて気持ちはありませんでした」

「お金に関してはどうでした？　異常にほしがるとか無心されるとか」

来たな、と思った。年齢に差のある男女交際に付き物の金。信ほどの器量があれば援助交際は簡単にできる。金を引き出す考えがあったと思うのが普通だ。しかし、健は金をどっさり渡したり、信から無心されたことはない。出す金は食事代は毎回、それに彼女のスーツ、ブラウス、靴を季節の変わり目に買った。ハンドバッグも一個だけ買ったような気がする。下着やストッキングも買った。常に健が現金で払い、信に現金は渡していない。

交際の初めの頃、彼女がアルバイトをしていたことは確かだが、間もなく辞めた。健は女に細かなことは聞かない。相手の詳細を聞けば、自分も話さなくてはならない。健は、交際は真心でと思っている。相手に真心があるなら自分も真心で応ずる、を通した。信がアルバイトしていた時も、その仕事内容は聞いていない。信の本心など知らぬままに終わってしまった。今思うと不思議な交際だった。

「小糸さんとは、どのくらいの間隔で会ってました？」

「……週に、……二度平均。三度の時も」

「随分と頻繁ですね。デートというか、会った時は何をして、どんな話を」

「食事して……、テレビはほとんど見ないので週刊誌の話題くらいしかない。客が車に残していた週刊誌です。小糸さんはテレビはないと言っていた。後は……デパートに買い物。買い物より、眺める時間が多かったですね。正直言って、その時だけは辛かったです」

「交際期間中に洋服は何着くらいを？」

「スーツが三ヶ月に一着くらい。それに見合うブラウス数着と靴。季節の変わり目ですね。食事の後にストッキングとかです。物で女を釣るなんて考えませんよ。それなのになぜか、小糸さんには不思議と与えてしまったんです」

「スーツを三ヶ月に一着として年に四着。交際が約三年半として十数着。まー、増田さんが買ったのを全部で二十着としましょう。それが、です。小糸さんの部屋には八十着以上のスーツがありました。二十歳前からスーツを着用するとして約十年。署の女性に聞いても多過ぎる。スーツ一着を二万円として百六十万円ですよ。その他にブラウス、コート、セーターを合わせて百五十着以上。コートは毛皮あり、最高級の純毛あり、アンゴラもミンクも数点。靴は三十数足。低く見積もっても六百数十万円になります。まだびっくりすることがあります」

「……？」

「それらの洋服を、彼女はどう収納していたと思います？」

「……？」

「ワンルームマンションを、続きで二つ借りているんです」

驚きだ。瞬時には言葉が出ない。家賃だけでも大金だ。パートやアルバイトでは払えっこない。

「一つは洋服のための部屋です。洋服ダンスに納めず、長押から長押に竿を通して下げてあります。タンスに納めると、着る時に選ぶのに苦労するからでしょう。どうですか、ちょっと異常とは思いませんか」

「異常です。……僕から一つ聞いていいですか」

「どうぞ」

「小糸さんは事件当時はどこに住んでました？」

「葦川市内です」

「さいたま市の大宮区内ではなかったのですか。葦川なら、実家から離れた場所でしたか」

「徒歩なら約二十分。車なら五分」

「どうしてバッグが大宮のゴミ収集所に？……殺害場所は大宮周辺ですか」

「聞き込み中です。その件でも増田さんにご協力いただきたくご足労願ったのです」

「しかし、殺すにしても、葦川に住んでいた被害者を上流に投げ込むとはバカというか、知識のない犯人ですね」

「そう思いますか、増田さんも」

「バッグにしてもそうです。もっと離れた場所に捨てるか、携帯電話や中身をバラバラに捨てるなら、それだけ確認が難しいわけでしょう。燃やせばもっといい。仮に大宮で殺したとして、大宮区内のゴミ収集所に遺留品を捨てれば、すぐに見つけてくれと言わんばかりです。殺害後に裸にして、川に運ぶ時間と同じくらい遺留品の後始末の時間が必要です。どうしてまとめて捨てたのでしょう？」

「おっしゃるとおりです」

それからちょっと間があって、「バッグを元に戻してくれ」と工藤が指示すると、「はい」と答えた曾根刑事が立ち上がって、机に広げていた所持品をハンドバッグに納め、「新しいお茶を持ってまいります」と言いながら、そのハンドバッグを納めたビニール袋と湯飲みを持って部屋の外に出た。

「それにしても僕以外の別の男から大金が出てたんですね？」

「まー、そんなところでしょうか」

「マンションは別にして……目にしていないのでこれは想像でしかありませんが、これは女の働きでは買えないですね。毛皮のコートを何着もなんて」

「増田さんに、こっちが尋問されているようです」

「失礼しました。取り消します」

「いや。でも増田さんは正直な方ですね。普通なら事件には関わろうとはせず、何を聴いても知らない、分からない、ですがね。正直に話してくださって光栄です。……惚れていましたか、小糸さんに」

「……惚れていました。機会があれば会いたいとずっと考えていました。五十路男が若い女を諦めずにいたんです。面目ありません」

「よかったですよ。別れて」

「……どうしてですか」

「私だけの考えですが、あの女は極悪です」

そうピシャリと言った。信の悪に自信を持ったセリフだ。数時間で信のどこまでを調べたのだろう。

ノックして、トレーに別の湯飲み茶碗を載せた曾根刑事が入った。ドア開閉の間に、近づきつつある夕暮れが廊下の窓ガラス越しにちらりと見えた。

「どうぞ」

二人の前に湯飲み茶碗を置いた。茶碗の模様が変わっている。ドラマなら前の茶碗からは指紋が採取されているだろう。

「一服してください」

健は先に茶碗の茶を啜った。

「さっきご覧いただいたハンドバッグは、四月三十日の朝、大宮区内のゴミ収集所に燃えるゴミと一緒に置いてあった。作業員が安全靴の先で蹴った感触では、中に何か入っていると思ったそうです。

ファスナーを開けてみたら、先ほどの物と携帯電話が入っていた。小銭入れに硬貨があったので事務所に持ち帰って保管し、三日後に大宮警察署に届けた。まー、この頃はハンドバッグも携帯電話もゴミに交ざっていることは珍しくないそうです。五百円が四枚、百円、十円の硬貨合わせて三千数百円あったことで警察に届けられたと思います。そうでなかったら燃やされてしまったはずです。小糸さんの叫びが届いたのでしょうかね。

ＮＴＴの登録からすぐに小糸さんの携帯と判明し、連絡するとマンションではなく実家でした。それで妹さんが、マンション住民に信さんのことを聞いても、数日は姿を見ていないという返事なんです。ハンドバッグは大宮署でお預かりしたまま九日が過ぎました。それが今朝になって、女性死体が荒川に浮いた事件に繋がる。その前に、妹さんと母親が不動産屋に行ってびっくりした。部屋が二つと聞いてです。妹さんもびっくりです。一つは妹の保証人で借りたからです。ですから、部屋は一つと思っていた。家賃は七万円と共益費三千円。契約時には家賃の三倍が必要です。信さんはめったに実家に寄らず、郵便物が溜まったりすると妹がマンションに届けた。携帯の契約は実家の住所で登録したわけです。妹が寄っても二つ目の部屋は隠していたんです。

小糸さんが入居して半年後、隣が空き室になり、入居予定がないなら続きも借りたいというので貸した。家賃が一度も滞りなく振り込まれているのを信用して、二つ目の部屋は保証人なし契約書なしの口約束で貸した。ちょっとだけ不思議なのは毎回振り込み銀行が違う。都内だったり、葦川市やさいたま市内の都市銀行の各支店です。妹が信さんを庇っていないと信じてはいるのですが、二つの部屋と洋服類の多さは本当に驚きの様子でした。

そんな辺りから、これが何か事件に関係しているのでないか、と内偵に入っていたのです。バッグが見つかった頃は既に殺害されていたと仮定すると、司法解剖と一致する。生存中か殺害前の擦過痕はなく、全体の傷は浮遊物との衝突によると思われます。死因は紐による絞殺。さらなる詳細は後日に判明するでしょう」

健に反論はない。条件は揃っている。十数日の不明で信と断言するのは早過ぎると思わないこともないが、平成の現代にあってはその意思さえあれば何かの方法で連絡できるはずだ。健は信が別れる時「何かあったら電話するから番号変えないでね」と言ったのを思い出した。電話する時間もないほどに重大な異変があったのだろうか。

「でも葦川に住んでいた小糸さんのバッグが、どうして大宮区内のゴミ収集所にあったんでしょうか。あったというよりも放置か遺棄ではないでしょうか」

「そうなんです。理由は付けようですが、小糸さんの行動範囲は相当広かったと推測されます。家賃の振り込み状況からもです。増田さんは小糸さんの仕事は何だと思いました?」

「……いや、全然分かりませんが」

「増田さんは人を疑うのはお嫌いなんですね。……ごめんなさい。失礼しました。……実はね、小糸さんは無職なんです、ずっと前から。増田さんに出会った頃はアルバイトをしていたようですが、増田さんと交際が始まって間もなく辞めたんです」

やっぱり、と健は思った。交際の途中から、信は何の仕事もしていない、と思っていたのは正解だった。

「ではどうしてワンルーム二つの家賃を払ったり衣類をどっさり買うのですか。通勤しないのに必要ないし、生活だって大変でしょう」

「それなんです、増田さん。小糸さんは何人の男と交際していたと思います？」

「さあ？」

「本職もバイトもない小糸さんは、増田さんを含めて男に会うのが仕事だった。だから多くのスーツやコート、その他の洋服が必要なんです。相手によって着替えるんです」

「そんなことってあるんですか、男に会う仕事なんて。じゃあ出張ヘルスとかコンパニオンとか」

「違います」

自信を持って言っている。しかし信じられない。食事後に時にはホテルに入り、別れた後に別の男に会うのだろうとまでは予想していた。だが、それが仕事だったとは……。

「増田さんが小糸さんに惚れていた、と聞いて言いにくかったのですが、そのとおりです。……だから、別れてよかった。極悪とも言ったのです」

「ということは、家賃やその他の金は僕以外の男達から無心していたことになりますね」

「そうなんです」

「そうかー、仮に十人の男に、季節の変わり目に買ってもらえばいいわけですね」

「そうなんです。洋服ばかりでなく、中には現金だけもらった相手もいる。そうでないと十四万円余りの家賃は払えません。それも多くを要求すると長続きしないから少しずつです」

「なるほど。僕が考えていたよりしたたかな女ですね」

「そうです。両親も妹も全く気づいていない。本人は仕事のように時間に出かけるから近隣住民も通勤していると思っている。……増田さんは直接プロポーズしましたか」

「それらしく言ったつもりなんですが、年齢差を思うと小糸さんも本気にはしなかった。笑っているだけでした」

「本人は誰とも結婚の意志はないとみるのが妥当でしょう。実は、増田さんと同じように数人の方に聴取しています。ここばかりでなく浦和署や大宮署でもです。携帯に記憶されていた番号を頼りに判明した男性に当たっているところです」

「私を含めて何人かの男は、彼女にいいように遊ばれていたことになりますね。バカですね、男なる動物は。……ではその交際した男の中に彼女を殺した者がいることになるんですか」

　自分は絶対に違う。警察はこれ以上は話さないだろう。容疑者でないと言いつつもこうして拘束しているのだから。証拠隠滅の危険もあり得るから、警察としては当たり前の態度か。

華奢な女

健が署を出たのは八時過ぎだった。迎えに来た時と同じように、曾根刑事の運転で別の若手刑事と一緒に送られた。署に来る時は明るかったのに、今はネオンと街灯の明かりの道路を抜けて都内に入った。

健は工藤を変な刑事だと思った。初めての聴取はこんなものかなとも思うが、小説やドラマとは違い過ぎる。ドラマだと名刺を渡され、そこには役職名が書いてあるのだろうが、工藤は名刺をくれず、その代わりに署の番号を記したメモ紙を渡してくれた。

「工藤刑事さんの役職は何ですか。相当なお偉いさんなんでしょう?」

「……そう思うでしょうが、好きでヒラを通してます。私にはあの人の年齢さえ分かりません」

若手刑事がそう言うと、間を置かずに曾根刑事が「刑事の見本です。捜査になると鬼畜と慈悲の同居です。閻魔様とイエス様が共存しています」と応じた。

「閻魔様とイエス様ですか……」

もう既に明かりの消えた店もあった。ここにも不況の現実がある。工藤刑事の言葉が全部合っているとすれば、そんな世間の状況下に、信は仕事を持たずに何人かの男を操って金を得ていたのだ。信の器量があれば次々に男ができても不思議ではない。健にすれば、彼女がどうしてこんなオジンと交際しているかに疑問があった。もしかすると一番の年長であったかもしれないと思う。信には自分が父親のように思えたのだろうか。

街では二人で手を繋いで歩いた。手は自然に握り合った。その信がある日突然、別れを言いだした。「とうとう別れの時が来たな」と思った健は、信の意向に素直に従った。本当は信に頭を垂れて、「別れないでくれ」と泣きたい心境だった。

しかしそこは大人だ。信の将来を思えば、別れを潔しとした。潔しは形だけのことで、彼女を忘れたことは一日もない。受話器を持ち、信の実家に何度もダイヤルしようと思った。本心から信を諦めることができなかった。その信が殺害されて荒川に投げ込まれた。

知っている限りのことを述べて誠実に聴取に応じたのだろうか、と健は反芻した。応じることが果たして信を殺した犯人探しにプラスになるか、という疑問はある。しゃべり過ぎはマイナスもある。情報が混乱して消去法に時間を要するからだ。それにしても信は本当に、男に会うだけを仕事としていたのだろうか。信の仕事については一度も聞かなかった。交際すれば普通は仕事のことが話のどこかに出る。だが信は一度も言わなかった。それを思えば刑事の言葉は健の認識と合っている。

肉体関係については、聞かれなかった。三年余りも交際すればあって自然だ。だから聞かなかったのだろう。しかし健以外にどんな男と交際したのだろう。工藤刑事は何人とは言わなかったが、五人や六人でなく十人はいたろう。

　スーツはその都度替える。健が買ったのは別の男の前で着る。別の男が買ったのを健の前で着る。男は俺が買ってやったのをなぜ着て来ないかは問わない。健も問わなかった。したたかとはまさに信のためにある言葉のようだ。そんなことを思っている間に、警察の車がアパートの近くに来たので、少し離れた所で下車した。

「ご苦労さまでした」

　若年の刑事が車を出て、健の側まで来て丁寧に頭を下げた。

　健は五百メートルばかり歩いて自分の部屋に入り、会社に電話した。夜は宿直の嘱託社員がいる。葦川警察署から電話はなかったか、刑事が来なかったか、を聞いた。予想は当たった。刑事が二人来たという。詳しくは分からないが、健の一ヶ月の運転日報とタコチャート紙を持ち帰ったという。

　チャート紙は乗車時間（実車）と下車時間と走行時間（空車）が分かる。当然距離も分かる。日報と照合し、信の殺害時間が判明すれば、チャート紙と地図上で健の車がどこを走っていたかを見極めることができる。言葉よりも物的証拠が潔白を主張してくれる。とは思ったものの警察はそんなヤワではない。疑いが完全に晴れるまでは全てを見逃さないだろう。

　しかしパトカーの中で聞いた「工藤刑事には閻魔様とイエス様が共存しています」には大きな意味がある。鬼畜と慈悲とも言っていた。鬼畜時には相当に厳しいのだろう。

　刑事の訪問を受けた会社では、当然に健と水死した女が何らかの関係があると聞かされたはず。そうでなければ聞き込みも証拠のタコチャート紙の押収もできない。「参考人として出頭願った」とも言ったろう。若い女と交際していたのがバレたが、もう過去の話。独身同士の交際は誰にも迷惑をかけてないはずだ。

そう思いながら、健はテレビをつけた。捜査状況が知りたい。ニュースは十時にある。

健は茶を飲みつつ信の殺人事件のニュースを待った。健の信への思いは妻にすることへのあこがれであった。三年余りの生活は信のリズムに合わせていた。信もそれを知っていた。信との関係は見ようでは親子であるが、見ようでは年の離れた夫婦で、そう見られるのを健も望んでいたのかもしれない。

一方では若い妻に対する恥ずかしい思いがあり、一方では俺の妻はこんなに若いんだぞ、という優越感に似たものがあったのだろうか。一緒に歩くと、知らぬ男が振り返って見る視線を感じたこともしばしばあった。

「次のニュースです。今朝、都県境の荒川の葦川市側で女性の水死体が見つかった事件の続報です」というアナウンサーの声とともに、荒川と河川敷の一部と信の顔写真がブラウン管に映った。

間違いない。ちょっと膨らんだ感じの信の顔を、忘れるはずはない。高校生頃の写真だろうが、健が会っていた頃と変わらない。信は成人式を過ぎても女子高生の顔をしていた。

「……葦川警察署によりますと、被害者は葦川市に住む小糸信さん三十二歳。死因は頸部を紐で絞殺されたと警察は断定しました。殺害場所は特定されていませんが葦川市周辺より上流で投げ込まれた模様です。小糸さんのハンドバッグはさいたま市内のゴミ収集所から見つかりました。小糸さんは交友範囲が広く、現在その数人から事件の前後の関係を聴取中です。小糸さん事件に関連して何かご存じの方は葦川警察署か最寄りの警察署、交番に情報を寄せるようお願いします。……では次のニュース」

もしかして、警察は早くも犯人の目星がついているのか。携帯に登録されていた番号は大きな手掛かりになる。健は自分の番号が登録されていたとは思わなかった。信殺害の顛末を全部知りたいわけではないが、それほど遠くない日に犯人逮捕があるような気がする。

そう思いながら、健はテレビを消した。


健はタクシーの運転手をする前は大手運輸会社に勤務し、大手梱包会社に出向して荷物をチェックしていた。信を語るには、まず健がそこで知り合った女性を語る必要があるだろう。

場所は都内北区。彼女のフルネームは知らず、カイ、とだけ聞いていた。彼女の仕事は梱包会社でのアルバイトであったが、名も知らぬまま妙に気になる小柄な女性だった。健は彼女のショートヘアーがなぜか気に入っていた。年齢は不詳で小枝を思わせる細身だ。顔もバランスよく小さく、細身を越して華奢で可憐にさえ見えた。台風の時に傘を差したなら、傘と一緒に飛ばされてしまうのではと思うほどの痩身である。体重は四十キロを大きく割っていただろう。

ある朝、健の時差出勤に彼女の走る後ろ姿を車から見た。細いGパンの腰と尻。手にしている化粧ポーチらしき小物。履いたスニーカーは少女を思わせ、後ろ姿だけでも彼女と分かった。もう始業時間は過ぎている。今日は休みかなと思いつつ、車で背後に近づいた。懸命に手を振って走る姿は、もしも躓いたら骨が折れてしまうだろうと思え、知らないふりはできない場面だった。

健は徐行し「梱包に行くんでしょう。僕も行くんです。乗りますか」と切り出した。すると彼女は「〇〇運輸の方ですね。すみません。助かります」と言って健の車に乗ったのが始まりだった。彼女は健の存在を知っていたとみえ、警戒されないことにホッとした。

彼女は乱している呼吸を整えつつも、それを健に気づかれまいと小さな呼吸を繰り返していた。同乗した距離は一キロもないのに、彼女には救いの神と思えたに違いない。

「つい寝過ぎてしまったんです。無断で休むのはいけないと思って電話しましたら、遅れてもいいから出てくれ、と言われたんです。だから急いで食事し、走って、走って。でも助かりました。……本当に助かりました」と繰り返すその顔は本心から喜んでいる顔だった。

数日後、健へのメモのような手紙が事務所の郵便受けに入っていた。何かなと思いながら開封すると、「先日は車に乗せていただいてありがとうございました。そのお返しにささやかなお礼をしたいと思うのですが、ご一緒に夕食でもいかがでしょうか。赤羽駅近くのファミレス〇〇に今夜六時にお出でいただけませんか。私は夜も働いていますので長い時間はご一緒できませんが、もしお出でくださったらうれしく存じます」

健は騙されたつもりで指定されたファミレスに行った。既に街灯には灯が入っている。多くのテーブルを客が塞いでいた。

騙されたかナー、の疑問は一瞬に晴れた。彼女はGパンでなく、淡いピンクのスーツを着ていた。他に何人かいる女姓客の中で一番目立っている。車に乗った時や梱包会社での姿とは比較にならぬ美人だ。健は酒は飲まない。男同士も含めて酒の場はゼロに等しい。健が近づくと、彼女は立って迎えてくれた。

「ご無理言ってすみません」

わずかに笑みを浮かべて頭を垂れ、腰を折る姿が堂に入っている。それも自然体だ。健もつられたように腰を曲げて頭を下げた。健はとっさに、彼女は育ちが良い、幼児期からの躾がきちんとされている、と思った。

リンスとも香水ともとれる淡い匂いがわずかに鼻腔に届く。ここへ来る直前に入浴している。健は顔が火照った。我ながら美人に弱いと思った。

「楽しみにしてました。今日は落ち着きのないままに過ぎました」

「まあ、お上手ですこと。お呼びたてして申し訳ありません。カイと申します」と言いながらわずかに笑みを浮かべた。笑みが自然に出ている。

「増田です」

「どうぞお座りください」

その仕草は客をもてなすプロの顔になっている。夜に働いているというのはきっと水商売だろう、と健は思った。

彼女の前にはコーヒーカップだけがあった。約束の数分前に来たのだろう。

「コーヒーをお願いしていたんです。よろしかったでしょうか」

「いただきます」

「よかったー」

健を見る目に有無を言わせぬ強い光のようなものがある。狙われるとケツの毛まで抜かれると思った。武器はその強烈な美人度だ。酒場で金を落とす男が多いことだろう。

ウエートレスはコーヒーカップを載せたトレーを持ち、「お待ちどおさまでした」と言いながら健の前にコーヒーカップを置き、トレーの下に持っていたメニュー表を二人の前に置いた。

「お呼びたてして本当はご迷惑でありませんでした？　奥様が夕食をお作りになってお待ちになっているのではありませんか」

「ならいいんですが、いまだに独り身です」と健は事実を言った。

「失礼しました。安心して食事ができてうれしいです。お好きなものを召し上がってください。大きなお返しはできないですが、私の気持ちと思ってくだされればうれしいです。先日は本当に助かりました」

メニューに目をやりながら、思わず健が口にした。

「僕こそうれしい。美しい女性とご一緒できるなんて」

「とんでもありません。本当は増田さん、女性をたくさん泣かせているのではありませんか」

「とんでもない。そんな男がいたらぜひともあやかりたいものです。カイさんとご一緒に老いらくへの夢が描けそうです」

「まあお上手。いいオジ様に、どうして世の女性は気づかないのかしら」

一度きりと思ったのに、週一度の割合で二人の食事が続いた。健が独身だからだろう。彼女も気軽に声をかけた。所属する会社は違うが、同じ構内で働いていることも気軽な気持ちにさせた。

しかし昼夜に働くとはタフな女だ。小枝のような体のどこにそんなエネルギーが隠されているのかと思う。彼女は一度として酒の席で働いているとは言わなかったが、それでもその想像は間違っていないはずだ。恐らく彼女は午後八時頃の入店らしい。というのはいつも健との同席時間は六時前から七時過ぎまでであり、別れた後に駅に向かう姿を健は何度も見ているからだ。

彼女はいつもそのまま店に出られる服装で、ある時は黒、ある時は赤を超して朱色の時もあり、黄色の時もある。スーツを着ると、小枝のような腰や足、笹の葉のように薄い胸も大人に見えるから不思議だ。さながら可憐な悪魔のようだった。

食事の代金は彼女が持つ。健が払おうとしても、どうしても許さない。彼女はいつも「オジ様には心が和みます。どうか私にお返しさせてください」と決まり文句を言うのだが、それがお世辞でも健にはうれしい。でも彼女は、自分を単なるオジ様としか感じていないのだろうと健は思った。

彼女の年齢は小柄のために若く見えたが、恐らくは二十代の後半だったろう。健は自分を語らず、彼女の詳細も聞かない。彼女も自分を語ろうとしなかった。

「増田さんて変わった方と言っては失礼ですが、どうして私の身の上を聞かないんですか。普通の男性なら、たとえば私がどうして夜と昼働いてるの、とか、恋人はいないの、とか、家族はどうなの、などとしつこく聞くのに……。どなたに対してもそうなんですか」

「聞きません。いろいろ知りたい、聞きたいはありますが、そうなると自分も話す必要があります。他人に話すことも、語る自信もないんです。ただの市井の人間ですから」

「素晴らしいオジ様。ますますご一緒したくなります」

と彼女は感嘆したが、慎重に言葉を選んでいる。「ご一緒したくなります」とは言っても、「好きになります」とは言わないなと、健は思った。彼女はいつか男に対して心にもない「好き」を言葉にしたために、手痛い失敗をした経験があるのかもしれない。あっても不思議はない。

しかし健は、彼女の会話の中から、零時まで働いて終電で帰宅し、入浴して二時過ぎに就寝していることが分かった。それなら日中のバイトは可能だ。会話の中にきちんとした生活ぶりが窺える。

それから三ヶ月過ぎた頃、健はカイ嬢（ここからはこう記そう）と居酒屋に行く約束をした。カイ嬢が休みの日の夜で、待ち合わせは十時にした。健は酒類は飲まないので、メニューはジュース類と料理だけと約束した。

その居酒屋はカイ嬢が友達と時々行くと言っていた。健は約束の時間より早めに行き、間もなくもう一人が来るからと二人席を選んだ。何気なく隣のテーブルを見ると、女の一人客がいた。女はジャケットを脱ぎ、カットソーだけになっている。それが彼女の好みなのか胸の辺りのダブダブが胸の目立ちを隠す形になっている。テーブルにはビールの小瓶とグラスと小皿料理が数枚ある。どうやら待ち合わせのようだ。

すでに周囲の席は男同士やカップルや女同士の数組で埋まっているが、健とその女だけが場違いに一人だけの客のようだった。女はスタッフと馴染みらしく「フられて一人なのー?」とからかわれると、「そうなのよ。いい男紹介してよー」などと答えているが、その顔は場慣れしていた。

健がオレンジジュースをオーダーすると、それはすぐに運ばれた。なんとも不思議な風景だ。あちらでは女がビール、こちらでは男がオレンジジュース。対角線上だが女の上半身はよく見える。絨毯敷きのフロア、冬は炬燵になる踏み込み式テーブルは彼女の下半身を隠しているが、カイ嬢とほぼ同じくらいの小柄で、顔はややふっくらしている。カイ嬢の可憐さに対して、この女には愛嬌がある。髪は女ではこれ以上切れないほどのボーイッシュだ。

それからおよそ十分過ぎた頃にカイ嬢が現れた。GパンにTシャツのラフなスタイルである。カイ嬢が健を見ると同時に先着の女も目に入った。

「あれー、ノブちゃん。どうしたのー」

健への挨拶より女への言葉が先に出た。

「それはこっちの台詞よ。カイちゃんこそ一人でどうしたのよ」

なんと二人は知り合いだった。カイ嬢が健と引き合わせたことで、ノブと称する女は健を見直す目でじっと見た。今までは何がどうあっても私はオジンなんか相手にしないぞ、という構えに見えたのに、豹変して笑みを繕った。

「カイちゃんと待ち合わせだったのですか。いやね、優しそうなオジ様がジュースをお飲みなので待ち合わせとは思っていたの。でもその相手がカイちゃんとは思わなかったナー。カイちゃんも水臭いナー、電話一本くれれば私が寂しい思いをしなかったのにね」

「いろいろ事情があるの。いいわ、ノブちゃんにバレてはもう隠せない。ねっ、一つになりましょう」

「そうこなくっちゃー」

ノブと称する女は、ビール瓶とグラスを手に健のテーブルにやって来た。カイ嬢はノブの小皿料理を手に健の横に来た。

「こちらはコイトノブさん。アクユウタイチョウ（悪友隊長）でーす。……こちらは増田さん」

「小さい糸でコイト。信ずるのノブです」とちょっとだけ会釈の形に顎を下げた。

「増田です」

似た者同士か全く正反対同士が案外と友人になるとも言うが、健もそのとおりだと思う。二人とも男性にモテるだろう。

近づきの印と、信は改めてビールをオーダーした。カイ嬢は、ビールと言った後に数点の小皿料理をオーダーしたので、健は女二人相手に男がジュースとは情けない、とつくづく思った。

健の横に座ったTシャツのカイ嬢の胸は膨らみがなく、洗濯板状である。しかし正面の信は小柄の割に膨らみがある。指一本にしても骨があって肉があってこそ人間らしいといえる。信は美人ではないが、可愛さと愛嬌と温かみと親しみを感じる。一方のカイ嬢は、骨に皮膚が張り付いただけの感が強い。見た目は美人だが可愛さがなく、温かみに欠ける感じがした。


その夜、健はカイ嬢をアパート付近まで送った。カイ嬢は「私は近いから」と固辞し、「信ちゃんを葦川まで送って」と言ったが、その華奢な体を思うと夜道を一人では帰せない。小瓶のビールを一本飲んだだけで酔った風はないが、もし躓いて転倒し、骨折でもしたらと思うと、彼女を送るのは男としては当然の義務だった。

カイ嬢は信に「安心できるオジ様だから送ってもらってね」、健には「増田さん、すみませんでした」と言ってから車を降りると、しっかりした歩調で路地に消えた。

「カイちゃんて美人でしょう。どこに行っても目立つからね。どこで知り合いました？」

「仕事先」

「昼？　夜？」

「昼」

「彼女はタフよ。どこにそんなエネルギーが隠されていると思う？　私なんか昼だけでクタクタなのに」

「そう。本当にタフだ」

　葦川市内までは十分を要しない。橋を渡ると、すでに商店街の明かりは消えて街灯とコンビニの明かりだけになっていた。

「びっくりしたなー。カイちゃんが。……ごめんなさい、馴れ馴れしくて。でも増田さんと言わせてくださいね。カイさんは男性一人とは飲まないって言ってたのに増田さんと居酒屋とはねー。カイちゃんは仕事と遊びを区別する人なの。……増田さんが好きなのね」

　好きと言われても困る。成り行きでそうなっただけだ。葦川駅を過ぎて車は横道に逸れた。信は買い物するからとローソン前で降りた。

「私は駅利用は西葦川なの。家へはちょっと不便で二十分かかる。ここ以外に深夜の店はないの」

「……機会があったら、また一緒してください。今夜はとても楽しかった。カイさんにもよろしく」

「私こそ仲良くさせてください」

　そう言いながら下車したが、小瓶ビールを二本飲んだのにシッカリしている。顔に幾分赤みはあるが酔っている感じはない。ふた昔も違うと女はこうも違うのか。それとも自分が男として甲斐性なしなのだろうか。

　信……、おかしな女だ。初対面なのにそんな気配は微塵もない。カイと同席の時も、その後で二人だけになっても、だ。まるで以前から知り合いだったような会話と態度だった。

その後に、カイ嬢だけであったり、信が加わったりの会食が続いたが、会食をセットしたはずのカイ嬢が欠けて信と二人きりの時もあった。信は飲める口なのに健の前では飲まない態度を通したので、そこは偉いと思う。

数日後、信がセットし、カイ嬢も加わると約束したので店に行くと、カイ様からの伝言ですと、メモ紙をスタッフから渡された。「体調が急変したので、悪いけど欠席します。二人でゆっくりしてください。次回は必ず出席します」とあった。店から信が電話するとカイは元気のない声で欠席を謝り、「健をよろしく」と言ったという。

その夜はカイ嬢の加わった時と違い、時間に制限なくゆっくりした。カイ嬢の昼夜の仕事を考えてこれまでは長時間は避けていたのである。居酒屋は二時間が一応の制限なので、カイ嬢が一緒だといつもそこで散会していたが、信と二人の時は店を替え、ファミレスかラーメン屋で延長した。

ところがその翌日のことである。梱包会社で突然カイ嬢の姿が見えなくなった。心配してもどうにもならない。同敷地内で働いてはいても健は運輸会社、カイ嬢は巴商事と称するアルバイト派遣の別会社だ。信に会い、カイ嬢の姿が見えないと話すと、信はすぐ彼女に電話したが留守電になっていた。一日置き二日置きにしても留守電になっている。数日後に「おかけになりました番号は、現在は使われておりません」のコールが返ってきた。

アパートを探して様子を見に行くという信を、健は止めた。本当に体調が悪いならいいが、もし嘘ならお互いの立場がない。電話を止めたか、急な事情で転宅も考えられる。冷たい仕打ちの気がしないでもないが、カイ嬢への心配は信より強いと健は思っていた。昼夜の仕事に無理が祟ったのか。それとも重大な何かがあったのか。「後日に連絡があるのを信じて待とう」と健は信を諭した。それこそ「去る者は追わず」だ。

呼び名のカイ以外は、信も彼女のことは知らない。二年ほど前にバイト先で知り合った、と信は言った。当時のカイ嬢の仕事は昼だけだったという。互いに小柄で、西葦川駅と赤羽駅は同じ電車で通勤できるのですぐに仲良しになったそうだ。しかしカイ嬢は過去やその他の諸々は語らなかった。信もまた過去を含めて自分を語らない。多くを語らない三人が、偶然にも知り合ったのである。

信は以前カイからカナ書きのその名前と電話番号を書いたメモ紙を渡された。カイが姓のカイ（甲斐）か、それとも名のカイかも分からない。住まいも赤羽駅から近いとしか知らない。信は「親同居で専用電話はないの。私から電話するね」と言ったそうだ。

カイ嬢は信と「事情があって夜も働く」友達になって間もなくバイトを辞め、徒歩で通える赤羽地域に勤めたそうだ。夜働いているのかもどこで働いているのかも聞いたことはない。職場が別になっても月に数度会い、居酒屋かファミレスで飲食した。もちろん仕事内容は聞かず話さず、である。

しかし信は、カイ嬢の服装と時間帯で水商売と思っていたそうだ。当時の二人の会話を聞いているとかなり親しい間柄だと感じていたが、実際は心からの友達、つまり親友でなかったのではないだろうか。

カイ嬢が消息不明になったので、健と信の逢瀬は週に一度から二度になり、健の休日が日曜日に重なると二人で一日を過ごした。

その後信は、いつの間にか仕事を辞めたようだった。どうみても昼も夜も働いている様子がない。仕事をしているとも、していないとも言わず、家族に関しても話さない。そんな信と知り合って半年過ぎた頃、健は十数年勤めた運輸会社を辞め、タクシーの運転手の道を選んだ。

その当時、信が何度カイ嬢に電話しても「おかけになりました番号は、現在は使われておりません」のコールしか返ってこなかった。あれが固定電話か携帯だったのかも今となっては不明である。信とカイ嬢の縁は、自然消滅の形になって切れてしまった。

カイ嬢と縁が切れて数週後の食事の後、信は健がホテルに入るのにも抵抗なくついて来た。親子に近い年齢に、健の方こそ二の足を踏んだのに、信は躊躇なく受け入れたのである。

女とは不思議な生き物だ。体の関係ができたことで逢瀬が多くなった。しかし朝まで過ごしたことは少ない。健との一幕目の後で、信には二幕目があると想像したのは、あるファミレスにいた時だった。信がトイレへ立ったと思ったのに、彼女はトイレに入らずにまっすぐピンク電話の前へ行ったのである。

トイレへの通路にある電話は、トイレに行くと言っても疑われない場所にある。健は別に疑ったわけではなく、たまたま後ろを振り向くと、電話している信の胸から上が大きなミラーに映っていた。「あれっ、トイレではなかったんだ」と思いながらミラーに映る信の顔を見ると、相手ととても楽しそうに会話しているように感じた。その時間を、健はひどく長く感じた。

食事後「駅まで送ってくれる？　妹が終電で降りるから一緒に帰ってと言うの」と言うので、健は信を西葦川駅まで送った。ファミレスでミラーに映った信の顔を思うと、あれは妹との会話では絶対にない、と思ってはいた。しかし、そのことには絶対に触れまいと決めた。

疑うと限りがない。疑うくらいなら自ら離れるだけだ。そう思いながら、健は信を葦川駅、西葦川駅へ何度も送った。そんな関係で三年余り続いた。今思うと信は二重人格、三重人格的な生活をしていた。それを隠すでもなく、堂々と振る舞いながら……。

あれから四年過ぎた。その後の信のことは健の想像の中にしかない。ともかく一人の男に執着する信でないのは確かだ。交際した全ての男を調べれば、犯人に繋がるだろう。過去であれ、つい最近であれ、信と関係があった男は新聞やニュースで事件を知り、気が気でないだろう。

悪女への転身

翌日、健は六時に出庫した。信殺人事件の捜査状況は気になるが、気にし過ぎると走行に支障がある。事件は胸に納めて精を出すと心に決めた。しかし、ハンドルを握りながらも事件がやはり気になる。気にするな、は無理だ。あれだけ関係があった信の殺害を、知らぬふりはできない。その日のNHKの正午のニュースは、信事件を報じなかった。民放各局も報じない。善くも悪しくも進展がないのだろうか。

深夜になっても埼玉方面の客はなかった。午前一時の赤羽駅止まりが終電である。赤羽駅で遠中距離客がないと稼ぎは悪いが仕方がない。仮眠しようとしたが信事件が気になって眠れないままに時間が過ぎた。信の裸体を思い出すのは不謹慎であるが、どうしても思い出してしまう。どこにそんなエネルギーがあるのかと思う積極さで挑んだのは、どういうことだったのだろう。すべての男に対してそうであったのか。

信と交際していた男とはどんな奴か確かめたい気もする。警察から連絡がない場合でも、明日は工藤戯れの後に。

刑事に会おう。そして聴取を受けている男の一人か二人を見てみようと思うが、これは無理だろう。容疑者であれ参考人であれ、警察が第三者に教えるはずはない。

結局その日は通常より早く帰宅した。ニュースを聞いても信事件に関する報道はない。信を思うと平常心ではいられない。こんなに心が揺れるのはこれまでにないことだった。それだけ信への思いが今でも強いのだ。やはり、実家に電話して近況を聞くべきだった、と反省してももう遅すぎる。

いや、電話しても増田なる男の素性や信との関係を知らないままでは何も話してはくれなかっただろう。行動以外になかったのだ。早く行動を起こせば事件はなかった。ストーカー的行動をしても会うべきだった。

いろいろ思いまどいながら健はテレビのワイドショーを見ようと思ったが結局はやめてしまった。信の悪い点ばかりが報道されるのを見ることになるからだ。テレビ局は二戸のワンルームマンションを映し出し、その部屋に多くの洋服があることを強調し、男に無心して買ってもらったと解説するだろう。だが、信と交際した男は、彼女から無心されたとは思ってはいない。若い女と交際するためには金は必要と思っている。金を使わずに若い女と交際も付き合いもできはしない。信の相手は壮年や実年だから、ある程度の金は自由になる。実年と仮定すると会社勤めなら役職者かそれに近いクラスだろうから高額所得者とみていい。信から見ればそんな辺りが男を選ぶ基準ではないだろうか。

健はふと思う。信は現金を全部使ってしまったのだろうか。一部は貯金したのだろうか。工藤刑事は信の持ち金も貯金額も言わなかった。健は何度か信の財布を見たことがある。財布に膨らみがあった気はしたが、実際にどの程度の現金を持ち歩いていたかは不明だ。以前は仕事を持ち、定収入もあった。

多少の貯金もあればカードも持ち歩いていただろう。その辺りも聞きたいものだ。

遺留品のハンドバッグに財布はなかった。小銭だけで大宮周辺に行く人はいない。犯人が奪ったと思うのが妥当ではないだろうか。それでは、金目当ての流しの犯行か。

早く工藤刑事に会いたい。聞きたいことがある。それに先日話さなかったこともある。隠していたのでなく、思い出さなかったのだ。余計な情報で捜査の邪魔になるかもしれないが、邪魔か必要かは警察が判断するだろう。

とうとう健は葦川署にダイヤルし、工藤刑事に繋ぐよう依頼したが、捜査会議中で繋げないという返事だった。そこで「小糸事件で一昨日に聴取を受けた者ですが、すぐに工藤刑事にお会いしたい。一時間後くらいにそちらに行くので、その旨工藤刑事に伝えてほしい」と依頼した。


タクシーでやって来た健は、署の約百メートル手前で下車した。

「荒川女性殺人事件捜査本部」の立て看板が、前回と同じ位置にあり、玄関を挟む位置に二人の立ち番警察官がいる。

用件は担当者に連絡済であると言うと、その警官が「ご案内します」と言って健の先に立って署内に入った。

「お待ちください」と言うと、書架の前に健を待たせたまま案内の警察官は机の間を進んだが、やがて健は一昨日とは違う聴取室らしき部屋に案内された。

すぐに工藤が現れて、大きめの机を挟んで健と向かう形になった。

「刑事さん、あれから気になって気になって。一昨日に話せなかったことを二、三お話ししておきたかったんです。あの日は別に隠していたのでなく、思い出さなかったのです。……それと、お聞きしたいこともありまして」

「ご協力感謝します。小糸さんも喜ばれるでしょう。捜査に支障ない限りは何でもお話ししましょう」

と言いながら工藤は手帳を開き、健には見えぬ形に上端を上げるようにしながらページを捲ると、やんわり切り出した。

「私から先に聞かせていただいてよろしいですか」

「どうぞ」

「別れてからは一度も電話はありませんでしたか、小糸さんから」

「ありません」

「ベルが鳴って受話器を取ると切れるとかは？」

「……あることはありましたが。数度、いや、もっとかな。もしかして信が、いや、小糸さんが」

そう言われてみれば思い当たる。まさかあの無言電話が信からとは思わなかった。信には陰湿の心はないと思っていた。電話するなら堂々とするだろうと思っていた。

「他に思い当たる人からの無言電話はありましたか」

「全然」

「それなら間違いないと思っていいでしょう。無言電話は小糸さんでしょう。しかしです。小糸さんは自分名義の携帯電話からは通話していないんです。何らかの方法で信さんは不正に携帯を入手した。これは持つだけでも犯罪です。暴力団や不良外国人グループが他人名義で不正登録したのを、一万五千円か二万円くらいで買うのです。それを二ヶ月程度の使用で捨てている。彼女が正式に購入した携帯には、十数人の番号を登録しているだけで、実際には不正入手したのを使っている。ですから増田さんにプッシュした記録は、正式入手の携帯には残っていません。使用頻度が多くないと不正入手した携帯を購入した甲斐がないわけです。小糸さんの収入がいかに多かったかも、これでうすうす分かります。約二万円分を短期間で使用するのですからね」

工藤は淡々と語ったが、捜査に過ちがないことに揺るぎのない自信を持っている証拠だ。そうは思いたくないが、信は健が思う以上に悪に手を染めたしたたかな女なのか。

「そうでしたか。不正入手の携帯電話ですか。小糸さんは暴力団か不良外国人と交際があったのでしょうか。普通に生活している私達には、そう簡単に不正入手はできないと思うのですが」

「いやこれまでの捜査で判明している限りでは、双方ともその疑いはない。ないと断言していいでしょう。不良外国人や暴力団に誘われたとしても、小糸さんは毅然と断ったと思います。これは交際していた男の聴取を全部つき合わせての断定です。ノーはハッキリしていて、彼女は悪の手に利用されることを警戒していた」

「それなら、どうして不正携帯を」

「意外と簡単に入手できるんです。しかし使うか使わぬかはその人の心の問題です」

「私は彼女のことを買い被っていたのでしょうか。不正携帯電話を使わないくらいの常識はあると思っていましたから」

「信じたい気持ちは分かります。生前の顔写真を見ましたが実に可愛い顔をしている。あの顔の胸中に、男を手玉にする悪知恵があるとは想像できないが、携帯電話を相当上手に使い分けたようです。約束どおりに二ヶ月で捨てたかは分かりませんが、マンション住民の話によると数ヶ月前の不燃物収集日に、拾った数台の携帯で子供達が電話遊びをしていたという証言もあります。この事件を思うと、やはり小糸さんが捨てたのではないかと推測されます。また、部屋には捨てる予定と思われた二台の携帯が、電池を抜かれ、他の不用品と一緒にダンボールに入っていました。不正携帯の常習者ですね、小糸さんは」

信はそこまで化けの皮を被った悪女だったのか。自分が好いた女であれば万事を善意にとりたいが、刑事の話の筋は通っている。

「お聞きしてよろしいですか」

「どうぞ」

「小糸さんと交際していた男は何人で、どのような人物ですか。職業とか住んでいた場所とか」

工藤刑事は手帳のページを注視し、文字の行を辿るかのように視線を下げた。健の位置から読めない手帳の中にはべったりと細かい文字が並んでいるのだろう。

「頻繁というか、週一回くらいの付き合いは八人。後の十人前後は月二回とか三回とか。……住まいは都内、埼玉、神奈川、それに殺害地域と思われるさいたま市内にもいる」

「十八人もですか。刑事さんはその全部に会われたのですか。そして小糸さんが殺害された前後のアリバイ確認の事情聴取とかをされたんですか」

「……ともかくこの点については現時点では疑いなし」

「その人達はいったいどういった人で？」

「中企業の部課長は五人。後は零細に属する自営業。三十代なし、四十代と五十代。番号登録して消したのも数人いますね」

「ある程度の金は自由になる年代ですね。交際費が使える年代でもありますね。小糸さんにすればそういった事情も考えての交際だと思います」

「そのとおりです。多くの金は一度には使わせない。それは守ったようです。一度に多くを使わせると長く続かない。月にスーツ一着とブラウスなら小遣いで出せるでしょう。その辺りを考えての交際。月に十数万円を出している不動産業の社長もいましたが」

「十万円もですか。でもそういう人達と信はどのようにして会う機会を作ったのでしょう」

「きっかけはあるような、ないような。……まあありふれたきっかけ。女友達の友達とか」

「女？　電話番号に女性はいなかったのでしょうか」

健は女友達と聞いてカイ嬢のことを思い出した。信はカイ嬢とは完全に切れていたのだろうか。二人は喧嘩別れではない。再会があってもいい。……しかしここでカイ嬢の話を出すのは憚られる。できればカイ嬢は隠したい。だがそれが信事件の解決に繋がるなら……。

「増田さんは彼女の知り合いの女性に心当たりでもありますか」

工藤は興味を懐いたのか、そう尋ねながらじっと健の目を見た。

「……カイさんと呼んでいた友人がいました」

「カイ？　増田さんはその女性の電話番号とかをご存じですか。登録されていた中にカイという氏名はありませんでしたが」

「僕は分かりません。小糸さんは知っていました。番号を教わった頃の小糸さんは実家住まいですから、専用電話もなく携帯もなかったはずです。番号のメモを渡されたと言ってました」

これ以上カイ嬢のことを出すのは憚られる。善きにしろ悪しきにしろ、カイ嬢が信事件に関係があると思うのは間違いのような気がするが、刑事は聞きたいだろう。

「その……カイさんと増田さんの関係、小糸さんとの関係は？」

健は迷った。カイ嬢を語るべきか、沈黙するべきかを。

「……時々車で送りました。赤羽駅から徒歩十分の辺りで数度会いました。ある時信さんと三人で居酒屋で食事を約束したのに、彼女から店に伝言があり、体調が急変したので欠席するということでした。それ以来会っていません。信さんがその夜に彼女に電話しましたが、声は元気がなかったと言っていました」

「増田さんは、カイさんという女性に会えばすぐに分かりますか？」

来たな、と思った。健は後悔したがもう遅い。それに信殺害犯人の逮捕に繋がるなら、あえて隠す必要もない。

「分かります。私を小糸さんに紹介したのはカイさんですから」

勇気を込めて答えた。カイ嬢が事件に直接関係がないとの願いを込めてだ。どうあってもカイ嬢は事件に関係していてほしくない。

「しかし彼女のことはカイという名前以外に知らないのです。フルネームも知らないままに、小糸さんを紹介されました」

あれは二人に仕組まれたのか。賢くてしたたかな二人の女にはめられたのか。

「では、カイさんとかいう方の人となりを話していただけませんか。増田さんとの出会いもお聞かせいただけると捜査に進展があるかと思います。……ともかく不明な点がありすぎましてね、小糸さん殺害には」

そう言いながら工藤は、身を乗り出すように椅子の上で尻を前に滑らせた。

「小柄で華奢に見える。それでも芯はしっかりしている。躾がきちんとした育ちだと思います。小糸さんの丸顔に比べて、カイさんは顔も華奢に見える。見ただけでも手をさしのべたくなる。年齢は小糸さんと同じくらいだと思います。……私は勝手にお嬢様と決めていましたが」

健がゆっくり話すのを、工藤刑事は手帳に記しながら呟くように言った。

「お嬢様育ちねー。カイは甲斐の国の甲斐でしょうかね。……言葉に訛りはありましたか」

「訛り?……気づきませんでした。なかったと思います。……赤羽の同版印刷の系列に出版梱包の会社があります。その中に、巴商事というアルバイト派遣会社があります。そこで聞けば恐らくフルネームは分かるでしょう。約七年前ですが記録にはあると思います。私が以前勤めていた運輸会社が同じ建物に同居していて、私は出向の形でそこで荷物のチェックをしていました。彼女とはそこで知り合いました」

「感謝します増田さん。……同版印刷ですね」

工藤刑事がカイのその後を確認しようと出版梱包の会社に電話してみると、ここ数年は印刷物が激減して梱包品は少なくなり、結局はバイトの仕事も少なくなったのか巴商事は赤字続きで倒産していた。

健が運輸会社を退職したのは六年半前。そこで印刷会社と梱包会社の情報が切れた。健が退職して一年後に巴商事は倒産したことになる。カイ嬢が姿を消したのは健が退職する約半年前だ。

巴商事の赤字の元凶は、社長の鏑木が別会社を興そうとして失敗したことにあった。巴商事は不況と重なって倒産。市ケ谷にあった本社は影すらなく、鏑木は行方不明だという。また梱包会社はバイト雇員と直接雇用関係にないので、氏名すら分からずに仕事させていたそうだ。

他にカイ嬢の消息をすぐに知る手掛かりはないのだろうか。当然のことながら、こちらの話を聴いても警察側の話はしてくれない。信とカイ嬢が繋がっていたとして、信が殺害されてからカイ嬢はどうしているのだろう。

女同士の友情が壊れると、男の友情が破綻した以上に憎悪がわくらしい。こんなことは考えたくもないが、信の周囲よりカイ嬢の周囲を先に調べれば事件解決を早めることになるのではないか。

健はカイ嬢を送った辺りの地図を見ながら説明した。彼女の住まいはマンションともアパートとも聞いていない。七年過ぎると場所によっては建物が消えている。送った近くにマンションと呼べる大きな建物は当時はなかったと思う。

刑事達は北区役所に行き、カイが甲斐姓なのかを住民台帳から調べているという。電話帳を見てもいいが、女の一人暮らしは記載しないのが普通だ。携帯ならなおさらのことだ。工藤刑事は健の情報に感謝し、パトカーで送ると言った。

そこで健は、信の貯金通帳と住まいにあった現金について尋ねてみた。答えてくれるかどうか不安だったが、工藤は即座に答えた。

「都市銀行の通帳が二通あったが、残高は数万。部屋にあった現金は四万円と硬貨が数百円。部屋に財布はなし」

「もらった金の半分くらいは貯金しているのかと思ったのですが……」

「家賃の支払いは、待ったなしに指定口座に振り込んでいる。ガス、水道、電気代もです。彼女はきちんとした性格のようで、両親と妹の証言もそれを裏づけている。両親によると、男から金品をもらって、仕事もせずにのうのうと暮らしている娘に育ったとはどうしても考えられないというのです。もっとも、自分の娘を悪く育てたとはどんな親も言いませんがね。

電気と水道は基本料金内。ガスは特に少なく、料理して食べたことはほとんどないだろう。これはガス会社の証言です。厨房の使用も一人住まいだとしても極めて少ない。これも不動産屋と厨房機器屋さんの話です。冷蔵庫に期限切れの牛乳パックと卵が数個とバターと漬物、二キロ入りの米袋が半分あり、一ヶ月前の精米日付でした。炊飯器もほとんど使っていない。住まいは寝るのと洋服のためだけ。

しかしクリーニングは随分と出しています。特に夏はスーツやブラウスは一度くらい袖を通しただけでクリーニングしている。洗濯機はなく普段着のGパンからTシャツまで全部クリーニング。決まった店はなく、複数の店に駅へ歩くついでに頼んでいたらしい。あるクリーニング店は、随分お金持ちのお嬢さんなんだなー、と思っていたそうです。普通はGパンやTシャツはクリーニングしませんからね。

店に寄る時はいつもスーツを着用し、襟がピンとしたブラウスの小柄の女性として店主や従業員は記憶している。自分で洗濯するのは下着と薄物だけだろう。隣の住民と向かい側の住民も厚物を干したのを見ていない。その裏付けに検証に行った時にも下着とタオルとストッキングとハンカチがベランダに干してあった。隣の奥さんは、ずっと同じ物が干してあるから、ちょっと変だなと思ったそうですが、普段から交流がないから重大事件とは夢にも思わなかったという。子持ち奥さんには優雅なキャリアウーマンに見えて羨ましく思ったでしょうからね。挨拶くらいはするが、隣は何をする人ぞ、です。妹も信さんから連絡がないのを特別に変とは思っていない。十日や半月連絡がなくても普通というのが今の世の中なんですな。

しかし彼女の母親も、娘が洗濯嫌いで不精だというような話はしていません。信さんには時間がなかったか、時間が惜しかったのでしょう。まっ、お金が相当に入りましたから食事も作らず洗濯もせず、男に会うのを優先したんでしょう。OLの収入に比べると数倍ですからね。しかしそれほどの収入があるのに、自分名義の携帯電話は使わない。無駄遣いはしないというか、まあ賢いんです。ですから基本料金をわずかにオーバーするだけ。殺害されるまで自分名義の電話はほとんど使わなかった。これは不正登録の携帯を使用していた証拠でもあります。持っていたと思われる一台は不明。もう一台は荒川に投げ込まれたかもしれません」

さすがは刑事だと健は思った。推測もあろうが、健の知らぬ信の裏側を知り尽くしたような気もする。信は面白く生きればいいと将来のために貯える考えはなかった。将来より今を楽しく生きる道を選んだのだろう。

都市銀行の方々の支店から家賃を振り込んでいるのは、彼女の行動範囲が広い証拠だ。銀行営業は午後三時までで、閉店時までに毎回振り込みに行くのは普通に生活して仕事をしている者には案外と不便なものである。それが支店ならなおさらのことだ。

男に会うためにあちこち出かけた時に時間を作って銀行に寄ったのか。コンビニ利用もできるのにしていない。財布は部屋にはなかったという。大宮周辺に行ったのは本当だろうか。財布を持たずに行くとは考えられない。財布はどこに消えたのだろう。

前回のようにパトカーで送られた健は、アパートから離れて下車した。健は車内で、カイ嬢らしい女性の顔写真はあるのかと聞いたが、運転役の刑事はないと言った。

いずれにせよ捜査員は、カイ嬢が住んでいた周囲と区役所に行くだろう。しかしカイ嬢の身辺を調べることで、信殺害の犯人逮捕に近づくのだろうか。健もカイ嬢の出身地は聞かなかった。もしカイの姓が甲斐なら、山梨県出身であったとしても不思議はない。

前に工藤刑事に「訛りはありましたか」と尋ねられた健は「なかった」と答えたが、その質問にも意味がある。捜査過程で不審者が現れてもその人物に訛りがあるなら出身地を洗うことができるから、そこからの割りだしは可能だ。

山梨訛りと甲斐姓が山梨県にあるかは現時点では不明だが、カイの姓が甲斐とは限らない。甲斐でないならどの文字のカイだろう。善きにしろ悪しきにしろ、信殺害の犯人逮捕にカイ嬢の身辺調査が必要な気がする。要は警察に懸命にカイ嬢を捜索してもらうことだ。

しかしお嬢様育ちが、どうして昼夜働いていたのだろう。どうして酒場で働いていたのだろう。日中は屋内とはいえ数機のベルトコンベヤーが数十メートルにわたって続き、電気フォークリフトが猛烈に動いている埃の中で働くというのは、常識的に考えてお嬢様育ちには不向きな仕事ではないだろうか。

工藤刑事との別れ際に、健は小糸信の遺体はどうなっているのかを聞いた。すると、夕方には警察病院から実家に運ばれると言った。遺体に対面させてくれたらありがたいのだがと言うと、残念ながらそれはできないと答えた。明後日に葬儀が行われるそうだが、灰と骨になる前に信を確認したかった。

あれほど健が真剣に惚れた女だ。その愛が嘘でなかったことを、遺体に語りかけたい。こんなことなら無理に連れ去り、東京から離れて隠れた生活をすればよかった。その勇気がなかった自分が悔しい。信がどのような状態で死を迎えたかは分からないが、さぞや苦しかったろう。死因は絞殺だ。瞬時の呼吸停止はない。数分か数十秒は仮死状態にある。その間に彼女は何を考えたろう。

信は短大卒で就職した職場を、親に内緒で二ヶ月で辞めた。満員電車で出勤し、毎日同じ仕事をして満員電車で帰る型にはまった生活に耐えられなかったのだ。会社を辞めても一ヶ月は同じ時間帯に出て、同じ時間帯に帰宅した。嘘の通勤は辛かった。嘘を通すことがどんなに苦しく辛いか。彼女にはそれが親にいつバレるかがいつも頭にあったはずだ。親への反抗ならその方法もいいが、理想的な親に嘘を通すのは怖かったに違いない。彼女は同級生の、どの親よりも理解があると自分の親を尊敬していた。躾は甘くもなく厳しくもなく、鞭と飴の両方が適当にあった。父は中卒で職につき、雑役から始めて次第に認められて小企業ではあるが役職についている。その親を騙しての嘘の通勤である。バレる前に話そう、と喉まで出たが言葉にする勇気がなかった。

しかし妹が感づいていた。「姉さん、隠し事をしているね。でも告げ口はしないからね」と約束した妹はてっきり自分の味方だと思っていた。ところが妹は、ある日に意を決して姉の嘘を両親に告げた。厳しく怒られるかと思っていたのに、親の返答に間があった。

「自分の行動に責任を持て。成人すれば、親の考えは押し付けない。幸せになろうと不幸になろうとそれはお前の自己責任だ」

意外な言葉に信は半分は落胆した。少しは苦言がほしかった。そこから信の自由奔放が始まった。信は正業を持たずにバイトすることに決めた。満員電車を避けての出勤は楽である。午前は二時間、午後は三時間働いて四時には終わる。空いた電車で帰宅するようになり、楽な通勤とあまり責任のない仕事は自分に合っていると思った。

そして一ヶ月が過ぎてから厳しい現実に気づいた。収入は十万円に遠い。通勤費は自己負担だ。一日五時間労働なら仕方がない、と信は自分を慰めた。ある程度の諦めはあるにしても落胆は大きかった。これでは半年に一着のスーツも買えない。

時には会食もするし、食事代その他として月二万円は母に渡したい。それは卒業前からの約束だった。二十年も育てて学校も行かせてくれたのだから、働けるようになってから月二万円の差し入れは多くはない。光熱費もある。洗濯に水も石鹸も使う。風呂にも入る。どう計算しても二万円は雀の涙だ。どうあってもこの二万円は守りたい。それまで吸っていた煙草をやめた。

母親は「残りは貯金しな」と言ってくれた。優しい親心だ。考えようによっては金がないのはいいことかもしれない、と自分を慰めつつこんな節約生活が一年続いたが、その間に自分は男に声をかけられやすいタイプと気づいた。

電車内で「可愛い」の言葉が離れた席から聞こえた。それらは全部が男で、時には離れた席から寄ってくる男もいたが、信はそんな誘いは全部無視した。また信が一人で喫茶店にいると、見知らぬ男が、「待ち合わせですか」と近寄ってきた。男に声をかけられるのは悪い気持ちではないが、選ぶ権利は私にあると無視した。

それでも自分なりのコンプレックスはあった。小柄過ぎると承知していた。学生の頃に身長があと六センチあれば、自分の人生は大きく変わっただろうと何度も思った。

短大に進んでも百四十センチに満たない身長は悩みだった。やがて社会人になったが、周囲の男の言葉や陰口は「可愛いー」「カワユイー」である。別の大学や高卒で就職した同級生に街中で会ったりすると「ノブちゃんはいいナー。中学生の頃と変わらずに可愛いままねー。私なんか一気に老けちゃった」であった。

同級生の数人は社会に出た途端に一気に大人になったように感じたのは、嘘ではなかった。大人より老けたようにも感じた。それに対し、自分はいつまでも中学生でも通る童顔と体型である。制服を着れば即中学生になれた。

そこで信は考えた。この童顔とチビを生かせる生き方はないかと。五年生頃に身長が伸びないのを嘆いた時の母の言葉を信は思い出した。

「小さくたっていいのよ。健康なんだからね。昔から大女は売れ残って結婚できないことがあっても、小女《こおんな》に売れ残りはないよ。小さいなりに工夫すればいいのよ」

そうだ、小柄と童顔を利用する生き方がある、と信は思った。そう思った約十日後の電車内に獲物が寄って来た。JR山手線の鶯谷駅を発車して間もなく、午後の空いた電車の真ん中辺りに座っていると、「クニタさんのカオルさん。しばらくです。隣に住んでいたオオノギです」と一人の実年が笑顔で近寄ってきた。

信はその人物が鶯谷駅で乗車した客とは知っていた。一瞬だけ目は合ったが記憶にない顔である。派手でなく地味でなく、相応の濃いグレーのスーツを着用している。サラリーマンならさしずめ部長級だろう。

寄って来る男に信はわずかな笑みを見せたが、この男は人違いしていると思った。クニタカオルもオオノギも知人にはない。顔にも記憶はない。それなのに男は、信が笑みを見せたことで、この女は自分が近寄るのを拒否しない、と思ったのだろう。

男は二十センチくらいの間隔で隣に座り、間にカバンを置いた。

「しばらくだね。学校の帰りかね？」

信は横からちょっとだけ顔を見て、すぐに正面を見た。頭髪にわずかに白髪はあるが父より年長だろう。

「帰るところです。……しばらくです」

顔が火照り、心臓がドキリとしたが自然を装った。一瞬思った。嘘をつくのは勇気を要する、と。男は信の服装にOLではないと見た。行儀よく、膝の上にある角形カバンは通学カバンに見える。淡いグレーのブラウスに淡い緑と紺の格子縞のミニスカートは制服に見えるし、ブレザーを羽織れば冬の制服にも見えるだろう。「何年ぶりかなー。カオルさんが五年生の頃かなー。あの頃はクニタ一家に世話にばかりなってたね。やあ、本当に懐かしい。ご家族の皆さんはお元気ですか?」

本当に懐かしそうだ。信をクニタカオルと信じきっている。

「元気です。おじさまも元気でよろしいですね」

そこまでは常識の挨拶でいい。これ以上はうまく話せないから、男も人違いに気づくだろう。信は男の何も知らない。何か知っていればお世辞の言葉くらいは続けられる。男は信を女子高生と思っているようだった。

「私は次の駅で降ります。今日は時間がないので、機会があったら、またね。ご両親によろしくおっしゃってください」

電車が停車するために徐行すると、カバンを握って男は立った。ホッとした。嘘がバレずによかったと思った。男はカバンを握り直し、信から数歩離れた。信は停止しそうな電車の座を立ち、「おじさまもお元気で……」と言いながら頭を下げた。

「ありがとう。カオルさんも元気でね。お父さんによろしく」

「そう伝えます」と言いながら信が微笑しているうちに、電車は日暮里駅に停車した。

「斜めに見える大きな看板が出ているところが私の会社だよ。ちょっと事情があって前の会社から替わってね」

男がガラス越しに見ている看板を、信も見た。駅前から百数十メートル離れたビルの貸し看板に「東進電気」とある。準大手の家電メーカーだから、その名は信も知っている。

それから信にちょっとだけ手を挙げて男は下車した。電車はすぐに発車した。信に、男に釣られてみようかという考えが浮かんだのはその時だった。

男は信をクニタカオルと信じきっていた。クニタカオルになってみようか。そして休日の前に電話してみよう。「電車でお会いしたカオルです」と。会ったらすぐに白状して詫びればいい。まずは女子高生になりきってみよう。


信は、オオノギは大野木で、東進電気の総務部長の大野木憲二郎であることを調べた。東進電気は中堅の家電メーカーである。その総務部長となれば出世株に入る。この大野木に釣られてみよう。そうすれば面白い人生が始まる、と信は思った。

いや、釣るのは私かな。失敗したら素直に謝ろう。「女は愛嬌」という諺だってある。女の愛嬌を怒る男はいない。愛嬌は売っても、性も体も売らない。性は餌だ。男という動物はいくつになっても若い肉体を求めるものだ。それには金銭を惜しまない。だから、もし失敗しても大したことにはならないはずだ。

身分のある人物は、女関係が外部に出ると社会的な信用を失う。いわゆる社会的制裁だ。これが一番怖い。職を失い、やがて家庭を失う場合もある。だから男達はそれを失わないように努力する。努力とは結局は金に尽きる。男が女に本気で金を使うとなると限りがないそうだ。要職にある者には、交際費という武器がある。交際費を私的流用するかしないかは本人の勝手だ。

そこまで考えて信はこう思った。男に対してはできるだけ良心的にやろう。「小遣い銭程度でモノになりやすい女」を演ずるのだ。生活費全般を男に任せずに、バイトは続けよう。そして都合が悪い時は仕事で逃げる。あくまでも仕事は従、男に会うことを主にするのだ。しかし男に会う仕事ではあるが、絶対に風俗には落ちない。男の遊び道具になんかなるもんか、と信は固く決心した。

その週の金曜日の午前。信は東進電気に電話し、大野木総務部長に繋いでほしいと交換台に頼んだ。簡単に繋いでくれるか危惧したが、関連会社の明星電気を名乗ると、「直接お繋ぎしますので、そのままお待ちください」とデスクに簡単に繋いでくれた。

最近は電話交換台はほとんどなくなったが、大手や準大手は受付を兼ね、企業の顔としてまだ残しているところがある。明星電気は実在の社名である。実在するから疑いなく大野木に繋いでくれたのだ。

すぐに大野木が出た。信は声を細めて言った。

「……すみません。明星電気は忘れてください。大野木総務部長様ですね」

「はい、大野木ですが?」

ちょっと訝るような感じがした。それはそうだろう、明星電気と名乗りながら、それを忘れてください、と言っているのだから。

「先日電車内でお会いしたカオルです。あれ以来、おじさまが気になっておりました。お会いする時間をいただけるでしょうか」

「……あ、ハイハイハイ。分かります、分かります。先日は失礼しました。私も気にしてました。……今日はちょっと時間的に無理ですね。明日お会いしましょう。明日は休みですが、私は仕事があるので出社します。昼頃には片付くと思います。昼近くに電話してください」

「……小さいなりに工夫すればいいのよ」

工夫とは悪知恵ではないことは承知している。小柄であることがハンディなら、自分が生きやすくなるように工夫しなさい、という知恵を母は授けてくれた。男を騙す工夫は母への反逆であるが、ここで浮かんだ知恵よりも男を操りたいという思いの方が先行した。

それが大野木との出会いだった。信は大野木に会うと潔く「私はクニタカオルではありません」と告白して素直に詫びた。大野木はそのことには全く気づかず、もしも信が告白しなかったらずっと信じていただろう。

最初は大野木が気づくまでは騙そうかと思ったが、それは信の心が許さなかった。

「……いやー、気づかなかった。相当に耄碌《もうろく》したなー」

意味深に信を眺めつつ、大野木は頭をかいた。

「電車内でカオルではないと言うべきでしたが、あの場面ではきっかけが全然なかったのです。それから、私は高校生ではありません。社会人です」

信はよどみなく告白した。会ったのは上野駅近くの喫茶店である。コーヒーとサンドウイッチをそれぞれオーダーした。

大野木は「カオルさん」に久しぶりに会えるのを楽しみに思っていたのだろう。昨日から浮き浮きしていた様子が想像できた。総務部は庶務部ともいわれる部署で、臨機応変な対応も必要なセクションであり、会社内を司る部署でもある。それだけに社の内外に人望がある人物が担当することになる。簡単に言うなら真面目人間だ。

そして真面目人間ほど評判を気にするものだ。だから会社も家庭も巧みにかわすだろう。心の半分は悪いと思いながらもやめられないのが男と女の関係である。女関係で退職になったら恥だと、人一倍思うのも大野木のような男だ。準大手の要職にあり、女ごときでその地位を失いたくない気持ちが常にある。

だからちょっとだけ良心的に、ちょっとだけ悪女的に大野木を私物化するのだ。大野木の都合や考えは通させず、信が思い描くままに進めるのだ。「また会ってくれますか」は自分からは絶対に言わず、大野木に「また会ってくれる？」と言わせる。

すると一回が二回になる。主導権はあくまで信が握る。男を騙すのは意外と簡単だ。本物のカオルさんのことはこちらからは聞かない。話せば聞くだけのこと。自分も含めて、家庭状況はお互いの会話にしないことだ。

「住まいは埼玉県内。名前は信です。携帯も含めて私には電話がありません。私が電話します。バイトでつまんない仕事をしています」

これだけ伝えて、周囲をがっちりガードした。大野木は承知した。それを手始めに週一度の割合で会った。大野木は「毎日が明るい。信ちゃんのような可愛い子と食事できるなんて、この歳ではもうないものと諦めていたからね」と笑顔で言う。

大野木の言葉に嘘はない。「お礼に何か買ってあげる」と言うのを、「始まったばかりですから」と断った。うまくいった。しかし善良な男を騙すのは本当は辛い。良心の呵責はあるが、ここで躊躇すれば自分への嘘になる。どこまでうまく行くかは予想がつかないが、大野木は信の餌食になった。

ともかく大金を一度には使わせないこと。金の切れ目は、縁の切れ目になる。小遣い程度で長続きする女になることだ。若い女を失いたくないのは男の常だ。

約一ヶ月後、「おじさんを楽しませてくれたお礼だ。洋服を買うといいね」と言いながら大野木が十万円をくれた。信は心の内で笑いながらそれを受け取った。その気にさせるのは簡単だ。その間に大野木は、一度として肉体関係を迫る気配も言葉もない。それを言うと嫌われるというためらいがあるのだろう。ファミレスなどへの出入りの際には、信が積極的に手を握った。大野木へのサービスだ。

大野木は出張と言って会社を出て勤務中にも信と会う。総務部長の地位にありながら随分出鱈目な話だと思うが、そういう時は都内を離れて会う。時には大宮や川崎へも行く。

信はバイトだから、いくらでも時間は作れる。しかし大野木は、会う時間を作るのに大変そうだ。それでも信が会いたいと言うと時間を工面する。しかし四ヶ月目には、彼と会うのを少しだけ控えた。大野木を嫌ったのでなく、別の男に会うためだ。一方では大野木を操り、もう一方では別の男を見つけた。

男は自営業である。バイト仲間の美奈と居酒屋に行った時に、隣のテーブルに座っていた男だ。男は美奈と顔見知りだった。別の店で美奈に向かって冗談気味に「女を世話してくれたら小遣いやるよ」と言った。そのことを美奈が信に話し、信が「いいわよ」と答えたのが始まりだった。

美奈には援助交際のオジンもいる。オジンは不動産業で居酒屋店主の知人だ。だから美奈の飲食代はツケで、オジンが後日払う。美奈はこの男にマンションの家賃も払わせている。

一人の男に多くの金を出させると、その男の言うがままになってしまうのが、人情というやつだ。しかし男女間に人情は不要。そいつが嫌いになったら終わりにするのが一番だ。

美奈は「ノブちゃんも都内のマンションに入りなさいよ。おじさまが家賃払ってくれるから。嫌いになったら捨てるの。男なんて余るほどいるんだから」といつも言うが、本当にそのとおりだ。美奈から話があった時は、その場は笑ってごまかしたが、その数日後に「一人の男では不満なの。それでいいならいいわよ」を条件に交際することにした。

ともかく一人の男の自由にはならない主義でいく。主導権はあくまでも女だ。バブルは弾けてもアブク銭を握る商売はまだある。握った金を吐き出させるのは女の役目だ。男というものは、酒と賭け事と女に使う金は惜しまないものだ。それらは借金しても使いたいものだ。

二人目の男も思う壷にはまった。信が男に「おじさまとは長く交際したいの。だから大金を使わせたくないの。おじさまの納得する範囲で小遣いをいただけたらそれでいいの」と言うと、男は目尻を下げて「分かった」と言った。

数度食事して約一ヶ月後に十万円もらった。「おじさまの納得する範囲で」に意味がある。欲張りではなく良心的に見せるが裏を読んだ。信はそのやり方に自信を持つようになった。

これなら働かずに月に数十万円は稼げる。満員電車に揺られて勤めても所得税、住民税、健康保険料を引かれると残るのはたった十数万円。バイトやパートでは十万円に満たない。ところが男に会うだけで、仮に十人としたら月に五十万円は入る。それも税金はゼロだ。

今は自分には若さと健康がある。若さと健康を利用しない手はない。体を売るなら病気感染も予想されるが、絶対に体は売らない。いつかは気を許せ、体も許せる男が現れるかもしれない。愛も芽生え、恋もするだろう。その時はその覚悟で挑む。

短大卒で就職し、両親に黙ってその仕事を辞めた時、父は「成人すれば親の考えは押し付けぬ。幸せになろうと不幸になろうと自己責任だ」と言った。そのとおりだと思う。男を騙して金銭を得ることは悪だ。それによって何があろうと、親に迷惑はかけない。体を壊してもそれは自己責任だ。これまで以上に体と心の自己管理が必要になる。だから煙草をやめたのは正解だった。飲酒も一人ではしない。男を誘うには少しは酒も必要だろうが、一応は酔ったふりで男のなすがままになるように見せかけ、肝心のところで突き放す。身も心も酒も男の思うままにはさせない。信はそう心に誓った。

信は半年に二人の割合で新しい男をつくった。その間にはただ一度の逢瀬で見放してしまった男もある。その原因は男にある。ケチだからだ。ケチの癖に体を要求した。女を扱うのは上手なんだ、と言わんばかりに信を弄ぼうとしたからだ。金に潔しとしない男は信の好みではない。

そういう意味では自営より勤め人がいい。大野木のような社会的地位のある者は、女と交際していることを懸命に隠そうとする。それでいて簡単に別れようとはしない。要するに社会的地位も、若い女もほしいのだ。

いずれにせよ信のやり方は、いろんな偽名を使い分け、下の名だけを告げる。それで充分。一度でも一緒にコーヒー飲んだ男は、必ず次回も期待する。そこで別れ際に「近々電話するわ。名前はキミと覚えてて」とちょっとだけ拗ね、鼻にかけるように言って、一週間と待たせずに電話すると、男は飛びつかんばかりになって持ち場の仕事を投げてでも指定場所にやって来た。

また、男を見切るには絶対に先に行って男を待たない。男が電車で来ようとマイカーで来ようと、一秒でも時間に遅れたら躊躇なく切る。交通事情で遅れようと「約束は約束だ」と責める。ある男は、数万円を喫茶店のテーブルに置いて謝ったが信は許さなかった。「私に会いたい男がたくさんいるのよ」と大見栄を切ってテーブルを離れた。

大野木だけには自分の名前は信と名乗ったが、他の男には住まいの方向も仕事ももちろん実名も話していない。電話もないと言っている。信に切られた男が仕返ししようとすればできないこともないが、たかが女の一人ごときに仕返しもないだろう、と信なりに考えている。

社会的地位のある男は、自分の価値を落とすのは避ける。二度も会えば、信の勘が男の長所短所を見抜いた。男は信の誘導尋問の前に簡単に本音を吐いてしまう。……この男は女に飢えてるナー。金を払っても妻以外の女とアバンチュールしたいと思っている。それなのに職場や身近な女に手を出す勇気はない。職場の女に手を出したらたちまちセクハラで訴えられて裁判になるか、退職する羽目になるかも怖い。信は、善くも悪くも男は自分の思うままになるという自信を持った。


一方健は、自分は信の何番目の男なのかと思っていた。工藤刑事の話では、信が殺害される前に頻繁に会ったのは八人だという。信は一日に複数の男に会う時もあるだろう。月に二回くらいが十人と言うがそのほかに新規もある。男に対応していく信のエネルギーたるや大変なものだろう。

これでは仕事などは持てない。一日に三人弱会わないとノルマは達成できないことになるからだ。男に会うノルマを果たすためには信なりに努力しただろう。体調は常に万全であることが必要だ。煙草を吸わず、酒も一人では飲まず、ある程度は男の勧めるままに飲むが、絶対に一線は越えない堅いガード。男によってはすぐには信を離さないだろうが、信はそんな執拗な男は嫌いだし、その辺りはあらかじめ察知していた。

一方、男の方では、信に会う時間を作るのに閉口しただろう。大野木のような役職者は退社時間はあってないようなもの。信と約束し、夕方近くになって仕事の都合でキャンセルしたい時もあったろうが、信はそれを認めなかった。そんなことをしたら躊躇なく縁切りだ。

男に会うのが仕事にしても、健は信の執念に異常性を感じた。信は分刻みの日程表を持ち歩いていたに違いない。同じ男に会う度に名前が違うわけにはいかない。名前にも苦心しただろう。初めて知らせた名前を確実に記憶し、男の名前の下に偽名でキミ、メグミ、シノブなどと記したはずである。

戯れの後に。

マスコミ報道

信の通夜に、健は行く勇気がなかった。しかし今日の葬儀には、工藤刑事ら数人が参列するという。焼香と同時に、容疑者が様子を窺いに参列する場合があり、それらを見張る役目もあるというのだ。

一パーセントでもその可能性に期待し、葬儀屋と交通整理員になりすました刑事数人が不審者を見つけようと目を光らせているはずだ。現場の様子をビデオ撮影して事後に遺族と見て、参列者が小糸家や信個人に関係しているか否かを確認しようというのである。

しかし参列者は少ないだろう。決まった仕事を持たない信だから仕事関係はゼロに等しく、同級生の付き合いも少ないからだ。健は思う、ここでカイ嬢がどう出るのかが問題だ。もしもカイ嬢が事件に関係していたなら、参列はしないだろう。彼女がどこに住んでいようと、国内なら新聞も読むだろうし、ニュースも見聞きするだろうから、信事件を知らないはずはない。事件に関係がなければ、参列しても信との関係を遺族に申し出る必要はなく、ただ焼香すれば済むだけの話だ。もしカイ嬢が現れれば、それは必ずビデオに映るだろう。

工藤刑事はビデオを一緒に見ましょうと健に電話をくれた。

健は信の遺体にすがって、「信がその気になれば、僕達は結婚だってできたんだ。別れる時に言ったではないか。『何かあったら電話するから番号を変えないでね』と。だから僕は毎日電話を待っていた。だけど一本の電話もくれずにこんなことになるなんて。いったい何があったんだ!」と叫びたかった。

信の交際した男は、親子かそれに近い年齢差がある、とマスコミが報じていた。その男が恥も外聞もなく葬儀に参列するとは思えない。その男にしても、報道の全てが事実と思っているわけはないだろう。

また両親にすれば、報道してほしくないことまでもマスコミはどんどん世間に流してしまう。しかし信が死んでしまった今となっては、その真偽は確認しようもない。一方的で不公平だ。報道を視聴した人達の多くは、信は男を誑かして金を貢がせた悪い女というイメージで受け取るだろう。

マスコミは恐ろしいと初めて知ったが、だからといって反論はできない。それに証拠が揃い過ぎだ。二戸のワンルームマンションと、そこに納めていた洋服類の多さ。どう計算しても女一人の稼ぎでは揃わない。親にすれば、小娘ごときに騙されて金を貢いだ男が悪い、と思いたい。男を利用した結果にはなるが、信は肉体の代償を払ったに違いない、と擁護したいところだ。その相場は分からないが、それも合意の上の大人の行動だ。

しかし信じたくないのが、交際相手が二十数人もいたという報道だ。もしそれが事実なら動機は金ということか。中には現金を工面できない男もいたと思うが、信に会うには現金を持参する必要があった。いずれにせよ、親には理解できない魅力が信にはあった。だから男はなんとしてでも工面して現金を持参した。しかもそれを、信はさも当たり前のように受け取っていたのだろうか。

金の目的だけで男に会ったとは思いたくないが、本当に目当ては金だけだったのか。親としては娘を金の亡者に育てた覚えは絶対にない。それは妹を見れば分かるだろう。「独立したい」などとは一度も言ったことはない。冗談だろうが、「親と同居が一番楽だ」とさえ言う。姉妹を差別して育てたはずはない。信はどの辺りから金の亡者か守銭奴になってしまったのだろう。

短大だけは親の責任で卒業させた。社会に出れば何があろうと自己責任だと確かに言い聞かせたが、卒業後に就職した会社は一年も経たずに辞めてしまってアルバイトに移行し、そのわずかの期間だけは家から通った。

ある時、信から「ワンルームマンションに移りたい。多少の蓄えはある。家賃は自分の働きで出す」と懇願された。それまでにいくつかの仕事替えをしたことはうすうす分かっていたが、果たしてどれくらいの蓄えがあるのかという疑問はあった。しかし本人があるというなら信用しよう、と親は思った。

最初の会社を除くと、健康保険などの社会保障のない職場ばかりだが、社会人になったからには、と自己責任を通させた。ある程度の冒険と自由を欲するのは大人になった証拠だ。親は信の行く末を見守ることにした。

しかし信を独立させるには、他の親より勇気が要った。信は小柄過ぎる。夜道の帰りに危険はないだろうか。これまでは帰宅した顔を見れば安心できた。しかし独立すればそうはいかない。帰宅途中に暴漢に襲われたら反撃の力はあるのか。

だがそうした心配は全くの杞憂で、襲われるどころか男を襲った。もとより力では負けるが、女の性《さが》で男心を襲った。というより操った。バイト先を頻繁に替え、そして辞め、決まった職を持たずに、まるでそれが仕事のように男と会った、と警察とマスコミ報道は一致している。どんなに悪評されようとも親は耐えるしかない。携帯電話に番号登録されていたのが手掛かりとなって、警察は交際した男の数人に聴取したそうだ。

親としては男に会い、どんな交際、どんな関係だったのか真相を知りたい。警察報告とマスコミ報道ではなく、直接本人から聞きたい。親にすれば警察は狡い、信が交際していた男に会わせろというのに、それは駄目だという。手を下した男がその中にいるのではないだろうか。

だが、交際していた男には全部アリバイがあると警察は言う。殺害現場はさいたま市大宮区内らしいが、まだ断定はされていない。それもハンドバッグがゴミ収集所で発見されたからの判断で、確実にゴミ収集所周囲での犯行かどうかは不明だ。別の場所で殺害して、荒川に運んだとも考えられる。

ゴミ収集所周囲の聞き込みは当然行われ、信の顔写真をいろいろな人に見せたのだが反応はない。信らしい影すらない。大宮区内か近隣で誰に会ったかも不明だ。交際した男がさいたま市内にいたのは確かだが、この男は荒川には遠く、むしろ元荒川に近いところに住んでいる。

元荒川は人体や大物を遺棄するには水量不足だ。この男には地の利があると推測はされているが、家族や職場からの聴取を合わせるとやはりシロだろう。事件前後の行動を考慮に入れてもシロだ。また携帯に番号登録していた男以外に信が交際した男が周囲にいたかも不明だった。

それにしても報道は不公平過ぎる。テレビは被害者の顔写真、氏名、年齢まで明記してマンションさえ映している。遺族にも人権があると同時にプライバシーもある。それなのにマスコミ陣は枕元へも土足で踏み込んでいるようだ。容疑者、あるいは犯人の目星さえないままに葬儀が行われるのは、親としては悔し過ぎることだった。

その日、葬儀会場の見える一角で、工藤と若い刑事はマイカーに乗って見張っていた。もちろん刑事は、別の場所にも配置されている。健から聞いたカイなる女が葬儀に参列するのでは、との期待を込めているのだ。

バンパーのポールに新聞社の旗を結んだハイヤーは、葬儀取材の車である。テレビ局やラジオ局のロゴマーク入りのワゴン車も各社が勢揃いし、やや離れた位置でスタンバイ態勢にあった。

警察では信と交際していた男、つまり健を聴取した結果、カイ嬢らしき女が、信の周辺に存在したことが捜査中に浮かんだ。この女の消息が分かれば、信事件の犯人逮捕に繋がるだろうというのが警察の思惑である。

しかし、信とカイ嬢はあの時点で縁が切れたと思っている健は、彼女が仮に事件に関係しているなら、絶対に葬儀には参列しないとする読みに賭けた。関係しているなら知らぬふりする。それが一般論だが、警察はカイ嬢は捜査状況を知りたくて参列するだろう、と考えた。

もちろん彼女の件はマスコミ発表せず、工藤刑事と数人の刑事の他には健が知っているだけだ。カイ嬢が「どうして私のことはマスコミで報道されないのか」と気になり、参列して捜査状況を知りたくなるはずだ、というのが犯罪者心理に強い警察の見解だった。

また警察では、犯人逮捕に繋がればと、小糸家と町内会の許しを得てビデオ撮影することにした。葬儀場までは西葦川駅から徒歩で約二十分。歩くのは女には難儀だ。葦川駅からはさらに遠い距離なので、恐らくタクシーを使うだろう。タクシーの場合は、葬儀会場からやや離れて下車するに違いない。肉眼で確認するなら、タクシー下車から会場までの道程だ。

健はカイ嬢が葬儀に来ないことを念じた。それが後日のことになるにせよ、カイ嬢の細い手首に手錠がはめられる姿は想像したくない。健の想像では、殺害場所から川に運ぶには車だろう。殺害場所はたぶん屋内だ。しかし屋内から車に運ぶには、カイ嬢の細腕では無理だろう。もしも何者かに依頼したのなら、葬儀場に現れたら証拠隠滅に苦労した甲斐がない。ともかく彼女はここには来ないだろうと健は思うのだった。

葬儀が終わった後で、健は葦川署に行った。ビデオを見るのは本当は嫌だ。しかしわざわざ工藤刑事が電話をくれたことを思うと無視はできない。それより健は、信が火葬にされ、煙突から噴き出る煙を少しでも近い場所で眺めたかった。煙を眺めつつ瞑目すれば、おのずから信とのことが甦るだろう。

健はできることなら、信を殺した奴をこの腕で掴みたい。掴むだけでは物足りない。警察に代わって自分が犯人を罰したいのだ。罰は死があるのみ、だ。だから犯人がカイ嬢であってはならない。

ビデオにはカイ嬢は映っていなかった。それらしき姿もなかった。

まず遺族と刑事達で葬儀参列者の女性を、特に若い女性をリプレイと停止で確認し、その後で健に確認を求めた。喪服姿で映っていた数人の若い女性は、高校と短大の同級生数人だった。香典袋の氏名は、卒業生名簿で確認されたが、姓も名もカイと呼べそうな氏名もなかった。同級生らの参列は、名簿全体から見ると少なかった。

工藤刑事は「せっかくご協力いただいたのに、無駄足させてまことに申し訳ありません」と謝った。健はまたパトカーで送ってくれるというので、恐縮した。後から刑事二人が乗り込み、若い方が運転してくれた。健は「余計なことですが」と前置きしてから尋ねた。

「工藤さんは僕の目には刑事には見えませんね。本当なんですか、あの人には慈悲と鬼畜が同居しているという話は」

「……ついでに閻魔とイエスも、です。工藤さんは、地位はヒラでも時には警察本部長、時には刑事部長、です」

「警察の中でそんなわがままが許されるのですか。ご本人はずーっとヒラがいいっておっしゃってましたが」

「そう。昇格試験を受ける、受けないは自由なんです。しかし受けなければずーっとヒラ……。僕らでは許されない。これは工藤刑事の実績でしょう。これまでの検挙率の……」

「ということは、工藤さんに任せれば事件は百パーセント解決？」

「百パーセントではありませんが、それに近いと思っていいでしょう」

工藤刑事がそんなに優秀とは思わなかった。しかし優秀な刑事が信事件の担当とは喜ばしい。カイ嬢もまた、工藤刑事の手にかかればやがて消息が知れるだろう。

しかし警察組織では、一人のわがままが許されるのだろうか。昇格試験を拒否し、役職も辞すという か返上してしまう人物が実際にいるとは！　警察関係を問わず、多くの役所や企業に勤務する者は、昇進して役職を得ることを望み、同時に多くの金銭を得ようとしているというのに……。

健は西新井警察署近くでパトカーを降りた。駅へは五分と要しない。ゆっくり駅に向かって歩きながら、カイ嬢の所在について考えた。

電話帳の北区版に甲斐姓はない。住民登録がないこともこれまでの捜査で分かっている。ではカイ嬢は偽名で赤羽に住んでいたのか。健がよく車で送った辺りの半径五百メートルの聞き込みでも、収穫はゼロだった。しかし姓がカイでなく、軒並みに一人住まいを訪ねてもカイ嬢らしき人物が浮かばないのはなぜだろう。結婚で氏姓が変わったのか、それともカイを甲斐姓と考えたのが間違いなのか。

不動産屋に聞き込み、カイと称して一人暮らしの女性を赤羽地内に斡旋しなかったかを、赤羽と東十条で営業している三十数店舗に当たった。しかし七年前の東京は、もう完全に過去のもの。彼女が住んでいた辺りも激しい住民移動があって当然である。分譲なら半永久的に住んでいると考えられるが、賃貸は短期間に移動する。もしカイ嬢が住んでいたとしても短期間ではないだろうか。

工藤刑事は、カイ嬢らしき女が駅へ利用したであろう道を歩き、朝と夕にこのような女性に出会っていないか、また、八百屋と豆腐店にもそれらしき女性が買い物に来なかったか、という聞き込みをしている。

女の消息に関して一番参考になるのはクリーニング店らしい。衣服によって当人や家族の生活の様子があらかたは分かるという。カイ嬢は水商売の経験があるから、ＯＬや主婦より洋服類は多い。職業柄酒と煙草臭がきついために数度の着用でクリーニングする上客だ。

信の場合もクリーニング店の記憶は正確だった。カイ嬢の場合も利用しているクリーニング店なら絶対に記憶があるだろう。カイ嬢はSサイズだが、SはMサイズに比べるとわずか二割前後らしい。クリーニング店はその辺りも記憶している。お客に対しては、名前は出鱈目でも電話番号を聞いて前払いで伝票を書く。それなのに、カイ嬢らしき女性は健が送った周辺では確認できていないのである。クリーニング店を全く利用しないのは不自然に思うが、コンビニ内にも取次店がある。逃避生活をしていたなら、意識してわざと遠くの店を利用することも考えられる。

健は、何らかの方法で、カイ嬢が勤めていた派遣会社の内容が分からないものかと考えた。社長の鏑木が蒸発しようと、社の形が消えようと、登記所に行けばその概要は分かる。当然に警察はその辺りも調べたはずだ。

現在の社会情勢では、会社の浮沈や倒産は日常茶飯事である。しかし倒産などで会社が消えても、その関係者が事件に関与していれば警察は徹底的に捜査する。

しかし巴商事の倒産とカイ嬢の不明は別ものだ。倒産して、会社はなくなっても従業員名簿は何らかの方法で残っていると思うのが警察であり、厚生労働省だ。採用前には面接するからその際の履歴書があるはずだ。それらが一つも残っていないとすれば異常だ。

赤字は嘘で本当は黒字のケースもよくある。黒字だと納税義務がある。納税が嫌で赤字に見せる虚偽決算もある。これはより重大な罪だ。鏑木という社長は警察に協力的であるかないか以前に、行方不明のままだ。その辺りを今度工藤刑事に聞いてみよう。健は警察の人間ではないから、調査したり聞き回ったりしてはまずいことになる。

これは後日明らかになったことだが、ある朝、巴商事の事務員が出社したら事務所内の様子が変だった。金庫の上や書類棚がいつもと違うと感じたのである。

盗難にあったかと思って、警察に電話する前に社長の鏑木宅にダイヤルしたが、呼び出しているのに出ない。会社ではめったに鏑木宅に電話することはないが、普段は妻の頼子が出る。こんなに待たされたことは、これまでなかった。

事務員は会社が危機にあることをうすうす承知していたので、まさかの遁走を一瞬だけ思った。会計担当に会社の金が横領されて資金繰りに苦心していたのも知っていた。鏑木が別会社を興そうとして失敗したのなら、雲隠れも蒸発も驚きはしない。鏑木は会社の事情を世間に知られぬままにしたいと思っていたが、それよりも噂が先回りしていた。

結局は鏑木家に電話は通じなかった。事務員は金庫内部や書類をもう一度確認してから警察に連絡しようと、社内にあるはずの少額の現金と預金通帳や書類を探したがいずれもない。そこで事務員は、これは盗難ではなく、社長が持ち逃げしたと思った。

盗難なら貯金通帳や諸々の帳簿類は持っていかない。鏑木は帳簿類まで持って逃げた。見られてはまずい記入があるからだ。事務員も帳簿には不正記入のある事実をあらかたは承知していた。横領した会計担当も不正を承知していた。横領は許せないが、それを告発しなかったのは、会社そのものの不正発覚の方が怖かったからだ。

鏑木は前日の午後、銀行にあった預金を全額解約し、金庫にあったわずかの現金と書類を持って蒸発した。いわゆる夜逃げだ。書類の中には雇用者名簿もある。それを持っての蒸発はそれなりの理由があった。派遣雇員の水増しである。雇用していない人員を、さも雇用したように帳簿に載せた二重帳簿だ。しかし工藤刑事が当時どの辺りまで巴商事の状態を把握していたのかは健には分からなかった。

捜査では、健が車で送った辺りにカイ嬢が住んでいた形跡はなかった。しかし彼女がこの付近に住んでいたのは確かだ。水商売するにあって通勤を考慮すればこの辺は非常に便利な場所なのだ。

健との交際のきっかけとなった遅刻の場面を思えば、彼女はバスや電車通勤ではない。持ち物から推測しても遠方から乗り物を利用するほど遠くに住んでいたとは思えない。

住んでいたとすれば、バス通りの北本通りや地下鉄の志茂駅より赤羽駅に近い所だろう。あの時は駅からやって来たのではないのも確かだ。彼女はハンドバッグは持たず、化粧ポーチ大の小物だけを所持していたという記憶が健にある。あの中に入るのはコンパクトとハンカチとティッシュと小銭入れぐらいだろう。

カイ嬢が信と仲良くなれたのは、通勤で同じ電車に乗っていたことも一つの理由だろう。ともかく短期間でもあの辺りに住んでいたことは間違いないが、ただ単身か否かは不明だ。健が単身と思ったのは間違いだろうか。

結婚は別にして同居人がいたのか。それも水商売ならあり得る。水商売は単身を名乗った方が都合がいい。華奢に見える女は特に、だ。健が思ったように男は手をさしのべて力になってやろうという気になりやすいからだ。

葦川署に捜査本部を置いた埼玉県警は、八十人態勢で捜査に当たっていた。しかし既に四日が過ぎたのに、一つとして犯人に繋がる手掛かりはない。正式発表はないが、健にはそうとれる。正確な殺害場所すら不明だ。

殺人事件は「初めに場所ありき」が解決の第一歩という。殺害場所さえ判明せずして捜査の前進はない。ハンドバッグは間違いなく大宮区内のゴミ収集所で発見された。これは確実だが、大宮区内で信が殺害された証拠はない。犯行場所は別で、犯人はバッグだけを大宮区内に投棄して捜査を混乱させたのだろうか。

警察では当該ゴミ収集所の通常利用者にも聞き込みをしている。アパートと戸建てを含めて十三家族、四十二人の関係者がいる。独身者、二人住まい、子供や年寄り連れの家族もある。時には関係者以外が深夜に投棄することもある。事件に関係する物品なら、通常利用する場所は避けて離れた場所にするのは犯罪者に共通する心理だ。

隣のゴミ収集所は百メートルと離れてはいない場所にある。収集所を移動するのに五分とかからない場所だから、ゴミ収集所に全く関係がない住民が通りすがりに投棄することもある。車で遺体搬送中の投棄もあるだろう。

いや、それをするには国道や幹線道路からも荒川へ行くには奥に入り過ぎている。時間的ロスがあり過ぎる。犯行者の心理では一刻も早く遺体を始末して、関係がないふりをしたいはずだ。大通りからわざわざ車を入れないだろう。

死体を丸裸にしたのも、殺害前か殺害後かは不明。いずれにしても剥奪《はくだつ》した着衣が邪魔になる。着衣はまだ一枚も発見されてない。遺体と一緒に荒川に遺棄したのか、搬送中に投棄したかも不明である。

バッグが発見されたゴミ収集所周辺の輪を広げて捜査したのに、バッグ以外の遺留品はなかった。ゴミ収集所に投棄したなら、既に焼却されている。バッグと遺体発見の時差があり過ぎたことも、着衣発見を遅らせている原因のようだ。

搬送記録によると、バッグ発見当日の午前中に市営焼却炉に搬入、とある。当該車両だけでなく、半径一キロ周辺の収集車両も午前中に搬入している。警察ではバッグ発見のゴミ収集所を中心に半径五百メートルを重点的に聞き込みした。そこに散在する三百戸を超える住宅と信の遺体とバッグは関係があると判断したのだが、一回目の聞き込みは手掛かりがなかった。

もとより全戸から聞き出せるわけはない。住民は仕事で外出中の人もあり、旅行中の人もある。二回目の聞き込みを行ったが手掛かりはなく、この辺の住民は全く事件には関係ない、と警察は判断した。信の写真を見せても反応はない。犯行は別の場所でバッグだけが行きがけに投棄された、と捜査員はみたのである。

もしそれが当たっているなら、犯人の手にまんまと乗せられたことになる。健が警察の捜査に言及したり問題点を指摘したりする権利はないが、警察は犯人逮捕を軽くみていたのではないか、と思う。バッグ発見場所と遺体発見場所は直線距離で約十キロ、道路距離にして約十二キロである。遺体を積んだままでバッグを発見場所に投棄したとは健には考えられない。

遺体を河川に遺棄するには、満潮と干潮時間を知らないと不可能だ。また河川がカーブしている澱みの辺りは、時間帯によって水位が大きく違う。干潮時間を知悉していても水位の下がった流れへは人も車も数時間は近づけない。ヘドロのぬかるみは人も車も寄せ付けず、行くなら四輪駆動車を用意して干潮時間を前もって把握する必要がある。

要するに、遺体を積んだ車がそこへ行くとは考えにくいのである。犯人が一刻も早く遺棄したい気持ちがつのっていたとすれば、殺害場所は大宮区内か荒川沿岸と考えるのが妥当ではないだろうか。また、バッグの発見場所は大宮駅に比較的近い。ここは信がどんな事由で都内から出かけるにしても、電車に乗ればすぐであり、まさに信の行動範囲と考えられる。

しかし確証はないが、信には大宮駅利用の交際相手はない、と警察はみている。それは信の携帯電話に番号登録がないからだ。慎重な信は、交際の前に電話番号を登録する。信に番号を教えないのは危険な男だ。男の素性を分からないままの交際はない。これは別の男を聴取しても分かる。安全第一のしたたかさだ。

ところで大宮区内を殺害場所と断定し、遺体を荒川へ搬送するには複数のルートがある。一度でも橋を渡って都内に入った者なら簡単にできる。橋上から投棄することも、河川敷に乗り入れて遺棄することも可能だ。

河川敷の多くはゴルフ場や野球場になっている。日中は広範囲に人の姿があるが夜はないと思っていい。時には若者がデートの延長を車内で楽しんでいる。河川敷の深夜は真っ暗だ。河川敷に車がとまっていても不思議はない。翌朝六時頃になると野球の練習はあるが、深夜帯なら悪事の決行は可能だ。

大宮区内から荒川へはどのルートを使っても数百メートルから数キロ。車で十分以内である。埼玉県警は、信が殺害されたのは十二日前の四月二十八日の一両日であろうとの検死結果を念頭に、遺棄されたであろう場所を懸命に捜索している。

この間に大降りでないが周囲に雨が二度降った。その雨は河川の増水に直接は影響がない。影響があるのは群馬県境や荒川上流と同水系周辺の雨量だ。よほどの大雨でない限りは増水に直接は影響がなく、海水の満潮時の方が増水する。

満潮になると、葦川市と赤羽側に架かる新荒川大橋のやや上流まで逆流して澱み、あるいは渦巻いて海水と淡水の混ざり合う様が見える。また干潮になると流れが早く、あらゆる浮遊物を流す。

信が発見されたのは新荒川大橋より約一キロ下流だ。緩いカーブで浮遊物を一度留める場所でもある。軽い物は長時間の留まりはなく、引き潮時の急流とともに流される。石油缶、ポリ容器、塩ビ品、犬猫の死骸などはヘドロに一度は埋まるが、満潮になるとそれらの一部を再び上流に押し戻し、あるいは一部を下流に流す。

頭髪と陰毛に付着していた泥の具合からも、十二日前後の浮沈と流れ戻しがあったとする検死結果は妥当であろう。また、胃や腸の内容物の消化具合からもそのように断定された。

死亡時刻は食事の約六時間後と推定され、夕食を六時前後に摂ったとすると、殺害されたのは午前零時頃になる。手足の指の一部の欠落は、水棲動物の食いちぎりと考えられる。その箇所には魚類等と推察される小さな歯型痕がある。体の無数の傷は死亡前のものとは考えられず、裸にされたことで浮遊物やその他にぶつかっての傷であると断定された。

遺棄後の気管の働きはない。これは気管内にわずかの泥やその他が一切詰まっていないからだ。一度でも気管に働きがあれば、水分と一緒に微細物が気管内に詰まるはずだ。また首には、紐状の細い物で絞められた痕がある。紐はビニール製で、縄状に捩られたものと思われ、三ミリから五ミリの太さの市販物と推測される。

膣内に精液や粘液のないことから、数時間前や直前の性交の形跡はない。さらに殺害直後か数時間後に流れに投げ込まれたかは不明である。死後数時間はどこかに遺体を隠した可能性はある。

首を絞められる苦しさでの失禁も考えられるが、失禁の有無は不明。着衣遺体の場合は失禁があれば沁み跡が必ず残る。長時間水に浸かっていても着衣に沁みた尿や便は必ずある。しかし信の場合は裸にされたために失禁の有無は不明である。

性交があれば精液が膣内に残る。また、精液が女性器の分泌物と混じり、膣内や膣壁や外唇部に付着し、それらの一部が下着等に付着するのが普通だが、これも信が裸にされたので不明だ。証拠を残さないためにコンドームを使用したとも考えられるが、コンドームを使用しても女性器特有の分泌残留物で性交の有無が分かる。これらを総合すると、強姦後の殺害でないことは明白である。

そうなると犯人は女性とも考えられる。いや、失禁の時間もない速さで首を絞めたと想定すると、やはり女の犯行は無理だ。何の抵抗もないままに女の手で一気に絞めることは至難の業だ。女二人がかりでも殺害後の始末に苦労するだろう。酔って熟睡しているか、薬物で眠らされた場合でも、女手では簡単に室内から運び出せないだろう。ちなみに、胃にも血液中にも薬物やアルコール分は検出されていない。

殺害後に搬送していることを思うと、前もって用意周到に準備したのだろうか。初めから殺害するつもりで会って、大宮区内か近隣で食事したのだろうか、それとも会っての成り行きか。金を使わせているのに、男が一番欲している性交をさせないことへの憎しみからか。

その辺りがトラブルの元になるのが男女関係の特色だ。「これだけ金を使っているのになんでさせないんだ」と男が迫る。しかし、「金では身も心も売らない」と信は自分に誓っている。簡単に抱かれてなるものか、と男を突き放す……。

捜査本部は半月前にさかのぼり、信が連れの男と食事したのではないかと想像し、食事提供場所に聞き込みをしている。信の胃で消化された残留物を分析した結果、米飯とハンバーグと野菜中心の食事後に、やや間をとって餃子を食べたと断定したのである。

ハンバーグとされた理由は、一部未消化の粒々が豚の挽き肉だったからである。米飯、ハンバーグ、野菜サラダはファミレスのメニューの特徴だ。被害者はその後に餃子の店に寄ったと思われる。警察は当然国道17号沿線のファミレスと中華飯店と米飯を主にしているレストランに聞き込みをしている。17号沿線とその他の幹線道路沿線なら車利用だ。駅周辺なら電車利用と考えられる。

戸田橋から大宮周辺までの17号沿線には、三十店舗を超す和洋中のファミレスがある。昔ながらの食堂と定食屋も五十店舗をゆうに超す。それらの店を聞き込みしているのに「全く手掛かりはゼロ」と警察は発表した。ラチのあかない警察を揶揄するような報道をした新聞もある。

健は新聞を読んで断言した。信と男は定食屋などは利用していない。信と交際中に健は一度としてファミレス以外の飲食店に入ってはいないからだ。健が信を憎めないのは、彼女が食べ物と洋服に贅沢を求めないからだった。信は贅沢そうに見えてもブランド品は欲しない。ブランドスーツ一着分で、普通のスーツ三着か四着は揃えていた。品質より数を優先したのである。

二人で寿司屋へ入ったこともない。形ある肉は食べず、挽き肉の入ったハンバーグか餃子だった。餃子は彼女の好物で、健が一人前なのに信はいつも二人前。信の腹はどうなっているのかと思ったほどだ。食事して一時間と置かずに餃子二人前を食べるのである。

健が「腹がどうなってるんだ」と言うと「女って普通は男の前では気取って大食いしないけど、私は平気よ。だってその方が私らしいでしょう。私って贅沢もしないでしょう。普通の女なら寿司とかステーキと言うでしょう」と答えたが、確かにそうだ。信以外の女はこんなに大食いしなかった。

信は別の男の前でも同じように振る舞っただろう。「食べた後にゆっくりしたいの。ファミレス以外は食べるとすぐに外に出なきゃいけないようだから」というのが彼女の口癖だった。

そのとおりだ。信は食事後はのんびりしたかったのだ。このことは交際した男に再聴取すれば確証がとれるはずだ。一緒に利用したであろうファミレスを、男達全員が覚えているはずだ。

そこまで考えた健は、すぐに工藤刑事に電話した。

「ファミレス以外の聞き込みは無駄です。信は一度も一般食堂は利用しなかった。食べた後にのんびりしたい、が口癖でした」

工藤はありがとうと礼を述べた後で、「再度ご協力を願うこともありますからその節はよろしく」と言って電話を切った。

しかしどのファミレスも、信らしい女性が食事した覚えがないらしい。ウエートレスらも、信が殺害されて荒川に投げ込まれたテレビニュースは見ているはずだ。ワイドショーは信事件を何度も報じている。一度や二度は絶対見ているに違いない。

それに信の場合は、百パーセントと言っていいくらいに父親かと思うほどの年齢差がある男と一緒だ。同年くらいのカップルなら気にしないウエートレスも、年齢差のあるカップルなら、どんな関係だろうかと控え室などで時々は話題にするだろう。当然客の観察と噂話は禁じられているが、そうは言ってもウエートレスも人間だ。信の可愛さは気になるだろう。

ファミレスの設計によっては、客席が見えるようにした厨房もある。それは客の顔色や様子を窺うためでもある。客のあらさがしではなく、自分がこしらえた料理を果たしておいしく食べてくれるかどうかを時々は観察するためである。

ウエートレスが料理を運び、客が料理に箸を付けて口に頬張り、「うまい！」と唸るか頷く顔を見る時がコックの一番うれしい時であると聞いたことがある。客を興味本位に見るか、噂の種にするかはコックの人間性の問題だ。

信は小柄で可愛いから、どこの店でもスタッフの記憶に残るはずだ、と思うのは健の買い被りだろうか。「ハンバーグ中心の食事の後に餃子を食べた」とニュース等で知り、「もしかしてウチの客ではないだろうか」と思わないのだろうか。

警察は盛んに協力を求めている。「無駄になるかもしれないが連絡してみよう」とは思わないのか。無駄情報と思ってもそれは警察が判断することだ。健はテレビに出て叫びたい。「どんな小さなことでもいい。信らしきを見た人は警察に連絡してほしい！」と。

もちろん警察では、ホテル等の聞き込みもしていた。信か信に似た人物が同伴で利用していないかを調べるためだ。事件当時だけでなく、数週間前にさかのぼって聞き込みは続けられていたが、ホテルは駅周辺と国道沿線を含めて戸田市から大宮区内までに七十数軒もある。それでも刑事達はそれぞれ信の顔写真を持ち、身長や体型を説明して連日聞き込みをしていた。

対象は大型ホテルではなく、古い言葉で言うなら連れ込みホテルと車利用のモーテルが主だ。時代は変わってもそれらのホテルはカップル利用と思っていい。だから宿泊、休憩ともに正確な記帳はない。連日の聞き込みにもかかわらず信らしき形跡は浮かび上がってこないようだ。健はこの捜査も無駄だと思った。なぜなら信という女はそう簡単には性関係を持たないからだ。


それからさらに十日が過ぎたが、捜査に進展はないと健はみた。それとも進展があるのにわざと発表しないのか。健は誰よりもその捜査状況を知りたかった。しかし知っている限りを全部聞かせてくれ、と工藤刑事に迫るわけにはいかない。工藤刑事はこれまでもぎりぎりの話を健にしてくれている。本来はあり得ないことだ。その辺りが慈悲心とイエスの心とを持ち合わせている刑事なのか。

それにしても警察は、捜査状況をマスコミにどの程度まで発表しているのだろう。テレビも新聞も独自に事件を追い、警察発表と合わせて報道している。それらを視聴した限りでは、これまでのところは犯人逮捕に繋がる有力材料はない、と健はみている。警察は今回の事件を侮ったのだろうか。ワイドショーも新聞もそのような表現をしている。「早くも迷宮入りか」の文字も躍っているようだ。

ワイドショーは信のマンションを映し、女性キャスターが勝手なことを語っている。マンション住民の後ろ姿が映ると、それに合わせて「犯人が早く捕まるといいですね」と言ったが、こんなセリフは誰でも言える。「犯人が捕まらないといいですね」などと誰も言うわけがない。健は少しだけ見てすぐにテレビを消した。

マスコミは信の長所は言わずに短所ばかりを言う。「お前らは本当の信を知らない。キャスターのお前より、信の方がずっと可愛くていい女だった。だから多くの男に好かれたんだ」と消えたばかりの画面に向かって叫んだ。

警察の調べでは、信は金を無心して派手な生活をしていたと思っているかもしれないが実際はそうではない。その証拠に聴取された男は、信との交際で金を使っていても悪者にはしていない。警察はプライバシー保護のために公表していないが、マスコミ各社は男達のうちの数名を独自取材で見つけ出した。男は顔を隠し、音声を変えて登場しているが誰も信を悪者にしていない。

会う度に金は使うが、女と遊ぶものだからと割り切っている。パチンコしようと風俗に行こうと金は必要だ。どう使うかは男の力量次第だ。「金がかかり、時には憎らしいと思うこともなくはないが、殺すまでは考えたことがない」と話す男もいた。健は見えぬ男の顔に、「そうだそうだ、信はそういう女だ」と呟いた。本心そのままではないにしろ、その男が信を好意的に見ていた証しだ。

交際男の中に容疑者はない、とする警察発表は正しいだろう。とすると、流しの犯行だろうか。流しとは行きずりの犯行だ。信のこれまでの交際相手を聴取した結果、男達は住所は教えないまでも勤務先、仕事内容、電話番号を彼女に教えていた。「それが交際条件よ」と言われたという。信は自分の住まいも仕事も電話番号も教えず、正確な氏名も言わずに、である。

ある男は、テレビで殺された信の顔を見て、初めて正確な名前が小糸信で、住まいは葦川市と分かったという。「信の賢さを考えると、殺されるなどとはとても考えられない」とも語っていた。「初めは人違いかと思ったけど、一度でも同席すれば忘れない顔。美人じゃないが可愛さと愛嬌に参ってしまったんだよ。勤務先には信と同年齢の女性もいるが比較にならない知性と教養があったね。躾よく育てられ、お嬢様大学を出た娘と思っていたよ」と言った男もいる。

またある妻子持ちは、「信とは結婚できなくても、金が続くならずっと傍らに置きたかったね」と言った。しかし健は信は普通の家庭の娘で、信よりカイの方がお嬢様育ちのように思えた。カイ嬢こそ知性と教養に満ちていた。信が知性と教養ある女に見えたというのは少し変だ。信とカイ嬢はどこかで入れ替わったと錯覚しそうだ。

カイ嬢の正体

健は会社に連休を取りたいと申し出た。最近は何度か警察署に行ったりして充分に休養が取れずに疲れを感じたからだ。今日は工藤刑事に会う予定はないが、事件についてゆっくり推理してみよう。推理というと少し大袈裟だが、健なりに事件を考えてみたいのだ。

健が梱包会社へ出向していた経験を生かし、巴商事に登録していたカイ嬢らしい女の様子を聞こうかと思ったが、既に刑事陣は協力を得て参考人聴取したはずだ。しかしなにぶん約七年前のことであり、顔写真がないのと正式氏名が不明なために充分に聴取できたはずはない。

本当に奇妙な会社だ。鏑木と妻は行方をくらましたままだ。元の会計担当の男も行方不明のまま。しかしその会計担当が生存しているのは間違いがなく、年に数度は妻に電話で、「俺を探すな」と言って切るそうだ。

鏑木夫婦は子供がないのをいいことに、住民登録をせずにどこでも暮らせる。家族に就学者がいると逃避行は難しい。鏑木は逃避途中に帳簿類を廃棄したはずだ。そのためにバイト雇員の氏名住所を警察でも調べきれなかった。

警察では帳簿に大きな不正があったとみている。梱包会社に送る人数は求められたとおりに送っても、賃金を払う時点で総合人数をごまかしていたのではないか、という噂も聞いた。応募した訳ありの人間を実名登録せずに、偽名で裏帳簿に記したらしい。

もしかしてカイ嬢も偽名登録したのだろうか。作業後に賃金を日払いで支払えばそれも可能だ。このようにして巴商事は長年にわたって幽霊雇用で蓄財したのだろう。それを会計担当に見破られ、相当額の現金を持ち逃げされたというわけだ。

やがて警察では、巴商事に登録していた一人をやっと見つけて証言を得た。それはほぼ警察が予想していたとおりだった。その人物が募集広告を見て面接に行くと、鏑木が面接したそうだ。そして、「街金融から金を借りて返済できずに厳しい取り立てで逃げ回っている。身元を隠したいので偽名で雇ってくれたらありがたい」と言うと簡単に雇ってくれた。常識的には駄目だろう、と思っていたのに変な会社だ、と思ったそうだ。

それから数ヶ月働いた後に社長夫婦が夜逃げと聞いた。「噂では赤字と聞いていたのに本当は儲かっていたんだなと思った。自分以外にも訳あり登録者がいたかもしれません」と証言したという。

そこで警察が一歩踏み込んで、この人物にカイ嬢の容貌を説明すると、「何年も前のことですから正確な記憶はないのですが」と前置きして、以下のように証言したという。

「そんな感じの痩形の女性がいた気はするが、名前は記憶にない。ここでは名前を知らなくても仕事はできた。毎日別棟の別フロアで別人と組んで作業するというシステムだったから、今日出勤しても明日は来ない。たとえ一日だけ顔を合わせても、明日は会わない人も大勢いた。春と夏と冬休みは高校生と大学生が多い。面接して登録すれば自分の都合でも働けた。急ぎの仕事がある時は会社から電話がくる。それが魅力だった。その人も短期間だと思う。だから詳しくは覚えていない」

会社そのものがいい加減と思っていたが、そのとおりだった。どんな理由があろうと偽名雇用は違法だ。事故があったらどうするのだ。偽名では病院にも行けない。幽霊雇用で水増しすれば納めるべき税金が浮く。二重脱税が発生する。バカ儲けである。会計担当が見破った以上に大儲けしていたろう。だから表帳簿も裏帳簿も雇用者名簿も持ち出したのだ。

一日二人を幽霊雇用し、月稼働二十四日で四十八人。一日八千円として三十八万四千円。所得税はゼロ。おいしい幽霊だ。鏑木の月給を五十万円とし、月給以外の三十八万余円は大きい。一日三人ならもっとおいしい。おいしい思いをするとやめられない。幽霊雇員は曰《いわ》く付きが多い。鏑木はその「曰く」を握った。雇う方も雇われる方も罪悪感がある。場合によっては互いに脅しもできる。会計担当は立場上鏑木の二重帳簿を察知した。脅さずに横領した。まさか警察には届けないだろうと。しかし、家庭を捨てる羽目になった。

しかし、と健は考える。カイ嬢が仮に偽名登録として、信に偽名を語る必要があるだろうか。二人が知り合ったのは巴商事ではない。友達になろうとするのに嘘を名乗る必要はあるまい。そもそも罪を犯して逃避する身ではないだろう。

カイ嬢に「曰くあり」か。いや違う、健が思うカイはどこまでもお嬢様だ。交際期間のあの素振りは自然体だった。数週間では交際の中に入らないかもしれないが、五十男、イヤ、あの頃は四十路男の前で、にわか作りのお嬢様ぶりをして何が得られるというのだ。

にわか作りは疲れる。健の思うカイ嬢の振る舞いには、嘘も飾りもないと信じている。それなら、お嬢様育ちがどうして昼夜働くのだろう。カイほどの器量なら夜昼に働かなくても仕事はあるだろう。仕事には貴賤はないが、どうか健の信じるカイ嬢であってほしい。

一緒に働いた者も知らないカイ。近くに住んでいた者も知らないカイ。しかしカイが幽霊でもいいから、初めて健が見た印象でいてほしい。たとえそれが嘘の名前でもカイ嬢を信ずる。信事件はもとより、他の犯罪とも関係がないカイを。それにしても警察は、どうしてカイ嬢らしき女についてマスコミに発表しないのだろう。

しばらくしてから健は自転車で図書館に出かけた。書籍は買わずに図書館利用で済ましている。辞書以外に書籍らしきものは健の部屋にはない。誰かが健の部屋を見たら、この男は書物に無縁な人間だと思うだろう。そう思われてもいい。新刊が発売されてもすぐには読めずに順番待ちもあるが図書館利用で充分だ。市区町村が税で購入する書籍を利用しないのは損だ。

横道に入って五百メートルほど走ってから、健は「あれ？」と呟いた。あったはずの精肉店がない。精肉店と並んでいた民家跡を囲む形に、青いシートが張られて工事中のようだ。囲いの中からモーター音がする。一本の鉄パイプが突き出ているのはボーリングだ。跡地にマンションが建つのだろう。

健には原田精肉店の記憶がある。三年くらい前に数度買った。あまり売れない店と思っていた。

「原田精肉店……」

何気なく呟いた。肉を買っただけで何の縁もない。

戯れの後に。

「……ハ、ラ、ダ」ともう一度呟いた。原田といえば原田かい。カイは甲斐で、原田甲斐である。「あっ」もしかして、これはカイ嬢に繋がるものがあるのでは、と健はふと思った。カイ嬢は甲斐姓ではなく、もしや姓が原田などで、名前がカイではないのか。

姓を文字にすると面倒で読みにくいとか、字画が多くて書くのが難しいなどの理由があるのではないだろうか。信に電話番号のメモ紙を渡す際に、カナでカイと書いたにはそれなりの訳があるような気がする。

考える前に工藤刑事に電話が先だ。信事件はカイの消息が分かれば早く解決する気がする。早く公衆電話を見つけよう。しかし携帯電話が増えたことで使用頻度の少ない公衆電話は撤去されたようだ。あったと記憶していた角にない。健は電話を探すより家に帰ることにした。

工藤刑事は署内にいなかった。捜査でさいたま市内と近隣に出ている旨の返事だった。予想はしていた。もちろん健は工藤刑事の携帯番号までは教えてもらってはいない。個人番号を教わるほどの信頼はない。

電話に出た者は、「至急連絡させます」と言って電話を切った。数分後に電話がくるだろう。今頃は無線で応答し合っているはずだ。

健は足立区中心の電話帳を捲った。読みにくいか字画の多い姓にはどんなものがあるだろう。足立版にカイ嬢の番号は載っているはずはないと思いながらも、何かせずにいられない。そこへ呼び出しベルが鳴った。

「工藤です。電話をわざわざありがとう」

「お忙しいところ、ご面倒をおかけします。いい話になるといいのですが。ちょっと失礼な質問になりますが許してください。……歴史上の人物で原田甲斐という人をご存じですか」

「……はらだかい？　ああ、伊達騒動の原田甲斐宗輔？」

「そうです。原田甲斐を、とある場所で思い出したら、なぜかカイさんに行き着きました、彼女は原田姓ではないでしょうが、下の名前がカイではないでしょうか。姓が読みづらいか字画が多いために簡単な下の名前だけを言ったとするのは短絡に過ぎるでしょうか。夜の仕事もカイならそのまま源氏名になります」

健はラインの向こうで工藤が一瞬息をのんだのを感じた。

「姓は〇〇で名前がカイ。ということは我々が姓がカイと決めつけたのが大間違いで、住民台帳も無駄だったわけか。源氏名もカイ。うーんあり得るナー。よーし、警視庁の協力を得て字画が多くて書くのに面倒か、読みにくい姓を運転免許センターで当たってもらおう。下の名はカイ、年齢は三十代。ありがとう増田さん！」

工藤の声が弾んでいた。信の捜査もカイ嬢の消息も暗礁に乗り上げているのだ。健が思っていたとおりだ。今朝のニュースも解決に明るい内容ではなかった。警察を揶揄するかのように書いている新聞も増えている。

カイが姓でなく、名であったとは誰が思うだろう。自分を紹介するのに姓を言わずに名だけ言うのは変だ。書くのが面倒だったり読みが難しくても、普通はフルネームを名乗ったり書いたりするべきだ。

それが面倒なら、ボードか紙に書いてルビを振ればいい。どう考えたって下の名だけでは不自然だ。通常なら風俗の源氏名だ。

風俗では素性を知られたくないために同僚にも本名を語らない。呼び名は源氏名でいい。いわば符号だ。信とカイ嬢は風俗以外で知り合ったのに、カイはカイと記したメモに電話番号を書いて信に渡した。フルネームを言うとまずいことがあるので、それを意識して隠したのか。では電話番号はなぜ教えた。信の話ではカイ嬢が進んで教えたようだ。フルネームを告げると重大な支障があったと思うのは早計だろうか。

警視庁の答えは簡単に出るだろう。運転免許センターに依頼し、変わった読みや字画が多い名字を探すのだ。読みが面倒な姓で下の名はカイ。カイは漢字かカナか不明という条件でリサーチすればいい。カイからは聞いていないが、彼女は運転免許は持っているはずだ。健は運転免許の有無の会話なんてしなかった。運転免許証には顔写真が貼付されている。カイの消息がそこで一気に解明されるような気がする。

カイ嬢は本当はどこで水商売をしたのだろう。健がカイ嬢と会食したのは赤羽駅周辺の居酒屋とファミレスが主だった。七時前後になると散会して駅へ数分歩く。それから彼女は電車でどこへ行ったのだろう。着替えず、そのまま店に出る服装だった。

源氏名はカイ、当時で二十六歳くらい、小柄で華奢、住まいは赤羽辺り。これをポイントに聞き込みするのだ。フルネームと顔写真が分かっていればなおさら有利だろう。いや、七年前となるとかなり厳しいかもしれない。なにせ出入りが激しいとされる職場だ。店が同じでもオーナーの急変もあるだろう。

健は思う。科学捜査の時代になったと言われてから久しいのに、どうして警察は信事件の解明を科学捜査先行で実施しないのか。毛髪や陰毛一本のDNAから犯人を割り出したニュースを見聞きすると、警察はよくやったと思うがあれは嘘なのか。あれは警察とマスコミの作り話なのか。信事件に限っては科学捜査は役立たないのか。

信は殺害後に裸で川に遺棄されたが、それによって多くの証拠品が洗われたことは確かだろう。殺害場所か遺棄場所が断定されればそこに証拠の何かがあると予想されるが双方ともいまだ不明だ。

犯人にとって一番注意を要するのは、屋内で殺したとして、死体を屋内から車で搬送する時だ。ここで誰かに目撃さえされなければ犯行は成功したと思うだろう。エレベーターがある大きなマンションは、深夜であろうと目撃される恐れはある。となると、戸口から車まで短距離の車庫付き一戸建てが現場か。小さなアパートで玄関に車の横付けができることがその際の条件だ。

それとも初めから車か。車中で信を眠らせた。いや、信はそんな手に乗らない。男には心も体も簡単に許さない。信は健の車中で一度も眠らなかった。睡眠薬か覚醒剤なども考えられるが解剖結果にそれはない。

賢い信は、薬物などを使用する男は相手にしなかった。酒も飲まない。勧められても自己を失うほどは飲まない。喫茶店でのコーヒーはブラック。眠らせようとしても薬物混入の機会はないだろう。信はコーヒーの味を知悉している。

殺害前の性交もない。首を一気に絞めるには性交時が最適と書いた小説がある。健はそんなことをしようと考えたこともないが、事実かもしれない。性交時ほど無防備はないからだ。

電話のベルが鳴った。工藤刑事だろう。よい話ならいいのだが。

「工藤です。よい知らせです」

声に弾みがある。免許センターがものを言ったのか。

「何か分かりましたか」

「増田さんのおっしゃるとおりでした。カイは下の名です。姓は黄金丸、黄金に丸です。カイは船を漕ぐ櫂です。一九七〇年生まれで現在年齢は三十七歳。本籍は千葉県九十九里町。父親は梶之助。櫂さんは四度目の免許更新をせずに一九九七年四月に失効。実家に電話しましたら随分前に連絡が切れたままという返事でした。都内の望星女子大学卒業の約一年後に訳の分からないまま連絡がとれなくなっている。当時は弥生野女子学生会館に住んでいました。親が偽っているとは思えません。免許証のコピーをファクスしますから、確認願います。記憶の顔と違うなら電話ください。捜査会議後に顔写真を持ち、京浜と山手沿線の歓楽街と弥生野女子学生会館や周辺の聞き込みをします。結果次第で千葉に行きます」

「……その結果を教えてください」と健は思わず言った。

「電話します。一度切りますからファクスの確認を願います」

受話器を戻し、ファクスの届くのを待つ。カイ嬢こと櫂の年齢は想像していたより年長だった。健との交際時は三十歳。想像ではもっと若かった。五歳以上若く見えたというわけだ。女は魔物という。容貌と体型から若く見えて当然か。若く見せるつもりはないのに、飾らなくても若く見えた。信との差は五歳。善くも悪くも男の場数を踏んでいたのか。

ピピー、と鳴ってファクス紙が吐き出され始めた。免許証が拡大されている。出てくるのが遅いのがもどかしい。

……拡大された分だけ淡く見える。それでも疑いなく櫂だ。約七年ぶりに見る顔だ。忘れてはいない。ファクス終了を待ち、両手に広げてよく見た。輪郭も目鼻立ちも記憶がある。知っている人物に見せれば櫂と確認できる。

一九九四年（平成六年）更新とある。次の更新一九九七年（平成九年）に更新せずに十年過ぎた。交際時には失効していたのだ。取得時の金と時間を考えれば、重大な理由がない限り失効させないのが普通だ。警察に行けない何かがあったのだろうか。

信とはいつ知り合ったのだろう。それが分かると二人の関係の深さも分かるかもしれない。死人に口なしとすれば憶測以外にはないのか。信と櫂の縁が切れたと想像されるのは一九九七年だ。運転免許を更新しなかった年の三年後だ。その時に信と完全に縁が切れたかは不明だ。

本籍は千葉県九十九里町×××一一〇番地、一九七〇年四月二日生。免許は一九八八年四月二日交付とある。これは大学入学前に地元で取得。十八歳誕生日の三ヶ月前から教習を受ける権利を利用して受験して合格。合格のまま保留し、誕生日を迎えた日に免許証を手にしている。

写しは、東京都公安委員会発行とある。大学生になって更新時の住所は文京区千石一丁目一一九番地。弥生野女子学生会館内とある。入学と同時に入居したままの住所だが、二度目の更新時には卒業しているのに住所が学生会館のままは変だ。

この頃の学生は会館の制約を嫌うから、そこを出てワンルームマンション等に移るケースが多いが、自分で出なくても卒業と同時に強制的に出される。それなのに彼女が住所変更をしていないのはなぜだろう。

高額家賃のマンションに住むために内緒で風俗のバイトをしている学生もいると聞く。当然大学側は風俗のバイトは禁じている。だが、制約や規則が守られないのは世の常だ。親に内緒でマンションに住みたいために住所だけは学生会館に置いたままのケースもあると聞くが、卒業後の数年にわたって学生会館に住み続けることはあり得ない。

もしかすると、櫂は在学中に風俗バイトをしていたのだろうか。その辺りが親との音信不通もあってよく分からない。櫂は別として、就職して何かの不都合で辞め、やむにやまれずに風俗やその他の水商売に走ったために親と縁を切り、さらには同級生とも自然に縁が切れた例はままある。帰省した場合に自分が風俗をやっているとは話せないからだろう。

買い被りになるが、健は櫂が在学中に風俗のバイトをしたとは考えたくない。とにかく工藤刑事からの報告を待つことにした。

健自身は櫂のお嬢様育ちをどこまでも信じている。櫂は卒業後に大学に残り、教授助手か事務関係の仕事に就いたとも考えられる。職員なら学生会館に継続入居することもあるだろうか。いや、それはないだろう。それは学生会館の趣旨と違う。まずは望星女子大学と弥生野女子学生会館への聞き込みだ。文京区と周辺区にはいくつものお嬢様大学がある。

櫂はペーパードライバーだった。ペーパーでもプロでも無事故無違反で住所変更もない限りは簡単に更新できる。この問題に関して健などが個人的に電話しようとしても、学生会館は管理が厳しいから返答を強く拒むだろう。悪意をもって考えたくはないが、櫂が実家に連絡せず、消息がないことを思うと何かあるのではと思ってしまう。となると住まいを転々としていることもあるだろう。しかし櫂は現時点では犯罪者の証拠はない。警察がやり過ぎないようにしてほしいものだ。

健は工藤刑事に櫂のことを話してしまったのが始まりで、捜査が横道にそれてしまったような気もする。だが、信事件の捜査が進展しないのを思うと、櫂の行方を追う警察の考えは正しいとも思う。

工藤刑事が櫂の実家に電話したところ、櫂は数年にわたって音信不通のままという。それは信じてもいいだろう。櫂は意識して逃げているのか、隠れているのか。親は何があろうとその消息は知りたいはずだ。櫂は親に顔見せできないほどの重罪を犯したのだろうか。だが、現時点では警察にも事件の確証はなく、親に対しても参考人として話を聞くしかなさそうだ。

健は自分があまりにも櫂を善人と思い過ぎているのかと訝った。今夜は眠れそうにない。信の事件の捜査状況もだが、櫂が気になる。一刻も早く消息を知りたい。そしてどんな理由があろうと丸く収まって、再び櫂が実家と行き来できるようになればいいのだが……。

捜査員は、都内の歓楽街と文京区の弥生野女子学生会館の聞き込みをするだろうが、これは場合によっては警視庁への協力要請が必要だ。状況次第では九十九里町に行くと工藤刑事は言っていた。

さっきの電話で「連れていってください」と喉まで出たが、健はかろうじてこらえた。自分にはそこまでの権限はないととっさに思った。本心は工藤刑事からではなく、親から直接に聞きたい。櫂がどうして親と連絡しないのか。どういう生活を送っているのか。免許証の更新ができないどんな理由があったのか、をだ。しかし、健にはそれを聞く権利も資格もない。

健が会社の休みを取ったのは正解だった。仕事をしていたら信と耀が気になって安全走行ができなかっただろう。休暇中に耀の動向が分かると救いになる。耀の動向が分かれば、信の捜査も進展するだろう。

しかし今日のニュースは、信の捜査に進展はないと言っていた。このままでは事件の報道は新聞から消えてしまうような気がする。すでに全国版からは消え、都内地区版と埼玉版に載るだけになってしまった。逮捕か重要容疑者が浮かばない限りは全国版にはもう載らないだろう。信事件以後も殺人事件は数多く発生している。新しい記事を載せないと読者は飽きてしまうことを編集部は知っている。解決へ進まないと掲載はさらに縮小される。その前に大きな進展がほしい。明日は耀の動向が多少は分かる。それによって信事件の解決に繋がればいい。

工藤刑事は、両親が耀の行方を隠しているとは思えないという。隠しているなら耀が罪を犯したことを親も知っていることを意味する。健は心の中で、今夜中に先回りして九十九里町に行って耀の様子を聞きたい、と思う。「報道関係者です」と言えば近隣住民は話してくれるだろう。

現地に行かなくても、電話でもおおよそのことは聞けるだろう。耀がどんな少女時代を過ごしたか、そして親との関係もだ。……しかし、それはしない。してはいけない。工藤刑事は普通には絶対に聞かせない捜査状況について健にだけは聞かせてくれている。感謝こそすれ卑怯なことをしてはならない。本職の刑事が捜査に奔走しているのにその邪魔をしてはならない。

風俗や水商売の聞き込みは日中より夜が有効だ。彼女達は日中は寝ているか別の仕事があり、主婦でもある。また、化粧なしの顔を見られることを嫌う。彼女達は本当は優しい心の持ち主なのだ。それが何かの弾みで夜の酒場で男に媚びる仕事をすることを余儀なくされたのである。

彼女達はそれが事件に無関係なら話すだろう。逆に隠すなら関係があることを意味する。知っているなら隠さないでほしい。健の思う櫂はどこまでもシロだ。櫂が信事件に関係した夢などは見たくもない。


健がもしかして、と思っていた櫂の卒業後の就職先はずばり当たっていた。翌日午前の工藤刑事の電話はこうだ。

櫂は望星女子大学の事務職員として採用された。大学事務職員として就職できたので親も大いに喜んだ。弥生野女子学生会館にそのまま住み続ければ、大学側が娘を管理してくれるだろうと期待した。親は櫂の卒業後は、地元の町役場に就職させようと思っていたのに、大学職員に採用されたのは結婚には好条件だ。大学職員はいわば持参金代わりになると思ったそうだ。

また黄金丸家は漁協組合長を務め、地元では格式ある家系だという。健の思っていたとおりだ。代々続く黄金丸家は、櫂をお嬢様に育てていた。これに関しても工藤刑事は、「増田さんの勘が当たっていました」と言った。

十数年前から弥生野女子学生会館やその他の学生会館では空き部屋が多かった。そこでやたら空き部屋にするより、大学勤務の者に対しては特別処遇で近辺のアパートより格安家賃で住まわせていたそうだ。しかし会館側では、「子供の頃から個室が当たり前。お嬢様育ちの彼女達は相部屋は耐えられないのでしょう」と語っていたという。

さらに燿についての情報もあった。彼女は定時に終わる業務に時間をもて余してバイトをしていた。短時間で大きく稼げる水商売である。燿は大塚駅周辺のスナックで面接を受けたが、燿の履歴書を見たオーナーは簡単に採用したという。

それはそうだろう、有名女子大卒のお嬢様が面接に来るとは予想しなかったからだ。態度にしても驕りや気取りがなく、都会育ちにはない素朴さがある。容姿にも問題はなく、小柄だと客受けすることを商売上知っているオーナーは、「これは絶対に売れる」と目論んだ。源氏名はカイ、本名は店の者には絶対に公表しない約束で採用した。カイはたちまち売れっ子になった。数日でカイを指名する客が増えた。

学生と職員のアルバイトを禁じている大学は、燿の不規則な生活に気づいて詰問したという。すると燿は、「私は都内選出国会議員の娘の家庭教師をしています。絶対にその氏名を口外しない約束で引き受けたので今は話せません。娘さんが大学に合格したら話します」と言ってその場を逃れたそうだ。私学関係者は国会議員に弱いことを職員になって知っていたのだ。

一度はうまく切り抜けたのだが、まずい客がいた。学校事務所を数度訪問した取引先の人間が燿の店に来て、この女は絶対に黄金丸燿だと確信した。学校事務所では顔写真入りのプレートを常に胸に着けている。その人は氏名も顔も記憶していた。燿もその人を覚えている。

その夜はなんとか切り抜けたものの、秘密とはなかなか守れないものだ。しばらくは何もなかったのに、備品納入の入札に負けた腹いせに、その客が「大塚駅近くのスナックでカイと名乗る女が働いている。水商売を学校は許しているのか」と電話でバラしたのである。燿は事務長に詰問されると、「間違いありません」の言葉と一緒に退職を申し出た。

もしそれが事実なら、退職というより解雇に値する。約款のアルバイト禁止事項を破り、家庭教師だと嘘を言ったからだ。大学側は櫂の知らぬ男を店の客にして動かぬ証拠を掴み、抗弁を許さなかった。櫂は数日後に弥生野女子学生会館を出る羽目になり、身から出た錆で職も失った。

運転免許は学生会館の住所で更新したが、その後はしていない。警視庁運転免許センターのコンピューター上も失効している。親に正直に話すこともできず、住まいと職場を一緒に失い、櫂の放浪生活が始まった。しかし持ち前の器量良さは櫂を暗くせず、お嬢様に育ってはいても漁師の血筋だ。大塚のスナックを辞めた後は、場所替えをしながら身分保証のない仕事を続けているらしい。櫂が初めて勤めた大塚の店は既にない。そこまでが警察が大学側から聞いた櫂の過去であった。

さらなる聞き込みが続いた。大塚の後は京浜東北沿線の駅周辺で働いていたという噂があったが、現在の所在は不明である。水商売で多くを稼ぎたいなら、山手線と地下鉄を利用すれば池袋へも新宿へも上野周辺へも行ける。スナックもバーもクラブも無数にある。それらの正確な数は把握不可能だ。また、色香を売るいかがわしい店もある。

健は櫂が色香まで売ったとは想像したくない。それらの店は昨夜はあっても今夜は消える。全ての聞き込みは不可能だ。それも約十年の幅がある。それでも絶大な警察力を駆使すれば解明されるだろう。いや、警察には絶対に解明しなくてはならない使命がある。

健が初めて会った頃の櫂は、お嬢様風を捨てたはずなのに良家の格式が身に付き、振る舞いや仕草が自然に出ていた。代々続く黄金丸家は櫂をお嬢様にするために厳しい躾をしたのだろう。それは尋常な厳しさではなかったはずで、礼儀作法から始まる華道や茶道も同じように厳しく仕込まれたのだろう。彼女の腰と頭の下げ方が健の脳裏にある。あれは夜の酒場で男に媚びるだけの儀礼的作法ではない。一時は男に媚びる儀礼かと思ったが、数回の同席で儀礼ではないと感じた。この櫂に比べると信の礼儀作法はなっていない。親しき仲は礼儀なし、を地でいっていた。

何が何でも田舎町から東京のお嬢様大学に学ばせようとする自負が親にはあったろう。それが櫂には重荷であったかもしれない。何かしようとすると黄金丸姓が頭をよぎる。幼少時に「あなたは黄金丸家の娘よ。黄金丸の名を汚すようなことをしてはいけませんよ」と厳しく言い聞かせられたことが、櫂が黄金丸家を捨てる原因か、とも思う。「過去の名声より今を楽しく」こそ現代の生き甲斐。櫂にはそんな思いがあったのではないだろうか。

櫂が初めてバイトをした店を大塚駅周辺と聞いた捜査員は、暴力団関係の店かと予想しつつ聞き込みをしたが、そうではなかった。水商売でも一般の者が営む店もある。むしろ一般の人が営むケースの方が多いのに、悪い連中が水商売は自分らの特権だと勝手に勘違いしているのだ。

しかし堅気の人にはなかなか経営しづらい商売かもしれない。数年前の暴力団対策法成立により、ショバ代とかミカジメ料だのと対価を要求する事例は少なくはなっているが現実にはまだある。ショバ代などを要求されても毅然とした態度と言葉で断ち切るには勇気がいる。

警察にしても、事件解決には時には悪い連中への聞き込みも必要になる。暴力団などが関係した事件でなくてもだ。歓楽街の事件は特に彼らへの聞き込みが重要だが、それは彼らが警察よりも強い絆と裏ネットで繋がっているからだ。それは外部に対して敵対する際にも大きな力を発揮する。特定の人物を探すなら、警察力より悪の組織に依頼した方が早くて確実な場合もある。

しかし悪への依頼は、それ相当の対価が要る。正当な捜査とは別に、刑事達は独自ルートの情報源を持っている。それが度を越すと、警察と暴力団の癒着として時にはニュース種になる。敵対する暴力団の麻薬取引を押さえる時には、こういった情報とタレコミがきっかけになるケースが多い。

警察の京浜東北沿線の駅周辺、御徒町駅から山手線の池袋駅周辺の歓楽街の聞き込みは夜明け近くまで行われていた。池袋では五十組百人以上の刑事が櫂の顔写真を手に聞き込みを行っている。それは一夜だけでは終わらないだろう。埼玉県警が百人もの捜査員を投入していることを思えば、いかに櫂の発見に力を入れているか想像がつこうというものだ。

健は熟睡できないままに朝を迎えた。

工藤刑事は今頃は九十九里町に向かっているだろう。昨夜の聞き込みは夜明け近くまで続いたが、櫂の消息は分からないまま一度は終了した。オーナー、店長、コンパニオンと称する女性達に櫂の顔写真を見せ、その体型や特徴を話しても反応がなかった。

やはり七年前の歓楽街は完全に過去のものになっているのだろうか。二日前の消息ですら明らかにならない場合もある。彼女達を取り巻く男も女も、過去を探られるのは嫌いなのだ。

数百店の女達に櫂のことを聞いて反応がない、ということは櫂は夜の街に必要とされなかった人間なのか。水が合う合わないがあり、本人がどんなに努力しても合わぬ者は流されてしまう。聞き込みは今夜も続けられるだろう。

工藤、杉野の両刑事は、車で九十九里町へ昼前の到着を目標に出発した。彼らは昨夕から始まった聞き込みを深夜まで続けたが、夜明け少し前に署に戻り、工藤は署内で仮眠した。会議後に「車中で眠るから」と若手の杉野刑事にハンドルを握らせた。

出発前、杉野刑事は千葉県の地図を見て九十九里町の遠さを嘆いた。それはそうだろう、東京湾に面した内房側は何かと地図を見る機会もあるが、太平洋側は町名すら知らないのが普通だ。成田空港へも高速道路か電車で行くだけで、その途中に何町があるのかを知る必要はない。知らなくても行ける便利なカーナビが導いてくれるからだ。

健は工藤刑事の九十九里町での行動に期待していた。耀が罪を犯してない予感は当たっているような気がするが、どんな些細なことでも信の事件直前の行動を知っているなら刑事に話してほしい。

親に連絡がない娘の行方を捜して親の所へ行くのも考えによっては変だが、親と対面すれば刑事魂が何かを見抜くだろう。隠しているなら引き出すのが仕事だ。隠そうとする心がちょっとでもあると顔に出る。近隣住民の証言や噂も参考になる。事件解決には噂もバカにできない。「悪事千里を走る」の諺のとおりだ。

悪行の噂は一夜に広がり、善行は百回しても広まらない。耀に悪の行動があるなら九十九里町にも届くだろう。いや、黄金丸家が地元の有力者であることを思うと、その一歩手前で止まっているのかもしれない。

午後に工藤刑事から健に電話があった。九十九里町には約六時間滞在したが、既に東京に向かっているという。「充分ではなかったが」と前置きし「両親に会って事情を聴き、近隣に聞き込みもした」という。「五時過ぎには帰れる。近くのファミレスで待ってくれるとありがたい」と告げて電話を切った。

信事件当初のマスコミ報道は、簡単に犯人が逮捕されるだろうという論調だった。葦川署捜査本部は、成り行きから犯人逮捕は早いと見たのだろう。一刑事の軽い言葉がマスコミに漏れたと考えられるが、事件を甘く見ていたことは否めない。娘の死が軽んじられたようで、親族にはそれが悔しかった。

京浜東北線、山手線の各駅周辺の歓楽街では依然として櫂の聞き込みが行われていた。櫂の過去を知っている人間が絶対に存在する、と捜査本部はみている。しかしコンパニオンと称する彼女達に聞いても、知らないの一点張り。「知らない」は、本当は知っているからとも取れる。「知ってて知らない」は、櫂が大物のせいかもしれないし、誰かの命令なのかもしれない。命令なら、さらなる事件に繋がる可能性がある。何者かが操り、「知らぬ存ぜぬを通せ」という指令を出しているとなると、闇の組織が関係していて、それが信の殺害に繋がる危険がある。

しかし、信の周囲に組織の影はないという。ここにきて組織の関与があったと発表しようものなら、警察はマスコミに叩かれてその無能さを国民に強く印象付けてしまうだろう。それは避けたい。

これまでも警察の無能を揶揄する記事が何度か出た。健は警察の無能さについては言わずとも、初動捜査に問題があるとは感じていた。捜査に手抜きはないとしても、人権無視の捜査は後日に面倒が起きないとも限らない。警察はそれを恐れているのではないかと思う。信と交際した男達にもっと厳しい聴取をする必要があるのではないだろうか。

バッグが見つかったさいたま市大宮区内の初動捜査に間違いはない。だが、バッグが見つかった辺りが殺害場所か、それに近いのかもいまだ不明だ。捜査を惑わすためにわざと大宮区内に捨てたと主張する刑事と、絶対に現場に近い場所だと主張する刑事に意見が分かれているようだ。

一方信については、今やテレビに信の顔が映ろうと新聞に出ようと、信に関する情報は寄せられなくなってしまった。さいたま、戸田、鳩ヶ谷、葦川、蕨やその他の市についても手掛かりはない。信を伴った男が食堂やファミレスに入った情報もない。健は信と一緒にファミレスに入ると、必ずというほど熱い視線が二人に向けられるのを感じたが、他の男と入った時はどうだったのだろう。客の目に残るカップルでなくても、ファミレスならウエートレスは必ず見ている。信の顔なら数日後に聞かれても答えられると思うのにどうして情報がないのか。

工藤と待ち合わせのファミレスに着いた健は、後から二人が来るからと禁煙席を申し出た。健は小部屋に案内された。テーブルを囲む形にソファと椅子がいくつか並べてあった。健は窓側の席を取り、コーヒーをオーダーし、男二人が入店したら通してくれと依頼した。

客の入りは四割くらいか。勤務時間が終わったのか次第に客が増えてきた。窓の外の駐車場には数台が駐車している。目の前は環状7号線。これは都内を環流する主要道路だ。五百メートルくらい先にある交差点のために渋滞が続いているようだ。工藤刑事の車も首都高速を出た途端に渋滞に入って遅れるだろう。それとも赤色灯とピーポー音で渋滞に関係なくやって来るのだろうか。

コーヒーが届いた時に、黒の中型乗用車が駐車場に入るのが見えた。助手席に工藤刑事らしき顔が見えた。パトカーと思ったのに違った。行った先をびっくりさせないように覆面パトカーで行ったのだ。越権捜査も越境捜査も平気でやる工藤刑事は、千葉県警にも地元警察署にも連絡せずに遠出したのだろう。

「お待たせしてすみません。やーや、九十九里は遠いですねー」と工藤が健に声をかけると、若い刑事がすかさず、「嘆きたいのはこっちですよ。僕が往復運転ですからね」と言った。

「若い者は当然だよ。俺は今夜もあるんだ」

「僕だってありますよ」

二人とも刑事らしからぬ会話である。

「だから感謝していると言ったろ」と笑いながら工藤はテーブルの向かいに立ち、健を若い刑事に紹介した。

「ご苦労さまです。こちらは増田さん。いろいろご協力を仰いでいる」

「杉野です。……いろいろ伺っております」

健と杉野が頭を下げ合っていると、ウエートレスが注文を取りに来た。

「コーヒーをもらおう。二つね」

ウエートレスが丁寧に礼をして立ち去ると、待っていたように工藤が口を開いた。

「増田さんのご指摘どおり、櫂さんはお嬢様でした。面目ありません。増田さんの考えには先を越されるばかりです」

「いえいえ、たまたま思いが当たっただけです」

「まずこの写真を見ていただけませんか。ご両親にお借りした櫂さんの写真です」

工藤は中判の茶封筒を開封し、三枚の写真を取り出して渡してくれた。いずれもカラー写真で一人の人物が写っている。一枚目の肖像はセーラー服姿で高校入学時らしく少女の面影がある。後は大学の時だろう。上半身と全身のスーツ姿で華奢だが、やや大人びている。健が初めて会った頃と変わらない。三枚目の社会人になっても大学入学頃と顔も体型も変わっていない。

健は三枚を交互に見比べた。懐かしい感じさえする。その櫂はどこでどうしているのだろう。健は拝むような気持ちで見詰めながら呟いた。

「私のように金持ちに縁なく育った者にとっては、彼女のように何不足ない生活は羨ましい限りなのですが、どうして実家と縁を切った生活などをするんでしょう。職業に貴賤はありませんが、どんな秤にかけようと水商売やバイトのために親と疎遠になる理由などないはずですがね。……やはり大学事務の時にバイトしたのが原因ですかねえ」

陽が暮れ始めた。窓外の灯りもだが、スモールランプを点灯して走る車が増えてきた。店内は天井の蛍光灯が煌々と照らしている。

ウエートレスがやって来て二人の前にカップを置き、コーヒーを注いだ。空に近い健のカップにも注ぎ足した。

「両親の話から推測すると、そのようです。成人しているので親へは連絡しない。よほどの不祥事か警察ざたでない限りはそうでしょう。バイトの件でもです。そりゃ当然成人すれば自己責任です。解雇されて一ヶ月半くらい経って何も知らないで母親が会館に電話した。櫂さんから電話も手紙も暫くないので、どうしているのかと思ってでしょう。音信不通は無事という諺はあるものの、母親は無事は無事なりに近況を知りたいのが本心です。そこで初めて娘が会館を出たことを知ったんです。解雇されてたのもそこで初めて知らされた。全く想像しなかったでしょう。ご夫婦が早速上京し、理事長に細部を聞き、解雇の本当の理由も聞かされた。娘がまさか、バイトで水商売しているとは夢にも思わなかったでしょうからね。

以前は月に二回くらいは母親に電話が来たそうです。連絡が途絶える二ヶ月くらい前の電話では、『携帯電話を買うかナー』と言ったのをやめさせたそうです。『料金が高いからやめなさい。公衆電話ならその都度料金が分かるから』とね。その時は思い留まったそうです。携帯を買う金は充分あった。住まいは学生会館で一般アパートに比較できぬ安さです。そこでも金は浮いています。相談せずとも携帯を買う金はあった。それを思い留まったのは素直さでしょうね。普通なら親に相談なく買うでしょう。結局は大学解雇と学生会館を追われる。そういうわけです」

「ご両親は何らかの方法で櫂さんと連絡とろうとか、捜すとかされたのでしょうか」

「思いつく範囲は尽くしたでしょう。地元警察へも黄金丸家の顔で依頼した。しかし、その時点では今回の事件には関係がなかった。私が言うのは何ですが、事件性はないと警察も動きようがないのが実態です。民事不介入が原則だからです」

「周囲の人はどうでした。水商売しているとか、風俗とかの噂は」

「あくまでも噂ですね。……なにしろ、誰も見てないですから。ま－、若い女性が実家と往信しなくなるのは水商売の先入観が一般的にあるからです。そうでもしないと都会で女一人は暮らせないからです。ともかくこの商売は収入源として手っ取り早い。警察でもその常識がありますからね。しかし人を捜すのに、一般の人に何が思いつけるでしょう。

黄金丸さんも仕事で東京へ行く度に知人に依頼し、行方だけでも知りたいと手は尽くされた。九十九里の青年衆に恥を晒して訳を話し、歓楽街で櫂さん捜しをしたこともあったそうです。我々が聞き込みして捜すのだって難しいのに、素人集団がどうして捜せますか。娘捜しを諦めたわけでないが、見つける方法はなかった」

「全ての手を尽くしたというのですね」

そう言いながら、健はふと櫂は自ら身を隠しているのではないかと思った。だから黄金丸櫂の氏名を伏せていた。彼女は黄金丸の家名を汚したくなかった。それほど黄金丸家の重圧があった。しかし黄金丸姓を捨てると同時に、心身共に軽くなった。そこで彼女はもはや格式に惑わされない自由な生き方を選んだ。

改めて健が数度の会食を反芻してみても、櫂は自分に関係ないことには見向きもしなかったような気がする。健は、そんな彼女の生き方を想像するのは本当は嫌だった。

「櫂さんは一人娘だった。夫婦はなかなか子供が授からなくて諦めていたそうですが、そこに誕生したのが彼女だったそうです。夫婦は当然のことですが、祖父母にとっても彼女が可愛くてたまらなかった。蝶よ花よの可愛がりで、箱入り娘の育て方をした。しかし可愛がる中にも、既に他界されたが祖母の躾は厳しく、日常の挨拶は子供の頃からよくできたそうです。茶道も華道も祖母が厳しく指導した。誰の目にもお嬢様大学に進学するのは当たり前だと思ったそうです。

命名したのは祖父で、黄金丸が船なら、漕ぐ櫂は船には付き物。先祖代々の漁師を忘れさせないために櫂と命名したそうです。上総の殿から褒美に名字をもらう時、たまたま黄金丸という名の小船を持っていたのをそのまま名字にしてもらったという。それが現在まで続く黄金丸家の由来です。燿さんには家柄の重みがずっとついて回っていたんですね。

　何不自由なく暮らしていた燿さんだから、急に不自由な暮らしはできないはずです。何をするにも金が必要でしょう。それに到底一人では隠れおおせることはできないはずだ。そこで両親は高校と大学の同窓生名簿を頼りに、黄金丸氏の顔でさまざまの手順で捜したのに手掛かりすらない。九十九里町出身の知っている限りの人々に依頼したそうです」

「僕は人を庇うとか隠すとか、囲うなんて考えたこともないのですが、誰かに依頼するにしても、大変なことでしょう。頼まれた方もです。それが長くなるほどにです。僕が彼女と交際した期間は、彼女が身を隠していたとか誰かに囲われていたという感触はありませんでした。駅に向かう姿は、いつも堂々としていたように思います」

「両親の承諾を得て、尋ね人広告を顔写真入りで全国紙に出してみようかという話をしたのですが、それだと自分からは名乗り出られなくなるだろうとご両親は言うのです。ここまで待ったんだから、ひたすら燿さんからの連絡を待ちたい、と言うのです……」

「親ならそうでしょう。事件に関与しているとか、隠れているとは夢にも思わないでしょう」

　ここで工藤刑事は、腕の時計をちらっと見てから健に言った。

「ところで彼女と事件直前の信さんとの関係なんですが、何かがあったのかもしれない。燿さんが自分の立場を語らないまま信さんに電話して会っていたとか」

「そうか、燿さんが誰かに信さんを紹介するということは考えられますね。金持ちの客が、こんな女、あんな女と指名してきた時にだけ信さんを差し向ける。しかしです、これは信さんの性格には合わない。信さんは男の勝手を許さない。たとえ糴さんが仲介してもです。男は金を払えば女は自由になると思うが、信さんは自分の勝手とわがままを通しても男には勝手をさせない。男の都合では会わない。糴さんからの電話でもたぶん……」

「ご指摘のとおり信さんが交際していた男は、一度として男の都合では会えなかったという」

「それが原因で口論になっての殺人は考えられますか」

健は、あくまでも糴が信事件に関係がないと信じている。糴を信殺害事件関係者の枠から外したいのである。

「増田さんは、信さんが交際していた男の中に犯人がいると？」

「漠然とですが……。一人くらいは信さんの行動を許せなかった男がいたかもしれません。会う度に現金を持参する必要に迫られたとか。捜査の専門家の方にこんなことを申し上げて失礼ですが、容疑者か、あるいは指示した者が身辺にいる。それもごく身近にいるという可能性もあるのではないでしょうか」

「それも充分に考えて私どもは捜査しています。殺害されたと思われる日を挟んだ一両日は、どの男にもアリバイがありました。ところがそれまで交際していた男には、なぜか三日間も会っていない。仕事のない信さんが、三日間誰にも会わないことはないでしょうから、新しい男に会ったとも考えられる。それは死人に口なしで推測以外にありません。マンションには在宅の気配はない、というのが、隣の部屋と向かい側の一戸建ての住民からの聞き込みの証言です。窓を開けた様子はなく、ベランダの洗濯物からもそれは立証されます」

「……三日間だけ部屋に戻れない状態は考えられるでしょうか」

「監禁とかですか」

この時突然ピロピロリン、ピロピロリンと工藤刑事の携帯電話が鳴った。

「ちょっと失礼」

工藤刑事は横を向き、ポケットから携帯電話を出し、アンテナを伸ばして耳に当てながら窓側に立った。一言二言聞いて「なにー。本当か」と大きな声を出した。

「耀さんらしき女性が入院している。葦川の西葦川病院に」

「えっ」

健は身を乗り出した。工藤刑事は再び携帯に向いて「そうか、分かった。……うん。……うん。……待ってる」と答えて携帯を切った。

「出版梱包会社にバイトを派遣していた巴商事をご存じですね？」

「倒産で夜逃げした」

「そう。……耀さんは巴の鏑木社長の、つまり、女のようです」

「そんなバカな……」

信じられぬ。耀ほどの女が……。

「後のことは聞き込み継続後に判明するでしょう」

「……入院はいつから？」

「三ヶ月前らしい。そうなると信さん事件の容疑すらない。繋がりもない」

健もそう思う。櫂が信事件に絶対に関係がないと思っていたのは正解だった。入院は本当であってほしい。

病名は何だろう。鏑木の女というからには正式結婚はしていないのだろう。三ヶ月の入院なら相当治療費がかさむだろう。鏑木が払っているのか。夜逃げで身を隠していながら他人の治療費を払うなんてことがあるのだろうか。

噂どおりに計画倒産して取引以外の銀行に預金していたのか。やり手の男なら数年じっと身を隠していても事業はできる。しかし逃走を続けるにしても、隠れるにしても金が必要だ。隠れ通すには相当な資金が要る。金が尽きぬ間になんとかしようとするに違いない。

鏑木と櫂との年齢差は相当ある。いや、色恋に年齢差は関係ない。逃避に同行しているだろう本妻はどうしているのか。健には次々に疑問がわいてきた。

「鏑木は都内に潜伏していたのでしょうか」

「現時点では不明。先に櫂さんに接触してからそっちの解明に当たることになるでしょう」

灯台下暗し、とはこれを言うのだろうか。あれほど探した櫂が西葦川病院に……。葦川警察署は西葦川駅に近い。もしも彼女が入院と知っていたなら、これほど苦労して他を探す必要などなかった。ずっと入院していたなら、彼女は信殺害に無関係だ。健が櫂を潔白と信じていたのは正しかった。

櫂は信事件をニュースで見ただろう。信は決まった仕事を持たず、多くの男達と交際していた、とキャスターもリポーターも語った。二戸のワンルームマンションと数百着の洋服類と靴まで映し出し、携帯電話も不正登録されたものを何台も使った、などと信を相当な悪者にしている。

それをニュースで見た櫂はどう思っただろう。それとも、ニュースを視聴できないほど重症で、事件は知らないままか。警察が自分を探しているとは予想もしないでいたのだろうか。

「刑事さんは、櫂さんの確認に行くのですか?」

「そうなりますね。鏑木には脱税と労基法の疑いがある。虚偽決算の疑いもありそうだ。それは経済事件として別件で解明される。私どもは、何より櫂さんに事情を聴くのが先です」

「状況次第では櫂さんに会わせていただけますか」

「できるかと思います。……せっかくお呼び立てしたのに話の途中で追い立てる形になってしまいまして申し訳ありません」

「いやいやとんでもない。入院していると分かったのは大きな収穫です。ぜひ彼女に会いたいです」

それにしても何の疾病で入院しているのか。櫂は鏑木の女というのは本当か。いや、以前はそうであったというのかもしれない。以前色恋沙汰のあった女の治療費を、男の責任として出すとしたら奇特な話だ。

鏑木が正式に離婚したかどうかは現時点では不明だが、恐らくは夜逃げの時に数千万円の現金を持っていたのだろう。逃避生活は相当の金が必要だ。子供がなく、贅沢していただろう鏑木夫婦が逃避生活とともに質素な生活などできない。隠匿してもらうとしたら、さらに大金が必要だ。口止め料も含めてだ。となると潜伏先は都内だろう。隣は何をする人ぞ、という生活をするには人口密度の高い方が圧倒的に有利だ。

工藤刑事は健に「申し訳ない」と再度言ってから立ち上がった。これから西葦川病院に行くという。

健は、櫂は信殺害には関係ないと信じていた自分を信じるしかない。工藤は、櫂には信とその後の関係を聴くだけだろう。「その後」とは、信が櫂に電話しても通じなくなってから信が殺害された直前までの期間だ。工藤刑事は明日、櫂との接触の結果を捜査に支障をきたさぬ範囲で健に話してくれるに違いない。


櫂が入院しているらしいと聞き込んだのは、池袋駅西口からちょっと離れたときわ通りに面した小さなスナックの紀子ママであった。

刑事の見せた顔写真に瞬時の間を取り、「正式名は分からないが」と前置きしてから「カイさんと呼んでいた人に間違いありません」と言ったそうだ。

どこでどうしているか尋ねると、「言っていいのかナー。噂だけで確かめてないけど、悪い病気で入院しているらしいですよ」と答えた。

「私から聞いたと言わないでくださいよ。男と遊んでの病気。……西葦川で大きい方の病院にいるそうよ。話しにくいから後は警察で調べてください」

「男と遊んでの病気というのは、エイズのこと?」

「エイズではない。何て言うのかナー。梅毒らしいです」

それ以後は何を聞いても口を閉ざしたそうだ。カイと称する女との関係については「その人から働く店を紹介されました。随分前です」と言ったが、やはりそれ以上は答えなかったという。

スナックを出た刑事は、このことを捜査本部に報告すると同時に、西葦川にある大きな病院の正式名称を確認することを依頼した。それから紀子には、「後日に再度お尋ねすることもありますから」と告げて辞去した。それが黄金丸燿の発見経緯だった。

一刻も早く燿の存在を確認するのが先だが、燿と紀子の関係も気になる。燿から紹介された店とは、恐らくはソープランドだろう。スナックなら隠す必要はない。店の女の子にソープ経験を知られたくない気持ちもあるだろう。

明日には燿の顔を見られると思うと期待と不安が交錯して、健は今夜も眠れそうになかった。燿は三ヶ月前から入院していたという。燿がセットした居酒屋への伝言は「体が急変したので欠席する」だった。ではあの時から入院までの空白は何だろう。それとも空白と考えるのは警察と健だけの見方で、燿本人には空白も裏もなかったのか……。

健は、ここで「待てよ」と考え直した。燿が住んでいたらしい赤羽地区を考えると、大手を振って生きていたとは信じにくい。周辺のクリーニング店や八百屋などに聞き込みしても燿らしき影も足跡もない。それは姓名が不確かで調査できなかったからでもあるが……。

住所は九十九里町から文京区の学生会館に移動したままだ。会館を出て数年が過ぎてもそのままでは不便だろう。就職の際にはどうするのか。住んでいるはずのない住所を使うことは考えられない。生活には不便で固定電話は設置できないし、携帯電話だって同様だ。

住所不定で社会保障もなければ堂々とした生活とは言いにくい。やはり燿は鏑木の斡旋と保証でアパートを借りたのだろうか？　結局は恩が重なってそれが男女の関係になってしまったのだろうか。

燿は黄金丸家を汚したくないために、隠れたままで病気を治療しているのか。しかし明日は工藤刑事から電話が来る。病名もハッキリするだろう。健の内心では、半分は知りたい。半分は知りたくない思いが葛藤している。明日は、知らないままがよかった、と後悔することになるのだろうか。

西葦川病院は全ての診療科目のある総合病院だった。警察は黄金丸櫂の入院を確認した。彼女がある事件に関連する参考人として聴取に耐えられる保証も病院側から得た。葦川署員ならみな西葦川病院を知っている。警察からは徒歩で六、七分の距離で、駅通りの一本奥の沿道にあるからだ。建物はクリーム色のモルタル塗りで、三階建ての病棟は十五年くらい前に建て替えられた。この病院に櫂が三ヶ月前から入院していることは間違いなかった。

病名が梅毒と聞いて、署員は唖然とした。紀子ママが「梅毒らしい」と言ってはいたが、若い署員は平成の世に実際に梅毒患者が存在するとは思ってもいなかったのだろう。

それから署員は、「櫂への聴取は捜査員が行うので、医師と看護師に協力を仰ぎたい。本人には警察の訪問を話さないでほしい」と病院に要請した。聴取を行うためには櫂が個室に入っていることは双方のために幸いだった。

午後八時過ぎに工藤、杉野両刑事が医務室を訪ねると、当直医と看護師が二人を迎えた。医師は「入院前の黄金丸さんをご存じですか」と切り出した。

「いいえ、知りません」と工藤が答えたが、これは彼にとっては予期せぬ逆質問だった。間を置かずに医師は、「では当人に会われる前に病状をお話ししましょう」と言葉を継いだ。

昨日も今日もマスコミは信事件を報じない。殺人事件が多い昨今、特別に進展がない限りは過去のものになりつつある事件は報道しないのだ。負けじと競っていたワイドショーは早くも別の事件を追っているのだろう。

電話のベルが鳴った。健はラジオを消して受話器を握った。

「工藤です。早く報告をと思いながら、昨夜遅かったのと朝の会議がありまして遅くなってしまいました」

その言葉に何か感じるものがある。耀の面会がうまくいかなかったのだろうか。

「本人に面会できたのですか。間違いなく入院していましたか」

「間違いなく黄金丸耀さんです。しかし病名を聞いてびっくりしないでください」

「はい。一パーセントの確率でも悪い病名でない方を信じます」

「増田さん。失礼ですが梅毒をご存じですか」

「知ってます。……まさか梅毒?」

「その、まさかです」

「そんな……」

次の言葉がない。耀に一番相応しくない疾病だ。それは健が梅毒の重みを知っているからだ。

何の疾病でもその手当てが遅れると、生涯にわたって災いをもたらすことになる。特に性的疾病はそうだ。潜伏したまま妊娠して出産すると子供への感染も心配になる。健の少年時代には梅毒を患った婦人が身近に存在していた。既に故人になったが、その婦人は梅毒によって鼻が溶けて隆起がなく、鼻孔だけがポッカリ開いていていた。当然のことに言葉は不自由で、本人は正確に話しているつもりでも聞く者には伝わらない。それが子供にも感染し、盲目、難聴、歩行困難を伴った。

健は幼少時に祖父や祖母から、「男と悪い遊びをし過ぎるとあのようになるんだからな。自分だけのことなら罰だと思って諦められても、生まれてくる子供にはトガ（罪）はネんだ」と言われた。悪い遊びが何であるかは幼少時には理解できなくても、健は成長するにつれ、それが男女の遊びと理解した。

しかし実際には一般的に考えられているより、多くの女性が性病に感染しているようだ。誰でも簡単に外国に行ける時代だから、現地の女性と気軽に性的に関係することで感染するケースも多いのだろう。夜の歓楽街で稼ぐ多くの外国女性は、性病の知識も症状の自覚も知らないまま不特定多数と関係するために感染が広がるとも言われている。健はこの疾病について櫂が無知とは思いたくなかった。

「面会前に当直医に説明を受けました。写真の顔からは想像したくない病名でした」

「それで……現時点の病状は？……いつ頃から西葦川病院に？」

「西葦川病院に約三ヶ月。その前は別の病院。半分は厄介ばらいでしょう。ですから数年にわたっての感染です」

「……悔しいです。櫂さんほどの人が」

「……同感です」

「数年ということは……、入院してからは人との接触はない？　信さんにも接触してない証拠でもあるわけですね。櫂さんの病名を知って見舞いに来た人はいないのですか」

「それはないです。『小糸信さんをご存じですか。殺人事件を知っていますか』の質問には、『最後に会ったのは増田さんと三人の会食だった』と答えました。その後で『私が予約した会食の時に、体調が悪いので欠席してしまいました。それでその旨をスタッフに電話したのですが、増田さんと小糸さんに悪いことをしました』と言ってました。ここで信さんの話が出たのはニュースです」

「よかった。これで僕も信さんの殺害に櫂さんが関係していない確信が持てました。工藤さんもそう思われますか」

「概略としてはそうなります。……入院以来一度も外出していませんから接触の機会はない」

健は改めてホッとした。櫂が信事件に関係していない確証があればそれでいい。しかし梅毒は、他人との接触を禁じているのだろうか。健の知識では空気感染はないはずだ。性交で初めて感染する。健と会っていた頃からの感染だろうか。現代にも梅毒があることは信じたくないが、その診断に間違いはないだろう。

それにしても梅毒という文字が新聞やその他のマスメディアから消えて久しいが、それはこの疾病が長く地下に隠れたままであったことを意味するのだろう。ペニシリンという薬が梅毒撲滅に寄与した功績は大きいが、それが世界中の梅毒患者を救ったという話は嘘なのか。なくなったはずの梅毒がどこかに隠れていたのか。それはどうしてだろう。これを悔しいと思わずにいられるだろうか。

「櫂さんの顔色はどうなのですか。さらなる長期入院と治療が必要なのですか」

「そうなるでしょう。……信さんの捜査状況によっては、今後も面会の必要があります」

「僕は面会できるでしょうか。僕の現況を話してくれましたか」

「話しました。……『あの時に失礼したままお詫びもしないで申し訳がない。増田さんには合わせる顔がない』と言っていました。増田さんを常に気にしていた様子にとれました」

「そうでしたか。病名は語らずとも電話一本ほしかった。残念です」

「お気持ちは分かります。……話を続けてもよろしいですか」

「どうぞ」

「……言いにくいのですが、梅毒菌は唇と口腔を襲いました」

「唇に？」

幼少時に近隣にいた梅毒感染女性の鼻のない顔が脳裏に浮かんだ。嫌なことを思い出してしまった。

「唇と歯茎が溶解しています。下唇と歯茎の一部が溶けたというか、欠落したというか。……それに会話に不便があります。前歯も数本ありません」

「そんな……」

感染している性器に唇や舌を押し付ければ、口腔感染するのは当然である。想像したくないが、擢も普通の女であった。彼女は不特定多数との性関係はしないと思っていたのは間違いだった。買い被りだった。

もし擢が鏑木の女であったとしても、それは恋や愛より金が理由だろう。しかしもし鏑木の女なら、どうして不特定多数の男と関係したのか。一人の男では不足なのか。それなら信と同じではないか。

いや違う。工藤刑事によると、信は交際した男達とは性関係はない。聴取された男達は、全員がなかったと断言している。信は男と交際しても身持ちが固く、簡単に関係しないタイプだ。

では擢は、簡単にそれをするタイプなのか。健には信は尻軽で軟派に見え、擢は身持ちが固く硬派に見えた。それが実際は全く反対？　これが人は外見で判断してはならない見本だろうか。

それにしても解せぬ。長期入院の治療費を現在も鏑木が払っているとすると、二人は単なる関係ではない気もする。その辺りは工藤刑事も確認しているだろうが、第三者には語るはずもない。鏑木は税法か労基法から調べがあるだろうが、蒸発中の鏑木が櫂の長期入院治療費を払っているとしたら、それには相当の理由があるはずだ。

「うまく表現できないのですが、膿んでいるとか、腐るとかは……」

「膿の出ない程度に薬で抑えているところでしょう。写真とは別人です」

「あの時に本気で彼女を探せば、感染を救えたでしょうか」

言いながら熱いものが健の胸に込み上げた。

「その頃には既に兆候はあったかもしれませんね」

「ということは、櫂さんと僕が関係したなら感染したってことですね。……救われたのは僕ってことになりますね。一度関係すると一度では済まないのが男女関係ですからね」

「そうなったかもしれませんね。……明日、櫂さんに面会する前に池袋の紀子ママに聞き込みをします。この女は、鏑木との関係も含めて櫂さんの何かをもっと知っているような気がするんです。その裏に信さん事件に繋がる糸があるかもしれません。……ところで増田さんの休みはいつまでですか」

「明日までです」

「ではまた電話しましょう」

櫂の身の上が気になって、電話が切れる頃の工藤刑事の話は健の耳に入らなかった。交際していた頃の櫂は、梅毒感染を承知していたのだろうか。していたなら、どうして治療しなかったのか。あの体型は華奢でもスマートでもなく、実は病的な痩せだったのだろうか。

しかし彼女の食事量を思うと病的のものではなかっただろう。あれが病的な痩せなら食べ物は受け付けないはずだ。病的な痩せなら昼夜に働きはしない。しかし真相は櫂にしか分からない。

健と肉体関係を持つ機会は充分あったのに、あえて誘わなかったのは感染者を増やしたくない櫂の良心だったのか。それとも誘われるのを待っていたのか。信を紹介された夜に、彼女は健を信に譲っている。譲るという言葉は不適当だが、簡単に信に任せたような気がする。

「葦川までお願いしますね」

初対面の男女が、車という密室で一緒になることは普通はない。あの夜、健の車に櫂も同乗して葦川に行き、信を送ってから赤羽に戻るのが本来の姿。健が信を紹介された夜は、櫂は休みで時間を気にする必要はなかった。意図的とは思えないが、偶然でも意図的でも信の登場によっていずれは健と信の仲は発展しただろう。櫂にはどことなく近寄りにくい雰囲気があったが、信なら平常心でいられる空気のようなものが漂っていた。

男女が交際すれば、いつかは親密な関係になると櫂も予期していたはずだ。だが、梅毒感染の疑いがある自分が関係すると、感染者が増えると自重したのだろうか。

そこまで考えた健は、「待てよ」と勝手な憶測にブレーキをかけた。櫂と初めて知り合ったあの時期には、まだ鏑木の女ではなかったと思うが、既に巴商事には籍を置いていた。櫂と最初に会話した時、「寝過ごした」と言っていた。もしもあの時期に鏑木の女なら、鏑木は彼女が夜も働いていることを承知していたわけだから、「遅れて出勤していいか」などという電話はしないだろう。

それにもし妾や二号なら、どうして昼夜働かせるだろう。櫂ほどの女なら働かせずとも囲っておきたいのが男の本音だ。それに櫂自身、昼夜にわたって働かせるような男の女になるとは考えられない。

また鏑木の女なら、別の男と平気で夜の会食はしないだろう。櫂との会食時を思い返してみると、あれでは鏑木に会う時間がないと思われる。昼夜に働き、健に会い、鏑木に会うには妻の目を盗む必要がある。相当な神経を使うことになる。その辺りを考えれば、あの時期の感染は考えられない。

しかし健は、自分から一方的に離れた櫂の行動と思いがどうにも読めない。どう生きようと勝手だが、想像していた櫂と違い過ぎる。

櫂の梅毒の件を、工藤刑事は両親にどう話すのだろうか。話したら驚くと同時に悲しむだろう。できれば当分は話さずにいてほしい。しかしそんなことが許されるだろうか。それでなくても工藤刑事は独断捜査に走っている人物だ。黄金丸家と警察の上司をどう納得させることができるのか不安だ。

ここで親に知れたら、櫂が数年にわたって隠れて治療してきた甲斐がない。なんとかして救ってやりたい。力になってあげたい。しかし櫂を救う前に、信事件を解決するという大きな目的がある。櫂は信のことをどの辺りまで知っているのだろう。信事件は報道で知ったはずだ。ベッドにテレビ付きは常識だが、それを視聴しつつ櫂は何を考えていたのだろう。

戯れの後に。

再会

健は、これほど夜長を感じた経験はない。眠れないだけでなく、涙がしきりに流れてシーツに染みた。熟睡できないまま夜が明け、健は工藤刑事からの電話を待っていた。工藤刑事は昨日の午後か夜に池袋の紀子ママに聞き込みをしているはずだ。

布団の中でベルを聞いた。工藤刑事からだろう。彼以外に電話する人間は今はない。かねてから電話嫌いを徹底しているからだ。

受話器を耳に当てた健は、全く想像しなかった櫂の過去をまたしても知らされた。紀子は櫂に誘われてソープ嬢になったという。鏑木の裏の顔は、大塚駅近くのソープランド経営者だった。鏑木はそこには顔を出さず、全てを妻の頼子に任せていたという。巴商事は新宿区市ケ谷に以前はあり、出張事務所が赤羽の梱包会社内にあった。健もそこまでは知っていた。

鏑木は偽装倒産で遠くへ逃避したと思っていた。それなのに隣の豊島区に潜伏していた。身は隠して堂々と営業を続けていたというのだ。紀子が櫂に誘われてソープ嬢になったからには、他の女も誘っているに違いない。

しかしこれで櫂と鏑木の関係の謎も解けたような気がする。二人は男女関係ではなく仕事上の関係だろう。しかし、櫂はどうしてソープ嬢を誘う役をしたのだろう。櫂はバイト雇員、いわゆるフリーターだ。それがどうしてソープ嬢を勧誘するのだ。もしかして櫂もソープ嬢経験者なのか。ソープ嬢とは不特定多数との性交が仕事だ。その業務が彼女を梅毒に感染させたのだろうか。

健が思うに、紀子は警察に全部を話してはいない。隠しているのでなく、ソープ嬢体験を語りたくないからだ。過去は語りたくないのが風俗経験者というものだ。しかし紀子の過去を暴くのは可哀想な気もする。ソープ嬢をするにはそれなりの覚悟が要る。どうしてもその必要に迫られ、短期間に多くを稼ぐならソープ嬢だろう。

だが、性病やエイズ感染にしては元も子もない。「私は大丈夫」と自分に都合のいいセリフは通用しない。性病の一番の元凶はコンドームを使わないからだ。店側はコンドーム使用を義務づけているのに客が嫌がり、ナマでしたいと懇願したり、あるいは厳しく迫る。「今日だけは、この人だけは」の安易な考えが自らを感染させてしまう結果になるのだ。

やはり櫂もソープ嬢で営業していたのか。現役を兼ねて勧誘もしたのか。また警察は櫂にはどの程度の聴取をしたのだろう。今後も聴取するのだろうか。

電話を切ろうとした健が「櫂さんに会ってはまずいでしょうか」と言うと、「いいですよ。喜びますよ」と工藤は答えた。「捜査に支障があるからご遠慮ください」と言われると予想していたのに意外だった。

もしかすると警察には語らぬものが櫂の心中にあるのではないだろうか。工藤はそれを増田を通じて知りたいと考えたのだろう。あるいは信事件解決の糸口が櫂にあるのだろうか。櫂の過去を知ると同時に鏑木のことも暴かせようと考えているのだろうか。鏑木は信事件に関係がないだろうが、本業の不正経理と不正蓄財が公になるのは間違いない。それにしてもどこまでも櫂を信じていいのだろうか。

健は工藤から櫂の部屋の番号を聞いてから電話を切った。「すぐに出かけたい」と「落ち着け」の声が、胸中で競っている。

そうだ、タクシーで行こう。客として乗るのは久しぶりだ。途中で花を買おう。迷わずに真紅の薔薇にしよう。花の購入はあれこれ迷うと限りがない。迷わずに決めた花は喜ばれる、といつか新聞が書いていたような気がする。櫂に会えるという期待と不安が、健の胸の奥で激しく葛藤していた。

その時、健はふと「工藤刑事の行動は刑事としては大きく逸脱している」という先日の若手刑事の話を思い出した。常識的には絶対に話さない捜査状況も工藤は健に話してくれる。関係者のプライバシーまでも話してくれる。ところがそれにとどまらず、今健が櫂に会おうとしている行動は、後々に工藤刑事に迷惑をかけることはないだろうか。

それとも、もしかすると「櫂に会ってもいい」と言ったのは、社交辞令ではなかったのだろうか。工藤は刑事として絶対に自分の捜査方法は正しいと思っているのだろうか。一般的には警察組織は閉鎖的と言われ、内部の不祥事や捜査上の都合が悪い部分は外へ出さず、当然のことながらマスコミ発表などはせずに握りつぶしてしまう。それなのに工藤刑事は、機密事項をどんどん話してくれている。先日、工藤刑事は櫂の実家に行ったが、それを知っているのは健と署内の数人だけだ。

しかしいずれにせよ健の心の中では、櫂が信事件に無関係だという思いは変わらない。万が一関係があるのなら解決の協力者であってほしい。信と別れてからの葦川市はますます遠い街になってしまった。健は頼まれればそこまで客は運ぶけれど、個人的には信事件がないならまるで縁のない街だった。それでも信との思い出はいっぱいある。その信は帰らぬ人となってしまった。それも不慮の事故や自らが選んだ死ではなく、殺害されるという人間にとって最大の侮辱に満ちた死に方なのだ……。

やがて環7に出た健は、タクシーに乗った。

「葦川警察署の近くまで。……途中で花屋に寄ってもらう」

乗車時に煙草の臭いのした車内は、薔薇を持ち込んだ途端に薔薇の香りが嫌な煙草臭を消した。この香りを一刻も早く櫂に届けたい。彼女はいろいろな面で不自由しているだろう。

隠れた入院だから見舞い人は皆無らしい。いつまで続くか予測がつかない入院だ。櫂が望めば長く付き添ってやりたい。黄金丸家に内緒でもいい。櫂とは運命が繋がっていたのだ……。

病院からは少し離れて下車した。花瓶を右手に持ち、薔薇の花束を抱えて歩くと、人々が注視しているのが分かる。男が抱えるには薔薇の花は似合わないのか。一刻も早く櫂の心身を癒したい。パジャマを着た患者と家族らしき人達が、玄関近くで名残惜しそうに話している。軽く会釈しつつその脇を抜けると、多くの視線が花束に向いたのが分かった。

想像した以上に大きな病院である。治療内容も充実していてほしいものだ。好きではない病院独特の臭いがする。数分後に櫂の顔が見られると思うと心に焦りを感じる。

思えば櫂と初めて食事をした時も、こんな心境だった。今日の押しかけは櫂にとっては迷惑かもしれない。櫂を不幸へ導く原因になってしまうのなら引き返す勇気も必要だろうが、もうここまで来てしまった。

工藤刑事の話だと櫂の唇と歯茎が変形しているそうだが、変形というより溶解だろう。厳しく言うなら梅毒菌に侵食されたということだ。想像したくはないが事実だ。梅毒は自業自得ではあっても櫂にとっては悔しい限りだろう。

健は階段に足を載せる一歩前で止めて、一瞬迷う。行くか戻るか。だがすぐに迷いは解けて階段を足早に上った。部屋は三階である。踊り場を曲がると目標の番号が見えた。割烹着のおばさんがモップで廊下を拭いている。「こんにちは」と挨拶しながら頭を下げると、おばさんも「こんにちは」と挨拶を返した。

ドアの前に立つと、名札がない。この頃は患者のプライバシーを重んじて入院患者の氏名を書かないのかもしれない。部屋の番号に間違いはない。

ノックしようとした手が止まった。まだ迷いがあったのだ。引き返すなら今だ。櫂の変形した唇を見ずに、美しいままを記憶に残している方がいいかもしれない。目を瞑り、深呼吸した。心の奥で「やめろ」と「行け」が戦ったが、二秒くらいの間があって「行け」が勝った。

軽くノックした。意外にもすぐに、「どうぞ」の低い声がした。紛れもなく櫂の声だが、少しかすれているような気もする。「どなたですか」と問われる前に、こちらから名乗るのが道理だ。

「増田です。入らせていただきます」

そう言ってノブを握り、ドアを引くと、明かりが漏れて室内の一角が見えた。

「こんにちは」

二歩入り、廊下側を向いて、ドアを閉じた。

「こんにちは」と、細い声が返った。

健はくるりと回り、ベッド上の櫂を見た。忘れはしない顔だ。櫂もこっちを見た。上半身を起こして座り、読書していたようだ。ベッドボードの元に数冊の文庫本がある。櫂は文庫本を脇に置いて笑みを見せた。

「元気そうでよかった」

そう言いながら健はベッド側に寄り、周囲を見回した。変形している唇を見るのを少しでも遅らせたかったのだ。

畳なら六畳ぐらいの広さだろうか、隅にアルミ製ドアがある。ユニットバスとトイレだろう。高い位置の壁に棚があり、ダンボール箱数個とトートバッグが載っている。廊下側の壁に曇りガラスの小窓があって厚板がデッキ形であった。食事のトレー等の出し入れ窓だろう。配膳係が病室に入らずに渡す工夫だろうか。

病室は雑菌が多い。ドアを開閉し、患者と直接の受け渡しより、このやり方の方が慰め程度だが雑菌の移動は避けられるのだろう。

テレビが天井から吊られて固定している。レースカーテン越しの光が櫂の全体を柔らかく包んでいた。

「いつかはおいでくださると思っていました。本当はおいでいただく義理はないのですけれどね」

耀が先に言葉をくれて救われた。しかし声に張りがない。空気が漏れているからだ。下唇の中心よりやや右側の一部が、溶けたというか横長に欠落し、膿か出血を辛うじて防いでいるかのように、薄い膜のような皮膚が覆っている。

「工藤刑事さんにここをお聞きして。……ご迷惑かと思ったのですが、来ずにはいられませんでした。今の声で病気に負けていない耀さんにホッとしました。話は山ほどありますが、先に花の処理をさせてください」

そう言いながらも、悔しいが唇に目が行ってしまう。しかし花を花瓶に生ける間だけはそれを見ずにすむ。顔の輪郭は七年前を思うと随分と細い。体も相当細くなっているだろう。伸びた髪は項の後ろで二本に分けて。輪ゴムで結んでいる。

「奇麗なお花、ありがとうございます。増田さんらしいお気遣い、恐縮します。花瓶までお持ちとは……」

やはり言葉に不便さがある。顔色はよいとは言えないが、女の身だしなみの頬紅を薄く塗っている。薄いピンク地に、薔薇とも椿ともとれる五百円硬貨大の赤い花が刺繍かと思うほどに浮き出たパジャマを着ている。その模様が薔薇だとすれば、耀は薔薇が好きなはずだ。薔薇の持参は正しかった。

時間は早くも午後三時を過ぎた。花瓶はデッキに載せた。しかし耀の近くに置きたいのに場所がない。載せる前に耀の顔に近づけると、「いい香り、いい香り」と繰り返した。薔薇の嫌いな女性はいない。薔薇に決めて正解だった。病人を癒し、和ませるには花が妙薬だ。

健は時間のある限りは燿に付き添って好きな花を傍らに置き、初めて見た頃の顔に戻したいと思った。信とはかつては週に二度以上会っていた。電話が入るといつでも車を飛ばして、信の待つ場所に走ったものだ。信にしたのと同じことを燿に対してできないわけはない。

燿はベッドに上半身を起こしたままでいる。胸の第一ボタンの外れは気にしていないようだ。顔は一層色白に見え、入院生活の長さが窺えるようだ。ボタンの外れた襟元から見える限り、女らしい肉付きはなく、首も細すぎる。胸の膨らみもない。袖口から出ている手首も指も細くて白い。

健はベッドの横に丸椅子を引き出して座った。

「突然消えてしまったのをずっと気にしていました」と燿は静かに言った。

「せめて……信ちゃんに電話一本すれば、すっきりしたと思う」

「反省の毎日でした。私の周囲の人では増田さんだけです。お世辞抜きでお付き合いいただいたのは。その増田さんに……、お礼の電話一本できなかったことを恥じています。増田さん以外はお世辞の付き合いでした。私は特別の人間ではないのに、取り巻く人は必要以上の気遣いばかりする人でした。病気になって本当の自分になった気がします。身から出た錆です。私は不特定の女性を不幸にしてしまいました」

「不特定の女性を、ですか」

工藤刑事から多くを聞いていないとした方が今はいい。燿の姓が黄金丸であるのもこっちからは言わないようにしよう。

「工藤刑事さんから聞かれませんでしたか」

「電話で……少しは」

間を取るようにか、燿は体を斜めにして左手を伸ばし、サッシ窓を二十数センチほど開いた。サッシ窓は左手でも軽く開いた。数棟の建物がないなら駅が見える方角だ。

「私ね、この病気以外のことは大体が思うとおりにいったの。取り巻く人も思うとおりになった、というより、取り巻きが常に気遣い、私の思っている方向にいってたんです。不思議なくらいにね。それには感謝してます。思うとおりにならないのは信ちゃんでした」

「信ちゃんが？」

「工藤さんに聞いたでしょう。私がソープ嬢の勧誘をしていたのを。信ちゃんと友達になったのもそれがきっかけです。信ちゃんだけでした。はっきりとその場でノーを言ったのは」

「信ちゃんは、そのことに関しては僕には一言も言わなかった」

「信ちゃんは自信を持ってノーを言った風に、私にはとれました。……それでも私と友達になりたいと言ってくれました。普通なら、ソープ嬢に誘うような女とは友達になりたくないと思うでしょう。それなのに信ちゃんは何事もなかった風に友達になってくれました」

「ソープ嬢をやらないかと誘って何人くらいが誘いに乗ったの。その女性をどこかに紹介したの」

「ご存じありません？　出版梱包会社にアルバイト派遣している巴商事の鏑木を。鏑木は派遣業をしながら、裏ではソープに女を紹介していたの。応募者の履歴書を見て、これならソープ嬢になりやすいと判断したらバイトに雇用し、頃合いをみて私が接触する。もっとお金になる仕事がありますよ、ってね。それが軌道に乗り出すと、巴商事も巴という名でソープを持ちました」

　櫂は窓の間から目を遠くに向け、何かを眺めるような目付きをした。

「増田さん。ここから、下の道をご覧になってみませんか。駅へ向かう人の顔が見えるでしょう？」

　健は言われるままに椅子を立ち、体をベッドの上から伸ばして外を見た。なるほど駅への人々の姿が見える。日中だと人物を判別できるくらいの百数十メートルの距離がある。以前にあったであろう建物を取り払い、ちょっとクランク状の空間を挟んで手前の角と向こうの角までの直線は約四十メートルで、知人の顔なら区別できるだろう。健は体を戻して椅子に座った。

「櫂さんはどうして鏑木なる男、いや、鏑木社長に協力したの？　櫂さんもバイト雇員じゃなかったんですか」

「それを聞かれると困るけど……」

　櫂は戻した目を、再び窓外に向けた。

「それを全部お話しするには長過ぎます。……私はね、ここから毎日ではないけれど信ちゃんを何度も見たの。入院して何日目かに初めて見たんだけど、それから見る度にスーツが違っていた。あー、信ちゃんは相変わらず稼いでるなって。

　……あの事件以後は、信ちゃんをテレビで見ています。でもキャスターってひどいことを言うのね。信ちゃんのことなら何でも知っている、と言わんばかりにね。でも、信ちゃんの可愛さならお金を出す男は無数にいる。マンション二戸分の家賃は楽に出すでしょう。私でさえ羨ましく思います。

　風俗に一度でも身を置くと分かってくるんです。信ちゃんならＯＬの数倍稼げます。男は可愛さに金を出す。男性の増田さんの前で言うのは失礼ですが。……私も今となれば、信ちゃんがソープ嬢にノーと言った意味が分かります。ソープ嬢なんかしなくても、それ以上に稼げるからです。稼ぐのではなくて、お金を勝手にくれる、かな」

もしかして櫂は信がここを通るのではないか、という目で眺めているのではないだろうか。健は早く話題を変えなくてはと思った。櫂の心中には、信を恨んだり羨ましく思ったりする気持ちがあるのだろうか。

「質問していいかな」と健は少し遠慮しながら尋ねた。

「どうぞ」

「あの夜から一度も信ちゃんには会ってないの？　電話もしていないの？　ここから見た以外は？」

あの夜とは居酒屋で会食する予定だった日のことだ。

「ありません」

きっぱり言った。この期におよんで嘘はないと信じる。それなら櫂には信を殺害する意味はなく、現状を鑑みれば信を殺害する機会すらなかった、ということになる。信に接する機会を作ろうと思っても、こんな顔を見せるのは嫌だったろう。

このおよそ七年間に、信と櫂の運命は変わり過ぎた。信が毎日男と堂々と遊んでいるのとを比べると、自分は最悪だ。女には命とされる顔の一部の唇と歯茎が梅毒菌に侵された。男とすることは同じなのに、信には何の不幸も災いもない。それに比べて自分は信の分まで不幸を負ってしまったと思っているのだろう。しかしそれも自業自得だ。信を恨む理由はないはずだ。

「答えにくいでしょうが、聞いていいかな」と、健はまたやんわりと切り出した。

「どうぞ」と、櫂はこちらには顔を向けずに言った。

「工藤刑事には何を聴かれたの？」

「信ちゃん事件で何か思い当たることはないかって」

「信ちゃん事件で警察から一番先に電話が入ったのは僕だった。一度は疑われたと言ってもいいのかな」

「増田さんが？　どうして」

「信ちゃんの携帯電話に、僕の番号が登録されていたんだ」

「そう。いまどき携帯に番号登録されていても、びっくりすることじゃないのにね。番号があっただけで疑われるなんてひどいわね。不正携帯なんてたくさん出回っているのにね」

櫂の言うとおりだろう。もはや番号帳の不要な時代になっている。それに疎いのは自分だけと感じた。

その時、ピンポーン、ピンポーンと音がした後に、病院職員を呼び出すアナウンスが低く流れた。

「それで……信ちゃんのことで何か答えたの？」

「……私の方から勝手に縁を切ったままですから何もありません、と答えました。それと、テレビのワイドショーのキャスターは、信ちゃんを悪者にし過ぎていますって言いました。増田さんもワイドショーを見てそう感じませんでした？」

「うん。少し見た。見ようう聞きようでは信ちゃんは相当に悪女だからね。信ちゃんと交際した経験からすると、僕は金の無心を強要されたことなどない。信ちゃんと交際して携帯に番号の記録があった男達も、きっとそう感じていたはずだ。その男達は警察に参考人とし聴取されて、みな同じように答えたと思う。キャスターが言うほど信ちゃんは悪女ではない、と思っている。金のかかる女に対して時には憎らしいと思っても、殺すことまで考えているはずがない。携帯の記録があった人物の中に怪しい者はない。それぞれにアリバイもある」

「するとアリバイがないのは、私だけなのかな」と、耀が独り言のように言った。

「立派なアリバイがあるじゃない。入院という」

耀は体を曲げ、手を伸ばしてサッシ戸を静かに閉めた。手が細過ぎる。あの時でさえ華奢だったのに、さらに華奢になっている。その指で信の首に紐を巻いても、絞める力はない。

それにしても耀はここからどうして出られるようになるのだろう。病んではいても女としての意地も自尊心もある。醜くなった顔を旧知に見せたくない気持ちもあるだろう。街で偶然に会うなら隠しようがないが、自ら信に会いに出かけたとは考えられない。

「信ちゃんが、携帯電話を何台も不正購入したことについてはどう思う？」

健のこの問いに対して、耀はちょっと間を取ってから答えた。

「でもあれは意外と簡単に手に入るのよ。風俗で働く女の多くは複数の携帯を持っているわ。不正を承知で買ったり、客からプレゼントしてもらったりして」

耀が不正電話に精通しているとは意外だ。そういえば工藤刑事も、「一般に考えられている以上に不正携帯電話が出回っている」と言っていた。

「そうか、僕は携帯電話に関しては世間知らずだなあ。プレゼントまであるとは知らなかった」

「男の人って単純なところがあり過ぎます。可愛い子にねだられると携帯の一つくらいはすぐにプレゼントします。それが正規であろうと不正であろうと、手にした者の勝ちです。でも信ちゃんがどんな方法でそれを手にしたかは私にも分かりません」

そこまで聞けば、信の携帯入手法は予想できる。ほしいと言えば男は入手してくれる。信はそれをさも当たり前のようにもらったのだろう。

「知らないなら、知らないままがいいのです。無知のまま好奇心で首を突っ込んだ結果が……ほら、これを見てください」

燿は唇を突き出す形にして健の方に向けた。唇は指でキチンと合わせないと空気が漏れてしまう。一部が欠けている下唇に指を当てて下げると口腔が見えた。

健はハッと息を止めた。思っていた以上に歯茎と前歯も失われている。どう慰めていいのか迷った。

「……ひどいね」は適当でない。健はまたしても思い出してしまった。かつて梅毒を患った婦人が身辺にいたことをだ。その婦人は鼻が溶けていた。

しかし燿は鼻ではなく、下唇の一部と口腔が侵された。梅毒とはよくもそんな目立つ場所を襲うものだ。不特定多数と関係した罰なのか。関係は事実なのか。ソープ嬢勧誘はどうなんだ。一方では勧誘し、一方では営業もしていたのか。燿ほどの女がどうしてなんだ。

ついさっきまではなかったのに、燿の目頭に光るものがあった。堪えきれなくなったのか。まずいなー……。これは虚涙ではない。

健は涙に弱い自分を知っている。ここで涙に負けては、聞きたいことが聞けなくなってしまう。だが自分は刑事ではない。嫌がるのを聞く必要はない。

「聞いていいかな」

「はい」

「これまで見舞う人はいなかったの？　ご両親は知っているの？」

工藤刑事に聞いた答えを知らぬふりして健は尋ねた。これは櫂にとって一番嫌な質問だろう。経緯によっては櫂と工藤とのやりとりをあらかじめ知っていた事情を話して後日に謝るつもりだった。

工藤刑事も彼が千葉の両親に会ったとは櫂に言っていない。櫂には悪いがこっちの都合を優先しよう。

「巴ソープの頼子ママと店の者が時々は見舞ってくれます。着替えも持ってきてくれます。親と実家は失いました。天罰です」

目頭に溜まっていた涙が、スーッと頬に流れた。

「余計な質問だが、治療費がかさむでしょう。どうしているの」

「巴商事が払ってます。無知な私を風俗に引き込んだ責任を感じているのでしょう……」

「……鏑木夫妻は？」

「行方不明は一時だけ……ずっと都内にいました。社長は表に出ずにママが店を仕切って、それを私が手伝う形に。頼子ママが以前からやっていました」

鏑木の虚偽決算は間違いない。これで相当の不正蓄財と不正経理を裏付けられる。鏑木は会計担当が見破った以上に裏金を作ったのだ。

　しかし派遣業はそんなに儲かるのか。いや、それは隠れ蓑でソープランドが本業か。鏑木が面接し、持参する履歴書を読み、どうしてバイトをしたいのかを聞きながら、その話の中に本心を探る。中にはホステス等をして「自分に合わない」「カードで買い物して支払いできずに逃げている」人もいただろう。しばらくしてその面接結果を、鏑木が櫂に告げる。櫂が再度判断してその候補者をソープ嬢に誘う。誘った中で信だけがノーだったという。

　しかし健は信からは巴商事でバイトした話は聞いていない。櫂はどこで信に話したのだろう。男もだが、女も惹《ひ》きつける何かが櫂にはある。櫂も言ったように、ソープ嬢に誘うような女とは交際したくないと思うのが普通だ。それなのに信とは友達になった。

　それにしても櫂は何人を誘ったのだろう。全員を巴ソープで雇うのではなく、派遣業免許をいいことに他のソープへも紹介した。これは法律違反だ。ソープ嬢なる職業は本来はない。鏑木は不正蓄財しつつ多くの女を不幸にした。その被害者の中の一人が櫂だ。櫂ばかりでなく、表に出ない多くの女性が性病を患っている。

「櫂さんと奥さんだけで店の切り盛りは大変でしょう。つかぬことを聞くけど、鏑木社長は世間から隠れて生活していたの？」

「細かいことは分かりません。ソープの方は離婚した形でママ名義で営業の届けをしました。私の他に、男性二人の従業員がマスターの形で働いています。兄のような、弟のような二人です」

「……櫂さんには答えにくいと思うけど、刑事さんの聞き込みでは、櫂さんは社長の女らしいって

「……」

　健はとうとう聞いてしまった。

「違います。ママは立派な奥さんです。私より美人で商売に長けてます」

　この「違います」に嘘はない気がする。櫂は信とは随分違う。妻のいる男を恋する女ではないと思いたい。

「それを聞いて安心したよ。でも、どうしてソープ嬢を勧誘というか、バイト雇員の中から誘うのを手伝ったの？　風俗に素人の櫂さんが」

「……それはいろいろ事情があって。……ともかく私の過去を消したい思いがあり、本名を明かさない条件で面接したのが間違いでした。言わば逆手にとられたのです」

「利用されたってこと？」

「半分は」

「半分は脅迫？」

「それはないです。私の生活のためです。いや、甘く見た戯れだったかも」

「タワムレ？　遊びの？　でもどうして自分の過去を消したいの。この病気以外は思うとおりにいっていたとさっき言ったよね。それなのにどうして過去を消したいの。犯罪者じゃあるまいし」

「理由があるような、ないような、です。自由に生きたい。それだけです」

　しかし櫂の思いを尊重するとしても、だからといってソープ嬢に身を落とす必要はないだろう。普通に生きている限りは親と疎遠になるのは難しいが、本心から絶縁する気になれば意外に簡単とも言える。要は自分からは連絡しない。連絡があっても返答しない。そうすることで自然と疎遠になり、縁は切れるだろう。

健自身がそうだ。親とは三十数年疎遠だ。健が親と疎遠になったのは家柄の重圧からではない。増田家は普通の家であり、単なる市井の住人である。しかし市井でも市井なりの交際が面倒だから健は絶縁した。

しかし櫂は黄金丸家の重圧に負け、黄金丸家を捨ててあえて風俗で生きようとしたのか。これは工藤刑事の受け売りだが、櫂が黄金丸家で生きるならたやすいことだろう。自分が守らずとも周囲が守ってくれる。特に地方では「お大臣様」と崇めそやしてくれる。それなのに櫂は黄金丸家を捨てた。それは富む者の悩みか。

しかしこれで櫂を探しても容易に見つからなかった理由が分かった。鏑木の元妻の囲いにいたからだ。いつであったかある新聞に、同じ場所で営業しながら次々に名義変更し、水道局に一円も払わないソープがあるという記事が出ていた。特殊浴場では大量に水を使用するので、当然料金も相当額にのぼる。そこで二ヶ月毎に支払い日が来る前に廃業し、数日後に別名登録で再オープンし、前名義分の水道料金は払わない。このやり方をしている数多くの特殊浴場があるらしい。

こうした浴場には何らかの形で暴力団の影があるとされているが、鏑木が隠れ通すには相当の闇の金が動いたのかもしれない。

「もう一つ聞いていいかな」と健が言うと、櫂は健を見返すように見た。

「信ちゃんが殺されたのはどうしてだと思う」

「……分かりません」

　燿はひと呼吸入れてからゆっくり答えた。そう言った後に、目頭にあった涙がスーッと流れた。この涙は何なのだろう。

「もっと信ちゃんのことを聞いてもいいかな」

「……聞かれても、お二人と別れた後のことは分かりません」

　そう言ってから燿は自分の足元を見た。

「燿さんはさっき、ここで信ちゃんを見ていて、その度にスーツが違っている。男で稼いでいたのでは、と言ったよね」

「はい」

「男で稼いでいたのは間違いないとして、具体的には何で稼いでいたと思う。確かに信ちゃんは多くの男と交際した。それも金が比較的自由になる人だ。会社勤めなら部長級で高給をもらっている人だ。中小企業や自営業だけどね。月に五万や六万出せる人。信ちゃんはそれらを見越しての交際だった。

　そこでね、燿さんを含めて誰もが思う男女交際なら、肉体関係の代償に金をもらっていると想像するだろうが、信ちゃんは誰ともしてない。世の中にそんな奇麗ごとがあるのだろうか。でもそれは事実と思っていいようだ。ある男はね『私と交際してセックスできると思っても駄目よ』ってきつく言われたそうだ。別の男も同じような証言をしている。

　でも、信ちゃんも不特定多数と関係していたのに梅毒には感染していない。だけど自分は病魔に感染してしまった。だからもしかして信ちゃんを羨ましく思っていたんじゃないの？　見る度に違うスーツを着ている信ちゃんは相当に体で稼いでいると」

「……思いました。普通のＯＬは半年にスーツ一着買うのがやっとです」と耀は顔を上げずに言った。

健は、耀には信に会った夜に心移りしたと不信感を懐かれていたのではないか、とふと思った。あの夜、確かに健は信に会った途端に心を奪われてしまったのだから耀の思いは正しい。

「信ちゃんを葦川まで送ってね」と耀に言われて、健は信への思いがさらに強くなったのだった。きっと信もそれを感じただろう、耀さんは私に増田さんを譲った、と。

「羨ましく思っても私は何もできません。とてもこの顔を信ちゃんに見せる勇気はありません。もし見せれば、私の負けを信ちゃんに認めることになります」

「でも耀さんは信ちゃんとは親友ではなかったの？　会えば信ちゃんに軽蔑されると思ったの？」

「会えばもちろん言葉では慰めてくれたでしょう。でも、内心は天罰と思うでしょう。私がソープに誘った時に信ちゃんに言われました。『私は病気が怖いの。お金に魅力はあるけど感染を思うとやる勇気はないわ。あなたもやってるなら、およしなさいよ』って。……その話はそれで終わりましたが、話しているうちに、この人とは友達になれると思いました。信ちゃんもそう思ってくれたようです。でも信ちゃんは、ソープ嬢なんかしなくても、それ以上に男で稼げると計算したんです」

「その中の一人がここにいるってことか」

「違う。増田さんだけは怖いって」

「怖い？」

「いい意味での怖いです。『私なんかに夢中になって懸命に交際してくれる増田さんの時間を奪うのが悪い。結婚すればいいのでしょうけど、私は結婚に向かない女。でも、増田さんに捨てられるのはもっと怖くて寂しい』って」

「そんなことを?」

そんな会話を二人でいつしたのだろう。それはいいとして、それなら信はどうして三年余りも自分と交際したのか。会う度に、今日が最後か、今夜が最後かの覚悟の逢瀬だった。時間を奪うのが悪いなら、どうして短期間でやめなかったのか。交際をやめるのを早く決断すればよかったではないか。時間を奪うのが悪い、という意味が分からない。

いつの間にか日が暮れ始めていた。しかしここに泊まることはできない。今夜は工藤刑事から電話が入るだろう。葦川署に寄るか、こちらから電話することにしよう。健はその後の捜査状況を聞きたい。工藤の方では櫂との会話内容を知りたいだろう。

「今日は帰るね。何か必要な物ある? あれば遠慮なく言ってね。信ちゃんに三年通った道を、櫂さんのために通えないわけはないからね」

「うれしいです」

ポロリと頬に涙が流れた。悲しい涙か悔し涙かは分からない。濡れた頬を拭おうともせず、櫂の白い頬に涙の筋がついた。

櫂の「うれしい」は、健もうれしい。そのうれしいですの言葉が、甘えととれた。櫂は男に甘えた経験がないのだろうか。

生まれは千葉県の旧家で、昔は網元、父親は現役の漁協組合長である。代々続く漁師の家系なら女も男勝りであったろう。お嬢様に育っても泣きや甘えは許されなかったかもしれない。姿は女でも心は男に育てられたのだろうか。

たとえは悪いが、漁師の夫が時化た海で遭難した時は、もっと強い女になるだろう。気丈でないと漁師の女房にはなれない。健には櫂が男に甘えたい心が分かるような気がした。人前で毅然としつつも一人になると人一倍寂しがり屋なのだろう。健は昔の女の言葉を思い出した。

「一人で生活するんだと人前では強がっていても、一人になると寂しくなってくるの。だから、悲しい場面のテレビを見るとすぐに涙が出てくるの」

健は「それなら俺も同じだ」と返事した。女の一人暮らしが寂しいのは本当だろう。しかし結婚も、親との同居もままならないのが櫂だった。旧家の伝統を思うとそう簡単ではないのが結婚だ。櫂は黄金丸という権威ある家名を捨ててまで自由に生きようとした。それでも誰かが近くにいないと本当は生きられないのだ。人前では強く生きている風に見せていても、別の面では頼れる存在を心で求めているのだ。

立ち上がった健は、ベッドに一歩だけ近寄った。

「僕は櫂さんと連絡がとれなくなった時、どんな手を尽くしても探すべきだった」

「あの場合にはあの方法しかなかったのです。誰が探しても隠れる以外になかったんです」

「隠れる?」

「聞かないでください。いずれ時期が来たら話します。病気感染で隠れたのでもありません」

「その日を待ってる。……もう一つ聞いていいかな」

健は、櫂の顔をのぞくように見ながら尋ねた。

「はい」

「車で送った赤羽の辺りに住んでいたの？」

「住んでいました。でも短期間です」

櫂は「でもそれがどうしたのですか」とでも言いたげな顔だった。語尾に疑うような気持ちがにじんだ。

警察の力をもってしても探し出せなかったのに、櫂はどんな生活をしていたのだろう。しかし健は、それ以上執拗に聞き出そうとはしなかった。警察に協力していると思われるのは嫌だ。短期間なら転居届けはしない。正式の住まいが別にあっての仮住まいか。しかしどうして隠れた生活をしていたのかと疑いだすと限りがない。「時期が来たら話します」を待つことにしよう。

健が右手を出すと、櫂は反射的に両手で包み、「あったかい」と、自分の右頬に押し付け、さらに左頬へと強く押し付けた。

「信ちゃんより先にこうしたかった」

その声は嗚咽一歩手前で震えている。スーッと頬に流れた涙が手に伝わり、頬がボヤーと温かくなった。健は櫂のなすがままになっていた。

今度は顔を胸に寄せてきた。そうだ、櫂とは一度も手を触れなかった。避けたわけではないが、その機会がなかった。そうなる前に信が現れたからだ。しかし現れたのは偶然にしても、信との交際を暗に勧めたのは櫂だった。

「明日も来てください」と耀が震えた声で言った。

「うん、来るよ」

信事件の捜査にすぐにプラスになるかは分からないが、ここに通うことはきっとプラスになると思う。今頃は工藤刑事らは別の人物を聴取しているだろう。耀の近くにいたソープ店主や従業員らは、信との面識はないのだろうか。

耀はまだ泣きじゃくっていた。

「必ず来るよ」と言わないと、離れられない気がするのだろうか。そんな耀を、健は騙そうとするつもりはない。

「これから会社に行って、明日から当分休む手続きをする。休みの間はずっとここにいるよ」

「うれしい」

耀はやっと健の胸から顔を離した。健はもう一度明日も必ず来ることを約束して病室を出た。

戯れの後に。

花柄のパジャマ

街には夕べの灯が入っていた。歩道は健が歩む影を映して長く細く揺れる。健はその道を葦川署に向かった。

病院からそう遠くはないので、立ち寄らずに帰る手はない。工藤刑事が在署なら新しい情報を得たい。紀子やかつての同僚に聞けば、櫂が健康だった時の情報も得られるかもしれない。こっちの話も聞きたいだろう。

署に入ると、健のことを覚えていた警察官が迎えてくれ、「工藤刑事はまだ戻っていないです。でも頼めば本部から連絡してくれますよ」と言った。

それを待つ間に、健は署内の公衆電話で会社に電話した。もう遅かったので当直者しかいなかったが、休日の延長を申し出た。書類提出は後日になるが、前もって連絡すれば欠勤にはならない。

会社では、健が交際した女が殺害された件で警察に協力していることを承知している。櫂に、「これから会社に行って」と言ったのは方便だった。櫂から離れたかっただけでなく、工藤刑事と情報交換の時間もほしかったのだ。しかし櫂に言った、「ずっとここにいるよ」はけっして嘘ではない。櫂が望むなら病院から出勤してもいい。

数分後に工藤刑事から電話が入った。新宿で聞き込みしていて二時間ほどで戻る、と言う。ここで二時間は待てない。「戻ったら自宅に電話をもらえたらありがたい」と伝えて健は署を出た。

新宿か。信も櫂も、新宿へ頻繁に通ったのだろうか。そういえば信のスーツを購入するために新宿のデパートへ行ったことがあった。随分前だ。しかしそれが信殺害に関係するとは思わない。信が別の男と行ったとしても、新宿が事件の舞台になるとは考えにくい。

信は混雑した場所が嫌いだった。新宿に行けば、普通は食事くらいはしたいところだ。だが信は、「ここではゆっくりできないから」とコーヒー一杯飲まずにとんぼ返りしたものだ。信が新宿に好んで行ったとは思えない。

「新宿方面に住んでいた男との交際はない」と工藤刑事からは聞いていたが、ここには池袋や大塚以上の歓楽街である歌舞伎町がある。櫂は歌舞伎町にまで行動半径を広げていたのだろうか。「ソープやそれに類した仕事なら歌舞伎町に限る」と豪語する女もいると聞く。早い話が金を稼ぐなら一番だが、それだけに危険もある。

櫂は現時点では何の事件にも関係していない、といえよう。巴商事で働きながらソープ嬢勧誘に従っただけだ。ソープ嬢斡旋は、派遣事業としては認められない。違法行為者は鏑木であり、巴商事であって、櫂に責任はない。しかし捜査本部は櫂をどう扱うのだろう。工藤刑事の胸にある「裏の参考人」なのか。

しかし女が女をソープ嬢に誘うというのは、どういうことなのだろう。鏑木への義務か。それより気になるのは、勧誘役の櫂がどうして自らソープ嬢になったか、である。経験談を話す必要からの体験か。それなら勧誘役になる前の数回でいいではないか。

家に戻った健は、軽い食事をしてから風呂に浸かった。

それにしても櫂の今後はどうなるのだろう。病気の完治を願うのは当然だが、怪我ではないことを思うと唇の失われた部分が盛り上がるとは考えられない。あれは癌のようなものだ。細胞学にも病理学にも疎い健は、奇跡を信じて完治を祈るのみだった。

健は裸の全身を浴室の鏡に映し、不謹慎ながら櫂の体を想像した。櫂の素肌も裸体も見てはいない。初めて会った時も華奢だったが、病的とは思わなかった。しかし今日の櫂は明らかに病的なまでに華奢だった。フーッと吐息をつきながら、健は、櫂が今の状態になったのは、自分にも多少の責任があるのではないか、と思った。

それは、居酒屋で信に心を奪われたからだ。櫂は瞬時にそれを読んだ。この男は信ちゃんに会った途端に私から心移りした、と感じたのだ。そのことをさっき櫂に言い訳せずに正解だった。女を好きになるのに理由などなく、フィーリング次第だ。あえて理由を付けるなら、櫂は近寄りにくい。しかし信は気軽に近寄れる。そのことは櫂も知っていた。信は可愛く魅力があることを。

ベルが鳴った。工藤刑事だろう。バスタオルで体を軽く拭きながら健は電話へ向かった。

「ちょっと前に新宿方面から戻ったところです。どうです、櫂さんと会って」

「昔の櫂さんを思うととても悔しいです。責任を感じます。櫂さんと交際を続けていれば感染がなかったと思うと……」

「責任は感じないでください。性病は自業自得です。そこで、です。櫂さんがどうしてソープ嬢を誘う側になったか。これについて櫂さんは『半分は脅しから』と言いませんでしたか」

「実際のところ、半分は正解でしょう」

「櫂さんは、本名を隠す約束で巴商事に雇われた。事情があって偽名で登録した。他にも偽名で働かせてくれと頼んだバイトはいたらしい。偽名バイト雇員があればあるだけ、裏金を作れたわけです。鏑木は相当の裏金を作ったはずだ。まあこれは労基法違反ですから、別の部署が後日取り調べに当たりますがね。ともかく巴商事は櫂さんを利用してさらに儲けた。バイトに来る若い女を他のソープに斡旋し紹介することを考えた。

ソープ嬢なる職業は、正式には認められていないから裏商売です。バイトを希望して来る女に、いきなりソープで働く気はないかとは聞けない。そこで櫂さんに任せた。櫂さんは半分は強要されたといえる。櫂さんは本名を隠しているのをバラされると困るからです。

今日私は、櫂さんに紹介されて新宿のソープで働いている女に会いました。巴商事に登録し、梱包会社で働いて約十日後に櫂さんらしき人から話があった。名前は知らないというので、櫂さんの写真を見せると、『痩形で礼儀正しい人でした。たぶんこの人です』と言った。その女の話では『紹介されてソープ嬢になったのは約三年間で、その人数は自分以外にも相当多かった』とか。鏑木はそれなりの紹介料を取っていたが、これは違法です。

また、全員がすんなりソープ嬢になったわけではない。約束した日時に店に行ったが、いざとなると膝がすくんでしまうと無断キャンセルになる。そこで困るのが鏑木の顔であり櫂さんです。ソープ側は新人が来る予定をして待っている。来ないとなると鏑木に苦情が行く。裏取引でも商売は商売だ。責められるのは鏑木、鏑木に責められるのは櫂さんということになる」

「想像はつきます。そこで櫂さんが身代わりの形でソープ嬢になる。そこにも脅迫や脅しのようなことが裏にある」

健にもようやく櫂の立場が読めてきた。

「そうです。特殊浴場と称するソープは、裏をたどれば悪い奴らの金づるです」

「そこまでは想像がつきます。でもそれがどうして小糸さんに繋がるのですか」

「いやこれが全く切れていましてね。信さんの顔写真を、現役のソープ嬢に見せても全然反応がない。信さんの顔はテレビと週刊誌に何度も出ていますから、嘘ではないでしょう。櫂さんが、『あの時以来、信さんとは会わなくなって連絡していない』と言っていたのは本当のことでしょう」

「彼女は、『この顔は誰にも見せられない』と言っていました。知人友人なら特にでしょう。『外出していない』というのも本当のことでしょう」

「以前入院したことのある関係者からも聞きました。それによると、時々見舞いに来るのは鏑木の妻だそうです。二人が離婚したというのは表向きで、今もれっきとした夫婦です。それから二人の男が交互にやって来る。これはソープ従業員で、他には来客はない。命と同じように大切な顔の一部の損傷ですから、櫂さんは当然友人知人に見られたくはない。いや友人なら余計に見せたくないはずです。だから外出を禁じられてはいないのに、病院からは一歩も出ようとしないのでしょう」

「櫂さんと鏑木夫婦の関係、それから櫂さんとソープの男二人の関係は?」

「単なる雇用者関係。櫂さんが上」

「櫂さんが上?」

「そうです。たとえば、櫂さんが稼げる女を紹介することにより、櫂さんの株が上がると同時に、鏑木の裏の顔が光るってわけ。櫂さんを通じて紹介されたソープ嬢は店にも客にも評判がいい。男に魅力ある女を選んで口説くという才能があるんでしょう」

「じゃあ櫂さんは、ソープ街の顔ってこと?」

「考えようによっては、です。しかしもう数年前のことですから、今ではほとんど知られていない。現在バイトを含めると大塚と池袋だけでも累計千人以上のソープ嬢がいると思われますが、櫂さんが紹介した現役のソープ嬢は、今ではわずか数人だと思います」

「信さんを殺して得する人間がいたんでしょうか。……僕はいないと思うのですが」

「私もそう思う」

「ソープに誘うとか、スカウトの話がこじれて殺人にまで発展することがあるのでしょうか。女が女に対して巧みにソープ嬢を勧誘するとかスカウトするという話は、他にもあるんでしょうか」

「全くゼロではないでしょう。たとえばバーやクラブなどで、女の馴染み客に貸しができたとする。それは女の借金の形になる。それが溜まりに溜まって身動きできなくなる。そうなると大きく稼ぐために女は仕方なく売春するかソープの門を叩く。店側も巧みにソープを紹介する。ママは女に逃げられないように、半分は監視付きで働かせる」

「なるほど、そこには紹介と志願と脅迫があるわけですね。それを知った巴商事が紹介すると多くの紹介料が入る？」

「そうなるでしょう。しかし、そこから信さん事件に繋がるとは考えられない。櫂さんに誘われてソープ嬢になった現役数人と経験者に、信さんの顔写真を見せましたが、テレビや週刊誌の写真で見た顔だが、全然知らないという返事ばかりで……」

「信さんが交際していた男の周囲の捜査とか聴取は再度されるのですか」

「その必要はありますね」

「僕に協力できそうなことがありましたら、言ってください。これから数日は会社を休むことにしました。明日の午前中に病院に行く予定です」

「ご協力に感謝します」と言って工藤の電話が切れた。

よかった。工藤刑事は今の時点では事件に櫂が関係しているとは考えていないようだ。ともかく明日は病院に行こう。しかしもし健が、信が殺害されたであろう時期の櫂の行動をできる限り詳しく話してほしい、と言ったらどうなるだろう。

思い悩みながら、健は二度目の風呂に浸かった。体をバスに深く沈めて深呼吸を繰り返した。五体満足で剛健に育ててくれた親に改めて感謝した。

健の人生で欠けていることがあるとすれば、まだ結婚していないことくらいか。しかし結婚が必ずしも人生に満足と幸運をもたらしてくれるとは限らない。世間には未婚の男女は数多くいる。その者が全部不幸とは限らない。

健の周囲には既婚者もいるが、独身もいる。結婚して数年で離婚した人もいる。しかし信もそうだったが、燿も結婚に縁がなさそうだ。燿の病状を思えば将来にわたって結婚はないだろうし、自分も結婚はしないつもりだ。その分を燿のために尽くしたい。ただし信事件に燿が関係している疑いが晴れたら、だ。……今夜も健は眠れそうになかった。

健は電動自転車で出かけた。四十分で行けるだろう。信と別れてからマイカーが不要となり、仕事以外はハンドルを握らない。今では電動自転車がマイカーだ。自転車は健康にいいと改めて感じている。トラック満載の薬より、自転車に乗る方が妙薬になる、と何かで読んだことがある。電動自転車は半分近くをモーターが助けてくれるから、遠乗りも登り坂も苦にならない。

会社の休みの日は、朝の時間がたっぷりある。五時に起床し、新聞を読んだ後で食事を済ませ、休暇願を提出するために会社へ行き、その足で会社の風呂に浸かった。アパートの風呂より広い分だけゆったりできる。

アパートを出てから戻るまで二時間とちょっとだ。再度朝刊に目を通し、それから葦川へ向けて出発した。背負ったリュックサックには着替え数日分と洗面用具とポケットラジオが入っている。精神的に参っている燿の力になりたい。医師に相談し、症状によってはアパートに連れて来てもいい。燿が望めばアパートを替わってもいい。

都と県の境に新芝川があるが、山王橋が工事中だった。車両ストップとなり、自転車と歩行者用の仮橋がある。工事前の橋は、信を乗せて何度も渡った。その後は新しい橋を架ける予告板を見たきりで、この辺りを通ったことはない。

ミキサー車が駐車し、ドラムがゆっくり回転している。コンクリートポンプ車がエンジン音を唸らせて橋のスラブ部にコンクリートを流し込んでいたから、もう完成間近なのだろう。作業員は運転手の他には数人しか見かけなかった。新芝川の右手上流は鳩ヶ谷市へ通じ、左手下流は水門があって荒川になる。ここは信が発見された辺りに近いから、時間があれば荒川堤防に上って広い流れを眺めたいものだ。

そう思いながら堤防から仮橋を渡ろうとすると、健の位置から約百五十メートル下流の水門近くの堤防の傾斜面に人だかりがある。三十人はいそうだ。警察官数人の姿もある。人だかりの内側には黄色いロープが楕円形に張られ、そこにいる警察官と白衣の救急隊員の姿がハッキリ分かる。

警察車両も救急車両も見えないことを思うと、ここは足立区の農業公園の堤防の外側に当たるのだろうか。堤防内側の左右の水面にはボートが十数隻繋留されており、そのうちの一隻だけが錨を下ろして流れのやや中心のところに停泊しているようだが、ここは繋留禁止のはずだ。

いつの時代にも禁止事項を守らない人間はいるが、それにしてもあの人だかりは何だろう。事件か事故があったのだろうか。橋梁工事の作業員は我関せずと黙々と働いている。「何かあったのですか」と声をかけるには勇気が要る。

健は仮橋を渡る手前で自転車を降りて押し、蒲鉾形堤防の頂上までやって来ると、パトカー二台と救急車が樹木の陰に駐車していた。都内管轄の警視庁と東京消防庁の車両だ。新芝川側の堤防下と水面近くのちょっとした場所で、救急隊員が救命処置を施しているようにも見える。恐らく人身事故に間違いない。近くには担架もある。信の遺体が発見されて約半月、そこに近い場所で、再び事件か事故があったのだろうか。警察官二人が繋留されたボート上で体を曲げ、水面下を探しているようにも見える。それとも沈没事故があったのか。

健は現場を見たいのと、一刻も早く櫂の所に行きたい気持ちが心で交錯し、迷った。その時、「ヨーシ」という声が聞こえた。救急隊員の動きが敏捷になり、一人がロープを跨いで堤防斜面を駆け上った。救急車の発車準備だ。担架に担いだ人体を移動するのが見えた。

「アッ」

健は小さく叫んだ。救急隊員と警察官の動きの透き間から、見覚えのある衣服のようなものが見えたのである。櫂が昨日着ていた薄いピンク地に赤い花模様のパジャマに似ている、と瞬時に思った。

ピンク地よりも赤が目立って見えた。似た色のパジャマは無数にあるが、記憶していた色柄と同じ物はそうはないはずだ。もしもあれが櫂のなら、どうしてここへ来たのか。事故か事件に遭ったのか。

見物人の人だかりが解けてバラけた。担架に乗せられたそれは、すぐに全身が毛布らしきもので覆われた。頭部をやや上にして、四人が担架を持っている。うち一人が酸素ボンベを手にし、チューブが顔面に伸びているように見える。……生きている。

担架の隊員らは堤防を斜めに上っている。あれがもし櫂なら、病院と葦川署は何をしているのだ。新芝川の左岸と右岸とで管轄は違うが、岸の違いだけで管轄争いはないと信じたい。

健の心臓が高鳴った。自転車に跨がると、堤防上を力を込めてペダルを漕いだ。パジャマの色柄は櫂のと同じように見えたが、櫂であってほしくない。

「待ってくださーい！」

大声で叫んだ。堤防側の人と警察官がこっちを見た。

「ちょっと待ってくださーい！」

健は自転車を急ブレーキで止め、スタンドする間も惜しむように堤防上に倒し、一気に斜面を斜めに走り下り、救急車に向かった。背負ったリュックが背中で左右に揺れて走りづらい。担架は蒲鉾形の堤防を上り、今度は反対側を斜めに下りて、後部ドアを開放して待機している救急車に載せようとしている。

「待ってくださーい！　待ってくださーい！」

なおも叫びながら走ると、健の方を見た警察官が堤防を上り、両手を広げて近づけまいと制しながら、健に向かって「知っている人ですか」と叫んだ。

「パジャマに見覚えがあります。昨日見たばかりです。パジャマだけでも見せてください」

急に走ったので呼吸が乱れた。それでも言うべき言葉は出た。が、次の言葉がすぐには出ない。呼吸を整えようと懸命に努めた。

救急隊員の動きが止まり、四人がこっちを見た。事故にしろ事件にしろ、緊急搬送も大切だが、身元確認も大切だ。取り巻きの誰からも身元が判明しなかったとみえる。西葦川病院も葦川警察署も、この件についてはまだは知らないという意味でもある。

「至急確認してくださいい」とキャプテンらしき人が言った。

一人が、救急車に載せかけたままの担架に掛けられた顔から胸の辺りの毛布を捲り、どうぞという形に手を示した。

勢い込んで健が見ると、パジャマは間違いなく昨日耀が着ていた薄いピンク地に赤い花柄だ。急いで顔を見た。鼻孔にチューブが挿入され、テープで止めてある。救急車が行うのは、救護と搬送だけではない。鼻孔へのチューブ挿入は医療行為である。

死んだように眠っているが、顔にはわずかに赤みがある。欠落した唇がわずかだけ見えた。間違いなく耀だ。パジャマは濡れてない。入水していない。

「耀ちゃん！」

健は叫んだ。体を揺すろうとしたが、その手を隊員の手が制した。

「ご存じの女性ですか」

「カイさんです。いや、黄金丸耀さんです」

「救急車で一緒に来てください。車中で伺いましょう」

担架が押し込まれた。振り向くと堤防沿いにいたやじ馬が救急車の近くまで来ていた。知人が現れたらしいと知り、それが誰かを確かめたいのだろう。やじ馬根性というやつだ。それよりは近づけまいと警察官が制したが、このやじ馬はどこから集まったのだろう。農業公園の駐車場を見ると数台のマイカーが止まっていた。農業の見学か演習に来ていたのだろうか。

健は救急車のシートに座ってベルトを締め、リュックは足元に置いた。耀の鼻孔にはチューブが挿入されたままだ。救急車はピーポーと音を鳴らしながら赤色灯をつけて発車した。耀は救命処置で命を取り止めたようだが、まだ死んだように眠っている。

「ただいま進行中」

無線マイクで応答しつつ救急車は通りに出た。パトカーが一台先導している。

「それでは失礼ですが、あなたの身元を確認させていただきます」と、キャプテンらしき人が健に声をかけた。


健は、「この人とは数年間音信不通であったが、数日前に西葦川病院に入院しているのを知らされて昨日見舞った。今日も行こうとしていたところです」と説明した。

キャプテンは本部に患者の症状と身元確認を無線通報し、増田健なる男の存在と、患者は昨日まで、西葦川病院に入院していたことを報告した。

健はあまり話したくはなかったのだが櫂の梅毒症状についても話した。そうでないと緊急病院では蘇生治療ばかりになり、梅毒疾患に害のある治療をしないとも限らない。場合によっては副作用もあるからだ。昨日も見舞い、今日も行くというのに知らぬ、存ぜぬは通らない。

キャプテンは先導パトカーとも交信した。そして本部は葦川警察署と西葦川病院へ連絡した結果、櫂は西新井のいすゞ病院に搬送されることになった。小瓶がボート内にあったことで睡眠薬を飲んだと断定されていた。救急救命士の処置により、幸い命には別条がない。櫂がどうしてあの場所に来たかは不明だが、睡眠薬で自殺を考えたに違いないというのが現場の人の意見だった。

現場で第一発見者から聴取した警察官によれば、上流からモーターボートで荒川に出ようとした途中で櫂は発見されたようだ。いったい葦川署は何をしているのだろう。苦労して櫂を見つけたというのにたった三日で逃げられるとは……。しかし手綱を付けるわけにはいかない。患者を四六時中は見張れない。病院は警察署の何倍も逃げ出しやすい場所だ。

救急車は十数分で西新井のいすゞ病院に到着した。新しい病院だ。工事中の防音幕に覆われていたのは知っていたが、もう開院していたとは知らなかった。すぐ近くに首都高速道路がある。高い防音壁で囲ってはあるが、疾走する車両の音が絶え間なく聞こえている。

欋は集中治療室に搬入されて、胃内部の洗滌が施されている。健は公衆電話で葦川署の工藤刑事に電話した。工藤刑事は健の電話を、首を長くして待っていた。アパートには時間をおいて三度もダイヤルしたが出なかったので、会社にも電話したところ、休みの書類を提出してすぐに帰った旨の返答だったという。会社ではまさか健が会社の風呂に入っているとは想像もしなかったろう。

工藤刑事は午前八時前に、「黄金丸欋という患者が無断外出したまま病院に戻っていない」という連絡を署員から受けた。出勤前の自宅でだ。工藤はその瞬間、健が手引きして無断外出したのか、と思ったそうだ。だが、健がそのようなことをする男ではないと思い直した。そして患者はそのうちに戻ってくるだろうと考えたが、健のアパートと会社に電話しても繋がらないことを思うと、これはやはり健が連れ出したのではないか、と再び疑ったという。

工藤刑事は一安心したものの「欋は自殺らしい」という健の言葉に、その安心にかすかな疑念が芽生えたことを言葉の端々に感じさせた。健は工藤から「欋さんから離れないでくれ」と強く言われた。それはそうだろう。睡眠薬の多量服用は尋常ではない。しかし欋が睡眠薬を服用していたか否かは病院から聞いてなさそうだ。

工藤は「耀がどのようにして多量の睡眠薬を入手したかを担当医と看護師から聴取したら、そちらに行く」と健に告げた。耀を聴取するための聞き込みだ。

その前に西新井警察署からも耀への聴取があるはずだが、耀がそれにどのくらい応じられるかは現時点では不明だ。いずれにせよ、健は何があろうと耀の側を離れるつもりはない。「西新井警察署へは情状を酌量して慎重に振る舞ってもらえるようお願いするつもりです」と工藤に言って電話を切った。

健は、耀はやはり信事件に関係があったのか、いや、関係を通り越して恐ろしい容疑をかけられるのではないか、と危ぶんだ。

耀は、命はかろうじて取り留めたもののまだ死線をさまよっている。人間にとって最大の危機を迎えている。それなのに親に連絡しなくていいのだろうか。健は血縁者でも親類縁者でもない。救急隊員に縁者が近くにいないかを聞かれたが、知らないと答えた。後は工藤刑事がうまく計らってくれるだろう。西葦川病院も耀の素性は知らない。署内でも工藤刑事ら数人が知っているだけだ。常識的には千葉の親に連絡するだろうが、工藤刑事はどう判断するのだろう。

二時間後に健は「無関係者入室禁止」と掲示された集中治療室の丸椅子に座っていた。耀は鼻孔にチューブを挿入されたまま昏睡状態だったが、「そろそろ目覚めるでしょう」と看護師に言われて一安心した。夕方までここで様子をみることにしよう。

心臓部と頭部から伸びたコードが繋がれ、モニター波形によって患者の病状が測られて、それは目前のモニターと集中管理室で監視されているが、モニター波形の動きだけは健にも分かる。素人判断でもこの波形なら正常だろう。

救急隊員と医師の話によると、多量の睡眠薬を服用したのに、発見が早かったために一命を取り留めることができたそうだ。

燿は、信事件の捜査が自分に届くことを予期していたのかもしれない。健が今日も来るのを楽しみにしていたが、半分は不安だった。刑事も再度の聴取に来るだろう、という不安もあっただろう。嘘はいつかは通じなくなる。それ以外に自殺を考える理由はない。燿を犯罪者にしたくないが、この想像は当たっているような気もする。しかし、燿に信を殺すどんな理由があったというのか。

健が集中治療室に入ってから一時間が過ぎようとした頃に、燿の右手が毛布の中でわずかに動いた。健は、息が止まるような思いでそれを見つめながら、その後の動きを待ったが、手はそれきり動かない。しかし気のせいではなかった。間違いなく燿は呼吸を繰り返している。モニター画面も順調に波形を描いている。

健は毛布の下に手を入れ、ちょっと前に動いた右手に触れた。血の通った温もりが昨日と変わらず温かい。軽く握っているような燿の拳を包むように握ると、指が動いた。かけようとした声を抑えて、次の動きを待つ。こうしたケースでは、死は免れたものの植物人間になってしまうこともある。燿がそうならぬことを祈りつつ、健は握る手に力を込めた。

今度は頭がわずかに動いた。頭というより、首を右に少しだけ振って頭が揺れた。モニター波形もピピーと鳴り、素早く横に走ってその反応を瞬時に捉えた。回復は順調だ。ドアがノックされ、「入ります」の声と一緒にドアが開いて看護師が入って来たので、健は握っていた手を離して毛布をかけた。

「よかったですね。間もなくですよ」

そう言いながら看護師は毛布をとり、手首を握って脈を測った。看護師は集中管理室のモニターを見ていたのだろう。

「脈は正常に戻りつつあります」

四十代だろう。ちょっと太めの女性なので安心感がある。左胸の写真入りプレートには「看護師金町」とある。

「よかったー。ありがとうございました。……数日は入院でしょうか」

「そうなるでしょう。精神的に参っているから、入院がいいですね」

経験上から経過を予想できるのだろう。檉がここを出ても行き先は西葦川病院だ。そこでは厳しい聴取があるだろうが、ここならあまり厳しい聴取はないような気がする。

胃洗滌に加わった金町看護師は、このまま檉の担当になるのだろう。そして檉が入院先から無断外出して自殺未遂の結果になったこと、唇と歯茎の溶解欠落は梅毒の結果であるとも聞かされただろう。

「失礼します」

ノックされたドアを開けた若い看護師の背後に、工藤刑事ともう一人の若い刑事の姿があった。金町看護師の在室を確かめると、案内の看護師は一礼して去った。

両刑事は金町看護師に頭を下げた後で警察手帳を示した。若手の手帳には鈴田とあることが健の位置からも読み取れた。

工藤刑事が「院長に許可をいただきましたので、ちょっとお邪魔させていただきます」と言いながらベッドに近寄ったので、健は急いでドア側に控えて「ご苦労さまです」と頭を下げた。工藤は檉の顔を覗き込んだ。

「……ちょっとだけ手が動いたんですが」健が説明すると、工藤が看護師に尋ねた。

「……間もなく意識が回復しそうですね。……看護師さん、その後すぐに本人と話すのは無理ですか」

「かまわないでしょう。その方が早く元気になるでしょう。ですが、睡眠薬をどうして多量に飲んだかは問わないでください。……その方はこちらの先生が問診時にお聞きしますので」

「分かりました」

これは一理あるやり方だ、と健は思った。櫂にとって一番嫌なのは睡眠薬の件だ。できれば刑事なしで健が聞きたいくらいだ。

健はこの場の重苦しい空気を変えたいと思いながら、「工藤さん。電話で言いそびれたのですが、櫂さんの店の方へは?」とやや遠慮ぎみに尋ねた。

「連絡しました。間もなくここへ来ると思います」

これも当然の措置だ。櫂の病状が一番気になるのは、離婚したとはいえ鏑木と元妻だ。櫂の現状を知る権利はあるだろう。しかし彼らは櫂の梅毒に対して責任がないとはいえない。梅毒感染は自己責任だが、偽名でバイトする櫂を半分は脅しの形でソープに誘い込んだ使用者責任は重い。鏑木と元妻は信事件をどう思っているのだろう。櫂と信の関係を知っていたのだろうか。

健がそんな思いにとらわれている間に、工藤刑事らは医務課の方の聞き込みを先に済ませると言って、一度病室を出た。

　耀が目を覚ましたのはそれから約一時間後だった。目覚めて一番に健の姿が目に入って安心したのか、「増田さん……」と言ったきりで後の言葉はすぐには出ない。

　健はわずかに笑みを見せた。ここで言葉は不要だ。

「増田さん……」

　二つ目の言葉もそれだけだ。健は答える代わりに毛布を剥いで耀の右手を握ると、耀も握り返した。あまり力はないものの懸命に握ろうとしている。

「巴のママさんも来るからね」

「……」

「先生のお許しをもらったらモニターも外しますよ」

　二人の成り行きを見ていた金町看護師が側から顔を覗き込んだ。見るとモニター画面は耀が眠っていた時とは違う波形を描いている。現時点ではまだ百パーセントではないが徐々に回復するだろう。健は、耀がここで入院している限りは一緒にいようと改めて思った。

　すぐに担当医と両刑事がやって来た。医師は丸椅子に座ると、やんわり切り出した。医師のやや背後に立った金町看護師が優しい顔で耀を見ている。その優しさが耀に生命力を授けてくれるような慈愛に満ちた顔のようだ。

　両刑事と健は、ベッドの足元の方で医師の話を黙って聞いていた。耀は時折視線を足の方に向け、医師の質問に詰まると助け舟を求めるような表情をした。

　耀の話によると、看護師に渡された睡眠薬を飲んだふりをして飲まずにためていたという。病院では患者に睡眠薬一回分の睡眠薬の錠剤だけを渡し、それを看護師の目の前で飲ませるように義務付けている。飲んだことを確認しないまま渡すだけでは、それをためて後日に大量に飲んで自殺を図る危険も考えられるからだ。

ところが数回は看護師の目の前で飲んでも、回が重なるとお互いの信頼のような感情が双方に湧くことがある。すると看護師は「後で必ず飲むんですよ」と言い置くだけで、飲んだのを確認しないで病室を出てしまうようになる。

櫂もこのケースだった。眠れないというのは嘘で、それは睡眠薬をもらう口実だった。過剰信頼はマンネリに陥り、櫂のように優良そうな患者にはつい気を許してしまうものだ。看護師の慣れと信頼が仇になったのだが、櫂は「看護師さんには申し訳ないことをしました」と謝った。

朝食後の七時半過ぎは、どこの病院でも夜勤看護師が最も多忙な時間帯である。櫂はパジャマのまま堂々と玄関から出て、新芝川へ向かった。夜勤者は早出日勤者に引き継ぎをする準備があり、家政婦もいろいろな事情で忙しい。周りの目を盗むならその時間だと狙った。残飯の有無で患者の栄養摂取状態と食欲の度合いを知るのも医師の仕事と知っていたので、その朝配膳された食事は全部食べたという。

櫂は人や自転車や車に出くわしたり追い抜かれたりしたが、気にせずにどんどん歩いた。パジャマ姿であったことがよかったのだろう。近隣住民が散歩でもしていると思うからだ。櫂は横道や裏道を歩かずに、産業道路から足立葦川線を新芝川に向かった。現場到着後、すぐに睡眠薬を飲もうとしたが、その勇気がなかった。飲んだらすぐに入水の計画であったが、迷ってしまった。

そこで繋留されていたモーターボートに乗り込んだ。そこでそれまでためた六錠の睡眠薬を飲み、船縁で体を曲げればボートが簡単に傾いて入水できると思ったが、試しに体を曲げてもボートは傾かないと分かった。

その場所で一時間くらい迷ったが、結局は入水をやめ、ボート上で睡眠薬を一気に飲んだ。入水せずともこの睡眠薬で死ねると思ったからだ。薬が喉を通過して数分後に眠気を感じた。これでよく眠れる。そこまでの記憶しかない……。

質問が事件の核心に触れると、櫂は口を閉じた。それからしばらく間をとり、「この唇と歯茎では病院から一生出られません。いつまでも入院費用のことでご迷惑をおかけするわけにはいかないからです」と言った。理由としては一応成り立つが、「それだけですか」と、医師はなかなか櫂の言葉を信用しなかった。

「それだけです」と言い切って、櫂は口を結んだ。既に涙を流した目にさらに涙が滲み、それが新たにあふれ出てスーッとシーツに落ちた。これ以上は触れてほしくない、という涙ながらの懇願だろうか。

健はそんな櫂の様子からじっと視線を外さず、昨夕の櫂の涙の場面を思い出した。あれは嘘の涙だったのか。その時彼女は既に自殺を考えていたのか。昨夕の涙が嘘なら、今の涙も嘘になる。女は嘘の涙を流す動物なのだろうか。

「医師として聞くのはこれまで。後は救急隊員と警察から聞かれるからね」

医師もこれ以上は無駄と思ったのだろう。しかしこれからの成り行きがどうであれ、医師には治療の義務がある。

「はい」と、櫂はか細い声で返事した。

六錠は致死量だと医師は語った。睡眠薬は軽い寝不足なら、通常は一錠で充分である。よほど寝られない人でも二錠で半日は眠れる。

「それを一度に六錠で生還できたのは奇跡中の奇跡だ。発見してくれた人に感謝しなさい」と付け加えたが、櫂はその言葉には答えずに視線を落とした。

櫂は、現場に到着した直後には睡眠薬を口にすることはできなかった。そこで何を考え、何を迷ったかは想像するしかないが、誰しも死を選ぶとなれば躊躇するだろう。一時間近く迷い、九時半過ぎに睡眠薬を飲み、発見されるまでの約一時間生死の境をさまよった。もう少し発見が遅れたら自殺は完遂されたはずだという医師の言葉は、発見現場の状況とよく符合している。

ボート上ではなく、水中に没していたなら、もっと短時間で死んでいただろう。しかしそれをしなかったということは、櫂は本当は死にたくなかったのかもしれない。誰かが発見してくれることを、心のどこかで期待していたのかもしれない。

医師による櫂の聴取が終わると、今日はこれまで、と工藤刑事らは署に引き揚げた。


櫂は集中管理室を出て、特別室に移された。バストイレ付きは西葦川病院と同じだ。部屋の一角をサッシ枠で仕切り、上部にシャワー、床に一人用バス。バスと並んでウオッシュレットのトイレがある。

さすがに疲れたのだろう、櫂は「眠らせてください」と懇願した。健は急を要しない業務を残している救急隊員には後日来るように医務課に連絡してもらった。工藤刑事は西新井警察署に対して、黄金丸戯れの後に。

權という自殺未遂者を、殺人事件の参考人として聴取した旨を連絡し、あわせてこの件をマスコミに発表しないこと、黄金丸權が梅毒感染者であることに配慮して氏名の公表をしないよう協力してほしい、と要請したはずだ。

第一発見者は、新芝川の東京側から携帯電話で一一〇番に連絡したという。同じ新芝川でも、埼玉県側なら埼玉県警察の管轄になったはずだが、反対側であったことで警視庁管轄になった。

しかしこれが信殺人事件と関連しているとなると話が違う。現在埼玉県警は都内に聞き込み捜査を続けているが、やがて警視庁との合同捜査になるかもしれない。その辺はいっさい不明である。

もしも信殺人事件の早期解決の一端を櫂が握っているとすれば、これはもはや単なる自殺未遂事件では済まされないことは確かだ。櫂がこの状況にどう決断するかは、彼女に対する健の接し方が大きく影響するだろう。そう思うと健は大きな責任を感じた。

しばらくすると瀬川頼子がやって来た。健と頼子は、場所柄を弁えて挨拶だけを交わした。後でお互いに紹介し合う必要があるだろう。櫂が言ったとおり頼子は美人だった。鏑木の元の妻というが、実質的には今も妻で、離婚は経営上の隠れ蓑にすぎない。

頼子は賢くて商売に長けているようだが、櫂の力も大きい。魅力ある女を誘って他のソープに紹介したが、事情があって櫂もソープ嬢にならざるを得ず、その結果梅毒に感染した。だから、巴商事の責任で治療費を出すのは当たり前の話。

櫂は、格式の高い家柄まで捨ててソープに貢献した。それなりに櫂も報酬は得ているが、報酬を得る度に体が蝕んだ。数少ない例外を除けばその大半が鏑木夫婦の娘くらいの年代の子女達を使って、まるで錬金術のように稼がせた。

いや、これは単に夫婦だけの責任ではない。法律にも問題がある。歌舞伎町をはじめ多くの歓楽街では、売春という職業が大手を振って成り立っている。考えるまでもなく、ソープランドの個室では大金が動いて白昼公然と売春が行われている。

法律はそれを禁じている。たまには売春禁止法で検挙や逮捕された話を聞くが、それは見せしめ程度だ。検挙や逮捕があっても、「運が悪いか要領が悪い。捕まる奴が馬鹿か間抜けだ」と笑われるだけで営業は堂々と続けられている。

頼子に対して、「あなたはソープランドの名をかたって実際には売春業を営んでいる。櫂はその犠牲者だ。全ての責任はあなたにある」と追及しても証拠がない。「私がやっているのは特殊浴場として登録された浴場経営です。個室で何をするかは二人の問題。文句があるなら被害を与えた相手に言いなさいよ」と言われたら、返す言葉はないだろう。

櫂は眠った。今度は薬の眠りでなく自然の眠りだ。健は今夜はここで仮眠する覚悟である。頼子と二人だけにはさせない。そんなことをすれば、頼子が櫂に変な入れ知恵をしそうな気がしてならない。櫂に頼子の肩を持つなとは言わないが、善悪は自分自身の頭で判断してほしい。頼子のソープ営業がどうこうより、一刻も早く信の殺人事件を解決させたい。そのためには櫂の心を正常に戻して早く本心を聞きたい。

頼子は眠ったままの櫂と、黙している健に対して手持ち無沙汰の感がするのだろう。工藤刑事にある程度は聞いただろうが、なんといっても健は初対面の男、素性を知らない男だ。本当は櫂とはどんな関係なのか、と思っているだろう。頼子はこちらの出方を待っているようだ。

「お話しさせていただいてよろしいでしょうか」と頼子はやや遠慮気味に言った。自分が年下という思いがあるから、一応は健を立てようとするのだろう。

「どうぞ。何なりと」

「実は私、櫂ちゃんの手を借りて特殊浴場の経営をしています。いわゆるソープランドです。……櫂ちゃんからお聞きになったかと思いますが」

　健の顔色を窺いながら、そう言った。

「聞いております。櫂さんからも、工藤さんからも」

　そういう風に率直に言ってくれた方が、こちらも話しやすい。

「では今度は僕から聞いていいでしょうか。僕は櫂さんとは約七年前に数ヶ月間交際しましたが、昨日までには七年間の空白がありました。しかし櫂さんは絶対に両親の話をしてくれませんでした。これについて何かご存じなら、教えていただけませんか」

「櫂ちゃんが巴商事の事務所に面接に来た時には、主人が面接しました。いや元の主人、です。事情あって、どうしても本名や本籍は履歴書に書けないから、と口答の面接だけだったそうです。それにはどんな事情があるのかは分かりませんでしたが、当時は人手不足でしたので、梱包会社の派遣に雇いました。本人からはカイと呼んで、と言われたそうです。ですから、ずっとカイさんと呼んでいました。彼女の本籍が千葉県で、黄金丸が名字と知ったのは、櫂ちゃんが病気になって健康保険証を作った時です。現住所は文京区になっていましたが……」

嘘だ。鏑木は櫂の本名や本籍は知っていたはずだ。どんな理由があろうと履歴書を提出しない面接はない。本人の立ち入った事情を聞くとしても、それは履歴書を見た後での対応だ。

工藤刑事は、巴商事に雇用されていたバイト雇員の数名を捜し出して聞き込みをしている。街金融からの借金返済に追われて逃げ回っているらしい者は事情を話し、巴商事が偽名登録している事実を確認した。それが鏑木の裏金作り方法の一つだ。そのことを元の妻が知らないわけはない。

また工藤の話では、頼子は「主人が人材派遣会社を経営しておりまして、私は経理などを任されており、その仕事を櫂さんに手伝っていただいておりましたが、事情があって主人とは別れました」などと言ったそうだが、櫂が梅毒で入院している事態についてはなんと言い訳するのだろう。櫂からも、工藤刑事からも実情を聞いている健に、一切の嘘は通じない。そう決意しながら健が、「冗談でしょうが、櫂さんは僕には『私は木の股から生まれた女と思ってください』と、ずーっと言ってました」と言うと、頼子がすぐに反応した。

「よほどイヤなんですね、実家や親のことを知られるのが。しかし、私は今度のことはどうしても知らせないといけない気がするんです」

これには健も同感だが、櫂は嫌がるだろう。両親が上京すると言ったら今度こそ舌を噛んで自殺するかもしれない。

健の想像では、恐らく櫂の両親は昔気質で生真面目な性格の持ち主だろう。娘が金銭を目的に肉体関係を結んでいた、などとは夢にも思わないだろう。その挙げ句に梅毒で唇と歯茎の一部が溶解した。親は嘆くだろう。

そう思っただけでも健は胸が苦しくなる。親に知らせたら今度こそ死を選ぶ。ここで櫂を死なすわけにはいかない。もしも櫂が信事件に関係しているなら、それを認めないままの死は卑怯だ。

しかし「頼子は賢くて商売に長けた人」という櫂の言葉は、どうやらお世辞ではなさそうだ。離婚したふりをして他人の目を欺き、女一人で商売をするのは相当に賢くないとできない。しかし女の心情としてはソープランド経営の表舞台には出たくないだろう。そこで頼子は金の勘定だけをする。それ以外は櫂と二人の男の役目か。男は番頭と思えばいい。

しかし健は改めて思う。どうして自分は櫂と信のように魅力のある女に巡り合えたのだろう。それも向こうから寄ってきた。天から降ったような二人との逢瀬だった。魅力ある女を見つけたくても見つからずに多くの男が苦労するというのに、健は難なくその絶好の機会をものにした。

しかもうまくすれば二人を自由にできたかもしれない。しかし、女は男のおもちゃではない。自由にしようなどとは一度も考えたことはない。女は男よりプライドが高いと思っている。自由になりそうでも、肝心なところで必要以上の自我を発揮する数人の女と交際して、健はそう理解した。

しかしそのプライドの高い櫂が、どうしてソープ嬢になったのか。ソープ嬢になるには相当の覚悟で自分を蔑み、プライドなどはドブに投げ捨てないとできない仕事だ。櫂は家も捨て、親も捨て、名前まで捨てた。そこまで捨てたなら、もはや恐れるものはない。それなら信への嫉妬などはないはずだ。

では頼子は、櫂と信の関係を知っていたのか。いや、頼子にとっては信事件などは眼中にない、と健はみた。

「櫂の着替えだけでも準備してきますから」と言って、頼子は外出した。「夕食はどうしますか」と聞かれたので、健は「適当なものをお願いします」と頼んだ。彼女が戻るまでに一時間はかかるだろう。健は頼子が出かけてから十分くらい経った頃に、櫂の手を強く握って目覚めさせた。温もりがそのまま伝わる。温もりは昨日と同じだ。櫂は目を半開きのまま健を確認したようだ。

「ごめんね。起こしてしまって」

櫂の顔色は通常に戻りつつあるようだった。

「いい顔色だ。すぐに元気になれるよ」

指先で頬を撫でると、手からとは違う温もりが伝わる。すると櫂は、頼子の不在を確認するかのように顔を左右に振り、「頼子ママは?」とやっと聞こえる声で言った。

「着替えを準備してくるって」

「怒ってるのかナー」

「そんなことはない。とても心配している」

「私のことはニュースになるのかナー。新聞にも出るのかナー」

「それはない。西新井署と工藤刑事が口止めしているから」

思ったとおりだ。櫂はニュースになることを恐れている。ニュースになれば、それは千葉県内にも流れる。黄金丸の家族が視聴しなかったとしても、黄金丸櫂が自殺未遂という情報はたちまち黄金丸家に伝わってしまうだろう。

ここはマスコミの良識を信じるしかない。報道は真実を即時にそのまま告げる義務はあるが、それを隠さねばならぬ場合もある。もしニュースになれば、櫂は今度こそ本当に自殺するだろう。

「また事情聴取されるのかな。警察と救急隊に？」

「救急隊は後になるけど、警察は今夜か明日だと思う」

聴取がないと嘘は言えない。あらかじめ覚悟させた方がいい。そして櫂に自分の思うままにはいかない、と自覚させるのだ。

「今夜でなく明日にしてとお願いしてください。西新井署に……」

「頼んでみる。今夜はゆっくり休むがいい。ずっと一緒にいるからね」

「増田さんの前なら自然になれる」

櫂の目頭が光った。その言葉が今度は嘘ではないと信じたい。

「私、ずーっと増田さんを思っていた。どうしてあの夜に増田さんを信ちゃんに譲ってしまったのかと。……やせ我慢というのかな。男なんていくらでもいると思っていたからね。でも、心が伝わるのは増田さんだけでした」

目頭にあった涙の粒がスーッと流れてシーツに染みた。

「もう話さなくていい」

ドアがノックされ、「入ります」の声がしてドアが開いた。金町看護師が人の心を癒すような明るい笑顔と共に部屋に入ってきた。手には膨らんだビニール袋を持っている。シーツや入院用着衣だろう。

櫂は着ていたパジャマを脱がされた。裸同然の体は、今は毛布に覆われているだけだ。

「よく眠れましたか」

「眠れました」

「それはよかったですね。おなかすいたでしょ？　すぐに夕食ですからね。それまでにぬるめのシャワーを浴びて、これに着替えてくださいね。元栓をゆるめたら、お湯が出ます。ああ、それからベッドシーツも取り替えましょうね」

「そうさせていただきます」

金町は櫂の手首を握り、腕時計を見ながら脈を測っている。

「いい脈ですよ。顔色もいいですね。……命を粗末にしてはいけませんよ」

「はい」

「看護師さん。僕、数分で戻りますので、それまで相手していていただけますか」

「いいですよ」

健は急いで病室を出た。頼子の帰らぬ前に戻らなければならない。工藤刑事に電話して、聴取は明日に、と西新井署へ依頼してもらうのだ。自分が櫂に付き添う限りは誰にもバカなことはさせない。自分が昨夜から付き添っていたら、今日の櫂の行動はなかった……。工藤にはもっと健という男を信じてもらいたいものだ。

頼子が、二つの買い物袋を手にして病室に戻ってきた。一つは櫂の着替えなど、もう一つは健の弁当だ。

「西新井署の事情聴取を、明日にお願いしました」と言うと、「そうしていただいて本当によかったわ」とうれしそうな顔をした。頼子は櫂の身元引受人であるから、一応報告する義務がある。

「よかったねー、櫂ちゃん。増田さんにいていただいてゆっくり休養できるわね。私は一度だけ戻ってから、また来ますからね」

「忙しいのに申し訳ありません」

「ううん、いいのよ。仕事はやりようなんだから」

どこかから救急車のピーポー音が近づいてきた。そういえば、あれは櫂が昏睡状態の時も聞こえた。その時は健は櫂の容体に集中していて車が通り過ぎたか、この病院に入ったかを聞き分ける余裕すらなかったのだが、今度のピーポー音は病院前で停止した。

こうして日夜運び込まれる救急患者は、相当の数になるだろう。櫂は自分もその救急車で運ばれたことを思い出すように、じっと耳をすましているように見えた。

「口に合うか分からないのですが、夕食に食べてください。櫂ちゃんは病院食ね」

「ありがとうございます」と礼を言いながら、健は頼子から夜食の弁当を受け取った。

「それから、これは着替えとタオルと洗面用具ね」

「すみません」

まだ夕方には時間がある。頼子が思いついたように櫂に言った。

「櫂ちゃん、シャワーを浴びて着替えた方がいいわね……ゆっくり起きてごらん」

櫂は言われたとおりに上体を静かに起こした。毛布がしっかりと全身を覆っている。たとえ健であっても、男の前に素肌は見せまいとしている。女心だ。

「湯加減を見るわね」

頼子は用意した物を手にバスルームに入った。間もなく、シャワーの音がザザーッとした。頼子は甲斐甲斐しく耀のために動いている。これが本心かどうかは健には分からない。もし本心でないなら、耀には分かっているはずだ。今日のママの私への対応はいつもと違うと。

頼子は、いつもこんなに耀に気を遣っていたのだろうか。そんなに気を遣っていたなら、耀が梅毒に感染しないように口煩く注意したはずだ。頼子の方が梅毒の恐ろしさを知っていたはずだ。いや、待てよ、頼子の本心は耀を使い捨てにしようと思っていたのではないだろうか……。

「いい湯加減になったわよ」

「よーし」

と、わざと陽気な掛け声をかけながら、健は耀を毛布ごと抱き上げてバスに運んだ。軽い。四十キロを大きく割っているだろう。


さっき工藤に電話した時、「増田さんの自転車は、西新井署員が病院の駐輪場に搬送した」と教えてくれた。健は自分が乗っていた自転車のことなどすっかり忘れていたのだが、さすが警察。協力すれば協力してくれる、とうれしかった。

健は着替えと洗面道具をリュックサックに納めておいてよかった、と改めて思う。病院は替わっても、耀と一緒は変わらない。これも運命の繋がりか。

「私は一度帰って今夜中にはまた戻ります。耀ちゃんをよろしくお願いします」と言って頼子が病室を出ると、耀はそれまではベッドに横たわっていたのに、体を起こした。

シャワーの後のスッキリした顔が蛍光灯に輝いている。耀らしい顔だ。初めて会った頃の面影を見たような気がする。あの頃の櫂は日中の仕事をすませ、夕方は入浴後にまた仕事に行った。その間の約一時間を健は何度も櫂と同席した。

その時の顔は瑞々しかった。若さと美しさが光り輝き、それまでに交際した誰よりも新鮮さと瑞々しさを感じた。髪からはいつもシャンプーともリンスともとれる香りがしていた。そして、再会した櫂の顔にかつての瑞々しさはなかった。下唇の一部が溶解していたからでもあろうが、以前の若さが失われたのは確かだ。

しかし、今夜は違う。あの時と同じ瑞々しさを感じる。髪は洗った直後が一番美しいとされる。髪はカラスの濡れ羽色、の諺どおりだ。

しかし、この瑞々しさと美しさはどこからやってきたのだろう。それは女の周囲に男がいれば、自然の摂理で二人を雄と雌にさせるからだ。けれども、と健は思う、櫂の前では雄になってはいけない。櫂はシャワーで体の汚れを流したと同時に、心の汚れも流したのだから。

それにしても不思議だ。頼子が数時間は戻らないことを知って、櫂は急に明るくなったような気がする。それまではお互いに気遣いし過ぎていたのだろうか。もしかするとこれまでの頼子は、今日のような櫂への親身な心遣いを全然しなかったのかもしれない。

ソープ嬢の性病感染は、本人の自覚に任せる。自覚とは感染せぬように自分が注意することだ。それならどうして櫂の治療費を払わなければいけないのか。従業員が入院したら、見舞うのは当たり前だが、保険料以外を払う義務はない……頼子はそう考えているのかもしれない。

櫂の夜食にはスープだけが配膳された。健は、頼子が買ってきた弁当に箸をつけながら、櫂がさらに長期の入院を強いられたら、自分が本当に介護を続けられるかどうかを考えていた。健は数日は付き添う覚悟で休暇願を出しているが、その先がどうなるかは自分でも分からなかった。しかし、先のことより今のことだ。燿にとって付き添いは必要ではないかもしれないが、心への癒しにはなるだろう。

病室の分厚いカーテン越しでも、夜の帷がたちこめる気配が分かった。病室の多くの患者が長い夜を迎えることだろう。健は折り畳み式ベッドを用意している。どんなに親しくても病院で添い寝をするつもりはない。

患者は夕食を済ますと寝るだけだが、今夜はそうはいかない気がする。燿の内心はどうなのだろう。

「増田さん。私のためにお休みしてくれたの？」

「届けをした」

「ずっと？」

「一週間の届けは出した。その後は燿ちゃんの体調次第だな」

「いいのかナー。増田さんばかりに面倒かけて。私が勝手に増田さんから離れたのに、再会し、またこうして面倒をかける。……でも私は結局は増田さんしか頼れる人がいないの」

「それでいいさ。一緒にいたいんだから。……聞いていいかな」

「なに？」

「燿さんは両親とか実家のことは僕にはずっと話さなかったよね。でも今度こそ話してほしいんだ。その内容次第で、実家に連絡するかしないかを判断する」と、健が少し力を入れて言うと、燿は視線を逸らしながら答えた。

「私に両親はないのです。木の股から生まれたのです」

「今は工藤さんが口止めしているからいい。しかし、マスコミをいつまで止められるか分からない」

　櫂の顔が曇った。これが彼女にとって一番嫌いな質問だとは健も承知している。しかし他人から保護され守られている人間は、義務を果たす責任もある。健は自分だけが櫂を守っているとは思わない。もっとも大きく貢献してくれているのは工藤刑事だ。しかし、工藤刑事にしてもいつまで守れるかは分からない。世間に発表し、報道されることで、櫂の知られざる部分が発見される場合もあるからだ。

　櫂はこれまでに数十人と商売していると思われる。商売とは、ソープでの売春行為だ。櫂の魅力に客は殺到した。櫂はまた後輩ソープ嬢の指導的立場にもあった。だから指名客は多かったろう。自殺未遂で身元不明の櫂の顔写真がマスコミに公表されれば、匿名で警察に連絡する者も出てくるだろうし、櫂に誘われてソープ嬢になり、不幸を背負った女が名乗り出るかもしれない。

　想像以上に情報が得られる気がする。その情報次第では、「どうしてもっと早く公表しなかった」と警察は責められることになるだろうが、それによって信事件が早急に解決するような気もする。

　突然黙り込んでしまった櫂を見ながら、健は考える。「実家の件は工藤刑事から聞いている」と櫂に言った方がいいのか。いや今は言う勇気がない。知らないふりをして彼女の肉体の回復を優先しよう。ここで親や実家の話になると、せっかくの回復が止まる。止まるどころか、舌を噛んでの死もあるだろう。

　櫂は梅毒を恥じ、親に知れるなら死を選んだ方がましと思っているのだろう。もしもそんなことになったら、同時に信事件の解決も停止してしまうことになる。だから今無理には聞かない方がいい。それより、信のことについてやんわりと聞き出そう。

健は、依然として目を逸らしたままの櫂に向かって尋ねた。

「信ちゃんのことなら聞いていいかな」

櫂は静かにこっちを向き、「それならば」という目で健を見た。

「信ちゃんがどうして殺されたかについては、疑問があり過ぎるんだ。友人だった信ちゃんについて何か知っていることはないかな。男には分からない何かを櫂さんが知っているのではないかと思ってね。……信ちゃんには多くの交際相手があったことは知っているよね。テレビでも流れたしね。工藤さんにも聞かれただろうし、刑事でもない僕が、どうして信ちゃんの殺された訳を知りたがっているのかと思うだろうが……」

健の話を聞いているのか、聞いていないのか分からなかった櫂がこっちを向いて何か言いたげな表情をした。健は何も言わずに数秒間じっと待っていた。

「信ちゃんは狡い。私の男を全部とっちゃった」

突如、櫂の叩きつけるような言葉が聞こえた。

「とっちゃったって。奪われた?」

「そう。奪われた」

櫂の顔に、一気に涙が流れるのが見えた。流れるというより噴出だ。それまで涙をこらえている様子はなかったのに……。涙とはこんなに出るのか、と健が驚くほどおびただしい涙である。頬を伝うその涙を、櫂は手の甲で拭いている。

男を全部奪われたという話はたぶん本当だろう。しかしそれなら男をどうして次々に信に紹介したのか。男を一度奪われたら、次からは警戒して紹介しないはずだ。信の周囲には常に十数人の男がいたが、その全部が櫂と交際した男だったのだろうか。

しかし、信の交際した男が櫂と交際していたという証拠はない。男を奪われたというからには憎しみが多少はあるだろう。憎しみが嫉妬になると、女同士は恐ろしい。殺したいことも時にはあるだろう。友人の恋人を奪ったケースなどは実際にもある。ということは、櫂が信事件に絡んでいる可能性はあるのか。

健がポケットのハンカチを渡すと、櫂はそのハンカチで手の甲を拭いた。涙は止まっていた。

「これ以上は聞かないでください。後は増田さんが調べてください」

「僕には調べる方法がない。僕は櫂さんや信ちゃんが交際していた男の名前も分からない。誰がどっちの方角に住んでいるのか、一人も分からない」

「私も分かりません。分からないままの方がお互いに都合がいいからです」

「だって、信ちゃんに紹介するには、名字だけでも……」

「必要ないんです。名乗ってもそれが本当か嘘か分からない。思いつきでいいんです。その方が別れる時に都合よく、その場で通じればいいんです。本当の名前を言ってくれたのは増田さんだけです。私は男性の住所氏名を聞いたり確かめたりはしません。信ちゃんは信ちゃん流で確かめたと思います。男の素性を気にしていましたから。その信ちゃんがどうしてあんな目に遭ったのか、私にはまるで考えられない」

櫂は正面を見たままそう言った。櫂なりに信の人間性を想像したのだろう。信が男の素性を調べたというのは、合っているが、一つだけ違う。櫂は、信は誰とでも簡単に肉体関係を持ったと思っているが、信は誰ともしてない。櫂は自分がそうだから、信もそうだろうと勝手に考えているのだ。

櫂はソープランドというカタカナ文字の陰で、売春行為をしていた。売春行為、つまりセックスで金銭を得ることは、人間として恥ずべき行為だ。しかも櫂は自分だけでなく、女性を誘ってソープ嬢を増やしていたのだ。

櫂と関係した男は、一人も梅毒に感染しなかったのだろうか。既婚者なら後日に妻とも関係する。若者なら恋人とも関係する。自分の感染を知らずに、妻や恋人と関係したらどうなるか。二次感染はなかったのか。感染者が妊娠したら、生まれた子供はどうなる。

そう思うと、健は恐怖を感じた。またもや梅毒の婦人とその子供を思い出してしまった。櫂の責任は重い。しかし健はどうしても櫂だけを責める気にはなれない。特殊浴場という存在が憎い。

ドアが遠慮ぎみにノックされ、「増田さんお電話です。廊下の公衆です」という女の声がした。誰だろう。たぶん工藤刑事か、頼子だろう。

「すぐに戻るからね。大丈夫だよね」と言いながら念を押すように櫂の目を見た。

「はい」

廊下に出た。ガラス窓の外は既に暗い。去ったかと思っていたのに、健を呼んだ女はまだいた。病院で初めての顔で、少女の面影があった。将来は看護師を目指す看護学生だろう。

「瀬川さんという方です」

「ありがとう」

健は小走りに突き当たりに向かい、せわしく受話器を握って語りかけた。

「増田です」

「頼子です。櫂に異常はないですか。食事はしましたか」

「異常なしです。少量ですが食事もしました」

「よかった。……異常がないからと増田さんに甘えるわけではないのですが、今夜は櫂をお願いできませんか。実は店の男から連絡がなく出て来ないのです。何度電話しても出ない。部屋も、携帯もです。部屋のは呼び出しなんですが、携帯にも全然反応がないんです。これまで一度も連絡なしに休んだこともないので、信用して全部任せていたものですから」

「分かりました。今夜は二人でいろいろと話してみます」

「すみません。増田さんなら安心してお任せできます。どうかよろしくお願いいたします」

電話は切れたが、健は驚きはしない。もしかして頼子は今夜は来ないのではないか、という思いが胸にあった。頼子にとって櫂は他人だ。だから櫂より商売を選んだのかもしれない。櫂の自殺未遂なんか、本心では眼中にないのだろう。本当は自殺が成功してほしかったのかもしれない。

……いや、健には感じるものがある。その男の無断欠勤は、櫂の自殺未遂に関係があるかもしれない。携帯も固定電話も出ないというのはただごとではない気もする。話の内容からは家族はなさそうだが、病気なら在宅であろうし、出勤中の事故なら何らかの方法で職場に連絡するだろう。

健は小走りに病室に向かった。さて櫂にはどう言おうか。店の男の一人が連絡なく欠勤したと言ったら、櫂はどう思うだろう。部屋に入ると、櫂はさっきのままの姿勢で健を待っていた。

「頼子さんだよ。櫂さんに異常ないかって」

「それだけ？」

櫂の顔に、変化はない。

「今夜は来られない。何か急変があったらしい」

「そう」

驚かない。今夜は来ないと予想していたのか。それとも頼子の帰り際の様子で何かを感じとっていたのか。

「店を任せていた一人が、無断欠勤したらしい」

「……お店同士の競争があるから、どちらが休んでも困るわね」

競争のない商売も社会もない。社会そのものが競争だ。社会は組織の競争であり、その中に個人の競争がある。ソープ競争の裏は女の競争だ。櫂と信も見えぬところで競争があった。それが信を殺害する元凶になったのだろうか。しかし、櫂は直接には手を出しようがない。

櫂の自殺未遂に、それまで協力していた男が動いた可能性はあるのだろうか。絶対に捕まらない完全犯罪を目論み、複数で計画を練った？　いや違う、櫂が一人で練って、男に犯行を持ちかけた。持ちかけというより依頼だろうか。

もしもそうなら、依頼者の自殺未遂を知って実行者は気が気でないだろう。未遂ではなく成功してほしかった。櫂の自殺未遂が耳に入った男は衝撃を受けたのか。櫂が信事件で警察に聴取されて逃げきれないと思って、隠遁か逃亡を選んだのか。

櫂と男との共謀関係の真偽はともかく、警察は櫂の自殺未遂の経緯を厳しく追及するだろう。信が殺害された時点で櫂が入院していた事実は崩せない。櫂は絶対に直接には信には手を出せない。警察はそこをどう考えるのだろう。

また頼子は、店の男の無断欠勤をどう思っているのだろう？　信と頼子の接点は本当にないのか。頼子にも鏑木にも信事件は蚊帳の外なのか。二人は櫂が信と交友関係にあったことは知らないのだろうか。

それにしても頼子は、男の無断欠勤の理由に気づかないのか。一日だけの欠勤で明日出勤するなら何もないと思っていい。だが、頼子は明朝男へ電話する。そして応答がなくとも半日は待つだろう。……そして午後。もう待てない。別の男か頼子が、住居へ様子を見に行く。いれば問題はない。しかし不在なら異常ありだ……。

健は自分の想像は行き過ぎかと自戒した。今夜は、長い夜になるのか、短い夜になるのか分からない。あれこれ考えず、櫂と同室できる夜を男冥利と思いつつ眠るのがいいのかもしれない。

「何も考えずに眠るといい。ずっとここにいるからね」

「そうする」

櫂はさっきから急におとなしくなってしまった。店の男が無断欠勤と聞いた時点で心が揺らいだような気がする。しかし健はそのことには触れない。何か櫂の様子に新しい変化があるようなら自分の心の中だけで分析すればいいことだ。

今日も工藤刑事を中心に、数多くの刑事が信の殺害犯を追ったはずだ。しかし刑事の何人かは、櫂の周囲に犯人か容疑者がいると思っているのだろうか。櫂の自殺未遂を知り、彼女が信事件に関係していると思うのか、それとも思わないのかを知りたい。

櫂は、回復後に自殺未遂の理由を聴かれるだろう。そして信の件にも触れるだろう。……いや違うか、工藤刑事と数人以外は櫂と信の関係を知らないのだから。しかし、こんな捜査ってあるのか。数人の刑事だけが知り、その他の多くの刑事には報告していない。工藤刑事の性格では上司にも報告していないだろう。もちろんマスコミにもだ。

警察が捜査をやめた事件を、マスコミが調べて犯人検挙までいった事件はいくつもある。信の殺害犯人が逮捕されず、迷宮入りになったら工藤刑事はどうするのだろう。辞表を出せばそれで済む問題ではない。

工藤刑事は信殺害の犯人や容疑者をどこまでも追い詰めている。だから、櫂は無関係と思いつつも、櫂を信事件に繋げてしまうことになるだろう。櫂を語るには、彼女の梅毒をどこかで語らねばならない。だが工藤刑事は、口約束であるにしても、この疾病のことを親に隠し通すと櫂と約束しているようだ。しかし、そんなことが本当にできるのだろうか。

一方櫂は、あの無断欠勤男のことを気にしているものと思われる。健は時間が過ぎたら工藤刑事に電話して、一応この件を耳に入れておこうと考えていた。

健は櫂の手首を握ってみた。運動不足のために骨も筋肉も細くなっている。健に手を握られても、それが分からないまま安心しきって眠っている。健は今夜は椅子の上でずっとこうしているつもりだ。

そう思いながら健は、見てはいけないと思いつつ櫂の唇をジーッと見た。お互いに向き合っている時に正視しないのは、最低の礼儀だろう。しかし彼女が眠っている今は見られる。なんとか完治させたい。しかし完治はない。これ以上の悪化を食い止めるだけで精一杯だろう。完治があり得ないことを思わせるかのように、欠落した部分には辛うじて薄い皮膚が張り出して、出血と膿の流出を食い止めているようにも見える。もしも食事中に箸で誤って突いたなら、皮膚は破けて出血するか膿が出るだろう。

健は同じ姿勢を保ったままでいる。時間は黙って経過する。チャイムが低く鳴って「八時になります。お見舞いなどで病室においでの方はお引き取り願います」という放送が二回繰り返された。

しばらくすると健は、櫂を振り返りながら廊下に出た。店の男が無断欠勤した件を工藤刑事に報告するためだ。照明が落ちて誘導灯だけの薄明かりの中を、公衆電話に向かった。

「増田と申します。刑事の工藤さんはおいででしょうか」

「二十分ほど前に退署しました」

「至急電話をくださるようにご本人に連絡していただけませんか。公衆電話の○○番まで」

受話器を戻し、電話の近くで待つ。呼び出しベルが廊下に鳴り響くと周囲に迷惑だ。

しばらくすると家政婦が通りかかった。洗面具を持っているのは、今日の仕事が終わったので銭湯に行くためだろう。この病院の家政婦は、重症患者担当でない限りは別の患者担当の家政婦に依頼して、銭湯や買い物のための外出ができるそうだ。それは家政婦同士の信頼あってのことだろう。

しかし健は、家政婦も大変だが、刑事警察はもっと大変な職業であると改めて思う。多くの刑事には妻子があるだろう。今夜こそ、明日こそは家庭サービスと考えているところへ事件で緊急招集されるのだから、愚痴の一つも出るだろう。

工藤刑事は今朝も電話が入って早めの出勤だった。そこへ八時過ぎの退署である。申し訳ないと思いつつ健は電話を待っていた。

健が電話機の前で腰を下ろしていると、階段をトントン上る音がする。看護師の巡回だろう。看護師が「どうかしましたか」と、大声こそ出さないがびっくりして足を止めた。初めて顔を見る男が、こんな場所に座っていたら変に思うのも当然だ。

「刑事さんからの電話を待っています」

「刑事さん？　患者さんのご家族の方ですか」

「そうです。32号室」

その時だ。電話のベルがリリリンと鳴った。健は「失礼」と言って受話器を取ったので、看護師は目礼してその場を去った。

「増田です。……帰宅中のところを申し訳ありません」

「いいんだよ。……燿さんに何か異常がありましたか」

「いいえ、よく眠っています。………燿さんに関してですが、工藤さん、瀬川さんのソープの男に会ったことがあるそうですね。確か二人いるそうですが」

「あるある。一人は名波、一人は野添と言ったな」

「そのどちらかの一人なんですが、瀬川さんから電話がありまして、午後に出勤のはずが連絡がないまま欠勤したそうです。男には携帯も固定電話も通じない。それで瀬川さんは今夜は病院に来られなくなったそうです。工藤さんは、その男の素性や素行をご存じなんですか」

「ある程度は把握しています。しかし巴の女が自殺未遂の夜に失踪もないだろう。ふーむ無断欠勤か。……よし、手を打ってみましょう」

「いい連絡を待ってます」

そう言って健は電話を切って、急ぎ足で部屋に向かった。

燿は死んだように眠っている。ベッドに寄り、指で頬に触れた。……温かい。血の通った温もりだ。七年前は頬に触れる機会さえなかった。いや、触れる勇気がなかった。せめてこの頬に触れていたなら、何かの進展はあっただろう。頬に触れた指はやがて唇へと。それが男と女の始まりだ。

燿は何を考えて眠っているのだろう。どうしてこの顔が人を殺めるだろう……。工藤刑事への電話は間違いではなかったのか。しかし自業自得で梅毒感染した恨みを信に向けたとすればそれは筋違いだ。ソープ嬢に誘い、断られただけでは殺害動機にはならない。

いや、燿は「信に男を奪われた」と言った。ソープ嬢に誘って断られたことより、男を奪われた恨みの方が強かったのか。ではそれならどうして信に男を紹介したのだろう。健の堂々巡りは果てしなく続いた。

櫂の証言

その日の午後四時半頃、犬を散歩させていた主婦が、千葉県市川市内の公園近くの退避所に、アイドリングしたまま駐車している小型乗用車を見つけた。車の後部を見ると、排気筒からビニールホースが車内に伸びているのが見えた。

ビニールホースは車体後部の下を通り、左側の窓ガラスの透き間から車内に侵入している。目張りはないがタオルが挟んであった。挟まれたタオルは充分に目張り役を果たすので車内は密閉状態になる。車の左側は背丈くらいの高さの樹木が繁っているので、彼女が普通に歩いていればビニールホースには気づかなかっただろう。

犬は鼻を地面に近づけてクンクンさせながら、車体の周辺に近寄った。その時、ビニールホースに気づいた主婦が何気なく後部ガラスから覗くと、幾分くすんだ車内に、背もたれを倒して仰向けになっている男の姿があった。

彼女は「あっ」と叫んで車体を両手で揺さぶったが、車は女の力ではわずかしか揺れず、車内の男は動く気配がない。右側に寄ってドアを開けようとしても、ロックされている。主婦はさらに車を揺さぶりながら、大声で助けを求めた。

たまたま自転車で通りかけた男子高校生が、「何ですか」と言って近寄り、彼女の指示で自転車のハンドルをガラスにぶつけて破ってドアを開け、キーを捻ってエンジンを止めた。高校生が持っていた携帯電話で消防と警察に連絡している間に、彼女が車内の男を揺さぶり、声を掛けても反応がないので、これは排ガス中毒に違いないと思ったそうだ。

十数分後に到着した救急隊員の救命処置も、男の息を吹き返す力はなかった。いわば覚悟の自殺らしく、側にはワンカップの空き瓶が三本あった。三本なら約三合である。人にもよるがほろ酔い状態になる。酔って体を倒せば眠くなるのが普通だ。

そのほかピーナッツが交じった柿の種の開封されたビニール袋があったが、これはわずかに口にした程度だった。排気筒に繋いだ蛇腹式ホースは、洗濯機用の古い物である。蛇腹式は自在に曲がり、長さを調節することができる。

市川署の手配で、車の登録名が名波武徳であることが判明した。この男性は船橋市在住ではないかと思われるが、まだ確認はできていない。身元が早急に割れることを恐れてか車検証はなく、身元が判明できる免許証やその他の所持品も一切ない。警察はこの事件を覚悟の自殺とみた。

死体が名波武徳、二十七歳と再確認されたのは午後九時過ぎだった。名波は一人暮らしのためにすぐには身元確認ができず、車両登録ナンバーを元に千葉県警運転免許センターで氏名と生年月日と現住所が判明したが職業などは不明。独身のために本籍地は富山県のままであった。

ただちに名波の在住地管轄の船橋署に連絡して署員に訪問させたところ、所定の駐車場にマイカーのないことから名波武徳に間違いないとされた。名波の勤務先については、扱いの不動産屋も隣の部屋の住人も知らないが、住人は名波が釣り竿を持ち歩いている姿を何度か見ている。午後に出かけ、深夜か早朝に帰宅することから、職業は水商売関係ではないかと思っていたそうだ。

名波の遺体は県内の警察関係病院に搬送され、事故か事件か自殺かを詳しく調べるために司法解剖の準備をしていた。マイカーは市川署に搬送された。名波の血液はO型であるが、ここで名波のDNAを元に本人以外の血液、体毛、陰毛、頭髪等の付着が車内にないかなどを詳しく検査することになっている。

警察が富山県の実家に連絡して遺体の特徴などを話すと、「息子のようです。子供の頃からの趣味は釣りです」という返答があり、両親は当地を明日早朝に出発することになった。

今は午後九時過ぎであるが、健も櫂も頼子も工藤刑事も名波の件はまだ知る由もない。健は丸椅子をベッドに寄せて座ったままだ。毛布を捲り、櫂の手をじっと握っている。

細い手首に細い指。この腕が手錠にはめられてしまうのか。……それは避けたい。今回の事件は、巴の男によって解決するのだろうか。しかし男はどうしているのだ。櫂にプラスならすぐに出て来い。マイナスならそのまま失踪していてくれ。しかし健がこう思うのはどうしてだ。櫂に惚れている？　ああ確かに惚れている。

健は櫂の右手を自分の頬に当てた。皮膚を突き破り、こちらに櫂の血が通うようだ。あの時こうしていれば梅毒感染はなかった。櫂は健にこうされることを期待していた。思うほどに悔しさが増す。

　　耀は二人の男を、兄のような、弟のような、と言っていた。相当に気心が知れた仲なのだろう。巴ソープに魅力あるソープ嬢を誘えば、二人の収入も増える。だから二人は耀の都合や言いつけを聞いたのだろう。それが信事件に繫がると考えるのは、無理があるのだろうか。

　現時点ではどちらの男が無断欠勤したのか不明だ。耀を起こして聞き出せば分かるかもしれないが、そんな乱暴なことはしたくない。自重して連絡を待とう。健は頰に当てていた耀の手を額に当てた。今夜はこうして寝よう。耀が目覚めた時に安心するだろう。誠意を尽くして耀の良心を導こう。男の動向とは別に耀の自殺の真相を引き出したい。救われた者には真実を語る義務がある。


　いつの間にか、健もうとうとしていたらしい。今何時頃だろうか。耀も目を覚ましたようだ。

「ベッドに休まなくていいのですか」

　カーテン越しに入ってくる外のサーチライトのわずかな明かりが、ベッド上の耀の姿を照らし出している。

「うん、大丈夫。大切な耀さんだからこうしている」

　健がそう言うと、よくは見えない暗がりの中で耀が笑顔を作ったようだ。

「気にしなくていい。ゆっくり休んでいていいんだよ」

「ありがとう。何年ぶりかでゆっくり休んだような気がします。昨日までは、一人になるとあれこれ思いが募り、横になっているだけで心底から眠った気がしませんでした。増田さんが近くにいてくださるだけで眠れます」

「よかった。毎日こうしているから、安心して治癒に専念するんだよ。神様が味方だ。きっと元気な櫂さん、元の櫂さんに戻してくれるさ」

しかし健は神が存在するとは思っていない。存在しない神を櫂には信じろと言っている自分は、なんと卑怯かと思う。しかしそれでも櫂だけの神は存在していてほしい。医学では治癒できない疾病を持つ者が、神の力を信じてもいいではないか。

櫂は健の手を握るとそのまま自分の胸に押し当てて左手も添えた。そこにドアが遠慮がちにノックされる音が聞こえた。健はハイと小さく答えてドアを見ると、手持ちのライトを持った白衣の姿がドア口に立っていた。

「お休みかと思いましたが、お目覚めだったのですね」

櫂の胸に手を当てたままとは、変な情景に見えたろう。

「増田さんにお電話です。医務課までどうぞ」

健は「誰から?」と尋ねたい気持ちを抑えていたが、櫂の前で相手の名を言わない配慮に感謝した。医務課に電話してきた相手にもそれなりの配慮がある。廊下の公衆電話のベルが深夜に鳴り響くことを避けようとしたのだ。

「ご案内します」と言ってから、白衣は半開きのままドアを離れた。

健が櫂の手を毛布の中に戻しながら「すぐに戻るね」と言うと櫂は幼児のように素直にうなずいた。

電話は工藤刑事か頼子のどちらかだろう。健が病室の外に出ると看護師が待っていて「工藤刑事さんからです」と言った。初めて見る顔だ。

健は足元をライトで照らしてくれる看護師の後を追った。

パッと明かりが灯り、医務課に通された。健はパソコンの机と書架の間を通り、事務机に置かれた一台の電話機の前に行った。電話機は保留ランプが緑色に点灯している。同行した看護師がやや離れて立っている。

「……お待たせしました。増田です」

「お休みのところをすみません。工藤です。例の男の件、無断欠勤したのは名波です。その名波が車の中で排ガス自殺したらしい。市川市内の公園近くの路上で。今千葉県警から問い合わせがあった。本人であることを確認できる所持品は何もないので再確認の必要はありますが、状況からすると名波に間違いないでしょう。早朝に瀬川さんにも確認していただきます」

健は返答に窮した。名波の自殺となると、健が想像していた経緯とは違う方向に事件が向かっていることになる。確認に頼子が行くのは分かるが、工藤刑事も同行するのだろうか。名波の自殺と櫂の自殺未遂に関係があると考えたのか。三人の従業員中、二人が自殺と自殺未遂というのはいかにも不自然だ。さらなる報告を待とう。しかし名波のことを櫂にどう話そうか。

「分かりました。報告をお待ちします」と言って、受話器を戻して戸口へ向かった。

「すみません。お手数かけました。ナース部屋に戻ってください。一人で戻れますから」と看護師に礼を言ってドア近くで別れ、健は足早に櫂の待つ病室に向かった。

「電話は工藤さん」と半分は手探り状態で言いながら、丸椅子に座って櫂の手を握った。

「そう」

意外にも素っ気ない返事だ。無理に関心がなさそうに装ったのか。健は燿の手を握った。燿は何を考えているのだろう。

「寝てください。私だけ寝ていては申し訳がないのです」

燿はちょっとだけ体をベッドの中心からずらせた。

「同じベッドは駄目。このままでいい」

そう言いながら健は諭すように握っている手に力を込めた。

「どうして、どうしてそんなに優しいのですか」

「優しいとかじゃない。病む人、悩む人に対しては当たり前の態度だと思っている。去る人は追わない。寄る人へは誰にも同じく接する。僕の祖父母は物乞いの人にも食事と茶を勧めた人なんだ。病む人、悩む人には手を差し伸べるのは祖先からのＤＮＡだね。信ちゃんにもそうしていた」

健はあえて信の名前を出して、燿の心の中の変化を期待しようとしたがどれくらい効果があっただろうか。

しばらくすると健はベッドの下に置いたリュックサックを片手で引き出した。ポケットラジオを取り出し、イヤホンを差し、スイッチを入れてＮＨＫの『ラジオ深夜便』に合わせた。これは深夜に働く人や入院中の人など、さまざまな場所で聴かれている超人気優良番組だ。退職した元アナウンサーが日替わりに担当していて、その音楽紹介や語りを聴くとホッとする。今夜は数年前に退職し、在職中も尊敬していた女性アナの担当だ。果たして名波の件がニュースになるだろうか。

燿は眠った。朝まで眠るだろう。それでいい。燿には眠りと休養が必要だ。午前三時になろうとしていた。時間が早く過ぎてほしい気持ちとその反対の気持ちとが健の心の中で交錯している。

名波と櫂の関係は本当はどうなんだ。もう一人の野添と櫂との関係は単なる従業員同士なのか。野添も何か知っているのか。名波が出勤しないと知った時点で、何かを感じたのだろうか。

いずれにせよ、櫂の周囲に信殺害の容疑者がいるかいないかは、今後の捜査で分かることだ。櫂はどう考えたって直接には手を出せない。入院というアリバイがある。……ここで健はまたしても自戒した。この連想は工藤刑事より先に行き過ぎていないだろうか。櫂の自殺未遂と名波の自殺を警察はどう結び付け、どのような結論を出すのだろう。

明日は櫂にとっては厳しい聴取があるかもしれない。その聴取に、櫂よりも自分が耐えられるだろうか。ああ夜明けのないままに、二人でこうしていたい。細い手首に手錠がかけられる事態だけは避けたい。櫂に手錠がかけられるくらいなら、「小糸信を殺したのは僕です」と自分が身代わりになってもいい……。

突然救急車のピーポー音が近づいて来たので、健はふと我に返った。真実の前に嘘は通じない。健がシロであることは明白だ。半月前も一ヶ月前もドライバー中心の生活を続けてきて無実の証拠となる運転日誌もタコチャート紙もある。健の仕事以外の行動についても警察は抜け目なくレンタル会社までを調べている。言葉だけを信じたり運転日誌とタコメーターを無条件に信じたわけではない。

ピーポー音はさらに近づき、やがて病院前で止まったようだ。当直員に緊張が走っているだろう。この病院は本当は櫂のような厄介者を入院させる余裕はないのかもしれない。ラジオはリスナーの投稿文を紹介していたが、そのゆっくりした語りが健の眠りを一気に誘った。

目を覚ました。既に周囲は明るい。健はしまったと思った。名波の事件がニュースになったかも知らずに眠ってしまった。『ラジオ深夜便』は午前五時に終了し、もう七時になろうとしている。七時のニュースは逃さずに聞きたい。櫂はぐっすりと眠ったままだ。

ピンポーンとチャイムが鳴り、「検温の時間です」というアナウンスが低く流れた。健は体温計を取り出し、毛布を捲り、櫂の寝間着の胸をはだけた。女らしい胸の膨らみはない。白い肌に小豆大でちょっぴり黒ずんだ乳首があるだけだ。肩骨も成人女性にしては小さい。運動不足が重なって萎縮したのだろうか。健は生唾をグッとのみこみ、その無残な姿を見まいと努めた。

「ごめんね。体温計を挟むからね」と言いながら、健は腋の下に入れた後で腕を胸に乗せた。櫂がムニャムニャと何か言った。まるで幼女のようだ。

健はこうして櫂の世話ができることがうれしかった。しかしその櫂が、不特定多数の男の前では大胆になり、言葉は悪いが娼婦にもなったのだ。

しばらくすると櫂は静かに目を覚まし「何時なのー」と細い声で言った。

「七時だよ」

健は耳のイヤホンを外して櫂の顔を見つめた。

「ずっとこうしてくれていたの？」

「いや、僕も眠ったよ。……さっき体温計を挟んだからね。今朝は顔色がいいね」

「今日も工藤さん、来るのかなー」

「来る。でもちょっと遅くなるかな。大変なことが起きた」

「大変なこと？」

ドアにノックの音がして、一瞬だけ間があってドアが開いた。

「おはようございます」

笑顔で看護師が入ってきた。手にバインダーを持ち、これから体温記帳と問診だ。

「いい顔色してますよ。すぐに退院できますよ。体温計見ますね」

看護師は渡された体温計を読んで記帳し、右手首の脈を測った。

「昨夜はよく眠れましたか」

そんなやり取りをしていた時だった。突然チャイムが鳴り、「32号室の増田さん。お電話です。医務課までおいでください」とアナウンスが流れた。「いよいよ来たな」と健は思った。

「すぐに戻るね」耀の顔を優しく見た。

「はい」と幼女のようにうなずいた。耀は素直になった。逃げるなどのバカなことはもうしないだろう。

「看護師さん、ちょっとお願いできますか」

看護師が長時間いられないことを承知で頼み、「すぐに戻ります」と言うと、健はその返事を待たず、急ぎ足に部屋を出た。走るように廊下を進んだ。別の看護師と家政婦が忙しく歩いている。間もなく朝食の時間だ。

医務課に入ると、深夜同様にシーンとしている中でパソコンの画面を見ながらキーを打っているカーディガン姿の背中がある。

「すみません」と健が声をかけると、振り返った顔は昨夜の看護師だった。

「工藤です。度々すみません。瀬川さんが確認しました。間違いなく名波です。自殺と偽装自殺の両方でさらに調べます。詳細は千葉県警の連絡待ちです」

「偽装自殺も考えられるのですか。燿の自殺未遂か信事件に関係があるのでしょうか」

「現時点では不明です。家宅捜索で何か出ると関係してくるかもしれない。まずは排ガス死の真相を究明する必要があります」

「燿さんに名波の件を話してもいいでしょうか」

「いいでしょう。死んだ者を隠してもどうにもならん。何か話してくれるかもしれない」

「話してみます。それが信事件の早期解決になるといいのですが」

「そう信じたいね」

「何時頃においでになりますか」

「十時前には行けるでしょう」

「お待ちしています」

刑事をお待ちするという言葉も変だが、早く話を聞きたい。部屋に戻ると、燿の朝食が配膳されていた。わずかの粥とプリンと澄まし汁だ。

「看護師さんに増田さんのご飯を頼みました」

「ありがとう」

「電話は工藤刑事さん?」

　やや遠慮気味に言ったような気がする。燿は警察と消防署からの聴取は避けられないと思っている。早く済ませたい思いと後回しにしたい思いが二人にはある。そこにノックがあり、食事が届いた。

「冷めないうちに食べよう」

　ここは平静心を取り戻してまずは食事だ。

　食後の後片付けが終わって、燿の気持ちが落ち着いていることを確認しながら、健は話を切り出した。

「名波さんが自殺したらしいよ。マイカーに排ガスを引き込んで」

　燿から目を逸らさずにいきなり言った。

「……そう」

　やや間をとって燿が言った。しばらく次の言葉を待ったが答えそうにない。

「……それを聞いてどう思ったの?」

　健は呼吸が止まるような思いで燿の言葉を待った。

「信ちゃんを殺したのは名波です」

「えっ、どうしてそう思うの。名波さんだって?」

「信ちゃんの携帯電話は名波を通じて買ったと思う。……無償でもらったのかも」

「名波さんから?…ということは二人は以前から面識があったの?」

「私と信ちゃんよりずっと前から」

「ちょっと待ってね。そのまま動かないでいるんだよ」

こうなったら、一刻も早く工藤刑事に来てもらおう。健はあわただしく病室を出ると公衆電話に向かった。

信と名波はどんな関係で交際していたのか。いや、どうして面識があったのか。櫂の言うように携帯電話の売買を通じてなのか。それとも交際男の一人で食事と買い物に利用されただけなのか。

交際男の名波に殺害されたとしたなら、信にとっては不覚だっただろう。信の性格では危ない男とは早めに別れていたはずだ。こうなれば信事件は千葉県警を含めた合同捜査に発展するのだろうか。激しく思い惑いながら、健は懸命に工藤の電話番号をプッシュした。


パトカーが到着したのはその二十数分後だった。

健が電話で「信を殺したのは名波だ、とたった今櫂が言いました。それ以上の詳細はあえて聞きませんでしたが、確信がありそうです。大至急ここへ来てください」と言うと、工藤刑事は「何だって！ そうか。ではすぐに行きます。櫂さんから目を離さないでください」と叫ぶように言った。

工藤が急遽病院に向かったので、健はホッとした。櫂の言うとおりに名波が信を殺害したのなら、櫂は救われる。惚れた女への勝手な思いだが、櫂が信事件に無関係なら治療に専念できるだろう。

しかしどうしてこれまで黙っていたのか。まさかとは思うが、名波の自殺をいいことに、自分の責任を全部名波に負わせたのではないだろうか。名波の家宅捜索で新しい証拠品が出るかもしれない。またしても健が深い憂いにとらわれているところへ、工藤刑事が一人で到着した。健のあまりにも急な電話で同僚の都合がつかなかったのだろうか。

工藤はすぐに病室に入り、櫂に声をかけた。

「よく眠れましたか。ああ、顔色がいいね。食事はおいしく食べられたかな」

「お陰さまで」

櫂は胸元が気になるのか、改めて手を当てて襟を合わせた。

「よかった。早く退院できそうだね。……ちょっと時間をもらっていいかな。当直医の許可は得たからね」

櫂も覚悟を決めたようだ。どうか嘘偽りなく全てを話してほしい。健は後ろにあった丸椅子を押し出して工藤に勧めると、工藤は「ありがとう」と礼を言ってからやんわり切り出した。

「小糸信さんを名波が殺したということだが、その話を詳しく聞かせてもらえるかね」

「はい」

耳をそばだてて聞きたいところだが、ここは自重して離れよう。その方が話しやすいだろう。健は櫂をわざと見ないで病室の外に出ると、廊下から正面に行き外に出た。

三十分ほどゆっくり歩こう。健は耳にイヤホンを差して名波の件がニュースになるのを待つことにした。

ちょうどその頃、市川署は名波のアパートを早朝から捜索し、数個のダンボール箱に詰めて運び出された証拠品を検証していた。名波はほとんどを外食で済ませているらしく、食器類もその他の生活道具も最低限しかなかった。

それでも洗濯機と小さな冷蔵庫、時には食パンを食べるためのトースター一台などがあった。冷蔵庫には卵三個とジャムの小瓶、車内にあったのと同じメーカーのワンカップ二本と缶ビール四本、押し入れのダンボール箱には数本の瓶ビールが見つかった。

洋服ダンスには、風俗勤めの証拠のような黒のスーツ数着とシャツ、下着類があったが、これは男一人としては当たり前程度の衣類だ。貯金通帳は二通で計六十三万円の残額だったが、入金は毎月ではない。貯金も時折数万円といった具合で、あまり計画性はなさそうだ。

それより警察をびっくりさせたのは、封筒に入った現金五十万円だった。封筒は銀行名入りではなく、数度使用した市販封筒の中に輪ゴムで止めて入っていた。銀行の払い戻しなら、常識的には名入り封筒を使うだろう。しかも通帳に払い戻しはない。数日前も数週間前もない。今月がボーナス月ではないことを思えば、名波に臨時収入はないはずだ。

巴ソープからの前月の給与明細書があったが、五十万円はその月給の金額より多い。平凡に生きていれば名波の年齢で五十万円の臨時収入はない。アパートには重要書類を納める金庫などはなく、五十万円はタンスの最上段に入っていた。警察はその五十万円を押収し、取引銀行などの窓口やＡＴＭ機の払い戻しの調査を続けていた。

捜査員をもっと驚かせたのは、携帯電話機の多さだった。常識的には一台で充分な携帯が複数あれば異常性を疑ってもいいだろう。それがダンボール箱に八台もあった。電池切れで使用不能だが使用可能な番号があるかどうかは不明だ。名波が不正携帯電話機の取引をめぐって殺害された疑いも出てきた。

ワンルームマンションに毛の生えた程度の部屋は一時間を要しないで捜索が終わった。両隣の住民の言葉どおりに、釣り竿の入った袋が二本あり、その他の釣り用品も確認された。両隣の住民に「前夜は帰宅の様子がありましたか」と尋ねたところ、「駐車場はアパートから見えないため、前夜から早朝にかけては不明だが、昼前後は駐車していたような気がする。何時頃に出庫したか不明だが、夕方は駐車していなかった」という証言を得た。

帰宅の参考になる月極め新聞の購読はなく、郵便受けに郵便物やその他の配達物もない。また、部屋内に十日前後以内に配達された郵便物もなかったという。

名波の周囲に不正の携帯電話を使用している者がいる、と警察はみた。不動産屋を含めて近隣の住民に名波武徳の日常生活について聞き込みをしたが何も収穫はなかった。名波はアパートや近隣住民に対して挨拶以外の言葉をもらしたことはなく、「どうも不気味な人物だと思っていた」と話す者もあった。「毒にも薬にもならない人に見えた」と言った人もいたそうだが、近隣の二十数人の話を総合しても名波の人物像は依然として謎に包まれていた。

歩きながら、健はふと思い出した。ある駅で健がタクシーを並べて客待ちをしていた時、駅舎から出て来る若い女性に向かって行く黒スーツの男の姿があった。それも一度や二度ではなかった。健は初めは「待ち合わせかな」と思った。しかし男の相手は若い女性ばかりで、待ち合わせにしては変にも見えた。

男は女性にスーッと近寄り、歩きながら何かを話しかけた。一言か二言話すと、女性が足早に離れる。離れる前に女性も何かを言ったり、無反応な時もあった。ナンパなら失敗だ。話しかけられる女性は二十歳代ばかりで、その中には不愉快な顔をしてすぐに立ち去る者もいた。

もしかして、あれはソープ嬢の勧誘ではなかったのだろうか。名波の勧誘場面などは目撃していないが、他の特殊浴場の勧誘の方法も似たようなものだろう。ソープ嬢は常に不足し、希望者を待っていては店の経営が成り立たないと聞く。

もしかすると、信も名波に勧誘されて断ったのかもしれない。だが名波は、魅力ある信をそう簡単には諦められない。名波の立場なら、信をソープ嬢にできなくても自分の女にできないものか、と思うだろう。そこで「今はノーでも、気が向いたら電話をくれる?」と言いながら携帯電話を渡す。無駄遣いを嫌う信である。携帯の無償入手はもっけの幸いと渡されても名波には電話せず、携帯も返さない。

携帯を使うと便利だし、入手した便利な道具は手放せない。しかし料金は名波が払う。健は信をそこまで悪女とは思いたくないが、あり得る話だ。信と名波が繋がりあったという櫂の言葉とも符丁が合う。そう考えれば、信の携帯電話入手経路が解ける。

信は常に複数の男と交際していた。そこで警察は信が携帯を入手したであろう不良外国人グループを主に当たった。これまでに不正携帯電話を買って検挙された者の多くが、「外国人から買った」と証言していたからだ。だが、信に売ったと思われる者には行きつかなかった。

しかし不正携帯電話を売買しているのは、不良外国人グループばかりではない。女子高校生も入手先の一つであることは警察も承知しているはずだ。それら女子高校生は自分で使うのでなく、売って小遣いを得るのが目的だ。売る先は街で出会った不良仲間や暴力団の手先であったり。また現在大きな社会問題になっている振り込め詐欺グループなどである。

しかしこれまでの捜査では名波はそれらの経路のどれにも組せず、犯罪に関与した形跡もなかった。その名波が人を殺めるとは、さすがの工藤刑事も思わなかったのだろう。ここでも健は警察の手緩さを感じた。

頼子の巴ソープは直接には暴力団関係者でないことは確か。だが、ソープの多くは裏で暴力団と繋がり、さらには警察とも繋がっている。場合によっては、捜査に必要な裏情報やタレコミをもらうこともある。拳銃や覚醒剤取引を摘発するのはタレコミが重要で、捜査員のネットワークにはジャンキーと称して情報を流す数人の組員がおり、彼らに時には小遣いを与えるとも言われている。

早く過ぎてほしい時に過ぎないのが時間だ。健は今頃燿は工藤にどんな告白をしているのだろう、と気になって仕方がなかった。

名波の件はラジオのニュースにはならなかった。朝刊にも間に合わず、載るなら夕刊だろうか。

「おはようございます」と頭を下げながら、健は玄関を潜って足早に進んだ。階段を大股に上り、廊下を病室へと向かった。

ノックして、瞬時待つと「どうぞ」の声がした。健が入ると、燿はすがるような目で見た。健の入室に安堵した顔だ。一人だけではよほど心細かったのだろう。

「燿さんは知っている限りのことを話してくれました。私はこれから戻って市川署の名波の家宅捜索結果と照合します。そうすることで燿さんの心はぐっと楽になるでしょう。名波の死の真相もハッキリするでしょう」

工藤のこの言葉を耳にして、燿はやっと気持ちが晴れたようだった。

「お役に立ててうれしいです」

「よかったね。これで安心して治療に専念できるね」と健が言うと、燿は「はい」と素直に返事した。

こんなに明るくなれるのに、燿はどうして自殺を考えたのか。工藤には自分の自殺理由も話したのだろうか。しかし健はあえて燿には問わないつもりだ。彼女の自発性を待とう。

しかし燿にもっと早く話をさせたら、名波の死は防げたのだろうか。健は名波と面識がない。どんな人物か理解していない。信を殺したとしても、すぐに自首して供述すれば、情状酌量によって少しは罪が軽くなるかもしれない。それなのに自殺することはないではないか。

もしかして名波は自殺か裁判かを秤にかけたのだろうか。自首しても量刑ゼロはない。少なくも十数年は牢に繋がれる。それを嫌っての自殺か。服役しても釈放の余地があるなら、生きているのがいいと思うのが普通だ。それなのに名波はなぜ自殺を選んだのか。

「増田さん、私はこれで署に戻ります。これから西葦川病院の方々にも再度確認したいことがあります。燿さんには西新井署と救急隊員から聴取がありますので、どうかよろしく頼みます」

と健に言って工藤刑事は立ち上がった。「よろしく頼みます」は燿の行動に注意してくれ、という意味でもある。

「分かりました。ずっと一緒にいますので」

工藤刑事はそれではとドアへ向かい、右手を挙げてから外に出た。

「少し休むといい。横になった方がいいかな」

「増田さんこそ休んでください。昨夜は眠れなかったんでしょう」

あのピーポー、ピーポー音がまた聞こえる。この病院に来るのだろうか。櫂の外見はもう病人ではないようだ。担当医と相談し、場合によっては、明日転院させたい。しかし西葦川病院に戻る櫂の心境は複雑だろう。櫂はしばらく何やら考えているようだったが、突然おかしそうに言った。

「このベッドでお休みと言われてその気になって寝ていても、もしも看護師さんに見られたら、二人一緒に叩き出されてしまうね」

病人も冗談が出れば相当よくなっている証拠だ。

「一緒に叩き出されてみたいな」

健も櫂の冗談に乗って、二人で笑った。ピーポー音が、病院の近くでやんだ。

「よかったなあ、何もかも話せて。工藤さんは感謝でいっぱいの顔だったよ」

「聞いていいですか」

「いいよ。何かな」

健は丸椅子を引き寄せて、櫂の真正面に座った。

「増田さんも私を少しは疑ったのですか。誰かに頼んで信ちゃんを殺そうとしたと……」

健は返答に窮して、しばらく間をとった。

「……疑わなかったと言ったら嘘になる。けど、すぐに打ち消した。しかし一度でも疑ったのはいけないことだった。今ここで謝る」

健は櫂に頭を下げた。疑ったのは事実だ。面目がない。

「私に頭を下げないでください。私が増田さんなら、疑われても仕方がないと思います……。でも、とてもこの昏では信ちゃんの前にも他人の前にも出られない。この昏になってからは、巴の者以外には顔を見せていません。病室から一歩も出ていません。出たのは今度だけ。信ちゃんの前に出るなんて……、誰かに依頼して信ちゃんを殺すなんて……」

「分かった。よく分かった」

そう言いながら、健は櫂の右手を両手で包んだ。

「もう話さなくていい。きっと工藤さんが解決してくれるさ」

健は櫂の勘のいいことに驚いていた。櫂は工藤刑事と健の心を読んでいたのだ。病院関係者も言うとおりに、櫂は一歩も外へは出ていない。それなのに「病院から出ず、巴の男に依頼したのでは」と一時は櫂を疑ったことを、健は心の中で再度謝った。

櫂の目頭がキラリと光り、一筋の涙がスーッと流れた。この涙は嘘ではない。

「信ちゃんのことは、もう話さなくていい。早く元気になり、信ちゃんの墓参りに行こう」

健は握っている櫂の手に力を込めた。

「行きたい。力になれなかったのを謝りたい。今すぐにも……」

「先生に相談して、近々行けるようにするよ」

健は信の葬儀の当日のことを思い出した。葬儀会場の町内会館や、そこへ通じる路々に刑事達が、信の周囲に存在したとされる正体不明の女が葬儀に参列するのではないかと見張っていた。健は当時その女は櫂だろうと思ったが、それらしき女は現れなかった。櫂は病室から一歩も出ていなかったのだ。口が裂けてもそのことは櫂に話せない。話せば、そこまで疑われたかと恨まれるだろう。

「いろいろ話して疲れたろう。横になったらいい。西新井署と消防署からも人が来る。それまで一眠りするといい」

「そうする」

　櫂は体を滑らせるようにベッドに仰臥した。櫂の力になれることは男冥利に尽きる。

　その時、ノックの音とともに「回診でーす」の声がして、ドアが開いた。健は「ご苦労さまです」と頭を垂れた。医師は昨日と同じだが、看護師は昨日とは代わっている。櫂の顔色はいい。診察の結果は良好と出るだろう。その内容によっては頼子にも相談して櫂を転院させよう。

「具合はどうかな。食事は全部食べたかな」

　医師は櫂に寄り、手首の脈を測った。

「食べました」

「よかったね。まずは胸を出してもらうかな」と幼児に諭すように優しく語りかけた。

「はい」

「手伝いますね」と言いながら医師のやや後ろに控えていた看護師が進み出て、櫂の体に手を添えて上半身を起こした。

「胸を開いてね」

　櫂が襟を開いたので、健はとっさに背を向けた。

　午前十時のニュースで、やっと名波の件が報道された。「……車の排ガスを引き込んで自殺した模様……」でニュースは終わった。ニュースを聞いた健は、警察はそれほどの重大事件と認識してないと感じた。それとも信事件に関係している疑いがあるために、わざと軽く扱っているのかもしれない。

他の事件に関係があるかのように発表すると、マスコミからの質問に窮することになるだろう。そこで現時点では自殺扱いにとどめているのかもしれない。

ともかくなぜ自殺したかが問題だ。それを調査する。いや調査より捜査だ。事態は「信を殺害したのは名波だ」と櫂が言ったことで急変した。本当に名波の仕業かを大至急検証する必要がある。

しかし検証とはいうものの、本人は死亡している。どんな検証が可能だろうか。「死人に口なし」を誰が代弁できる。それは櫂以外にはない。櫂は信が殺害されたと報道された時点で、信を殺したのは名波だと確信を持ったようだ。

理由や動機は想像する以外にないが、櫂なりに名波の犯行動機を考えたのだろう。信と名波がいつ、どこで知り合ったのかは、工藤刑事からも聞かれただろう。名波は信と面識があるとも交際しているとも櫂には言わなかった。それなのに櫂が犯人は名波だとどうして感づいたのか。そこで健は、自分なりに想像を逞《たくま》しくしてみた。

櫂が西葦川病院に入院してから数日後、窓から駅へ通じる路地を眺めていた時に、信が通った。櫂は信がそこを通るとはまるで予想していなかった。西葦川駅が最寄りとは聞いていたが、まさかである。

健も櫂の言うがままに窓から眺めてみた。顔が正面なら人違いはしない。櫂は見た瞬間に信と分かったのだろう。そしてこれは健の勝手な想像だが、もしかすると、その時、この病室に名波がいたのではないだろうか。

病院に見舞いに来ていた名波は、櫂と雑談しながら窓から路地の方角を眺めた。ちょうどその時に、信が通った。櫂は「あれは信だ」と確認しただけでなく、「信ちゃんだ」と、思わず呟いたのではないだろうか。

もちろん名波にも信が目に入った。名波は信の名前をその時初めて知ったのだ。名波は、櫂が信を知っているとは思わなかった。

「信ちゃんだ」と呟いたことは、櫂もここで信を見るとは予想していなかったことを意味する。名波はその場では「あれは俺の友達だ。櫂さんも友達だったんだね」とは言わずに、全然関係がないふりをしたのである。

名波も、探していたその女をここで見つけられるとは夢にも思わぬことだった。携帯電話を渡したのに、女からは電話も入らない。それが思わぬ場所で見つかった。名前が信と分かれば好都合だ。

名波はその数分後に病室を出た。その日は信に会うことはできなくても、数日後には会えると思った。ソープ嬢勧誘を装って葦川駅周辺で見張っていれば、必ず信に会えるだろう。

実際、名波はその何日目かに信に会ったのだろう。そして「しばらくですね、信ちゃん。櫂さんが入院していることを知っているの?」と話しかけると、信はびっくり仰天したはずだ。教えてもいないのに名前を知っているのはなぜだろう。名波が櫂を知っているのも驚きだ。

信は名波に対して引け目がある。携帯を預かっているのにソープ嬢の件で返答してない。携帯電話も返していない。信は今日は名波から逃げられない、と覚悟した。そして櫂の入院先を聞き、病状によっては見舞いに行こうと考えた。

「病気はなんなの。どこの病院？」と聞いたが、名波は正直には言わない。「入院したばかりで検査結果が出ないと正式病名は分からない。それに感染の危険があるかもしれない」と付け加えてすぐには櫂に会わせず、後日会わせると約束する。信は会いたくなかった名波に再度会うことにした。携帯電話の引け目があるからだ。

しかし健はその辺がよく分からない。通話料未納なら自動的に使用不可になるのではと思う。本当は誰の名義なのか。当然信には料金請求はない。名波も払うわけがない。しかし信は平気で使う。料金はドンドン加算される。初請求は一ヶ月半後くらいだろうか。

名波は携帯を複数持っていた。携帯電話を不正入手する人間は数多い。一台二万円前後として、日に五人に売れば十万円になる。普通の人間で日に十万円の臨時収入は大きい。例の五十万円はその金だったのだろうか。

しかし不正携帯は、売るよりも先にその入手方法が大変なのではないだろうか。名波はどんな方法で入手したのだろう。蛇の道は蛇か。しかし「意外に簡単」と櫂は言っていた。名波の身近にいた櫂も不正携帯を使ったのか。櫂が住んでいたらしい赤羽のアパートにも不正携帯電話があったのだろうか。

信と通話しているわけだから、固定か携帯かは別にして櫂の身近に電話はあった。その携帯が名波に無償供与され、さらに信の手に渡った可能性もなきにしもあらずだ。

けれども複数の通信会社を調べても櫂らしき人物の登録はなかったという。番号が分かれば通信会社も分かるが、番号は不明だ。しかし健は櫂に向かって「不正携帯を使っていたの？」などと尋ねるつもりはなかった。

医師と看護師は病室を出た。耀が胸元を合わせたのを確かめて健は耀に近寄った。考えごとをしていたので医師と耀の会話の全部は耳に入らなかったが、「顔色がいいね。症状は良好だけれどもう一日いなさいよ」と言われたようだった。

今日中に西新井署と消防署の聴取を済ませて、明日は西葦川病院に行こう。そして長期治療の必要があるかどうかを確かめ、場合によってはアパートに連れて帰る。

「これから西葦川病院に再入院になるが、今日までのことは気にしなくていいからね」

「看護師さんは怒ってるんでしょうね」

「気にしなくていい。前向きに考えるんだ。過去を気にすると心が腐る。心を癒すのが先だからね」

「分かった」

完治するかは別にして、長期入院の覚悟は必要だ。治療費は相当にかさむだろうから、頼子にへそを曲げられると大変だ。頼子が身元引受人で、治療費支払いの保証人だからだ。健は耀に有利に話をするつもりだが、頼子はどれくらい良心を示してくれるか心配だ。上手に立ち回らないと耀が困るだろう。しかし健は、不正経理と脱税で蓄財したソープランドのアブク銭を、耀のために吐き出させるつもりだ。

昨日の夕刊と今日の朝刊には耀の記事は出ていなかったので、健はホッとした。自殺未遂は全国に数多くある。警察発表の全部は報道では扱いきれない。ありふれた自殺未遂などマスコミには事件ではない。

頼子が来たのは昼過ぎだ。市川署で遺体を確認した後で所持品なども検品したという。頼子は黒のスーツを着ている。社員を亡くしたための一応の正装だろう。健は丸椅子を頼子の脇に出して、「どうぞ」と勧めた。頼子は「すみません」と礼を言ってからしばらく間をとり、耀の顔を覗き込むようにしながら言葉をかけた。

「よかったねー、耀ちゃん。先生にお聞きしてきたわよ。明日の退院でいいって」

「そうさせていただきます。ご迷惑をおかけしました」

「迷惑なんていいのよ。私は何もできなくてごめんね。でも、いいお友達がいてよかったわね。女の私が役に立てなくて、すっかり増田さんにお世話になってしまったわね」

「僕の方はいいんです。お役に立てて男冥利に尽きます。こういう運命だったのでしょう。しかし名波さんの方はどうなるんですか」

「死んでしまってはどうしようもないわねえ。でも理由は何でしょうね。一言くらい打ち明けてくれたら、話によっては相談に乗れたろうにね。女の雇い主だから行き届かないところもあったろうけど、少しは力になれたと思うのにね。……でも死んでしまってはおしまいよね」

頼子の目頭に光るものが見える。従業員の自殺を止められなかったのを悔やんでいるのだろうか。頼子は名波の自殺を疑ってはいないのか。複数の携帯電話や五十万円をどう思っているのだろう。しかし、自殺未遂者の前で自殺を思わせる言葉を吐いてほしくはない。

頼子はハンカチを出して目の辺りを拭いた。

「ともかくこの件は、警察にお任せするしかないのよ。私は名波のことを知らなさ過ぎた。でも真面目に仕事してくれて、文句のつけようのない人だった。ねえー櫂ちゃん、名波は働き者よね？」

「そうです。誰とも仲良しでした。店の子達は名波さんをお兄さんのように慕っていました」

「そうよね。名波を恨んだり憎んだりした子はいないと思う。ナーちゃん、ナーちゃんと呼んでいたものね」

この時、ドアがノックされた。「どうぞ」と言うとドアが開き、「西新井署からおいでになりました」と言いながら、看護師が二人の警察官を招き入れた。

頼子が「櫂さん、一人でいいわね？　私と増田さんは廊下にいるね」と言うので、二人は廊下に出た。椅子でもあればと思うが入院病棟の廊下に椅子やベンチはない。車椅子や肢体不自由者が通るとぶつかる恐れがあるからだろう。

男性看護師と老齢の婦人患者がゆっくり歩いていた。看護師が、患者のウエストに巻いたベルトを握っているのは歩行訓練だろうか。

櫂の両隣の部屋は空だった。普通の患者ではバストイレ付きでの長期入院はできない。普通の病院は、治療費や薬代は健保組合等の管理下にあり大儲けができないので、その分を特別部屋を造って儲けていると聞く。バストイレ付きでホテル並みの請求をするとの噂もある。

特にこの病院は開院して数ヶ月だが、近代的な病院であるだけに資金もかかっている。資金回収には高額負担金以外にないだろう。櫂の入院は一両日だからいいものの、それが長期なら大変なことになるだろう。

頼子と健は、空き部屋のドアの前で立ち話を始めた。

「私、千葉からここに来るまで、櫂の実家に連絡したらいいものかどうかとずっと考えていたんです。……櫂は絶対にそれを望まないとは思いますが。私の方では、櫂の実家のことは知らない形になっています。櫂はうちに来る以前に事情があり、実家とは連絡していませんが、ずっとそれを続けたいと言っているのです」

「その話は、私も向こうの病院で聞きました。……連絡は絶対にイヤ、私には実家も親もないんだって」

「やはりそうでしたか。私で駄目でも、増田さんが話せば櫂の考えが変わるのではないかな、と思っていたんですが……。死を一度考えた人ですから、もし連絡したなら、舌を噛んで今度こそ本当に死を選ぶのではないかと、それが心配で……」

「僕もです。……当分はこのままにしておきましょう。そのうちに心変わりするかもしれませんしね」

頼子とそんな話をしながら、彼女はもしかして、櫂を厄介ばらいしようと考えているのではないか、と健は思った。

仕事を休んでまで他人の病床に付き添っているのだから、普通以上の仲と考えるのは当然かもしれない。そんな頼子の心中は健も分からないではない。しかし増田という男に櫂を押し付ければ、頼子の負担は軽くなる。頻繁に病院に通う必要もない。

しかし通院が長引けば、頼子の経費負担も増加してくる。だからその時が来るまでに実家に連絡したい。連絡すれば親は飛んで来る。黄金丸家は漁協組合長で地元の名士だ。愛娘の病をどんな思いをしても完治させたいと思うだろう。

しかしそれを計算しての逃げは許さない。健は、不法でもいいからもっと巴ソープに稼がせ、その金を櫂の治療に使わせよう、と思った。

やがて櫂の部屋のドアが開き、二人の警察官が出てきたので、頼子と健はドア側へ寄り、「ご苦労さまでした」と頭を下げ、警察官が立ち去るのを見届けてから病室に入った。

櫂は警察官の厳しい聴取にちょっと疲れた顔に見える。しかしこれが警察官だからまだ良かった。刑事なら厳しさが違う。自殺未遂なら警察官聴取で充分だ。後は救急隊員からの聴取があるが、これは形だけのものだろう。

櫂の話では、警察官は、彼女が梅毒で将来を悲観して自殺を考えたことをよく理解してくれたそうだ。

「よかったわねー、やっと終わって。でもこれから消防署からも来るそうだから、それまでに一眠りするといいわよ。……私はこれから西葦川病院の先生と看護師さんに再度入院させてもらえるようにお願いに行きます。その後は富山のご両親にお会いして告別式の準備をします。……それで増田さん、また櫂ちゃんをお願いしてもよろしいでしょうか」

「どうぞ心おきなくお出かけください」

「本当に申し訳ありません。どうかよろしくお願いします。……じゃあ櫂ちゃん、充分に休養してね」

「そうします」

それにしても奇妙なのは、頼子が名波と櫂の関係を聞きもせず、このことに触れもしないことだ。櫂が「信を殺したのは名波だ」と名指ししたのを刑事から聞いても何も感じなかったのだろうか。

櫂はずっと入院していたのに、どうして名波が犯人であるという情報なり証拠なりを得たと疑わないのか。それとも頼子も何らかの情報を得ていたのだろうか。もしかして信と頼子は面識があったのではないだろうか。信も信事件も知っているのに、知らぬふりをしていたのか……。

頼子はもしかして名波とトラブルがあり、自分でも名波が信を殺したと思ったから余計なことはいっさい口にしなかったのだろうか。それなら信殺害の動機は何だ。信殺害で名波が何を得るというのか。

その名波は命を断った。自殺しては信殺害の意味がないではないか。名波に犯歴はない。それなのに、どうして信を殺した数日後に自殺するのか。信が生きてると、名波にどんな不利益があったというのか。名波は自分だけの死をどうして選ばなかったのだろう。考えれば考えるほど、謎は深まるばかりだ。

今頃は市川署が名波の自殺原因を捜査しているだろう。交友関係の聴取もあるだろう。ソープ嬢はたとえ何かを知っていたとしても出頭や申し出はしない。彼女らは売春は法律違反であることを承知しているから、場合によっては自分に嫌疑が及ぶことを恐れているのだ。彼女らは同僚であっても敵であり、ライバルで、お互いの私生活には関心がない。

それでも雇い主に聞かれれば、知っている範囲のことは話すだろうし、その内容によっては、雇い主は警察に報告する義務がある。だが、個人的に不利を蒙《こうむ》るならそれを拒む権利もある。個人の権利を優先するか、警察への報告を優先するかは頼子の胸一つにある。もしも名波の死亡の原因究明に役立つ情報であれば、それを覆い隠すのは犯罪だ。信事件を隠すなら、その責任はさらに重い。

耀と健の前では比較的明るく振る舞っているように感じられた頼子だが、その心中は複雑だろう。もちろん不正経理の問題も気がかりに違いない。

また頼子は、月給より多い五十万円が名波のタンスにあったことも警察から聞かされただろう。預金の払い戻しなら、通帳を見れば分かる。では街金融から借りたのだろうか。もしそうなら何のためにそれを借りたのだろう。

五十万円はソープ嬢の約十日の稼ぎだ。ソープ嬢に払うべき金を名波が着服したか、あるいは一時的に預かっていたのだろうか。ソープ嬢は今日入店しても、明日来る保証はない。同僚と現金や物品の貸し借りは固く禁じられている。

警察は、この五十万円が犯罪に関係している金か否かを、万札の一枚一枚の指紋を採取し、茶封筒の指紋の有無とともに調べている。新札は一枚もなく、無印の茶封筒は数回は使用されていることが判明したが、それ以上の情報はまだつかめていないようだ。

釣り堀

また警察では、名波の車の排気筒に繋がれていたビニールホースは、名波の使用していた洗濯機の物でないことを確認した。排気筒に接続する部分は、別の性質のパイプを繋ぎ合わせている。排気筒の接続部が熱で燃えるか溶けてしまい、排気ガスが途中で漏れるのを防ぐ工夫だろう。

これは名波の「自殺を失敗したくない。絶対に成功しなくてはならない」という気持ちのあらわれだろうが、自殺を考える者がそこまで徹底して自殺への補助部品を工作するだろうか、という一抹の疑問は残る。

洗濯機のホースを最近交換した形跡はなく、ゴミ収集場所からでも拾ってきたのではないか、と判断された。だからこのホースには、名波のＤＮＡに関して証拠になりそうな物は全くない。車内にあった三本のワンカップの空き瓶については名波以外の人物が触れた形跡はない。トランク内にも空き瓶が二本あったが、これも同様。偽装自殺を計画し、濡れた布などで強く拭き取れば指紋は消えるが、自分で購入したなら、他人の指紋がないのは当然のことだ。

車内からはいくつもの指紋とともに頭髪数十本が発見された。頭髪は男だけでなく、女の長短のものがあり、長髪はソープ嬢のものかとも思われる。名波は時には車でソープ嬢を駅へ送った。その時にシートや床に落ちたのだろう。男の髪については、これも時には客を送迎した結果だと考えられるが、どこの誰かを特定するのは難しい。

しかし思いがけず、黄色とも茶色ともつかぬ嘔吐物らしきものが、トランク内の敷きゴム部の凸凹部に干からびて付着していた。嘔吐物の大きさは直径六ミリくらいでやや楕円形をしている。これは重要な証拠物である。

警察は、当然のことながら運転席や後部席も徹底的に調べた。その他の証拠物は床の砂やシートの汚れや染みなどで、それらは千葉県警の科学捜査部に回されている。数時間後には嘔吐物と床の砂とシートの汚れの分析結果も得られるだろう。

常識的に考えてトランク内に嘔吐物があるのは不自然だ。トランク内にあるなら、車内のどこかにわずかでもあるはず、と考えるのが警察だ。これまでの事例では車内に嘔吐物の痕跡があっても、トランク内にあったことはなかった。泥酔者が車内で嘔吐しそうになれば車外でするだろう。間に合わずに車内で嘔吐したとしても、わざわざトランクを開いて嘔吐するはずはない。車内の嘔吐物掃除より、トランク内の掃除の方が面倒に決まっている。

数時間後に千葉県警から、嘔吐物の分析結果が出た。肉片と野菜類と小麦粉とニンニク片から餃子を食べた者の嘔吐であることは間違いないという。その結果が葦川警察署の工藤刑事に届いた瞬間、工藤は躍り上がった。

戯れの後に。

千葉県警の嘔吐物分析は、埼玉県警の分析結果と同じだった。これは小糸信の嘔吐物ではないだろうか。小糸信は名波の車に乗っていて殺害されたのではないだろうか。

嘔吐物がトランク内にあって車内にない理由は、被害者は名波のトランクに押し込まれたからだと推測される。生存者をトランクに押し込むことは普通はない。被害者はどこかで嘔吐した。それが衣類に付着した。だから全裸にした。全裸の人間を移動させることは難しい。だからトランクに押し込んだ。

瀕死状態でトランクに押し込んだとしたなら、失禁も考えられる。便か尿もあっただろうが、それは丁寧に掃除した。したけれども嘔吐物の一部がわずかに残ったということではないだろうか。ただし信が名波の車に乗ったか、押し込まれたとしても、名波が信の首を絞めたかは不明だ。信のボーイッシュに刈り上げた短い頭髪は、車内のどこからも発見されていない。短髪は長髪に比べて脱けにくい。仮に遺体を手荒く取り扱ったとしても一本も脱けなかったのだろう。

さらに、名波の車から採取された指紋の中に比較的新しいとされる一つがあった。助手席のシートを後ろに倒すためのノブに、右手の人差し指、中指、薬指の指紋があったのである。これは名波の部屋から押収した万札の一枚にあった指紋の一つとも一致したので捜査チームは興奮した。

指紋はただちに警視庁に照会されたが、大量の警視庁の指紋の中からあぶり出されたのは、なんと大野木憲二郎のものであった。二十数年前の交通違反で反則キップに押した人差し指の指紋と一致したのである。大野木の指紋が名波の車中にあり、万札からも検出されたとすれば、この両名には何らかの関係があるはずだ。

大野木憲二郎といえば東進電気の総務部長だ。かつて小糸信をクニタカオルと勘違いして話しかけた男である。それがきっかけで信と交際していたのは、彼が五十五、六歳の頃であったが、現在では定年も過ぎているはずだ。

しかし名波と大野木はいったいどういう関係なのだろう。また助手席なのに右手の指紋が付いているというのも変だ。助手席なら左手の指紋が付くはずである。乗る前にシートを倒すか起こすために右手で触れたのだろうか。

いずれにせよ、時期は不明だが大野木が名波の車に同乗したことは、これで確実になった。二十数年前の大野木は世田谷区在住であったが、その住所では本人に連絡できず、管轄署を通じて区役所の住民課に問い合わせると、品川区の分譲マンションらしい所に転居していた。

品川署を通じて大野木家に連絡すると妻と称する女性が出てきて、意外にも「夫はおりません」と言う。夫の大野木憲二郎は、東進電気を定年の数年前に解雇されたが、それが原因で家庭不和となり、離婚したわけでもないのにおよそ八年前に家出をして、まだ戻っていないというのである。覚悟の蒸発らしく、定期貯金の中から三百万円を解約して持ち出したそうだ。

この証言に疑問を懐いた警察は、「本当に夫からは連絡がないのか。主人が不在で無収入なのに、どうして高級とされる分譲マンションに住めるのか。十万円前後のローンをどうやって払っているのか」と尋ねたが、それはすぐに解決した。息子と娘が代わりに払っているというのである。

「私も働いています。夫の援助は全くありません。家出以後の夫のことは何も存じません。解雇の理由は女です。娘より若い女と交際し、会社の交際費で、仕事だ出張だと言って勤務中に会ったそうです。それを社員に目撃され、一度は弁解したものの二度の弁解は通用せず、解雇されました。定年間近の解雇は過酷でしたが、自業自得です。もちろん退職金はゼロです。ローンの一括払いの計画はこれで全部パアになりました。それにしても、よくも刃傷沙汰にならなかったものです。夫はたぶん都内のどこかにいるでしょう。器用人間ですから、何かの仕事を見つけ、趣味の釣りでもしながら暮らしているでしょう。ホームレスにはなっていないと思います」と、妻は語ったそうだ。

信との交際が発覚し、それが原因で家庭崩壊したというのである。八年前といえば、健と信の交際が始まる約一年前だ。当時は三百万円あれば、しばらくは暮らせた。当面の生活費だったのだろうか。

それから、大野木と名波の年齢の開きを思うと、二人は友達ではないだろう。大野木は巴ソープの客で名波の送迎サービスで車に乗ったのだろうか。大野木の顔写真を妻からもらった警察は、早速巴のソープ嬢に見てもらうことにした。

一方、工藤刑事はただちに東進電気に向かって聞き込みを行ったが、解雇後の大野木の消息は誰も知らない。普通は一人や二人との交流があるはずだが、一人もないというのは異常だ。東進電気では子会社に再就職を持ちかけたのに、大野木は潔く断ったという。

ある社員は、「別居の噂は聞いたが、その後のことは知らない。仕事のできる人だから、身分を隠して何かしているのでしょう。暇な時は好きな釣りをしているのではないでしょうか」と証言したが、釣りと聞いて、工藤に閃くものがあった。

名波とのきっかけは釣りだ。市川署によると、名波は富山の少年時代から釣りが趣味だったという。都会に来ても趣味は釣りであったことは、家宅捜索で見つかった竿からも立証される。千葉なら富山同様に海釣りには便利だ。大野木と名波は趣味がきっかけで知り合ったと考えれば理屈に合う。

しかし大野木の解雇の原因となった女問題についての工藤の聞き込みの結果は、時間が経過し過ぎていて、当初は芳しくなかった。「娘より若い女との交際が発覚したとは聞いているが、それ以上のことは知らない」と口を揃えて言うのである。

しかし今から約八年前、女と大野木がいるところを目撃したという社員が全部で六人いることが分かった。その中の四人は既に退職しており、在職している社員は二人だった。工藤がその二人に信の顔写真を見せたところ、一人は「写真だけではよく分からない」と言い、もう一人は「大野木と一緒にいるのを見た時には随分と童顔で小柄な女性だと思ったが、テレビで見たのは確かにこの女だ」と断言した。

工藤が見せた信の写真は、彼女が短大の卒業直近の折のもので、二十歳にしては確かに童顔である。中学生でも通る顔だ。この写真が撮影されてから殺害されるまでに約十年が経過している。十年も経てば幼女なら少女に、少女は成人に達しているはずなのだが、それにもかかわらず信を見た全ての者は、彼女の中に少女の面影を見出している。だから、その社員が信を童顔と見たのは正しい。

彼らの目撃場所は駅や大型スーパー等で今は特定できない場所もあったが、大野木の交際相手は小糸信に間違いないとされた。

後は大野木と名波の関係を知る必要がある。工藤は今度は江戸川と隅田川と荒川流域近隣の釣り道具店を当たることにした。

ちょうどその頃、警察は巴のソープ嬢と野添に大野木の写真を見せていた。しかし頼子が側から「知っていたら正直に言ってね」と口添えしたにもかかわらず、全員が「記憶にありません」の返事だった。もとより入れ替わりの激しい職場であり、大野木の年齢を思えば、ソープには縁がないとも考えられる。

家を出てからの大野木は経済的に余裕がなく、ソープに行く金などはないはずだ。若い女と交際したいと思っても、地位なし、金なし、若さなしでは相手にされない。当然、信も大野木に興味を失ったと推測される。

大野木と信の関係は自然消滅した。だが、大野木は信に憎しみを懐きつつ再会を願っていたと思われる。一方名波は信に再会した。再会というより探し当てた。

当時名波は船橋市在住で豊島区の大塚駅周辺に勤務していた。船橋から大塚へはマイカー通勤で行動は比較的自由だった。昼前後からの仕事のために渋滞と無縁である。

他方大野木は、住所不定であるが、生活のために何らかの仕事はしていただろう。しかし蒸発の時に解約した三百万円を依然所持していたか、使い果たしていたかは不明だ。また信は、西葦川駅に比較的近い所に住んでいたが、決まった仕事はなく気分次第で男に会っては、その対価報酬的な収入で生活していた。

名波は車で出歩く機会も多い。ソープ嬢勧誘と言って店を出れば、まっ昼間から釣り堀へも行ける。ソープ嬢は常に不足している。巴商事が事業をしている時は、燿が誘った女だけで間に合ったが、巴商事がコケてからは不足するようになり、燿が入院してからはさらに不足するようになった。

ソープ嬢からは「客をもっと連れて来て」と催促されるだろう。これは当然だ。ソープ嬢は客が来ないと収入はゼロだからだ。頼子からは「客ももちろんだが、ソープ嬢も見つけて来い」と厳しく督促される。といっても、まさか首に綱を付けて曳いて来るわけにはいかない。そう思えば、信のような女はざらにはいない。信なら絶対に看板女になれる。店との狭間で名波は激しく苦悶したかもしれない。しかしそれが原因で自殺するだろうか。

名波の部屋にあった五十万円から採取されたいくつかの指紋のうち、これまでに判明したのは大野木のものだけだ。その五十万円が大野木の三百万円から名波に渡されたかどうかはまだ不明である。

しかし大野木は、一人暮らしなら何に使おうと勝手だが、その貴重な三百万円の一部をどうして名波に渡したのだろう。それとも貸したのだろうか。いや、それはない。「風俗で働く者に金を貸すな」は常識だ。名波の倍の年齢の大野木も、それを知らないはずはない。

では住所不定で預金口座を持てない大野木が名波に預金を依頼したのだろうか。そうだとすれば二人はお互いに信頼し合う仲で、相当前からの親友だろう。至急大野木の所在を確認する必要がある。

そこへ釣り具店を聞き込みしていた一人の捜査員から、名波が数年前から釣り竿、クーラーボックス、釣り餌、その他の用品を数店舗から購入していたという情報がもたらされた。名波が買ったのはいずれも高級品や新型ではなく、平均的な商品ばかりだ。また信の顔写真を見せたが、来店時に信が名波と同行していたかどうかについては全く記憶にない、という返事だった。車の写真を見せても「記憶にない」であったという。

名波、信、大野木が三人で一緒になったことは、一度でもあったのだろうか。いや、それはないだろう。信は簡単には車に乗らない。そのことは別の交際男からも立証されている。信が同乗したならどこかに指紋の一つくらいは残るはずだが、指紋のみならず信の頭髪の一本すらも名波の車内に落ちてはいなかった。

名波と信が再会したとすれば、それは櫂と名波が病院の窓から眺めた時点以降だろう。信は誰よりも櫂に会いたがっていたはずだ。「櫂に会わせるという約束はどうなった」と、信は名波に迫っただろう。しかし櫂に会わせたら、それっきり信は、名波から逃げてしまうだろう。そこで名波は、「信がソープ嬢になれば、櫂と会わせる」と約束したのではないだろうか。

しかし信は、風俗を毛嫌いしている。ソープ嬢になる気は毛頭ない。信は名波にもハッキリとノーを言っただろう。そして「櫂に会わせてくれなくても自分で探すから」と、名波に宣言したのかもしれない。

捜査員は市川、船橋、浦安、松戸の各市、さらには江戸川流域の釣り具店と釣り堀の聞き込みを続行していた。

以前は随分あった釣り堀も、現在はかなり少なくなっている。無駄足しないためにまずは地図上で確認し、それから直接電話してその所在を確認した。しかし今から三年前に発行された地図に掲載されている店の三分の一が既に実在せず、多くの店が廃業に追いやられていた。設備投資の割には儲けがないこと、地下水汲み上げと排水規制が厳しくなったのがその理由だという。

名波、大野木、信の三名の写真を持参しての聞き込みと埼玉県内の釣り堀の確認も始まった。葦川、さいたま、戸田、蕨、鳩ヶ谷の各市を次々に回るのである。

公園併設の人工池に土地持ちの経営するある釣り堀があった。十数人が思い思いの格好で釣りをしている。名波と大野木の顔写真を見せると、「見ん顔だね」という返事だ。全員に写真を渡して見てもらったが、反応はない。経営者に見せても首を振って、「ここに来るお客は大体は馴染みでね。知らない顔は目立つからね」と言ったそうだ。

その後も警察の捜査は続いたが、他の捜査班の釣り堀や釣り具店の聞き込みも芳しくない。名波と大野木が釣り具店に一緒に来店した形跡もなかった。釣り具店の大手が株式上場する時代だから当然かもしれないが、捜査員は、改めて釣り関係の店の多さに驚いていた。江戸川と荒川の流域には船宿もある。しかし短時間で結果が出るとは、工藤も考えてはいなかった。

健は櫂のベッドに寄り添う形で椅子に座り、櫂の右手を握ったままでいる。こうすることが櫂の心の闇と痛みを消すだろうと思うからだ。

昼近くに救急隊員が来て、櫂に簡単な聴き取りをしたが、健は席を外していた。救急隊員は自殺に至る経緯を聴いただけだろう。警察署に確かめれば済むものの、そこは立場の異なる役所。記録の保存には自らの聴取が必要というわけか。

櫂は名波が信を殺したと感じたという。健は櫂がどうしてそう感じたかを直接聞きたい。もちろん櫂はその殺害の現場を目撃していないのだから、根拠は推理と想像でしかない。

櫂が工藤刑事にどう話したか、を聞かせてほしい。そして工藤は櫂の話に本当に納得したのかも知りたい。刑事事件は証拠が何よりも重要だ。殺害を目撃せず、証拠も証拠品もないままの証言では、警察は納得しないはずだ。

健は勇気を出して櫂に話しかけた。

「聞いていいかな」

　櫂は返事をせずに、健に目を向けた。

「どうして名波さんが信ちゃんを殺したと思ったの？」

「信ちゃんが殺されたらしい夜に、病院に名波が来たんです。……でもそれは、後で私がそう感じたんです。名波はそれ以来一度も来ないんです。いろいろ考えていると全部名波に繋がるんです。

　その夜、名波が帰った後の床が随分と汚れていたんです。名波が座っていた丸椅子の辺りです。その時は気にせずにそのままにしていましたが、一晩過ぎたら、水分を含んだ汚れが乾いた砂のようになっていました。水分を含んでいる時はヘドロのようだって思いました。

　看護師さんが翌朝に検温に来て『砂か何かあるみたいね』と言いながら、履いていたシューズで床を擦ると、ザラザラ音がしていました。それで私が『釣り帰りの人が、夜遅く見舞いに来てくれたんです。靴の底に砂が付いてたんですね。明るくなったら掃除します』と説明して、箒で掃き集め、チリ取りで掬ってビニール袋に入れてゴミ箱に捨てました。

　まさか名波が、信ちゃんを殺してからここに寄ったとは思いませんしね、その時は。……ニュースで信ちゃん事件を知り、犯人がなかなか見つからないので、私なりに推理したんです。推理というと探偵みたいですが、半分はなんとなくです。入院すると考えることしかすることがありませんからね。ニュースやワイドショーを見て、アレー、警察は間抜けな捜査をしているな、と思ったんです。

　警察発表では、信ちゃんは大宮方面の荒川に投げ込まれた、となっていましたが、私は違うと思う。信ちゃんは見つかった辺りで投げ込まれた、と思ったんです。それも工藤さんに話しました。砂のこともです。

私は、名波が釣りをすると聞いていました。釣りをする人は、月の満ち欠けと一緒に潮の干満も計算していると思うの。ワイドショーで言っていましたが、私が自殺を選んだ水門周辺の堤防の向こうは、潮の干満で随分と水位が違うそうです。またあの辺りは、遊水池の代わりもしているそうです。上流からのゴミや土砂と一緒にいろんな物が流れて来るのを、あの場所で一度は留める。名波はそれを読んで警察の先を行ったんです。

警察は、名波の予想どおりに上流で投げ込んだと捜査経緯を発表してしまった。でも警察がそう思うのも無理はないです。信ちゃんのバッグが、大宮で見つかったからです。でも私は、信ちゃんを投げ込んだ場所は上流ではなく、あの辺りだと思う。名波がどこまで計算したかは分かりませんが、信ちゃんは十日間にわたって上流に押し上げられたり、戻されたりを繰り返したことで体に傷がついて、それが捜査を混乱させたのは確かです。

名波はたぶん、車で土手下まで行き、その後は信ちゃんを担いでヘドロの堆積した辺りまで行って置き去りにした。夜ならあの辺りは誰も来ないことを知っていたと思います。それは以前恐らくあの辺りで釣りをしたからです。それに場所も大塚からは遠くない所です。

暗くては釣りになりませんから、名波は一度は車内で食事するか仮眠して時間を待った。その時はもうトランクの中には信ちゃんが入っていた。もしかすると信ちゃんは、大宮方面で殺された後、数時間はトランクに押し込まれていたのかもしれません。名波は数時間以内に満潮で川幅がいっぱいになることを知っていました。そしてヘドロか湿った砂の上を歩いたので、靴底に砂が付着してしまった。靴は合成だったでしょう。その靴を履いて信ちゃんを川に投げ込んで、そのまま車に乗って私のところに来た。アリバイを作るためでしょう」

　櫂の理路整然とした話を聞いた健は、なるほどと思った。目撃こそしていないが状況証拠としては充分に成り立つ推理だ。櫂の親は漁協組合長である。漁協関係者なら月の満ち欠けも、潮の干満も知る必要があるだろう。海に通じる河川の河口近くは干満の差がある。家族の会話の中にもそういう話題が自然に出るだろう。櫂もそういう知識を自然に身につけたに違いない。

　そうかそうか、と健は納得した。櫂の年齢では普通は月の満ち欠けと河川の干満などについては気づかない。漁師の娘だからこその推理だ。名波は海釣りもするから、海と河川や河口の干満を知悉している。

　しかし、それなら櫂はどうして自殺を図ったのだろう。自殺する理由などないではないか。自殺を図るにしても、信が発見された場所の近くでなくてもいいのではないか。

「そうだったのか。それじゃあ、もう一つ聞いてもいいかな。……櫂ちゃんはどうしてあの場所で自殺しようと思ったの」

　櫂は目を一度逸らしてから、もう一度健の目を正面から見た。

「私、本当は信ちゃんと友達になりたかったの。信ちゃんをソープ嬢に誘わなかったら、もっと親しい関係になれたと思います。……それに私の自殺の理由は、それほど複雑なことじゃないんです。この辱のことを思うと、人前にはもう出られない。完治することもないと思うと、いっそ死んだ方がいいと思ったんです。そしてどうせ死ぬなら信ちゃんと同じ辺りでと……。こんな辱は誰にも知られたくない。見られたくない。それだけです。女にとって顔の一部が欠けるとか変形するとかは死ぬのと同じです。……私を知っている人には絶対に見られたくない。本当は増田さんにも見られたくなかった。でも、増田さんだけには、心のどこかで会いたい会いたいと思う気持ちがありました」

「……ありがとう」

それ以外の言葉はない。顔の価値観について男女の考えは違うが、やはりどんな姿形になろうとも、人間は生きている方がいい、と健は強く思う。

「では、名波さんはどうして自殺したと思う?」

「分かりません」

きっぱり言った。本当に分からないのか。

「思っていた以上に、信ちゃんと深い関係があったのかなあ。何度目かに会った時に、何らかのトラブルがあったのかもしれないね」

名波にすれば信は由々しき女だ。このままでは自分が大きな不利益を蒙るとでも思ったのだろうか。しかし殺意とはそんなに簡単に湧くものなのか。もしかすると携帯電話の件か。一台は無償で渡した。次は売った。それは現金取引だろう。それなら問題はない。約二ヶ月の使用で、廃棄せずに継続していたのか。それならどうして何台も売ったのか。

いや違う。信は携帯電話に味をしめて、名波以外の男からも入手した。信がほしいと言えば男はすぐ揃えてくれる。誰よりも信を占有したいからだ。

となると信への殺意は携帯電話以外の理由か。信は名波がソープ嬢に勧誘し続けたのに断り続けた。

しかし普通の人間は、それくらいのことで殺意は懐かない。勧誘は自由だが断るのも自由のはずだ。まして理由はどうあれ、名波が信殺害後に自殺する理由などない気がする。

名波は信を釣りに誘ったことがあるのだろうか。そこでトラブルが起きて首を絞めたのか。それとも殺害を予定して誘ったのか。

堤防近くの車中で大声を出しても、近くに民家はないから聞こえない。少し下流には違法繋留のボートがあるが、夜の航行はない。ボートに人がいる可能性は百パーセントない。それに名波なら、一人でも信を担げる。名波は大柄ではないが、信と比べれば大人と子供の差。遺体でも楽に移動できるだろう。

だが、あの場での犯行なら、どうして大宮方面にハンドバッグを捨てたのか。持ち主の判明を妨害したいなら、中身とバッグを別々に捨てればどこでもいいではないか。それなのに名波は財布だけを抜き取り、中身の入ったままバッグごと捨てたか放置していた。信の息の根を止めてしまえば、バッグの処分は自由になる。中身を小分けして車から投棄もできる。名波は小心者で、その勇気がなかったのだろうか。

健がいくら想像を逞《たくま》しくしてみても、名波が信を殺す理由はない。バッグの特定がなかったなら、信の身元確認はもっと遅れただろう。最悪の場合は確認されなかったかもしれない。名波にしては不覚だった。もっと慎重に始末すれば、被害者の確認はなかったはずである。また遺族側から見れば、もしもバッグが特定された時点でただちに警察の捜査が開始されていたなら、信の殺害はなかったのではないか、と思うだろう。

それにしても信を殺害した後での名波の自殺は不可解だ。自殺してしまっては、信を殺した意味がないではないか。これを簡単に自殺と決めつけるわけにはいかない気がする。

「名波さんの部屋に現金五十万円の入った封筒があったんだって。でも頼子さんは心当たりがないという。名波さんの月給より多い五十万円の臨時収入だ。警察は銀行と街の金融を調べているから、そのうちに判明するかもね。ところで名波さんは、金に関してはどうだったの。店の者同士で貸し借りをしていたとか……」

「それはない。そんなことをしてはいけない、ときつく言われた。巴商事の時もきつくね」

正しい教育だ。しかし何度そう言われても警告を守れない者はいるだろう。もしかすると、あの五十万円が名波の人間性を変えたのだろうか、と健は思った。

捜査員が西葦川病院を訪れた。糴が砂を掃き集めてビニール袋に入れた朝、ゴミ箱を処理した掃除のおばさんに聴取したが、約一ヶ月前のことで、量も少なかったから記憶はないという。夜勤の看護師は、検温時にシューズの底で擦ったらザラザラしたと証言した。釣り帰りの人が遅く見舞いに来たのを知っているので、特に変だとは思わなかったそうだ。

名波が見舞いに来たのは事実である。床材はPタイルである。タイルといっても陶磁器ではなく硬質リノリウムで出来ている。一メートル幅の巻物を広げて、コンクリート面に接着剤で貼り付けている。ミクロン単位の合わせ目には砂や埃が堆積している。

捜査員は強力な掃除機で床を掃除し、特に合わせ目に付着した微細物を念入りに集めて持ち帰った。

捜査本部では熊谷地方気象台に電話を入れ、信が殺害されたとされる四月二十八日と前後数日の降雨量を確認した。さらに、荒川知水資料館（ａｍｏａ）を訪ねて干満時の水位も確認した。双方に聞けば当時の荒川の水量が分かる。

燿が指摘したとおり、信を荒川に遺棄か投棄したのは名波が警察の捜査を見越した行動だ。しかし、皮肉にも遺体は流されず、予想以上に浮沈を繰り返した上に身元確認が早かった。頼子から、燿の病室に刑事が訪れたことを聞き、いずれは自分に捜査の手が伸びると予想したのだろう。

燿はどの程度まで信と名波の関係を知っていたのか。単なる想像だけで燿が名波に不利な証言はしないだろう。どう考えても名波の自殺は間尺に合わない。それより前に信殺害が間尺に合わないではないか。

昼食時間らしい。廊下から給食担当者と付き添い人の会話が聞こえる。朝食を済ませたばかりと思っていたのに五時間過ぎた。

健は小窓から配膳されたトレーを受け取ってベッド際に戻った。燿は食べたくないと言ったが、スプーンでスープを燿の口に運び、半分のリンゴとプリンも無理に食べさせた。

夕方になって頼子が来た。西葦川病院に行き、燿が明日からまた世話になりますと挨拶して来たと言った。名波の両親にも会い、葬儀やその他の相談もしたという。

親にとっては、先に子供に死なれるのはどれだけ辛いことか。そんな時に、息子さんは殺人事件に絡んでいる、それも重要人物ですとは言葉にしにくい。葬儀が済むまでは名波の周囲に何事もなかったとするのも関係者の配慮である。

「花瓶の水を交換したわ。耀が明日から来るからよろしくねって、薔薇のお花にお願いしたの。主がいなくて寂しそうだったわよ」

「よかった。増田さんにいただいたお花なので心配してました」

女同士の花への心遣いを健は口を挟まずに聞いた。花が粗末にされなかったことを知ってうれしかった。

何度も掃除しているから一ヶ月前の砂があるとは思えないが、警察は違う。病室の床から一粒でも荒川の遊水池近辺と同じ砂類が出てくれれば、耀が思ったとおり、名波が問題の場所周辺に行ったことが裏付けられる。

科学捜査の進歩は目覚ましい。毛髪数ミリ、爪や皮膚の破片ゼロミリ以下でも血液型が分かり、DNAまでも判明する。それによって事件が解決されるケースは少なくない。

夜、工藤刑事と鹿野刑事が来た。鹿野刑事とは初対面である。一枚の写真を示し、「この顔に見覚えないですか」と切り出した。耀は写真を手に数十秒眺め、「記憶ないです」と言った。健にも写真を示されたが見覚えがなかった。

「この人物は大野木憲二郎といって、亡くなられた名波さんと何らかの繋がりがあります。名波の部屋にあった五十万円の一枚から指紋を採取しました。紙幣には多くの指紋がついていましたが、特定できたのはこの男のものだけで比較的新しい。

実は名波の車の中からもこの男の指紋が出ています。助手席を前後に動かすノブに、紙幣と同じ右手人差し指の指紋がありました。趣味が名波と同じ釣りだということも分かっている。巴ソープの客として送迎も考えられたが、ソープ嬢は誰も相手をしていません。名波が大野木を同乗させるとすれば趣味の釣り以外に考えられない。

大野木は約十年前に会社の金を横領して解雇されています。横領金は女との交際に使っていた。大手不動産の分譲マンションに住んでたのですが、奥さんに責められて家に戻れなくなった。

この男の交際相手がなんと、小糸信さんです。約十年前、信さんと一緒のところを目撃した社員が数人いた。大野木は相当に信さんに夢中だったようです」

工藤刑事は大野木についての情報を伝えると、「早く元気になりなさいね」と言って帰った。

大野木と名波はどんな関係にあったろう。釣りだけの関係か。大野木と信のことも気になる。

健は折り畳み式ベッドをセットして横になった。折り畳みベッドは一段低く、櫂からは見下ろせる形になる。櫂は冗談ぎみに「私が高い位置でいいのかナー」と言った。

「いいさ。ここでは櫂は女王だからね」

言った後に健はハッとした。ちょっと前までは、さんか、ちゃんを付けたのに、今は呼び捨てにしてしまった。櫂とはあくまでも他人。櫂に対しては従の関係なのだ。主従を逆転してはならぬと自分を戒めた。

二日分とも三日分とも感じられる長い夜が過ぎた。タクシーで西葦川病院へ向かう。診察した医師は「命を大切にしないといけないよ」と櫂を諭した。

「分かりました。皆様のお世話になり、命を粗末にしてはいけないと思いました。もう、悪い考えはしません」

言いつつ笑みを湛える櫂を健は愛しく思った。

担当医、担当看護師に謝罪し、再度の世話になる旨、健は申し出た。自殺を図った櫂の心中を思えば、責める者はいない。他の入院患者は櫂の自殺未遂を知らない。病院側も警察も懸命に患者の秘密を守った。報道機関にも何も伝えていない。健は関係者に感謝した。

元の病室に入った。健の目に薔薇の花が飛び込んできた。櫂も同じだ。一枚の花ビラも落ちてない。花も葉も生き生きしている。サッシ窓の両側が十数センチ開いている。櫂の再入院に備え、空気の流れを気遣ってくれたのだ。

部屋の中は念入りに掃除してある。まさにチリ一つない。掃除の域を超えている。櫂は花瓶に近寄り、鼻を近づけて深呼吸した
「あー、いい香り。ごめんなさいねー、薔薇さん」

両手を広げて、全部の花をそっと抱いた。

診察室に入って診察を受けた。健は席を外すつもりだったが、櫂が何かを訴える目で振り返ったので、彼女に背を向けて待った。櫂は童心に戻ったようだ。

十数分で診察は終わった。櫂と医師の会話を健は黙って聞いた。医師は、櫂が病院を抜け出したことと自殺の件には一切触れなかった。

同じ頃、埼玉県警科研から捜査本部に、櫂の病室で集められたゴミの分析結果が届いた。荒川の遊水池近辺のヘドロとも砂ともとれる粒々が見つかった。微妙に含む水質も一致した。名波があの辺りを歩

いた後に、靴底に砂を付着させたまま櫂の病室に行った物的証拠だ。

信の遺体の頭髪を濡らしていた水分や微生物とも合致した。信の殺害事件に名波が関与している疑いが強まった。

櫂は部屋に戻るとベッドに座った。この病院は病衣を貸与するほか、私物も許されている。ここに来る途中、二着買った。「増田さんの好きな柄でいいです」と、自らは車から出るのを嫌った。

櫂は開いてたサッシ窓をさらに開けた。

「……ここから信ちゃんを見たのがいけなかったのねー。偶然にも名波も見てしまった。二人が顔見知りとは思わなかったものねー」

しみじみと窓外を眺めた。健もつられて外に目をやった。数日前と同じ風景がある。この眺めをこれから何度見るのだろう。

「責任は考えなくていい。心が腐る。どうやって自分を癒すか、それを一緒に考えよう」

「いいのかナー。増田さんにばかり迷惑かけて」

櫂は顔を曇らせ、呟いた。

「二人が出会ったのは運命なんだ。神様が繋いでくれた見えない糸なんだよ」

「どうしてそんなに優しいのですか」

櫂の目に涙があふれた。顔を両手で覆うと嗚咽した。

そんな頃、練馬区内の大型ホームセンターの釣り具売り場担当者から、意外な証言が得られた。捜査員が信と名波と大野木の顔写真を見せると、信と大野木に記憶があるという。テレビで被害者の顔写真を見た時も記憶があるナーと思ったそうだ。

信らしき女と一緒に釣り堀に来た男が大野木に似てるとも言う。女の童顔と小柄な体を覚えていた。

野田という釣り具担当者の証言はこうだった。

十年ほど前、野田は板橋区高島平の釣り堀に勤めていた。大野木に似た男はかなり釣れたが、連れの女は全くの素人。釣りというより、男について遊びに来た感じだった。女が小柄で可愛いので、親子かと思った。二回目に来た時、同好会が東京湾で船釣りする計画を張り紙で告知すると、二人は参加を希望した。住所氏名と電話番号を男が記して会費を前払いした。女の氏名は書かずにその他一名にしたと思う。

「船釣りは二週間後に実施の予定でしたが、台風で中止になりました。気象庁に電話で聞くと、海釣りを予定した八月二十九日に上陸するだろうというので、参加希望者に二日前に電話し、海釣りは中止と話しました。ところが、一組だけ連絡がとれなかった。住所も電話番号も出鱈目でした。

すると、その男らしい人物から、実施前日に電話が来たんです。あいにく私は池の様子を見に外に出ていました。電話を受けた者が中止になったと話すと快く承諾したそうです。払った金は返済しなくていいからまた計画してくれ。二人で楽しみにしている。釣り堀にはまた行くからと言ったそうです。

中止は正解でした。台風は予想進路を通り、東京湾から都内を襲い、埼玉県を通過して群馬県に抜けた。ですから荒川も隅田川も大水になりました。荒川流域の小川や池も水があふれ、勤めていた釣り堀は土石流で全滅です。

ポンプ舎も水びたしになりましたが、比較的高い位置にあったポンプが濡れてないので安全と思い、排水のためにスイッチオンしたら回転しました。しばらく様子を見ればよかったのでしょうが、その場を離れている間にショートして燃え出したんです。ポンプ舎の隣に事務所と社長の住まいがあって全焼しました。

釣り堀は廃業になり、僕らは解雇されました。やむを得んでしょう、天災ですから。釣り関係の仕事をしたかったのでここに勤めました。事務所が燃えたので参加者名簿やその他も不明です。その後はこの男女に会ってません」

聴いてるうちに一人の刑事は、その台風の被害内容と高島平の釣り堀火災の件を思い出した。野田が勤務していた釣り堀ばかりでなく、多くの釣り堀が土砂混じりの大量水が流れ込んだために廃業に追い込まれた。高島平の釣り堀は、雨に濡れたモーターを乾燥させないままにスイッチを入れたためにショートし、ポンプ舎と事務所と社長宅を燃やした事件を新聞やテレビニュースで見ていた。

野田の証言は間違いない。連れの女が小柄で童顔だということも信に違いない。大野木は複数の女と交際してはいない。まさか釣り堀側から連絡が来るとは思わないから、嘘の住所と番号を記した。氏名も嘘だろう。

台風上陸は八月二十九日午後。社長宅火災は二日後の三十一日。当時の新聞を見れば分かる。十年前の大野木は品川区のマンションに妻子と住んでいた。当時の勤務先は東進電気。女との交際を秘密にするため嘘の住所を記した。捜査員は工藤刑事に野田の話の内容を電話で伝えた。

「名波でなく、大野木と行ったのか。俺も思い出したよ。高島平の釣り堀火災。野田とやらの話は信じていいだろう。二人は別の釣り堀にも行ってるかもしれない。大野木は相当に釣りが好きなようだな。

よし、以前に存在した釣り堀もできるだけ探そう」

信が手玉にした男は大野木が一番目か。大野木は信との交際が原因で会社を解雇され家庭不和になった。信は一人の男と長く交際しない。頃合いに一方的に切る。大野木は解雇という社会的制裁まで受けたのに一方的に縁を切られた。普通なら刃傷沙汰の一つくらいあっても不思議ではないが、信の周囲にそれはない。巧みに交際して巧みに別れている。

名波以外は信への殺意を持たなかったのか。名波と大野木の他は釣りの趣味はなかったのか。二人以外には信と再会した男はいないのか。工藤刑事は懸命に推理した。

櫂は健が購入したパジャマを着ている。黄色の百合らしき花ビラが散りばめてある。一方の手で櫂の手の平を握り、一方の手で甲のあたりを撫ぜた。……細すぎる指。櫂は黙って天井を見たままだ。健は思う、この指と腕が信の首を絞められるはずはなかった。一度でも櫂を疑ったことを心で恥じた。

今夜を信の月命日にすると心に決めた。健は信のマンションの方角を見て黙祷した。


捜査員は荒川知水資料館へ行き、信が殺害され、荒川に遺棄または投棄されたと思われる前後両日の水位を確認した。信が発見されたのは五月九日。死亡日時は検視結果からしてその十一日か十二日前。

名波が靴底に砂を付着させたまま櫂を見舞ったのは四月二十八日の午後八時前。櫂が言うように遊水池が遺棄場所とすると、そこから病院まで車で約十分。病院の駐車場は閉鎖しているから、名波は病院近くに路上駐車した。五分で櫂の部屋に行ける。夜でも長時間の駐車は違反になりやすいので、いつも三十分足らずで帰っていた。

その夜も病室にいたのは十数分。その時間帯は満潮だと係員は言った。四月二十八日を決行日とすると、係員の説明は次のようである。

「当日の満潮は午後七時五十六分。潮は一気に満ちるのでなく、数時間前から始まります。満潮になると流れが逆になる。河川の上流からは止めどなく水が注ぎ込んできます。しかしです、満ちる力が強くて流れはズンズン押し上げられる。当日は上流に俄雨が降りました。雨の増水よりも潮の押し上げによる増水の方が強かったでしょう。

遊水池とされる辺りは、午後三時頃までなら流れからちょっと離れたヘドロや砂の上は歩けます。傾斜になっているので車は入れません。約二時間ほどで遊水池とされる辺りの水際の砂が水分を吸い始めます。広いですから、河川敷全部が水を被ることはありません。

上流が大雨の時に一気に増水させないための遊水池ですから、押し上げられる水量と上流からの水量が重なって渦を巻き、押し上げられる力が強いために徐々に戸田橋方面へ水が流れ出します。釣り好きなら、流れや水量が常に気になり、習慣として承知しているものです。

午後七時半頃になると満潮になり危険ですが、四月二十八日は日没が遅くなり、午後六時過ぎまで釣りをしていても変だとは思いません。満潮の加減を観察し、この辺りが限界と感じたところで遺物を放置して自分だけ離れると、軽い物なら流れが運んでくれるでしょうが重量物は時間を要します」

係員は遺体とは言わず遺物と言った。漂ったり、流される物は特定できるか尋ねると、「分かりません。犬や猫は常にありますが人体は初めてのような気がします。普通なら干潮の時に流されるのでしょう」と答えた。

遺体は干潮時に完全に流されることを名波は予想した。ところが十数日間の漂流の末に流れ出した。そしてすぐに身元が判明してしまった。全裸遺体なら、発見されてもすぐに小糸信と確認されないだろうという読みが見事に外れたことが名波には不運だった。

日中は数十隻の小型船が航行する。多くは小型タンカーで、レジャー用モーターボートもある。四月二十八日を挟んだ両日とそれ以後に航行したと思われる船舶関係者に聴取しているが、名波らしき男の目撃証言はなかった。

遊水池から下った鹿浜橋のやや上流の違法繋留ボート近くでは、時々釣り人を見かける。信の遺体が発見された辺りで、釣りらしき人物の記憶はないという。だが、干潮後の数時間に人が近づくらしく、無数の足跡があった。その中から名波らしい靴跡は確認されていない。たとえあったとしても、一ヶ月間の水の満干で消されてしまうだろう。

名波が現場に行った証拠が絶対に警察はほしい。堤防の裏側には十数棟の工場と民家が数十棟ある。一番近くても五百メートル以上離れている。それも平坦でなく、蒲鉾形の大きな堤防を越える。住民と工場従業員に聞くと、時々は行くという。昼休みにはカップルがデートしたりしている。その言葉のとおりに若者のスニーカー跡があった。朝と夕方は犬を連れて散歩する人もいるが満潮で消されてしまう。仮に、信と名波の争った跡がヘドロか砂の上にあっても特定することは不可能だろう。

櫂の心は癒されているようだ。今は笑みがある。全部が自分の力でないが、いくらかはプラスになっていると健は思った。

燿の実家の件をここで話してみようか。受け入れてくれるかもしれない。生い立ちを知られてしまったと一時は悩むだろう。捜査上に知り得た秘密をどうして健にまで話したのかと、工藤刑事に不信感を持つだろうが恨みはしないと信じたい。握る手首にちょっとだけ力を込めて燿の目を見た。

「燿ちゃんに謝らないといけないことがあるんだ」

彼女は顔を少し健の方に向け、「燿でいいです」と小さく言った。

「これから話すことを聞いてほしい。僕を恨んでもいいが、工藤さんを恨んじゃいけないよ」

「分かっています。刑事さんは信ちゃん事件のためにいろいろと捜査している。私が一度は疑われたために、過去を知る必要あったんですね。カイだけでは素性が分からないですものね。頼子ママも知らないふりをしていたんでしょう」

「工藤さんはね、捜査の必要があって燿の実家に行き、ご両親に会ってきた。その内容を話してくれた。僕は燿の実家のことを聞いていたのに知らないふりをしていた。そのことは謝る」

燿の顔から笑みが消えた。

「燿の病気の件は話していない。工藤さんは燿との約束は守っている。もちろん今回の件も話してない。これは工藤さんが両親を訪ねた後だからね。工藤さんが話した内容は、ある事件に関して娘さんを捜している。連絡がなく行方不明のようですが、どんな些細なことでもいいから話してください、とお願いしたと聞いたよ。

工藤さんを信頼してあげるんだよ。マスコミにも発表してない。警察がマスコミに隠し通すのは僕達が思う何倍もの努力が必要なんだ。でも、いつまでも両親に隠し通すのも心苦しいだろう。場合によっては両親に話すことを覚悟した方がいいと思う」

「イヤイヤ、絶対にイヤ」

耀は握られた手首を振り払うと、毛布を引いて顔まで覆った。

「それには触れないでください。イヤです。この顔は見せられない。分かってください、女心を」

頭が毛布の陰で揺れている。全身を震わせて嗚咽している。いつかは話さなければならない。話すことは間違っていない。第一、永久に隠し続けることは不可能だ。健も頼子も所詮は他人。甘え続けるのは勝手過ぎないか。保護されているからには義務を果たす必要がある。泣きながらも、耀の心は冷静だった。

「泣きたいだけ泣くといい。いつかは涙が解決してくれる」

健は耀に話したことを悪いとは思わなかった。増田家のＤＮＡは話しにくいことを先に話すようになっている。むしろこの件に関しては、延び延びになっているのだ。

「信ちゃん事件解決のために、どうして耀のことが暴かれるのかと思うだろうが、捜査上やむを得ない。信事件は耀には関係ない。数年前の友人以外の何物でもない。名波さんがたまたま信ちゃんと面識があり、名波さんと耀は仕事上の関係があった。工藤さんや他の刑事さんを恨んではいけない。僕が信ちゃんに対して優柔不断だったことが事件の裏にあったのかもしれない。今は古い友人として、信ちゃん事件の早い解決を願う気持ちは誰よりも強い。耀もそうだろう」

耀は泣きつつも話の内容を理解した。毛布の中で頭を縦に二度振った。

夕方、頼子が来た。名波の解剖と証拠品の検証も終わった。遺体は火葬され、両親の手に抱かれて富山県に帰る。二十七歳で人生に幕を引く結果になったことは悔しかったろう。親も堪ったものでない。

死因の形態は自殺だが、警察は完全に自殺とは断定していない。車中の物証と指紋、使用された排水ホースからも自殺以外の手掛かりはないかと捜査を続けている。

名波の洗濯機は約四年前に購入されていることが製造番号で判明。都内の量販店で購入し、専属運送店が運んでいる。排水ホースは当初の付属品のままだ。車の排気筒に繋いだ排水ホースは、名波が自殺するために、ゴミ集積所からでも拾ったか、何者かが名波殺害を計画し、用意したのかは現時点では不明である。

エンジンをかけると排気筒は高熱になる。警察での実験では、車内に排ガスが充満して致死量になる前に、挿入部分とそれに近い部分が高熱で溶けることが分かった。数キロ走行した後に駐車し、筒の先端にホースを差し込むと約四分で溶けて穴が開く。そこから排ガスが漏れて車内に流れ込む量は薄くなるか激減する。それを知っていたかは分からないが、失敗を恐れて排水ホースの溶解防止に塩化ビニール製の硬質パイプが使われていた。塩ビパイプは水道配管に使用される市販物。切れ端の十センチくらいの長さの物なら、特別に探そうとしなくてもゴミ集積所などに捨てられている。

使われていた塩ビパイプは太さ約六センチ、長さは約十二センチ。一般家庭の水道管より太い。ビル等の配管に使った切れ端と思われる。塩ビパイプと排水ホースの太さが違うので、接続部分に銀箔粘着テープがぐるぐる巻いてあった。

車内にワンカップの空き瓶が三本あった。解剖の鑑定結果は、二本は飲んだろうが三本飲んだ確証はない。アルコールは血液への回りが速いので、正確な計量は不可能なのだ。トランク内にも空き瓶があった。もしかすると名波は運転中もたまに飲んでいたのではないかと警察は考えた。

名波の勤務は午前二時過ぎまでで、自宅到着は三時前後になる。運転中に飲んでも不思議はない。しかし普通は、飲んだことを隠すために空き瓶を車内やトランク内に置かないのがこれまでの事件や事故の常識である。

だが、頼子やソープ嬢に聞いても、名波はいつも弁えた飲み方をしていて、運転中の飲酒は考えられないと証言した。休みでもないのに公園近くの路上で飲酒するのもおかしい。自殺ではないのでないかと、頼子は警察に主張したという。

工藤刑事は櫂から聴いた状況証拠を頼子に話したろうか。名波はソープ嬢の勧誘を駅前等でしていた。これは頼子の公認であり、報告も聞いているはずだ。もし勤務中に釣りをしたとしても、勧誘していたと報告したろう。野添も同じ行動をしていた。駅前や周辺には別の店の勧誘もあった。他店とのトラブルはなかったのか。刑事達は巴ソープ以外の店長やマスターへも聞き込みしている。

信を殺害したのは名波だとすると、自殺するまでに釣り堀などに何回行き、勧誘を何回したのか。この間に名波が接触したのは誰か。仕事関係もあろうし交遊関係もあろう。恋人はいたのかいないのか。名波の前には常にソープ嬢の存在があるから恋人は不要か。いや、それはない。自由になるソープ嬢はいない。その辺りは頼子やソープ嬢から聴取し、個人的交際はないことを得ている。

頼子は櫂の具合を聞いてから言った。

「休業するね。店の者には別の店を紹介するからそこで働いてくれるように話した。何軒かの店は承知してくれた。店替えの準備金を出すつもりよ。本来なら櫂が感染した時点で廃業か休業すべきだったわね。あなたの治療費は今までどおりに払うから、心配なく治療に専念してね」

頼子が帰ってから約一時間後に工藤刑事が来た。名波の交遊人物を捜しているが見つからないという。櫂にも、名波が仕事以外で交際している女か男友達は知らないかと聞いたが、櫂は知らないと答えた。

「風俗で働く女の子は普通に考えられてるより、交際範囲が狭いのです。午後から深夜にかけて仕事するから社会との接触が少ない。日中は一人の時間が多いからです。ソープになる前を考えると友達のできにくい子が多い。本業を持って休日や夜にバイトに来る子は特にそうです。恋人や友達を作る機会がない。名波もそうだと思います。だから一人でできる趣味の釣りを楽しんだ。野添に聞けばその辺りは分かると思います」

工藤刑事は「なるほど」と言ってから、ちょっとの間をとり、「名波は自殺ではない。これは刑事でなく個人的意見です」と付け加えた。

「塩化ビニールと排水ホースの太さを合わせるために使った銀箔粘着テープの指紋は名波のではない。右利きの場合はテープを右手に持ち、左手に巻かれる物を持つ。テープは先端から巻かれていた。左手は数回移動する。移動した手の後にテープが巻かれるから表向きは指紋と手の跡は見えないが、道理としてはテープの下に手の跡が残るはずです。粘着テープを使用する場合は、繊維が粘着部に付着してテープが掴みにくいから手袋は使わない。ゴム手袋を使用することもあるかと思うがやりにくい。ですから粘着テープの下には五本指の指紋と手の平の跡があることになる。

しかしです、鑑識課がテープをパイプから剥がすことで、指紋は写し絵のようにテープの粘着部に反転して写るのですが、グルグル巻きにした重なり部分が伸び縮みして歪んでしまうから完全に採取できない。完全でなくても、名波のどの指も全然一致しない。アパートや車から採取した指紋を曲げたり伸ばしたり縮めたりしても、一致するのはないという報告が来ています。

私が思うに、パイプに細工したのは名波ではない。排水ホースが名波の洗濯機の物でないのも確実。押し入れのダンボールにあった数個の携帯電話機の入手方法も捜査中です。入手はしたものの販売先が見つからなかったと思うのが妥当でしょう。通信会社が多いのは私どもにはプラスになりません。名波が使用していた携帯も現時点では不明。何者かが投棄したか持ち去ったと思われる。ダイヤルしても反応がなかった。名波は誰かに殺され、自殺に見せかけているのではないかと、私は思っています」

健と櫂は時々目を合わせながら聞いた。自殺ではないと頼子も思っている。では、誰が名波を殺したのか。これは信の事件とも関連があるのか。

「昨夜も話しましたが、信さんと約十年前に交際した大野木憲二郎なる男の所在を懸命に追ってます」

工藤刑事はそう話してから「櫂さんをよろしく」と言って帰った。

「卒業して二年目くらいで付き合った男か……」

「どこかで偶然に会って、縒りが戻ったのかしら」

「断言できないけど。あるかも」

「別れた後のトラブルはないって刑事さんは言ってたわ」

櫂は念を押すように言った。

「確かにそう聞いた」

「……じゃなかったのかなー。名波さんは死人に口なしよね。靴底に砂を付けたままだからって、信ちゃんをあそこに運んだ証拠にならないわね」

信を殺したのは名波だと言った責任を感じているのだろう。

「責任は考えなくていい。警察が解決してくれる」

健が手を差し出すと櫂が握り返した。力がほとんど感じられない。入院生活で筋肉が衰えた。健は左手を添え、櫂の右手を両手で包む形にした。


健は医務課に来た。医師の名は葛城。性病を含め産婦人科と内科が専門である。五十歳をちょっと超した辺りだろう。若い頃から禿げていたらしく、医師よりも小学校の校長が似合いそうだ。健は患者の保護者の一人である旨を話して、看護師にカルテを持ってこさせた。

「入院当時に比べると悪い方には進んでいないのは確かですが、完治したとは現時点では言えません。癌にたとえると、抗癌剤で抑えている状態です。抗癌剤も長期間は使えない。薬には必ず二つの作用があります。効能があるからと続けていると弊害が出てくる。菌は菌なりに薬に負けまいと懸命に頑張ります。透き間に潜って繁殖を繰り返します。

医師としては完治させたいと思います。しかし、梅毒やクラミジア、その他の性病は手当てや発見が遅れると、完治が難しいのが正直なところです。それでも一時的に抑止はできるでしょう。抑えられる期間が長いなら、別の意味で治ったとも言えるでしょうが、再発しないとは断言できません。頼りない説明と思うでしょうが、現時点で話せるのはここまでです。

続けるのは点滴と薬の服用です。梅毒は陰部か口腔のいずれかが侵入経路です。よく言えば口腔で止まってくれたのはありがたいかもしれませんね」

健は分かりましたと言った後、一時帰宅か通院はどうかと尋ねた。

「無理でしょう当面は。……私どもに診させていただくとありがたい。懸命に治療に当たります。退院したい気持ちを止めることはできませんが、患者さんのことを思えば、入院を継続されることがいいでしょう」

「分かりました。そう伝えます」

健は一礼して医務課を出た。医師として入院を勧めるのは道理。通院の労力を思えば大変さを感じる。当面とはいつまでか予測がつかないが、ここは医師の言葉どおりに入院を続けよう。当面は退院や通院を考えるなと櫂には話そう。

健は考えながら廊下をゆっくり歩いた。この廊下をこれから何往復するのだろう。

病室に戻ると、シャワー音がしている。自発的に体を動かすのはいいことだと思った。シーツの皺を伸ばして櫂を待つ。シャワー音が止まった。櫂の肌や体に関心なさそうにドア口に寄り、ベッドに背を向けた。

病む女と健康な男のカップルが一つの部屋にいる。櫂の前では男を捨てる覚悟をしないと付き添うことはできない。ドアの開閉音がした。ちょっとだけ振り返って見た。櫂はパジャマを着ていた。洗った髪が瑞々しく見える。

「あー、いい湯加減。早く退院して大きなバスに浸かったら気持ちいいだろうナー」

「そうしたいね。一日も早く」

　一瞬だけ言葉に窮したが、何も言わないわけにいかない。櫂は完治しないことを覚悟しているだろうが明るく振る舞っている。数分前に医師と話した内容は後日にゆっくり話そうと健は思った。

　立夏はとうに過ぎて日没はまだまだ。入院患者には長い夏になる。健は手を伸ばしてレースカーテンを引き、ベッド上に陰を作った。

「先生に話してみる。銭湯への入浴を許してくれるかどうかを」

「サウナとかもいいナー」

　笑顔が愛らしい。櫂はベッドに座ると手鏡で顔を覗きつつ小さい櫛で髪を梳いた。ゴムで束ねた髪はバラけて肩近くまである。鏡は覗いても唇は努めて見ないようにしているようだ。

「信ちゃんの墓参りもしたい」

「そうしよう。できれば仏壇にも向かって話しかけたい。でも無理かナー。信ちゃんの両親に僕が何者かを理解してもらうのが大変だろうな。当分は行けそうもない」

「信ちゃんの借りてたマンションはどうしたのかしらね」

「うーん。どうしたろうね」

「お母さんは大変でしたでしょうね。何百着もの洋服類はどうするんでしょうね。廃棄処分とか粗大ゴミってわけにもいかないものね」

「どうするにしても、身内は必要以上の苦悩だろう。マスコミは土足で嗅ぎ回るし」

「ご両親は悔しいでしょうね。病気などでなく、殺害ですものね」

「そう。いくつになっても子供は子供。親より先に子供が死ぬなんて、親にしてはどんなに悲しいか。他人の手によっての死は親にとっては耐え難い。慰める言葉もない」

「洋服を目にするだけで辛かったでしょうね。スーツの似合う体型になったのをほとんど見てないわけでしょう、お母さんは」

「そうだね」

櫂も気づいてほしいと健は思った。子供の成長の行く末を待つ親心を。櫂は不特定多数との性交によって梅毒感染した。親や兄弟姉妹、他の血縁者にとって一番考えたくない疾病だ。櫂もそれを知っている。だから親に顔見せできない気持ちは理解する。が、何の疾病であろうと親は娘に会いたいと願っている。人生八十年として、これからの歳月を隠れたまま暮らすことは許されない。

櫂は手鏡と櫛を枕元に置くとベッドに仰臥した。健は櫂の胸に毛布を掛け、毛布の中の手を握った。眠らぬ幼児に母親が添い寝して安心を与えるかのように、だ。

「増田さんも休んでください」

「そうする。折り畳みベッドに寝させてもらう」

健が決めた信の月命日の二十八日が静かに過ぎる。

綾取り

刑事陣は大野木憲二郎の顔写真を持って捜査に当たっている。大野木なる男は信の殺害と名波の自殺に関与しているとみたのだ。しかし、大野木が信と交際していたのは約十年前。別れた男と信が再度の交際をするとは思えなかった。

信は男の都合では絶対に会わず、約束の時間に一分でも遅れると機嫌を損ね、次回は一分だって待たないからねときつく言いわたす女である。そこまで言われても信に会いたい男が数多くいた。その信が、父親より年長の大野木に再会して逢瀬を重ねたとは考えにくいが、男と女の関係は部外者には理解できない。

名波の交遊関係は不明のままだ。名波が持っていた携帯の行方も分からない。誰かが持ち去ったのか紛失したのか。たとえ自殺が本当であっても、所持品の始末はしないというのが警察の見解だった。誰かが持ち去ったとしても、使えばすぐに居場所が判明するから、どこかに投棄するに違いない。

名波の携帯電話の連絡相手は野添とソープ嬢が主で、業務にも私物携帯を使っている。通話料の半額は巴側が給料日に別途払っている。ここ一ヶ月間は業務を除くとほとんど通話していない。交遊関係は別の携帯を使ってたのか。それは不正登録の携帯と思われる。不正携帯を売買もするが使いもする。元から通話相手が少ないのではないか。それは交遊関係が少ないことを意味する。名波は孤独な生活をしていたのか。

捜査員は荒川流域と近隣の釣り堀、船宿と釣り具店の聞き込みに当たっている。大野木の妻とかつての同僚の話では「器用な人間だから何かしながら、趣味の釣りでもしているでしょう」ということだった。

何かとは仕事である。仕事をしないと生活できない。身元を明かさないままの雇用となれば建設業が一番に考えられる。大手の直接雇用ではなく、零細の下請けか孫請けだ。大野木の顔写真を大きくして、ある程度考えられる偽名も記して配布した。大野、大場、大木、野木、野本、木村、木下などは通常にある姓で周囲にあっても偽名とは思わないからだ。

抜き打ちに数十箇所の建設現場や作業員宿舎周辺に設置されている公衆電話の指紋採取が行われた。大きな建設現場には大勢の作業員が出入りする。それだけ公衆電話の使用頻度も多いとみた。もっとも工事現場は都内だけで大小合わせて千箇所はあるといわれる。ここには数万人が従事してて全部を当たるのは不可能だ。

名波の部屋にあった五十枚の万札の中から、大野木の指紋だけが鮮明に採取された意味は大きい。彼が最後近くに触れたことは間違いないだろう。名波の指紋が微塵もないのは、封筒のまま受け取って中を確認していないからと考えられる。ということは大野木を相当に信頼していた。数えなくても間違いない……と。

まずは大野木の顔写真を現場責任者に見せ、似た人物が働いていないかを聴く。姓名は大野木憲二郎。姓名の一字を使われたような人物はいないかも聴いた。大野木の名はマスコミに発表していない。マスコミに載らないことで大野木は安心していると警察はみている。名波が自殺と報道されたことも彼にはプラスだ。数週間はじっとしていても、必ず動き出す。そのタイミングを警察は狙っているのである。


櫂に点滴が施される。ストップしていた治療の再開だ。健の目には悪化へ進んでいるとは見えないが、治療が中止していた間に悪玉菌が活躍するのは何の疾病も同じである。

ゆっくりとした長い点滴に櫂は眠っている。健は点滴瓶の様子を時々見ながら読書している。吊られた瓶の液は確かに減っている。健は病院近くの書店で書籍を二冊買った。櫂との時間を過ごすのに朗読の練習をしようと考えた。

将来は老人施設や幼稚園などで名作小説などの巡回朗読をしたいと思っている。それにはしっかり練習しないと明快な朗読はできない。うまく聞き取れなかった時には遠慮なく注意してくれと櫂に頼んだ。

十ページくらいの時に看護師が来て点滴を開始した。櫂は続けてくださいと言ったまま眠ってしまった。健は声を出さずに、口を動かして読んだ。これが難しい。これまでもアパートで声を出して読書した。他人に聞かせるのは櫂が初めてだ。自分では上達していると思うが、他人の耳にはどう聞こえるだろう。

　櫂は点滴しつつ気持ちよさそうに眠っている。看護師はマジックペンで瓶の下の方に線を引き、「液がここまでになったらボタンを押してくださいね」と言って戻った。間もなくその線になろうとしている。一時間はゆうに過ぎた。健はボタンを押した。

　二分ほどで看護師が来た。最後の一滴がチューブに流れ込むのを確かめるとストッパーで空気の流入を止めた。櫂は睡眠薬でも飲んだかのように眠っている。

「幸せな患者さんですね。付き添いの方に安心して眠ってるんですよ」

　事情を知っている看護師は同性として気の毒だと思うと同時に、軽蔑したい気持ちも少しはあるのではないかと思う。正常な男女関係なら考えられない疾病だからだ。

　入院患者のために朗読をしたいが、病院の都合はどうかと健は尋ねた。「きっと喜ばれますよ」と言われてホッとした。

　まずは院長の許可をもらおう。それまでに完璧に上達したい。手元にある本は〇〇〇〇著「※※革命」。櫂にも他の患者にも読ませたい。入院をチャンスとして心身共に革命してほしい。

　健は原則として書籍は購入せず、図書館を利用することが多い。しかし、今度だけは出費を惜しまず購入した。櫂の長期入院は確実だ。会社をいつまでも休むことはできない。とりあえずは一ヶ月は付き添うつもりだ。

　ノックの後に女性事務員が入ってきて、健あてのファクス紙を置いてすぐに出た。ファクス紙には「名波の両親と今夕出発します。野添も同行します。済み次第に戻ります。櫂をよろしくお願いします」

とあった。

名波は午前中に火葬にされた。ファクスには遺骨や葬儀の文字がなかった。場所を弁えてそれらの文字を記さないのは賢明だ。健は手にしていたファクス紙を櫂に見せた。

「……いろいろと大変なのね」

「そうなんだヨ、雇い主になるってのは。だから仕事以外で心配させたり、迷惑をかけてはいけない」

櫂からの返答はない。充分過ぎるほど迷惑をかけたと意識しての無言なのだろう。

「……よく眠ったようだね。どう……また読む？」

「読んでください」


早めに銭湯に出かけた。いつか櫂を連れて行くのに適した設備かを確かめたい。どこでも銭湯は少なくなってきている。家政婦の話では徒歩二十数分の所にあると聞いた。ちょっと遠いが、その日最初の客だった。透き通ったきれいな湯に浸かる。

そんな頃、捜査員は大野木の捜索に当たっていた。大野木の顔写真を工事責任者に見せ、似た男が働いてないか、大野木憲二郎の一文字を削ったり、加えたらしい名前はないか尋ねた。なんの収穫もなしに帰ろうとした時、一人の警備員が近寄ってきた。

「刑事さん。事件ですか」

「……ある人物を捜している。この顔に記憶ある？」

顔写真を警備員に渡した。

「アレー……マレさんでないかなー」

警備員は熱心に見詰めた。

「まれさん？　知った顔？　記憶にある顔？」

「空似かもしれないけど。これはいつ頃の写真ですか。会社での名前はノギケンスケでした」

天を仰ぐように言ってから、警備員は離れた場所の仲間に向かって声をかけた。

「タケちゃーん、ちょっと来てよ」

「名前は大野木憲二郎。大きな野原の野に木。年は六十……歳」

呼ばれた警備員が小走りに来た。

「見てよ、この顔マレちゃんでないかや。約一年前に辞めたけど、組んで現場持ったよな」

寄って来た警備員は五十代の後半だろう。捜査員に敬礼すると、写真を脇から覗き込んで数秒見詰めた。

「あー、ノギさんだよ。鼻髭剃るとこの顔だよ。そっかー、髭は顔隠していたのかー。目は隠せないよー。間違いないナー。ノギさん、何かしたの？」

「断言はできないが……大野木でなく、ノギですか？」

「そう。野原の野に木、憲法の憲と乃木希典の典。それでマレさんと呼んでた」

「一年前に退職して、その後は？」

「分からない。水商売と同じで出入りが激しくてね。後は事務所で聞いてください」

事務所の場所と電話番号を語った。よくも予想したとおりに野木名を使ったものだ。この辺りから偽名はバレる。本名に未練があって、全く違う姓を名乗ることができないのも犯罪者心理だろうか。

教えられた警備会社は名の知れた会社ではない。その辺りが偽名でも勤まるのだろう。大手の警備会社に勤務するには身元保証人も必要になるが、零細企業では規約や規律を難しくすると人員が確保できない。大野木もその辺りを計算して小さな警備会社に勤めたのだろう。

本署に連絡してから、捜査員は荒川区内にある敬愛警備保障という会社に向かった。敬愛警備保障には、間違いなく野木憲典なる男が約一年前まで勤務していた。履歴書の顔写真とを合わせると、鼻髭だけ違うが、輪郭と目は同一人物と分かった。在勤は約一年。

「勤務状態は良好で、無断欠勤や遅刻はなかった。継続しての勤務を要請したのに、合わない仕事をして会社に迷惑をかけることが起きてからでは間に合わないと言って退職しました」

使用していたロッカーは空きのまま。残っているだろうと思われる指紋採取に鑑識課を向かわせるからと総務の担当者に申し出ると快諾した。提出された履歴書を拝借して敬愛警備保障を出た。

野木の履歴書上の住所は北区内のアパートらしい。電話欄は空白。「離婚して一人住まいで必要ない」と言ったという。北区は荒川区に隣接している。荒川流域に近く葦川市に近い。京浜東北線に乗れば信に再会の機会もあったかもしれない。

名波が大塚に通勤するには荒川区と北区を通る。名波と大野木が接触する可能性はある。大野木の勤務していた東進電気は荒川区にある。普通は解雇された会社の近くに住んだり勤務したりはしないものだが、何らかの事情があったのだろう。

大野木、信、名波はどんな線で繋がっているのか。その中の二人が亡くなっている。大野木が提出した履歴書にある住所に住み続けているとは思わないまま捜査員は向かった。荒川区と細い道路で区境になり、都電の線路が目前にある。

アパートは一年前に壊されて、マンションが建設中だった。近隣の住民に聞くと、大家は土地を不動産会社に売却した。旧居住者はそれなりの保証金を得て転居したという。元の大家を探し、大野木がどのくらいの現金を手にしたか確認する必要がある。

大野木が敬愛警備保障に勤務していたことは間違いない。署に戻れば履歴書の筆跡も判明する。ロッカーの指紋判定も出る。アパートを出た後はどこに暮らしているのか。

「……会社に迷惑をかけることが起きてからでは間に合わない」

会社に迷惑とは何のことか。何かの事件を考えての迷惑なのか。それとも好きでない仕事を嫌々やり、間違いを起こすことを心配したのだろうか。

大野木は長年、エアコンのあるオフィスで働いてきた。アウトドアの仕事を継続するのがしんどかったことは確かだろう。大野木は一シーズンだけ勤めた。次のシーズンを考えると辛い。それに経済的にも困窮はしていない。保証金が入ることを予定して辛い仕事をしなくてもしばらくは暮らせる。趣味の釣りをしながら、のんびり次の仕事を探そうと考えたのか。

別の捜査員が元の大家に大野木の顔写真を確認してもらった。アパートに住んでいたのは約三年。居住年数で保証金は違うが、大野木には四十万円余り払った。次の家賃の二ヶ月分くらいと敷金、転居雑費用の概略を算出し、弁護士を伴って話した。大野木は簡単に応じたという。

警備会社の退職と引っ越しの時期が合う。一人所帯の生活用品は知れたものだが車を頼んだろうか。

運送会社と不動産屋に確認の必要がある。名波に渡った五十万円に回したとも考えられるが、一年近い間がある。そのずっと前には三百万円の預金を解約している。その大野木の所在が不明なのだ。小糸信殺人事件の解決は大野木に向けられた。

燿との再会後、健は初めてゆっくり眠った。途中で目覚めないのは相当に疲れている証拠だ。薄い光がカーテンの合わせ目に細く見える。ここで何回の朝を迎えるのだろう。覚悟は決めた。すべては燿の病状次第だ。そっと体を起こした。燿の顔は毛布で見えないが熟睡しているようだ。熟睡するのはよいことだと看護師が言った。痛みや苦しみがあると熟睡できないからだ。

条件のよい日を選んで、燿をレジャー型の浴場か銭湯に連れて行こうと健は考えた。唇と歯茎が完全に回復しなくても、早く親にも会わせたい。燿も心のどこかでは親に会いたい、特に母親には会いたいと思っているはず。

厚めのカーテン越しに夜明けが分かる。外の喧噪が耳に届き始めた。健はベッドから足を下げてスリッパを履いた。燿は目を覚ましていた。顔を覆っていた毛布をはいでにっこりした。

「……よく眠れました?」

「眠れたよ」

「私もよく眠れた。いつもはピーポーで目を覚ますのに昨夜はなかったものね。ないのは珍しいと思う」

ピンポーン、ピンポーンとチャイムが鳴って、「おはようございます。……検温の時間です。体温計を挟んでお待ちください」とアナウンスの声が低く流れた。今日もあわただしい一日が始まる。

大野木の捜査が今日も続いている。同時に名波の生前最後の生活行動も捜査中だ。名波と大野木が同席しているところを目撃した人物がいないか探しているのである。大野木は用心深いのか、念入りに計画を練る人間か、妻や東進電気の元同僚に聞くと、そうでもないようだ。

信と大野木の再会については警察の意見は割れたままである。信のかつての交際相手の一人は再会はないと言い、別の男はどうしても諦め切れず、いくつかの駅前にたむろして信の姿を追ったが見つからなかったと言う。

信は仕事は持たず、住んでいる所も言わない。男に会いたくなると一方的に電話で呼び出す。自分が満足すれば今日はここまでと一方的に帰る。信は身辺を相当警戒していた。男にすれば会っても満足しないまま別れの時間を迎える。何が信をそこまでさせたのか。

信の指紋は名波の車内になかった。トランク内の嘔吐物の一点以外は髪の毛一本、着衣の糸屑さえない。ダッシュボード周辺にも信らしき形跡はない。名波の車に乗り、あの場所に行ったことは想定できない。殺害後か瀕死状態でトランクに押し込まれた以外は考えられない。押し込まれたことによってトランク内で嘔吐したか、別の場所で嘔吐し、その一部が着衣か口腔周辺に付着した。それがトランク内の敷きゴム部に再付着した。嘔吐物で汚れた着衣を無理に剥がして荒川に投棄したのか。

殺される直前だけでなく、以前に名波の車に乗ったことはないのか。信は男を信用せず、よほどのことがないと車に乗らない。名波にソープ嬢の勧誘をされてもすぐに断った。

健と工藤刑事は、名波と信は深い交際はなく顔見知り程度ではないかと考えている。となると櫂が言った、名波が信を殺す動機も機会もないことになる。

大野木と信が再会するケースはどうか。駅で偶然に会ったのか。スーパー、コンビニ、ファミレス、居酒屋はどうか。再会の有無は捜査員間で意見が分かれたままだ。

遺体に着衣があったなら、解決に半歩なりとも近づくだろうに、裸体による発見では着衣の想像もできない。婦警もびっくりするほどの洋服の多さに、何が普段着で何が外出着かも不明。母親と妹に聞いても判断できない。

事件解決が暗礁に乗り上げた時は原点に戻れという。この事件は正確な殺害現場さえも不明。ハンドバッグはさいたま市大宮区内で発見され、遺体は葦川市の荒川で発見された。ハンドバッグは携帯電話から小糸信なる女の持ち物と判明したが、そこから先が続かない。

大野木はアパートを退去する際に所帯道具を廃棄処分している。妻の待つマンションへは戻らずに、預金からおろした三百万円は使わずに持っているのかもしれない。アパート退去時の四十万円余りもある。それなりに働いて収入もある。それでも目立つ生活はしないだろうというのが捜査員の大方の見方だ。しかし、男一人でも生活の場を持つにはそれなりの所帯道具は必要だ。所帯道具のない生活は考えられない。

誰かが庇っていることはないか。大野木の事情を知る者が庇うとすれば、東進電気の元同僚か元の取引先かと思われたがいずれも該当者なし。捜査員の聞き込みに対して妻は、夫には信用できる友人はいない。人と付き合うよりも釣りを楽しんでいましたと証言している。東進電気でも同様に、彼を庇う先輩や退職者はいないという。

となると大野木の生活の場はどこか。収入を得つつ身を隠せる場所。ホームレスならできるか。小規模の警備会社とホームレスの集まる主だった場所の聞き込みをすることで意見が一致した。

ホームレスなら上野公園周辺が有力。上野公園周辺には数百人のホームレスが生活している。社員十数人の小規模の警備会社は都内に千社余りある。捜査員はホームレス班と警備会社班に分かれて捜査に入った。大野木がホームレスしつつ警備員をするとなれば通勤に便利なことが条件だろう。まずは上野と鶯谷の周辺に絞られた。


健は本を朗読している。櫂は上半身を起こしてベッドに寄りかかり、朗読を聞きながら、細い紐で綾取りをしている。紐は見舞い品の包みに使用されていたものだ。

櫂は祖母からさまざまな綾取りを教わったという。手が寂しいから思い出しながら挑戦したいという。健は賛成した。入院すると運動不足になり、筋肉が衰える。綾取りは大きな力は必要ないが細やかな神経と指を使う。

健は朗読しながら櫂の指先に時々目をやった。櫂は難なくさまざまな造形を作った。健に分かる物と分からない物がある。そこが男と女の違いだろう。

「私ね。退院したら、保健担当の先生になろうと思うの。ごめんなさい、突然の話で」

健は顔を上げて櫂を見た。

「保健の先生？」

「そう、この溶けた唇を見せて堂々と生徒達に話すの。不特定多数の男と関係した揚げ句がこれですよって。週刊誌等で書かれているでしょう。女子中学生や女子高生が小遣いほしさに援助交際とやらで簡単にセックスしているって。

まずは親の教育から始めないといけないわね。母親は性教育に自信がないのに、うちの娘に限っては大丈夫、間違いは起こさないと思っている。母親自身が正しい性教育を受けていないのに、なんとかなると思っている。それはあまり危険でなかったり、成長の遅かった時代ね。今はそろそろ教えないといけないかなと思っている間に成長してしまう。特に女の子の成長は早い。性の何たるかを知らない間に初潮を迎えてしまう。すると母親の方が躊躇しちゃうの。

私が思うには、就学前の性教育が大切だと思う。たぶん入り口で大騒ぎになるでしょうね。眠っている子を起こすなとか早過ぎるとかね。早過ぎることないんです、性に関しては。無知の母親も一緒に教えないとね。

……この溶けた唇と歯茎を見せて、私みたいにならないようにと話すわ。母親と女の子が一緒に性教育を受けたらどんなにかいいだろうと思うの。できればお父さんも男の子も一緒に。……でも無理かなー。教育委員会とPTAが猛反対するね。元ソープ嬢が性教育するなんてとんでもないって」

「それは素晴らしい思いつきだ。協力するよ。そうなれるようにね」

「私は人間失格への早道だけを勉強したのかなー」

「そんなことない。これからが長い。この入院が役立つ時が必ず来る。前に進むことだけを考えよう。性教育の専門家になる。苦い体験の教育は説得力がある。実現に僕も惜しまずに力を貸すよ」

「ありがとう。朗読を続けてください」

健は朗読に戻った。耀が実際に性教育者になるには思いもよらぬ障壁があるだろう。教育の場にソープ嬢の経験者が入ることを許すだろうか。耀の話を聞く生徒はどんな反応を示し、親はどう思うだろうか。

「ちょと違うかナー。もう一度、一行前から読み直してください」

別のことを考えていたため、朗読の声が一本調子になったようだ。彼女の耳は健にとって良き先生だ。

ドアがノックされ、看護師が入ってきた。健は朗読をやめて看護師に目をやった。初めての顔だ。

「廊下に聞こえましたよ。とってもお上手です」

「ありがとう。聞かれて恥じない程度にできるかナー」

「入院患者さんにお聞かせすると喜びますよ。……うわー綾取りだー。懐かしいナー。私もお婆ちゃんに教わってやったのよ」

耀よりは少し年長と思われる看護師は耀の指先に注目した。看護師の祖母と耀の祖母は同年代だろう。母親より祖母のことが先に出たので健はうれしくなった。

健自身も母親の前に祖母を語りたい。物事の道理や躾を身につけるには祖母の力が大きい時代があった。綾取りやお手玉遊びは祖母の方が上手なのを健も記憶している。姉も妹も祖母に習った。

「看護師さんもやってみます？」

耀は紐を輪にしたまま差し出した。

「やりたい。うれしいー」

看護師は櫂の手から紐の輪を受け取ると、数秒の間に鉄橋や風車や鳥居などを作ってみせた。

「ワー、凄いわ」

櫂は目を丸くして看護師の指先を見ている。

「ずっとやっていなかったのに、できるもんですねー。子供の頃に手や体で覚えたのは忘れないというのは本当ね」

話しながら、星座や落下傘を作る。櫂は唖然として看護師の指先を見詰めている。

「看護師さん、今度教えてください」

「だったら、教えっこしましょう。休み時間にね」

看護師は少女に戻ったような顔になった。

健も笑顔で看護師の手先を見た。櫂の顔もいい。可愛い顔だ。看護師は腕の時計を見ると、「仕事しないとねー。先輩に見られたら大変。また後でねー」と言って紐を櫂に返した。

「うれしいー。入院が楽しくなっちゃう」と櫂は喜んだ。

本心だろう。病人も目的を持てばよい結果を生む。早期退院に通じることを期待する。他人に喜びを与えると、やがて回り回って自分に戻ってくる。梅毒菌が死滅するかは分からないが、少なくとも悪玉菌を善玉菌に変える手助けはできると健は思っている。見返りは要求しない。櫂の笑顔を見られることは自分の癒しになる。

「よかったナー。いい友達ができて」

「信ちゃんも上手だったのよ」

紐を揉みながら、耀は信を思い出すように言った。

「……そうなんだ」

初耳だ。信と交際中に綾取りの言葉すらなかった。

「一人の時はやってるんだって。私と一緒にした時もあるのよ。……紐をハンドバッグに入れていたこともあったわ。特別の紐でなくてもいいの。包み物の紐とかね。ビニールでも毛糸でもね」

信も綾取りが上手と聞いて、健はハッとした。もしかして殺害された時もハンドバッグに紐が入っていたのではないか。警察発表では市販の平ビニール紐を縄状に捩った物で首を絞められたという。それはあくまでも頸部の交錯痕からの判断である。

仮にその紐で絞められたとしても、犯人が信のバッグを勝手に開けて紐を取り出したりはしないだろう。……名波が犯人だとすれば、どうやって紐を手にしたかである。信が綾取り用の紐をバッグに持っていることを承知していれば、絞殺用の紐を準備しなくていい。

健は警察署で信のバッグの中身を確認しているが、紐はなかった。工藤刑事も綾取りの紐には触れていない。そうだろう、今どき綾取りやお手玉をするとは思わないのが普通だ。両親と妹に聴取した時も綾取りに関する話は出なかった。

「工藤さんに電話してくる。すぐに戻る」

健は病室を出て廊下を急いだ。階段の近くにある公衆電話の前に立ち、葦川警察署にダイヤルした。

「増田と申します。工藤刑事さんにお願いします」

「工藤は捜査で執務中でございます」

女の声が返ってきた。

「西葦川病院内の○○番に電話くださるよう呼びかけていただけるでしょうか」

「西葦川病院内の○○番。承知しました。増田様ですね」

普通はこういったことは絶対にない。工藤刑事が健のことを捜査で世話になっている人物として、連絡がありり次第いつでも知らせるようにと署内に徹底しているのである。五分以内に電話が入るだろうか。健は部屋に戻らずに待った。

リハビリ担当の看護師が、老患者の腰に巻かれたベルトを持ち上げるようにして歩いている。老患者は一人では直立できないが、顔色はいい。間もなく退院なのだろうか。「こんにちはー」と会釈を交わした。

ベルがルルルンと鳴った。工藤刑事からと自信を持って受話器を持った。

「増田です。工藤さん」

「工藤です」

「多忙の中を申し訳ありません」

「いいんだよ。……櫂さんに何か」

「櫂ではなく、信さんに関して」

「信さんに？」

「首を絞めたのは紐に間違いないのですね」

やや遠慮ぎみに言った。

「鑑識の結果はです……」

「材質は特定されてないですね」

「されてない。平ビニールを縄状に細く捩った物だろうということだが……」


工藤の口調は訝しそうだ。鑑識の判断に間違いがあるのかと言いたいのかもしれない。


「鑑識にケチをつけるわけではありませんが、ビニールかナイロン混じりの毛糸状の紐ではないかと思います。それも軟らかで丈夫な……」

「……平ビニールを縄状に捩った物ではないということですか」

「実はです。信さんは綾取りが好きだったようです。櫂は信さんと綾取りをしたそうです。ハンドバッグに紐を入れていた時もあったとか。もしかして、信さんが持っていた紐で絞めたという推理は成り立たないでしょうか」

「持っていることを知っていれば、紐を準備しなくていいわけか」

考えが一致した。

「そうなります。……犯行後に紐は持ち去った」

「信の目の前でバッグを勝手に開けるのは不可能でしょう」

「そこが問題です。酒や薬は飲んでいないし」

「綾取りの紐は軟らかくて丈夫なことが条件。男が両手で力を込めても切れたりしない。信さんはそれをいつも持っていたと？」

「いや、必ずというわけではなく、気の向いた時に持っていたのでしょう」

「分かりました。後で櫂さんに詳しく聞いてみましょう。その前に信さんの実家に……」

そこで電話が切れた。健は思う、ここでも捜査漏れがあった。バッグに紐が入っていたなら、「これは何ですか」と聞くだろうが、それらしき物がないなら気づかない。両親も、信ちゃんが寂しさを紛らすのに綾取りしていたとは思わないだろう。健は病室に戻った。

「工藤さんが来るからね。その前に信ちゃんの実家に寄るって。両親に、信ちゃんの趣味とかを聞いた時は綾取りとは言わなかったそうだ。そうだろうなー。綾取りはここ何年も目にしないものね。信ちゃんの場合は、身元が早く判明したからいろいろと聞く必要がなかったのかもね」

「私だって信ちゃんに会わなかったら綾取りしなかった。信ちゃん、増田さん以外の前でもしなかったのかしら」

「しないだろ。していれば一人くらいは警察に話したろうからね。名波さんの前だけでしたのかな」

「私の前ではよほど退屈だったのかナー」

話しながら、櫂は綾取りの手を休めなかった。


ホームレスへの聞き込みが始まった。上野公園、桜橋、吾妻橋、駒形橋、厩橋周辺が対象だ。上野公園とその周辺だけでも五百人はいるとされるホームレスに聞いて歩くのは容易ではない。彼らはそれぞれ独自の考えを持っている。これまでもさまざまの事件で聞き込みしているが空振りが多い。世の中の移り変わりに無頓着で生きているからだ。雑談には応じるが、肝心なことは話さないなど、苦い経験が刑事にはある。

大野木がホームレスになったと勝手に決めていいものかという懸念もある。一般的に考えられるホームレスへの過程は、経営している会社が倒産したり、街金融からの返済が滞り、やむにやまれぬ理由で家族を捨てたというものである。それを思うと大野木はホームレスになる理由がないようにも考えられる。

ではどうしてアパート退去時に所帯道具を処分したのか。独居生活であっても、新たに購入するには安い物を揃えても数万円は要す。大野木は四十万円余りの臨時収入がある。その金で新品を購入するために古いのを処分したのか。大野木が一パーセントでもホームレスの可能性があるならばと、ワラをもつかむ気持ちで、数班の捜査員は大野木の顔写真を持ち、特徴なども文書にして捜査に当たった。

工藤刑事が病室に来た。その前に信の実家に寄り、紐と糸状の物を数本集めてきた。信の綾取りの件を櫂に確認することと、見落としていたことを詫びるためでもある。

小糸姉妹は幼児期に祖母に教わって綾取りをしたそうだ。妹が小学校に入って間もなく祖母が亡くなった。それ以後はせず、母親もしなかったという。まさか信が一人の生活になってから綾取りをしていたとは思わなかったという。よほど寂しかったのだろう。そんなに寂しかったなら、どうして家に帰って来なかったのかと母親は嗚咽したそうだ。

工藤刑事は櫂に六本の紐と糸状の物を見せ、信がどのような紐を使っていたか確認させた。それらは三ミリから五ミリの太さで、輪にすると直径四十センチくらいになる。百パーセントの毛糸や綿糸はなく、どれもビニール混じりで、男が両手で力を込めても切れず、指と手の平に跡ができる丈夫さだ。

「毛糸にビニールが混じっていました。私も借りました。軟らかいほど使いやすいんです」

「……たとえば、首を締めても切れない？」

「切れないと思います」

擢は手にした一本を力を込めて左右に引いた。紐の用途は何かを結ぶことである。丈夫さも要求される。ビニールが混じれば軽くて丈夫なものになる。工藤刑事は持参した紐をポケットに納めた。

「参考になりました。どうぞゆっくり静養なさってください」

「……ちょっと時間よろしいですか」

健は立ちかけた工藤刑事を止めた。

「信ちゃんのご両親と妹さんは元気でしたか」

「元気になられました。ここ数日ですがね。捜査経緯の報告を適宜しています。……マンションと洋服類は片付きました。洋服類の多さには改めてびっくりされたようですが、思い切って全部処分したそうです。一着でも身近にあると未練が募るからと……」

「そうですかー、辛かったでしょうね」

「同感です」

処分したのは正解だろう。親の形見分けならいいが、子供の未練分けは心を暗くする。

「……お引き止めしてすみません」

「いいんだよ。いいかな……」

工藤はもう一度擢と健を見た。

「はい」

「では失礼」

健はドアを開け、「ご苦労さまでした」と見送り、また二人になった。

「手掛かりになったんでしょうか。どうしてもっと早く気づかないのかなー。紐は重要だったのに。信ちゃん、自分で持っていた紐で首を絞められるなんて予想しないものねー」

「責任を感じる必要はない。それは警察の仕事だ。言うならば初動捜査のミス。この事件は素人目にも捜査の手緩さを感じていた。それが名波さんの死を招いたとも考えられる」

「ということは絶対に自殺でないと……。増田さんも？」

「工藤さんも思っている。大野木って男が関係している気がする。懸命に追ってる」

櫂は紐で綾取りを始めた。健は櫂の指先を眺めつつ、あるイメージを描いた。

「ちょっとだけ体を捻って、背中をこっちにし、窓側を見てごらん」

櫂は背中を健の方に向けた。

「そのままで綾取り続けて」

櫂は何？　という顔で一瞬振り向いてから綾取りを続けた。

健は櫂の背後に立った。

「車に乗ってるところを想像してくれる」

「はい」

「三人乗っている。男二人に信ちゃん。信ちゃんは助手席」

「信ちゃんは車の中でも綾取りをしていた……」

「そう、好きなんだねー、綾取りが。僕も少しはできるかな。子供の頃にちょっとだけやっただけどね。ちょっと紐を貸してくれる」

耀は前を見たまま、肩越しに紐を後ろ手に差し出した。健は紐を受け取り、両手に持って、間をおかずに耀の首の前にやり、それを後ろで交差させて絞める真似をした。

「ごめんごめん。信ちゃんはこんな風に絞められたのではないかなー」

「皮肉ね。自分で持ってた物が凶器なんて」

「しかしだ。男二人が乗った車に信ちゃんがどうして乗ったんだろう。これは勝手な想像だけど……」

「別々ならあるかもしれないけど、三人一緒はないと思いたい。だって大野木さんは随分前の相手でお年寄りでしょう」

常に複数の男達と交際しているのに、十年前の男に興味を持つとは思えないが、偶然会ってしまったと推測することはできる。耀は元の姿勢になった。

名波の車に信の指紋はなく、大野木の指紋はあった。仮に信が乗ったとしても、前のシートを移動させたのは大野木か。後部ドア周辺にも助手席ドアにも信の指紋はない。証拠を残さないために名波と大野木が丹念に拭き取ったのか。


上野公園から始まった聞き込みは予想どおりに芳しくない。新顔が入ると、すぐに分かるというのだ。ホームレスにはホームレスなりに有形無形の決まりがあり、公園内で勝手に就寝はできない。いわばボス的存在の人物に挨拶しないと制裁されるのだ。

上野公園内とその周辺、さらには谷中墓地周辺、東京大学の北側、農学部周辺などにいる百人以上に大野木の顔写真を見せても、答えは全てノーだった。似た顔さえ浮かばない。しかし、ここで音を上げるわけにはいかない。

ホームレスも何らかで収入の工夫をしないと生きられない。収入の一つは空き缶の回収である。ポイ捨てのジュース缶等を拾い集め、週に一度、回収業者に売って現金を得る。一千個集めて数百円となる。それでも彼らには大切な収入源だ。ダンボールもある。それらを集めるには縄張りがある。新入りが勝手に収集することはできない。

社会の決まり事を嫌ってホームレスになったと思われる彼らにも、それなりに上下と横の繋がりがある。それを思うと大野木は上野公園周辺や浅草方面にはいないと思われる。一日だけの聞き込みで大野木に辿りつくとは思ってない。上野公園のように大型でなく、小規模公園は無数にある。捜査員はそれらの公園を順次に当たる予定だ。

そんな頃、大野木は共同浴場の掃除をしていた。都内と近郊から集まる荷物を全国発送するトラックターミナルだ。ドライバーが休憩したり、仮眠する場所には大きな食堂と大浴場がある。荷物の積み降ろしの間に休憩したり仮眠して、各地へ向かう中継基地でもある。一日に出入りするトラックは大型車五百数十両、小型車は二千数百両になる。大中小企業併せて百社以上の運送会社から七千人以上が集まってくる。広大な敷地は一つの町の様相を呈している。

大野木は構内設置のボイラーと浴場を受け持つ管理会社の下請けに就職した。かつて工事現場などの交通整理を行う警備会社に勤めたが、冬の辛さに耐え切れずに退社し、冬でも暖かい場所での仕事はないかと探した。それがターミナルのボイラー管理と浴場の掃除である。

「事情があって妻と別れ、帰る場所がないんです」と申し出て、住まいも提供してもらって一年以上が過ぎた。ボイラー棟の休憩所をリフォームして寝る場所もある。入浴は大浴場、洗濯はコインランドリーで済ませ、食事は顔馴染みになった厨房の余り物をもらう。経済的に余裕のある大野木は、さらにゆとりある暮らしをしている。

大野木は妻のところに帰りたい、成人している二人の子供の姿を見たいという思いがあるが、家を捨てたのは身から出た錆だとも思っている。一時の邪心から、信なる女に熱を上げた罰。娘より若い女との仲が続くはずがない。

冷静に考えればこうなるのは世の常。信と交際しなかったら、東進電気に定年まで勤めて退職金を満額もらい、マンションのローンを一括返済する予定で妻もそれを願っていた。ところが、会社の金に手を付けた。若い女と交際するには金が必要だった。大野木には女と交際するための小遣いはない。総務部長としてある程度は会社の金は使えたが女に貢ぐ分まではない。憎い女と思うこともなくはなかったが、自分が諦めれば別の男に奪われる。あれだけの女を別の男に自由にされることを思うと悔しい。金さえあれば続けられると思ったが大金を使う勇気はなかった。

馬鹿げている。小娘ごときに関わって家と妻子を失い、再就職先で培った信頼と仕事も失った。非が自分にあっても認めたくないのが男だ。

信が自分以外の男と交際している予感は当たった。殺害され、新聞もテレビも大きく報じた。予想より多くの男と交際して数万円ずつもらい、洋服類と部屋代に充てていた。それに比べると自分が使った金は少額である。

部下には数十人の若い女の子がいたが、それらには全くなかった恋愛感情が信には湧いてしまった。放したら二度とこのような女は現れないと思った。交際男が増えたことにより自分との逢瀬が減り、週に二度が一度になり、やがて二週に一度になった。

そんな頃に会社の従業員に目撃され通報された。やがて役員会に諮られて解雇になった。解雇された理由を妻子に話せず、帰ることもできずに形としてはホームレスになった。家に帰らぬと決めた前日に三百万円の定期預金を解約して一時の生活費にした。

信から連絡がなくなった。当然だ。会社に電話しても退職したと言われたろう。退職理由は自分が原因だと、信は思ったろうか。自然消滅の形で信を失い、家と妻子も失った。それから約十年になる。

一時の悦楽がその後の人生を変えた。いや、悦楽ではない。なぜなら、体の関係がない。年齢の差もあるからだろうが、不思議に思うくらい信の前では男になりきれず体は求めなかった。一緒にいるだけで満足だからだ。食事して、洋服を買うためにデパートへ一緒に行くだけで心身共に和らぎ、同行するのがうれしかった。一年近くの交際で体の関係がないまま別れた。

仕事もいくつか変わった。偽名でも勤まる仕事は思っている以上にあることを知った。今の職場は恵まれている。仕事はボイラー管理と掃除だが食と住の心配がない。ボイラー棟の一角の休憩所をリフォームしてくれた。冬の寒さには万全。食事代もゼロ。道路工事の旗振りに比べると雲泥の差だ。

炎天下の旗振りは、路面からの反射熱とエンジン熱と排気ガスに身を包まれ、人間の働く場所ではないと思った。体を動かさぬ旗振り警備は冬も地獄である。

ボイラー免許を取得していたのが幸いした。自動車の運転免許と違って更新がない。ある日、ビル管理会社の従業員募集の張り紙を見たらボイラー免許取得者優遇とあった。これだと思った。二十数年前までの大型施設の暖房はほとんどがボイラーだった。今は電気かガスでボイラーの数分の一の施設で数倍もの熱エネルギーを発する。ボイラーは無用の長物になった。

今どきボイラー技師の募集は異例中の異例である。ボイラーの取り扱いは自由時間が多い。スイッチONの後は九十九パーセントが自動運転。といって技術者がいないと法律違反になる。トラックターミナルは三人交替制で二十四時間大型ボイラーを稼働させている。一勤務は約十時間の拘束だが自分はもっと責任がある。ボイラー棟内が住まいだからだ。

食事代も家賃もゼロの職場なんてそうはない。その分を他の二人に時間を融通している。休みには竿を持って釣りに出る。荒川と新芝川が専らの釣り場で足は自転車だ。


燿の病状はよくもなく悪くもない。顔色だけは、ここで初めて見た顔と全然違う。健が身近にいることで安心感が顔に表れている。病は気からというが、どこまで通用するかは分からないものの、まずは心から癒すしかない。

燿は日中の半分は背もたれに背を当て、手は綾取りをしている。造形しては壊し、再度作る。造形具合を眺めては笑みを浮かべることもある。

健は朗読の練習をしている。燿が時々批評したり注文を付ける。ありがたい耳だ。燿の批評や注文で上達具合が自分にも分かる。近々に入院患者の前での朗読の許可を得たいと考えている。

明日中に頼子と野添が帰京するとの連絡があった。名波の葬儀を済ませたらすぐに帰る予定だったのに、「せめて半日だけでも富山市内を見物してください」の言葉に甘えてそのとおりにしたという。喪主の申し出を断ることはできない。常識的に考えれば葬儀の翌日に物見遊山もないが、息子が世話になった礼を市内見物で恩返しさせてくださいと言われたとか。

両親にはまさかの息子の自殺。東京に送りだす時、人に誇れる仕事をしろと言った。いくつか職替えしたのは承知していた。しかし、ソープランド勤務は予想外だった。警察から息子さんは風俗の従業員をしていると聞いた時に、両親は顔を見合わせた。妻は信じられないと言った。急遽上京し、勤めていたとされる女主人に会って納得した。

警察と瀬川頼子と称する女主人からいろいろと聞いたが、親として息子の自殺は考えたくない。「自殺に疑問があります。捜査を進めています」の言葉をもらった。都内で火葬し、葬儀のために実家に戻った。

息子の遺骨を抱えての旅行は体験した者でないと悲しみが理解できない。本当に自殺したのかと車中でずーっと考えた。女主人に、息子は本当に自殺なんですかと聞く勇気はなかった。

依然として大野木の行方は掴めない。台東、荒川、足立、北、板橋、豊島各区内の都立と区立公園周辺に生活しているとされるホームレスは千人を超す。大野木の顔写真と特徴を示したが手掛かりなし、隠れているわけではないが行き当たらないホームレスも多々いる。また、話を聞かぬ者もいる。それらは世を捨てた思いがあり、世間に何があろうと関係ないと主張して刑事に耳を貸さないのだ。

ホームレス達の収入源の空き缶やダンボールの回収業者は、週に一度大型公園の周辺を車で回り、彼らにわずかばかりの対価を渡している。回収業者に当たっても大野木らしき男を知っている者はいなかった。

釣り堀、釣り具店、釣り舟などの聞き込みも芳しくない。大野木は釣り餌をどこかで調達しているはずだが、どこにもそれらしい姿が見えないのだ。ミミズなどを繁殖している人もなくはないが「稀でしょう」と聞いている。となると大野木は釣りをしていないのか。

刑事は日替わりで聞き込みに当たる。刑事が変わると、前とは違う話を聞ける場合もある。ホームレスは人間不信や人間嫌いが多い。彼らを慰めつつ、時には雑談するのも捜査上の技術である。捜査は経験がものを言う。若い刑事が聴いても何も答えぬ者も、経験豊富な老練刑事が聴くと、すんなり答えるなんてのは日常茶飯事。彼らは捜査の邪魔をするという考えはなく、自分に関係ないことは知らんぷりなのだ。

工藤と毛塚の両刑事は新芝川の聞き込みに当たった。すでに何組かの捜査員が釣り人やレジャーボートの所有者に聞き込みをしている。荒川に通じる新芝川はレジャーボートが無数に繋留され、それら所有者らに当たったのに大野木らしき男の収穫はゼロだった。それでも諦めずに聞き込むのが捜査の基本である。

本来はボートの繋留は禁じられているのに、空いてる場所は自分の土地か所有物と思うのは路上駐車や青空駐車と同じようなもの。櫂の自殺未遂の第一発見者も違法繋留のボートを荒川に出帆途中だった。櫂が発見された水門近くより、数百メートル上流の辺りであっても数隻のボートが繋留されている。工藤と毛塚の両刑事は、大野木の顔写真を手に、ボートの手入れをしている男に近づいた。

「こんな顔の男に見覚えありませんか。この辺りで釣りをしていたと思うのですが、もしかして髭を生やしている。鼻の下か顎に……」

四十歳を超したと思われる男は渡された写真を両手に持ち、「……あれー、……この顔」と言って、さらに写真を見詰めてから宙を眺めた。

「……この辺りで見かけた?」

「ここじゃない。無駄になったらごめんなさい」

「いいですよ。ゆっくり思い出してください」

「……刑事さん知ってる? 高速道路の向こう側のトラックターミナル。この人が共同風呂の掃除とかしていたのを見たナー。ターミナルで聞けば分かるよ」

「……風呂の掃除?」

「大きなボイラーがある。大きな風呂」

「ありがとう」

工藤と毛塚は男に礼して辞した。車に戻り、トラックターミナルに向けて発車した。五分と走らぬ間に首都高速道路葦川線の高架下を潜る。百メートルほど直進すると正門がある。その奥の五、六十メートル向こうに大きな屋根が数棟見える。

門を入り、車を止めて警備員詰め所に訪問の主旨を告げた。詰め所には二人いた。顔写真を見せると警備員は写真を両手に持ち、数秒眺めた。

「ボイラーの芒村《のぎむら》さんかナー」

自信なさそうに同僚に写真を見せた。同僚は写真を手にすると、「……芒村さんだナー」とうなずいた。

「ノギムラ？」

「そう。ビル管理会社の下請けの人。ボイラー棟に寝泊まりしている」

「寝泊まり？」

「細かなことは分かりませんので管理棟で聞いてください」

聞いている間に、トレーラーが地響きたてて背後を通過した。

「ありがとうございました」

二人の証言だから間違いないだろう。思わぬところで大野木に辿りつきそうだ。ここでもまた、本名の一字を削ったり別字を加えたりでノギムラと名乗っている。寝泊まりしているというのは生活の場が敷地内にあることを意味する。不在でも生活用品はある。まず確認だ。

管理棟事務所に入ると、六人の男性がユニホーム姿で執務中だった。一方ではパソコン画面を覗き、一方では吐き出された連続紙を目で追っている。見た限りの室内に大野木らしき顔はない。工藤は警察手帳を示し、訪問の主旨を告げた。所長と書かれた三角錐が置かれた机に進んで一礼した。

「こちらにこの顔の方が勤務されているとお聞きしましたので確認いただけますか」

大野木とも芒村とも言わずに写真を示した。所長は立って一礼し、やや間をとって示された写真を両手にして眺めた。所長の背後の壁には日本列島の大きな地図が貼られ、拠点らしき所に◎印がある。他の五人も手を止めて所長の動向を注視した。

「……ボイラーの方ですね。エー、名前は芒村です。下請け会社所属です。ボイラー棟の一角に寝泊まりしています。梶君、見て来てくれるかね。明け番休みかな？」

梶と呼ばれた青年は機敏に部屋を出た。

「ボイラーは免許が必要ですね」と毛塚が言った。

「当然でございます。業務中は携帯が義務づけられています。ここに免許証のコピーがございます」

机上の端に積まれた書類を移動し、厚めのバインダーを引き出してページを捲り、どうぞと示した。

「拝見させていただきます」

工藤はバインダーを両手で持ち、コピー免許証の顔写真に注視した。毛塚も脇から覗いた。

「芒村が事件を？……」

免許証は自動車運転免許証と同じカード式。持参した顔写真に相違ない。撮影期日に隔たりはあるが、間違いなく大野木憲二郎である。大野木はボイラー免許を持っているのか。東京ボイラー協会名の角印もある。

何者かの免許証に大野木の顔写真を貼り付けて芒村慶二になりすましているのか。芒村慶二なる人物は別に実在するのだろうか。偽造免許証なら大野木はどんな方法で入手したのか。

「間違いないです。この男は大野木憲二郎です。芒村慶二は偽名です」

所長の顔が青くなった。

「ということは、偽造免許のままで採用したってことになりますね」

「そうなります。……詳細は不明で捜査中です」

「真面目な方ですがねー」

「ここに勤めてどのくらいですか」

「一年ほどですね」

ドアが開き、梶青年が戻った。

「橘さんだけおります。……九時過ぎに引き継ぎしたそうです。芒村さんは外出中です」

「……寝泊まり場所を拝見できますか」

「どうぞどうぞ。案内しましょう」

所長は席を立って、近くの職員に言った。

「坂本君。ＢＯ警備に電話して、芒村さんの資料を用意するように言ってくれ」

「分かりました」

色めきたった。そうだろう、同じ屋根の下で働く人物が偽造免許証の疑いがあるのだから。

所長の後に二人の刑事が続いた。事務所を出るとコンクリート路面からの地響きが凄い。牽引車や大型車が事務所前を通過する度に地震のように足元が揺れる。こんなに揺れる敷地内で大野木は生活しているのだろうか。

外に出るとボイラー棟があった。超大型エンジンのような音がする。相当大きなボイラーだろう。スチール製のドアを開けると屋内は轟音と振動の中にある。大声を出さないと隣同士の会話も聞こえない。同時に、サウナに入ったように蒸し暑さを感じた。

「どうぞ、この奥です」

所長は方向を手で示して自ら入った。両刑事も続いた。蒸気機関車の胴体を縦にした形のボイラー本体の窯から、パイプが何本も伸びている。水管と蒸気配管である。それぞれのパイプの途中に時計式メーターがある。コックもハンドルも無数にある。それぞれに重要な役目を果たしている。窯の胴の横に取り付けられた大きなメーターは百度を示している。燃料は都市ガスと明記されている。係員だろう、メーター機器を点検しているオーバーオールの後ろ姿がある。

「橘君、ご苦労さま。……こちらは葦川署の刑事さん。……芒村さんの部屋はロックしてあるかね」

所長が大きな声で話しかけると、橘と呼ばれた男は手を止めて振り向き、「いつもロックしているから」と大声で答えて数メートル歩いた。三人も続く。

サッシとナマコ（波トタン）張りの二坪ほどの囲いがある。粗末と言えば粗末だが、エアコンの配管もある。橘がドアノブを回そうとしても回らない。大野木が寝泊まりする場所である。独居でもそれなりの生活必需品はあるだろう。現時点では、捜索令状がないままにドアを壊して入ることはできない。

「就職以来ずっとここに？」

「そうです。ＢＯ警備の社長から懇願されました。なんとかここに住まわせてくれないかと。ご覧のように囲いをして……」

「出直してまいります。休みの日はどちらへお出かけかご存じですか」

「ほとんど釣りですね」

「釣りが趣味？」

両刑事は顔を見合った。

「そのようです。出かける姿を見るといつも竿を持っています」

「釣りですと川？」

「新芝川と荒川。船で海釣りも行くそうです。……海の話をする時がありますから」

「お出かけの時の足は？」

「自転車です」

「自転車は本人の物ですか」

「以前はここで使っていて錆びたのを手入れして使っています」

「出勤簿と勤務概要は分かりますか」

「分かります」

橘は別の角を指し、その方角に向かった。「ボイラー運転日誌」と記した大判ノートが壁に吊ってあった。

所長はノートを手にすると、ページを二、三枚捲った。明らかに三人三様の文字があり、ボイラーの稼働状況を記した下に印が押してある。所長はノートを工藤に渡した。

「お借りしてよろしいでしょうか。ボイラー免許証のコピーも一緒に」

「どうぞ」

「一度署に帰ります。芒村さんが戻りましても私どもの訪問を話さないでください。事情は後々にお話しします。今夜中に必ず参ります」

免許証のコピーを受け取って車に戻った。毛塚がハンドルを握り、工藤は助手席に乗った。工藤は膝の上でボイラー運転日誌を開き、手帳と照合する。小糸信が殺された日時と名波が死んだ時間帯と、芒村の出勤状態がどうなっているか知る必要がある。信が殺された日時は司法解剖から四月二十八日とされている。

「名波の休日と大野木の休日が一致しますかね。大野木の仕事場兼寝所からは荒川も新芝川も近いですね。大野木は自転車が足ですから、遠くへは行けない。大野木の自転車と名波のマイカーはどこかで繋がりますかね。それと信も」

「うーん。……自転車の大野木と信被害者が一緒にねー。……二人乗りはしないだろう。目立って仕方がない。わがままを絵に書いたような信被害者が自転車の荷台に乗るとは考えにくい」

「そこに名波の登場はないですか」

「多くはないが、名波のマイカーに三人乗った?」

「三人一緒ねー。それもですが、大野木はどこでボイラー免許を偽造したんでしょうね」

「運転免許に比べれば偽造は簡単な気がする。私の知っている限り、免許証の更新がないんだ」

「我々が考えている以上に大野木は悪なんですかね」

「偽造免許は金で買えても技術はどうする。機器を扱えばすぐにバレるだろう。あれだけのメーターは飾りでないだろうし、コックもバルブも間違って開閉すれば爆発もある。燃料の都市ガスも大量にある」

「その辺りはＢＯ警備に当たる。経験のない者が偽造免許を手にした途端に技術屋として働けるかどうかを。……大野木なりに生きる術を考えた。家族まで捨てたんだから必死です。とにかくＢＯ警備に行きましょう」

戯れの後に。

取り調べ

芒村が帰ったことを電話で確かめた。やはり釣りだ。あくまでも自然を装ってくれと管理棟とボイラー棟の担当者に依頼した。その前に工藤刑事らはＢＯ警備で芒村について詳細な話を聞き、東京ボイラー協会にも電話した。芒村なる氏名の免許証所持者の有無を確認すると該当者なしだが、大野木憲二郎は該当した。

大野木憲二郎は平成二年に二級ボイラー免許を取得していた。コンピューターにも記録が残され、間違いないとの返答だ。となると大野木は以前にもボイラーを取り扱った経験があるとも考えられる。しかし、大野木の妻に電話し、ご主人はボイラーを取り扱う職場に就職した経験があるかと尋ねると、「ありません。ボイラー免許があるのさえ知りません」という返事だった。

大野木は東進電気ではボイラーと無関係の仕事をしていた。ボイラー免許の試験に合格するには勉強しなければならない。家族に隠れたまま勉強し、合格したことも話さなかった。敬愛警備保障で見た履歴書にもボイラー免許の記載はない。経験のない者が機器の取り扱いを簡単にできるのか、ＢＯ警備に聞いてみた。

「現在は全自動になっているので、先輩と一緒に数日間操作すると、一応は扱えます。仮にポンプの一部が故障し、窯に水が不足するとコンピューターが感知して燃料をストップする。また、ドレーンバルブが自動的に開放されて蒸気を緊急排出することで爆発は避けられる。

スペースシャトルと比較にはなりませんが、どこかに不具合が発生するとコンピューターが感知して安全の方を選びます。いわゆるバックアップです。ですから要領を覚え、機器やメーターを見回るだけでいいわけです。三日間でしたかね、先輩の指導を受けました。面接時に正直に言ってくれました、免許はあるが取り扱い経験はないと……」

BO警備では、その他の芒村の人間性などを話してくれた。大野木憲二郎名で真のボイラー免許があるのに、わざと偽名で免許証をつくった意味は何なのか。なぜ隠す必要があったのか。

その夜、大野木を参考人聴取すべく、工藤刑事ら数人はターミナルに向かった。

信と名波の接触もだが、名波と大野木の接触の有無も重要である。名波が亡くなったのは七日前の五月二十四日である。死亡推定時間は午後四時過ぎ。死後二時間以上経過して発見された。

大野木は前日二十三日午後十時から二十四日午前八時まで勤務している。明け番は休んで、次の勤務は二十五日正午から。睡眠を含めて二十八時間は自由に動ける。寝所で数時間の睡眠の後に釣りをして過ごした。いや、そう主張するだろうと予想した。大野木の逃走はないとは思うが、数台の車両に分乗させた警察官をターミナル内の各地に配置した。

夜のトラックターミナル。サーチライトが灯る中、人、コンテナ、リフト、トラックの動きが活発だ。所長に同行を願い、ボイラー棟の大野木の部屋に向かう。スチールドアを開くと熱気と一緒に轟音と振動が皆を包んだ。時間的に盛んに配湯している。奥に進むと、ドアと枠の透き間から細い光が漏れている。大野木の在室は間違いない。所長が一歩前進してノックした。

「所長です」

「開いてます」

所長はノブを握ってドアを手前に引いた。と同時に、大野木が上がり框に立った。部屋は十数センチ高く、畳が敷いてある。

工藤刑事は所長のやや横で一瞬に内部を読み取る。狭い三和土《たたき》のコンクリート床にスニーカーとサンダルがある。わずかだが砂らしい小さな塊が数点ある。荒川か新芝川の砂か。黒茶色で一メートルくらいの袋に収められ、上がり框に立て掛けてあるのは竿だろう。釣りに行ったことは間違いない。

大野木は所長が何の用で来たのかという顔で見た。所長は横に寄り、工藤刑事と並んだ。

「こちらの方は葦川警察署の刑事さん。用があるそうだ」

「刑事さんが私に?」

所長の影でも追うかのように顔を横にずらした。所長だけだと思っていたのだ。工藤は所長の前に出た。

「芒村さん。いや。大野木憲二郎さんですね。葦川署の工藤です。名波武徳さんの自殺の件でお話を聞きたいことがありまして、参考までに署へご足労願います」

一瞬も大野木の目から目を離さない。ここで逮捕の手もあるが参考人で連行し、証拠を突き付けたところで署内逮捕の予定だ。

「どうして私が？」

大野木の目は泳いで、心臓の高鳴る鼓動さえ聞こえそうだ。それでも平静を装おうとしている。俺の前で惚けは通用しないぞと工藤は心で呟いた。

半分は覚悟していたのか。どこまでも逃げ切れると思っているのか。大野木は半袖Tシャツとズボン姿だった。

「そのままでいいです」

言葉は優しいが否定させない厳しさがある。そこは刑事だ。さまざまな逮捕や検挙の場を踏んだ刑事魂が剥き出しになり、逃げようがない。

「分かりました」

工藤刑事は後退し、大野木がスニーカーを履くのを待った。大野木は思いついたように壁側のスイッチを切って明かりを消した。ドアの外に大野木が出ると、刑事二人が大野木を挟んだ。今夜は帰れないことを所長は承知している。出た後は他の捜査員が家宅捜索し、鑑識が指紋等を採取する。

大野木憲二郎は葦川警察署の聴取室に通された。机の上に湯のみ茶碗がある。大野木は半分だけ飲んだ。夕食は済ませたかと聞かれ、「済ませました」と言った。ここは丁重に扱う。食事を済ませていれば二時間は耐えられる。工藤刑事は机を挟んだ大野木を前にやんわり切り出した。毛塚刑事が背後の机で調書を取る。

「芒村慶二なる偽名でボイラー免許をつくりましたね。どこでどうしてつくったんですか。本人名で免許があるのに……」

大野木は黙って下を見ている。

「名波さんとの関係を聞かせてくれませんか。大野木さんは釣りが随分と好きなようですね。名波さんも釣り好きでした。どこで知り合ったんですか」

やはり答えようとしない。

「排ガス自殺と発表されたのですが、それが違うんだね。何者かが自殺に見せかけたんです。現在も捜査が進行中です」

大野木は顔色一つ変えずに黙っている。こうなったら我慢比べだ。

「名波さんの部屋を捜索しましたら、五十万円の紙幣が封筒にあってね。その中の一枚に大野木さんの指紋がありました。これはどういうわけでしょうねー。名波さん本人の指紋は一つもない。たった一枚も本人の指紋がないとはどういうことでしょうかね」

「ナナミさんなんて人は知りません。釣り堀かどこかの川で、竿を並べたことはあるかもしれませんが、おたがいに名前を言ったりしません。札の指紋なんか偶然でしょう。私がどこかで万札で買い物し、回り回ってその方の手に入ることもあるわけですよね。誰の指紋か分からないのが無数にあるでしょう。たまたま私の指紋が一枚にだけ残っていたってことでしょう。私が五十万円を封筒に入れたとするなら、どうして多くの枚数に指紋がないのですか。一枚だけなんて変でしょう」

大野木の額に汗が浮いた。……落ちる、と工藤は直感した。大野木は根っからの悪人ではない。名波の車の中から大野木の指紋が採取されたことはここでは言わない。どうしても落ちない時にぶつける。

「刑事さん、どうして年寄りを苛めるのですか。ナナミなんて人は本当に知らないんです」

年寄りだからと逃げるのは犯罪者の逃げ口上だ。六十代は年寄りではない。自ら年寄りと語るのは甘えだ。

今頃は大野木の寝所を捜索している。一つでも名波に通ずるか、一致する物があればもっと厳しく追及する。場合によっては信の持ち物か着衣があることを期待する。

「どうして芒村慶二なんて偽名で勤めました？　本人名で立派にボイラー免許を取得しているんですから、堂々と実名で勤められるでしょう。ボイラー協会に聞きましたら、かなり難問らしい」

「勉強すればどうってことはありません。痴呆の防止です」

事件に関係ないことには答えようとしている。これも犯罪者心理だ。

「七日前の午後。……引き継ぎ後は何をしていましたか。名波さん死亡の日です」

「釣りです。出かける時はいつも釣り。それ以外の趣味はありません。釣りは貧乏人にはいいんです。竿さえあればできます。金がかかりません。時には船で海に出ます」

「餌には何を使いますか。釣り具店で買うのですか」

「食堂の残飯を空き缶に入れとけば一週間でミミズが繁殖する。それを使ってます」

大野木が釣り餌を買わない理由が分かった。ということはめったには釣り具店に行かない。餌を自分で作るというのは相当な釣り好きだ。明け番と休日を本当に釣りだけで過ごすのか。

「その日はどこで釣って、何時頃に帰りましたか。足は何です」

戯れの後に。


「自転車で鹿浜橋の周囲で夕方まで。……橋台って分かりますか。橋桁を載せる台。橋脚とも言いますがね。鹿浜寄りの水際の橋脚に登れば私の手と足の跡がいくつもあります。どれがいつのかって言われても区別はできないけど、あるのは私のだけ。時には橋脚の上で一晩過ごすこともあります。橋桁に体をロープで結んで川に落ちないようにしています。別の意味で仮の寝所です」

「夜明け一番に検証に行きます。鹿浜寄りの橋脚ですね」

手帳に記してから、さらに尋ねた。

「どなたか知っている人の船が航行しましたか」

「何十隻も航行するが知っている船はありません。友達を作るのが嫌いだから知った顔もないです。孤独が好きなんです」

「釣った魚はどうなされます。食べるんですか」

「食べません。内臓が汚染されていると思うと食べる気がしない。釣り好きは釣るのが楽しみなんです。……釣った時点ですぐに放します。海以外の時はね」

「海釣りの時は食べる?」

「食べます。焼いたり煮たりする。食堂の厨房に頼みます」

これだけしゃべるのに犯行に関すると黙ってしまう。これも犯罪者の典型だ。そろそろ核心に触れよう。

「話を戻しましょう」

「ニュースではナナミさんという人は自殺と聞きました。自殺ではないんですか」

「素人目には自殺。しかしです、直感で自殺でないとみた。千葉県警も偽装自殺とみている。……殺人事件です」

工藤は毅然と大野木の目を見た。

「事件にしろ自殺にしろ、どうして私に関係があるのですか。自転車しかない私がどうして千葉のどこでしたっけ、行けますか。ホームレス状態の私がBO警備の社長に懇願し、住まいまで提供してもらった現在の職場を殺人に絡んで失いたくないです」

自転車で市川市や船橋市に行ったとは思わない。そこに問題はなくはないが現時点は現場への往復の足は考えない。大野木が名波の死亡現場にいたかいなかったかが問題なのだ。

「足は後で聞きます。市川方面には行きませんでしたか」

「行きません。鹿浜橋で夕方まで釣りをしていました。いつも一人だから証人を探せと言われても困ります」

「ということは竿を持って釣りに出かけるふりをし、別なことをしても分からないってこともあるわけだ。千葉県警でも何らかの証拠を確認している。……まあそれは後にして、偽名のボイラー免許で就職しましたね。偽名免許の入手経緯を話してくれませんか。他にも偽名で勤めた警備会社がありましたね。同僚からはマレさんと言われていたそうですね」

野木憲典なる名をあえて出さない。言わずとも本人は承知している。警察はそこまで調べているのかと思うはずだ。大野木の心中は信の名前がいつ出るかという不安がある。揃えた状況証拠を羅列するだけで動揺するだろう。

「偽名なんて簡単に作れるし買えますよ。名簿を売っているし、古い物なら燃えるゴミの日にゴミ集積所にありますよ。戸籍を買うのだって面倒ではありません」

「そんなに簡単にですか」

「その辺りは刑事さんの方がご存じでしょう。健康保険証だって他人名で簡単に作れるんです。免許証ならどんなものだって作れる。警察手帳だって売ってるんです」

「簡単にねー。しかし、名前も簡単に変えられるもんですか」

「生きるためです。妻や子供との生活を早く忘れたいからです。他意はありません。大野木憲二郎の名前は家を出た時に捨てたんです」

「他意はありません、ですか」

「ですから、私が人を殺すなんて……」

「……この辺りで休憩しましょう」

大野木は絶対落ちる。今夜は駄目でも明日は落ちる。大野木の寝所で何かの証拠品が得られるだろう。大野木は警察が思う以上に証拠を残さないように注意していた様子が窺われる。

「楽にしてください。毛塚君、茶をもらおうか。新しいのを」

約三十分の休憩を取る。大野木は茶を二杯飲んだ。その都度湯飲み茶碗を替えた。工藤刑事は茶を飲みつつ、病院で櫂に見せた紐をポケットから取り出し、「妻に教わってってねー」と言って、熊手や吊り橋などをいくつか作った。

「これはね、ある事件の被害者のハンドバッグに入っていましてね。今どき綾取りもないと思うが何に使ったんでしょうね」

大野木は信が綾取りしていたことを思い出しているに違いない。

「指先を巧みに使うから、年寄りのボケ防止にはいいらしい。職場などの身近にはいませんでしたか、綾取りしていた人？　奥さんは？」

「妻はしませんでした。会社勤めの時にもいませんね。パートのおばさんが何人もいましたが、見ませんでしたね」

工藤は同じ物を何度も造形しては崩し、また作り直した。信は喫茶店などで数回はしたと思う。大野木の目前でもしたに違いない。大野木は絶対に小糸信を思い出している。わざと関心がないふりをしている。

「どうして妻子を捨ててまで、ホームレスに似た暮らしを？」

「その辺りは刑事さんがご存じでしょう。妻や子供に会ったんでしょうから」

「会いました。話を聞いてもあくまで想像です。本当の理由は奥さんは知らない」

「想像が正しい場合もあります。想像のままでいいんです。私は疲れていたんです、仕事や接待で。休日はあるような、ないような状態で約四十年ですからね」

休憩時間の終わりを感じたのだろう。大野木は湯飲み茶碗をテーブルの端に押した。大野木の思いは分からないではない。総務部長となれば自分があってないようなものである。休日も同様だろう。若い女と遊ぶ時間を工夫したことが唯一の休養であったのかもしれない。

毛塚刑事が所定の椅子に着いた。

「始めましょう……」

「お手柔らかにして、早く帰してください」

今夜は帰れると本当に思っているのか。工藤は刑事顔になった。大野木の正面を向いて尋問を再開した。

「小糸信という女性をご存じですね」

名波より、信のことを話した方が落ちるのは早いとみた。

「小糸信って、殺害されたかどうかで荒川で見つかった女でしょう。テレビで何度も見ました。イヤでも覚えてしまう名前ですよ。……それがどうして私と関係があるのですか」

平然と言うが、大野木の目が工藤から逸れたことを見逃さなかった。

「以前にご一緒したことはありませんか」

「ありませんね。あんなに可愛い子と一緒できたらいいですねー」

「小糸信さんと断言はしないのですが、十数年前に、大野木さんと小糸さんらしき女性が一緒のところを目撃した人がいるんです」

「……私とですか」

「記憶にありませんか。私どもが調べた範囲を話しましょう。約十年前ですよ。大野木さんが東進電気で現役の頃です。よろしいですか、違ってたら違うと遠慮なく言っていいですよ」

「分かりました」

力なく言った。両刑事にはそうとれた。

「小糸信なる女は、大野木さんにとっては不幸を招く元凶になった。知り合った経緯は私どもには分かりません。それ以降のことです。……あなたは小糸信なる女、ここでは信被害者とします。その信被害者と交際していた。

あなたは被害者を伴って高島平の釣り堀に二度行った。二度目の時、釣り堀主催の東京湾へ船での釣り参加を二人で希望した。その時の名前は大野木でなく偽名にした。その名前は今は分かりません。釣り堀は台風によるモーター漏電の影響で火災に遭い、名簿類を焼失したからです。

それでも二人を記憶していた当時の担当者がおりました。今回の事件をテレビで何度も見て、被害者の顔をどこかで見た気がする。被害者の小柄で可愛い顔です。初めて見た時には高校生かと思ったそうです。大野木さんもそう思いませんでしたか。信被害者を初めて見る人は大方は中学生か高校生と思うでしょう」

大野木は目を瞑り、不動のままだ。

「台風の接近で海釣りも中止になった。その件でも担当者は記憶していた。中止を知らせようと、あなたが記した電話番号に何度ダイヤルしても通じない。名前も住所も電話番号も架空だったからです。まさか、釣り堀側から電話が入るなんて考えもしなかったんでしょう。担当者は思ったそうです。二人の関係は普通ではない。事情があって本当のことを書けなかったんだろうとね。まー、これは想像です。誰と交際するかは自由ですからね。信被害者は殺害され、報道で知っているとおりに多くの男と交際があった。大野木さんとの交際は殺害される十年前の約一年間。被害者は携帯電話に男の番号を記憶させていた。そこには大野木さんの番号はありませんでしたがね。大野木さんと交際していた頃には携帯電話を持ってなかった。

話は飛びますが、これまた不思議なんです。被害者のハンドバッグがさいたま市大宮区内のゴミ収集所で見つかった。私どもの捜査では当日に大宮区内に足を運んだ形跡がないんです。どうですか大野木さん、信さんと交際していませんでしたか」

大野木は両手を机の上で組んで瞑目している。信とのさまざまのことを思い浮かべているのだろう。十年前のことは楽に思い出せる。特に大野木の場合は楽しかったことが多い。事情が変わって悪い思い出になったとしても、だ。知らない、記憶がないはここでは通じない。

「どうですか。小糸信なる被害者との交際を否定しますか」

「……」

「まだありますよ。被害者と交際していた証言が」

工藤は大野木を睨みつけた。優しく聴取するのもここまでだぞと気迫をみなぎらせて。

大野木は唇を噛み締め、ちょっとの間を置いてから、ガクンと頭を下げてうめくように話し始めた。

「……おっしゃるとおりです。約十年前です。私は罠にはまった。小糸信という女に騙された。罠にはまった私も悪いですが、あれは魔性の女です。あの女のために家庭を捨てる結果になりました。女に溺れた責任は私にあります。その後は分かりません。約一年の交際で別れたままです。あんな女を思い出したくありません」

十年前に別れたという話には嘘はない。しかし、その後の再会の有無が事件に繋がる。今夜は泊まってもらおう。厳しく聴取せずとも明日は名波の件でも落ちる。犯罪慣れしていない者へは言葉を時々強くすることで自白する。元来は小心者。小心者は厳重に監視する必要がある。

翌朝、大野木は七時に起こされた。警察官の付き添いで用便をすませて洗顔もした。八時前に朝食を済ませて聴取に備えた。

聴取室に連行されると早くも工藤刑事が待っていた。昨夜と同じように毛塚刑事が控える形で別の机に準備している。

「よく眠れたかね」

心境を探るように、工藤刑事は大野木の顔を覗き見た。

「初めてですからね、警察に厄介になるのは。でもそれなりに眠れました。これも年の功って奴ですかね。刑事さんに逆らうのはお上に逆らうことですからね。今まで私は誰にも逆らわずに来ました」

「ほほう、何事にも逆らわずですか。それでは信被害者との話をしてくれますね」

「それより先に、私がどうして泊まる結果になったか、聴かせていただけませんか。私はここに泊まるようなことはしておりません」

居直ったわけではないだろう。大野木にすれば十年前に交際した女が殺されたからといって、強制的に取り調べられるわけはないと自負している。

「まー、ゆっくり話しましょう。私どもが聴取している意味が理解できるようにね。私どもの調査や捜査では、大野木さんと被害者が同席しているところを目撃した人物に会いました」

これはハッタリ、つまり嘘だ。これくらいの嘘は事情聴取で許される。犯罪常習者なら刑事のハッタリと承知している。ハッタリに乗るか反るかが自白に繋がる。

「……被害者に似た人なら、東京中にごまんといるのでありませんか。私はここ何年も、どんな女にも会っていません。ホームレス的生活している私に会おうとする女が存在すると思われますか。仮にです、会うにしても、喫茶店かファミレスに行くには余計な出費がかかります。私にそんな金ありません。……私に似てる男だって東京中には何十人といるのではありませんか。空似ではないのですか。会っていないのに、会ったと言われてもこれ以上は答えられません」

「そうですかねー。私どもの勘違いですかねー。……あなたは新芝川の鳩ヶ谷市に近い場所で釣りをしますね。これも否定しますか」

「あの辺りは私の常習場所です。鹿浜橋周辺と両方です」

「よく釣れますか、新芝川は？」

「いろいろです。釣り好きは釣れるよりも竿を下げているだけで気分がいいんです。女と遊ぶ時間があるなら釣りをします。私の釣りは金がかかりません。女は金がかかります」

「ほう、女は金がかかりますか」

「その辺りは刑事さんの方がご存じでしょう。女は金と地位に魅力を感じるんです。金も地位もない男に女が会うはずがありません。信という被害者は数人の男と交互に会って金をせしめてたってわけでしょう。私がその仲間に入れますか。十年前から関係がないんです」

やや興奮気味に言った。興奮するのは本音をつかれたことへの反論でもある。大野木の言に一理はある。しかし、それを崩すのが刑事の役目だ。

「大野木さんは、家を出る時に定期預金の中から三百万円を崩しましたね。十年前ですから使ってしまったかもしれませんが、私どもの調べによると現在の会社では二十数万円の月給をもらっています。食堂の余りをもらうので食事代はゼロ、家賃もゼロですね。また、ボイラーマンになる前に住んでいた荒川区のアパートを出る時には、移転保証金として大家から四十万円余りをもらっている。……どうなんですか、保証金の四十万円余りに数万円をプラスして五十万円にして、名波に渡したか、預けたのではありませんか」

「……どうして私とナナミさんを一緒にするのですか。ナナミ某も信なる女の昨今も関係ないんです。関係ない人にどうして五十万円も渡したり預けることがあるのですか」

「昨夜も触れたが、五十万円の一枚に大野木さんの指紋があった。これをどう思いますか」

「分かりませんね。……金は多くの人の手を回ります。私がどこかで買い物してその時に支払った時の一枚ってことでしょう。不思議でも何でもないと思います」

「それはない。名波は商売をしていません。大野木さんが買い物した店から名波に万札が回ることは百パーセントない。名波が卸し商などの商売をしない限り、店側から名波に万札が渡ることは考えられないんです。小銭は別ですよ。大野木さんが買い物して、千円札や硬貨で支払い、その後で名波が万札で買い物して、お釣りとして小銭をもらうことはありますがね。大野木さんの部屋を捜索した結果、万札を使う買い物はしていない。お分かりですね」

「……おっしゃるとおりです。しかし、金はどう回るかは見られない。大卸しや小卸しだけに万札が大量に回るわけではないでしょう。万札は通常に出回ってる」

「そうでないんだねー、我々の買い物は現金ですが、流通間では現金は実際には動かない。ほとんどが銀行間の数字の動きなんです。それを思えば大野木さんが触ったと断定できる万札が名波に渡る可能性はゼロより低い」

「……おっしゃる意味は分かります。……刑事さんはどうしても私とナナミ某をくっつけたいんですね」

「そうでないなら、名波とは絶対に関係ない理由を私どもに分かりやすく話してくれませんか」

「今までに話したとおりです。関係ないことを分かりやすく話せと言われても無理な要求です。関係ないだけで充分でありませんか」

ドアが軽くノックされ、加賀美です、と声がかかった。

「どうぞ」

工藤は大野木から目を逸らさず言った。ドアが開き、加賀美という若い刑事が入ってきた。

「ご苦労さん」

加賀美は工藤刑事の横に立ち、中型の茶封筒を渡すと、間をおかずに礼をして去った。受け取った封筒を早速開封して、中から十数枚のインスタントのカラー写真を取り出した。メモが添付されている。

工藤は写真に目を通した。橋桁や橋脚が写され、橋脚の台座部の所にダンボールがある。橋脚の上にはスニーカーとはっきり分かる靴跡が無数にある。堆積した砂埃の上に残った跡だ。靴跡だけでなく手の跡もある。大野木のものとは限らぬが、これが大野木のなら間違いなく橋脚上で釣りをしていたことは裏付けられる。しかし、いつ頃の跡かは区別はできない。一通り見て写真を封筒に納めた。

「大野木さんが昨夜言ったとおり、鹿浜橋の一番水際の橋脚に足跡や手の跡がありました。これがその写真。どんな方法であんな高い場所に登ったのかね。十メートル近くありますよ」

「蛇の道は蛇です。簡単ですよ。ほしい物があれば猿だって知恵を使う。……子供の頃から、木登りや岩登りも好きでしてねー。私の自転車を見ませんでしたか。自転車にはいつでもロープが載っている。ロープの端に適当な石を結んでほうり投げ、桁の上から手元まで下げます。それを伝わり、コンクリートの縦面を登る。ですから橋脚の縦面にも靴跡があるはずです。十メートルなら五分で登れます。シート代わりのダンボールもあったはずです。私以外は登りません。ロープは命綱。橋脚上で眠る時には橋桁に自分を繋ぐんです。岩場で釣りの時もです」

力を込めて話すことで、信とも名波とも関係ないことを押し通そうとしている。簡単に落ちそうに思えたが、なかなか手強い。

大野木は釣りをする際の安全に相当気を遣っている。大野木の年代なら紐やロープの結び方もよく知っているだろう。祖父や父親がロープを結ぶところを見様見真似で覚えた。

大野木の寝所の家宅捜索の結果、信や名波と繋がる証拠品は見つからなかった。生活必需品もゼロに等しい。すべてターミナルにあるもので済ませている。食事は余り物、洗濯はコイン洗濯機、冷蔵庫はなし、布団一組、着替え数点。たまに茶を飲むための旧式の電気コンロと茶器。新聞は食堂でドライバーが残したのを読む。週刊誌も同様。家賃も光熱費もゼロ。書架なく書物ゼロ。テレビは食堂で見る。釣り情報も新聞で潮の干満や月の満ち欠けを知る。

これを思うと大野木の生活費はゼロ。二十数万円の月給は丸残りだ。例の四十万円余りには手を付ける必要がない。場合によっては三百万円もそっくり残っているかもしれない。釣り用具には金をかけない。道具道楽ではなく、釣りが好きなだけなのだ。

では、貯まった金をどこに隠しているのか。貯金するには身元をはっきりする必要がある。家宅捜索に少額の現金はあったが通帳はなかった。

工藤は写真の入った封筒を机の端に置いて言った。

「大野木さん。あなたは生活に余裕がありますね。もらう月給は手付かずでしょう。一人になってお金が残ったでしょう」

「そんなことありません。金があるならましなアパートを借ります。今の所は家賃がゼロだから我慢しているだけです。何たって音が煩い。ボイラー音とトラックの地響きは尋常ではない。少しでも煩い場所を離れたい。それには釣りが一番です。竿を握ってる時には何もかも忘れられる。暑い時には橋脚の上で寝る。だからあそこにダンボールがあるんです。ナナミ某も信なる女も私には関係ないんです」

騒音より轟音だ。あそこで寝るには煩さ過ぎる。明け番に充分に眠れないというのは嘘ではない。釣りをしつつ鹿浜橋やその他の物陰で寝る。警察はそれを確かめるべく、早朝に鹿浜橋の橋脚を捜索し、橋脚上に堆積していた砂埃の一部を採取している。長い期間に橋脚上に堆積した砂埃は数ミリにも達している場所もある。他の橋脚上の砂埃も採取している。それらと比較することで、大野木がいつ頃から同橋脚に登っているかが判断できる。

普通に考えれば道路管理者以外は橋脚上に登らない。大野木は流れに一番近い橋脚に登って釣りをしていることは間違いない。四、五メートルの竿を伸ばせば流れに届いて充分に釣れる。大野木以外に登った形跡がないことはスニーカーの跡で分かった。彼の着衣に橋脚上の砂埃の一部が付着していると鑑識は見ている。その砂埃が別の所に移動していないか。名波の車のシートはどうだ。

工藤刑事は「毛塚君、メモ用紙を」と言って手を出した。毛塚はポケットからメモ綴りを出してそっくり渡した。受け取った工藤は、ちょっと横を向き、大野木の目を避ける形で素早くペンを走らせ、「名波の車のシートの汚れや埃の分析結果がほしい」と書いた。

千葉県警には証拠物件として名波の車が保管されている。車のシート上に鹿浜橋の橋脚上の砂埃の一部でもあれば、大野木が名波の車に乗ったことを意味する。車内からは既に紙幣と同じ大野木の指紋が採取されている。名波の車に乗っていないと主張するからには、複数の証拠品を突き付けるしかない。

「千葉県警に頼む」と言って毛塚にメモ綴りを渡した。毛塚はそれを受け取って取調室を出た。

昼前に千葉県警からシートの汚れと埃の分析結果表が届いた。結果表を手に大野木に向かった。大野木は机の上で両手を組んだままだ。何とか切り抜けられると思っているのか。ゆっくりと語りかけた。

「ここに千葉県警からの鑑識結果がある。あなたが名波の車に乗った証拠がある」

大野木はチラりと瞼だけをあげて工藤の顔を見た。

「いいですか。大野木さんが登った橋脚の砂埃と同じ性質の汚れがシート上にありました。警察の強力な分析機器と鑑識課の調べに誤りはない。それでも名波の車には乗ったことがないと言うのですか。もう一つ証拠がある。紙幣と同じ指の指紋が車内にあった。これをどう思うかな。おそらく複数回乗ったとみられる。汚れが重なっている」

「……刑事さん。脅しではないんですか。ナナミなんて本当に知らないんです」

「知らない？　では名波の車の後部シートの砂埃と、橋脚上の砂が同じものだということをどう説明するのですか。橋脚上の砂が勝手に飛んでいって名波の車のシートを汚したというのかな。名波の体や衣服には橋脚上の砂や砂埃は微塵も付着してない。運転席の足元にもなかった。これをどう説明しますか。

　指紋もです。脅しや想像ではない。捜索と鑑識の結果です。警察の誤りと思いたいなら、それを確実に覆す証拠やアリバイはありますか。日本は法治国家です。嘘の証拠品でデッチあげの捜査はしていません。たとえ警察がそうしようとしても、私がさせない。名波に最後に接触したのは大野木さんではないかと警察はみている。名波は自殺でなく偽装自殺。つまり、自殺に見せた殺人だ」

「……私が殺したと？……」

「断言はしない。……しかし、あなたは容疑者の筆頭にある。容疑を晴らしたいなら、納得できる説明がほしい。そのことによって小糸信さん事件も解決する。昔の女でも好いた女でしょう。犯人を探す協力をしようという気になりませんか」

「私には一切関係ありません。十年前の女なんてただ憎らしいだけです」

　呼吸が乱れている。もう一押しだ。

「その憎らしさがここに来てぶり返したのではありませんか。偶然か故意で信さんを見かけ、ストーカーまがいに後をつけたのではありませんか」

「ストーカーなんて滅相もない。ボロを纏ってる男がストーカーなどできっこない。あの女は相手の服装を異常に気にするんです。自分が常にいい物を着ているから相手にも要求するのです。仮にストーカーをして見つかれば罵られるだけ。そういう女なんです。薄情なんです」

「そう聞いておきましょう。我々は信さんの事件直前の足取りも追っている。JR等の各駅に依頼し、信さんがどの駅を利用していたかも調査中です。キップ売り場、改札口、構内各所に設置されてる防犯ビデオを検証しています。これは大変な作業です。録画されているかどうか分からない人物を数百万人の中から探す。殺人事件に関係している恐れのある人物を探すために県警本部に依頼しました。……ここ一ヶ月にどこかの駅に行ったかな」

工藤は駅名をわざと言わなかった。信はJRの西葦川、葦川、赤羽、東十条、王子、田端、西日暮里、日暮里駅、埼京線は十条駅を利用したと思われる。乗車し、あるいは下車してどこに行ったかは現時点では不明だ。これらの駅に信の姿がなかったら捜索範囲をさらに拡大する。

地下鉄南北線は赤羽から延伸して埼玉高速に変わり、葦川、鳩ヶ谷、さいたま市の一部を通過して終着駅の浦和美園駅まで延びている。大野木の勤務するトラックターミナルから近いのは岩淵、元郷、南鳩ヶ谷駅である。一年前までさかのぼって探す覚悟で挑んでいる。

「ええ、駅には時々出かけます。電車に乗るのではなく、駅の近くにはスーパーがある。たまには外食しますから。駅前の食堂で立ち食いしたり、本屋で立ち読みもします。自転車で出かけるので、バスや電車には乗りません」

駅には相当数の防犯カメラが設置されている。改札口や券売機周辺だけでなく、構内や貸しロッカー周辺など至る所にある。駅員が常時ビデオをチェックするのではなく、事件等の発生時に警察の申し出によって、録画された画像を検証するのである。信が殺害されたであろう日の前後を中心に、名波、信、大野木の三人が繋がっていないかの疑念をもって見ているのである。

警察側は大野木の最近一ヶ月の休日と明け番を把握している。大野木が駅の中のテナントや駅前の店で食事をしても不思議ではない。赤羽駅は比較的新しい駅舎で、改札を入らずに買い物もできる。まずは大野木の姿がどの駅のビデオに録画されているか調べる必要がある。同日か同時間帯に信と名波の姿があるかないかもだ。

前記の駅のビデオに信が録画されていなかったら大宮駅のビデオも検証する。ハンドバッグが大宮駅のやや近くで発見されたからだ。殺害される直前に大宮駅を利用したのではないかとも考えられる。

警察は諦めていない。名波と信の繋がりを探っている。さらに、大野木がどうやって信に再会したかも重要なポイントだ。

「休憩しましょう」

工藤は若い刑事を呼んで熱いお茶を持ってこさせ、大野木に一息いれるように言った。

その日の午前中、頼子が櫂を見舞いに来た。名波家の墓地に名波武徳を懇ろに納めたという。健と櫂は頼子に感謝の弁を述べた。健は名波に会ったことがないが、生前から知り合いのような気がするのは櫂と名波が近い関係にあったからか。櫂を通じて名波の人となりを少しは知ったようにも思う。名波は本当は世話好きの心優しい青年なのか。

「不謹慎とは思いながら、ご両親の言葉に甘えて市内や周辺を案内していただいたの。富山って海と山の自然を一緒に満喫できるのね。海も山もいい。名波は東京に出るべきではなかったのね。自然の中で働き、休日に釣りを楽しむ生活が合ってたのよ。何かの因果で私のところに来たけど、風俗の仕事をするべきではなかったのね。彼は両親の愛情をいっぱいもらって育ったのね。あんなに優しい両親より先に逝くなんてねー」

旅の疲れもあるのだろう、頼子は寂しそうに言った。健も櫂も言葉を挟むことなく聞いた。

「名波を田舎者と言っては失礼だけど、富山の地に育まれ、他人を疑うことは微塵もなかったのね。両親の元に集う人達を見てそう感じたの。名波は都会に出ても他人を疑うことがなかった。だから……だから、誰かを信じて偽装自殺に遭った。両親に約束したの。武徳さんは自殺ではありません。殺されたのです。犯人は必ず捜します。武徳さんの名誉を挽回しますと」

両親の前で断言したことは賢明だ。状況を聞けば両親も自殺ではないと思っていただろう。

頼子には時間的余裕ができた。休業したことで警察に協力する時間が増えた。健も櫂も協力は惜しまない。協力しようとする櫂の要望にも応じる。

健は危惧している。名波の何らかの悪事が今後に出ないかをだ。健はついつい、名波と大野木は相互の悪意によって偽装自殺になったと勘ぐってしまう。場合によっては大野木の方が偽装自殺に遭ったかもしれない。

あった、あった。信と名波が録画された姿が十条駅の防犯カメラに写っていた。信が写る数分前に名波と接する女の姿もあった。午後三時過ぎから名波の姿が何度も録画されている。カメラアングルから消えたかと思うと数分後に再度登場する。誰かと待ち合わせしているように見えるが、待ち合わせではない。ある場所から、駅舎を出る女を物色し、若い女と確認すると寄って話しかけている。名波が勝手に近づく印象だ。

どこからか名波が現れ、女に近づき何かを話しかけると、女はことごとく迷惑そうに首を振ったり無言で立ち去る。また、ある女は小走りに離れた。彼は執拗に話しかけたり追うことはせず、二、三秒で離れている。何人目かに、淡いピンク色のスーツを着た信が写った。角度を変えた別々のカメラが正面と横顔を捉えた。信はかけられた声に驚いて振り返ったように見える。

名波はスーッと近づき、挨拶した後に話しかけた。それまでの女は無下に離れている。信は話に興味あるのか、以前から知人なのか、歩調を緩めて名波の話に乗った様子が窺える。だがすぐに後ろ姿になったので顔の表情はない。カメラが捉えた限りは肩を並べて構内から消えた。

名波は黒のダブルスーツ。いわゆるカラス族と称して、風俗の勧誘を想像させる。二人を録画したのは事件のやや一ヶ月前。頼子に連絡して十条駅に来てもらう。

数百万人のビデオの顔の中から信と名波を探し出すのは容易でなかった。始発電車の十数分前から終電後の十数分まで、二十時間以上回したままの防犯カメラは各駅に数十台ある。刑事達数人が交替で、数千時間分の画面を見詰めて探したのだ。目的の一つは果たした。後は大野木をどこかの防犯カメラが捉えていないかである。

信と名波の接触は初めてなのか、再会かは二人とも死亡したので真相は不明。そこに大野木がどんな形で接触するかである。大野木はあくまでもナナミは知らない、信とは十年前に別れたきりで再会してないと言い張る。警察はそれを覆したい。

西葦川駅の防犯ビデオにも信の姿があった。最寄り駅にあっても不思議ではない。毎日ではないが何度も写っている。タクシー乗り場の姿もある。これは男に会うための足としてタクシーを使ったと思われる。さらに細かく見ると、信が利用したタクシーの社名も分かった。これで運転日報から降車場所も判明する。

信が殺害される約二ヶ月前の西葦川駅の画像は、信を鮮明に捉えていた。別の画像には名波の姿もある。日時もハッキリしている。

名波は黒のダブルスーツ。十条駅と同じだが、若い女を見つけて話しかける様子はなく、どこかで見張り、信と確認した後で近寄る気配に見える。隠れているところは見えないが、約二時間の間に八回録画されていた。名波がタクシーに乗った気配はないが、二時間もたむろすればドライバーも目撃しているだろう。

頼子は十条駅の画像で名波を確認した。十条駅や西葦川駅構内に長時間にわたってたむろしたのはソープ嬢の勧誘だと話した。勧誘場所は名波の判断でする。後で報告を受けていた。百人に声をかけ、面接に来るのは五人くらい。面接して、実際にソープ嬢になるのは一人かゼロ。勧誘時間から計算すると相当に効率が悪い。

それで分かった。櫂に勧誘役をさせた巴商事の狙いが。名波より櫂の方が効率がいい。巴ソープ以外もそうであろう。店独自で勧誘するより、巴商事に任せて確保する。成功報酬は一人につき八万円だと戯れの後に。

か。十条駅の画像は間違いなく、ソープ嬢を勧誘していたものだ。名波に話しかけられた女が面接に来店したかどうかは分からない。

別の駅構内にも名波と同じような行動をする黒スーツの姿がある。名波のように長時間ではなく、三十分前後で退去している。駅から、何をしているのかと咎められないようにしているのだろう。その点では、名波は堂々としていた。駅員の証言では、注意したり、咎めた事実はなさそうだ。風俗には向かぬと言った頼子の思いとは違って、図太い神経を持っていたのではないか。

名波と信の顔写真を、各駅前の客待ちタクシーのドライバーに見せた。約二ヶ月前に信を乗せた記憶があるというドライバーが一人いた。乗せたと思われる日時を会社に連絡して日報で確認すると、意外にも日暮里駅から乗って南千住駅近くで下車している。

信は南千住に何しに行ったのか。交際した男の住まいも会社も南千住駅にはない。信はたぶん、京浜東北線の葦川方面で乗り、日暮里駅で下車してタクシーに乗ったのだろう。その頃の大野木は荒川区内に勤務も住まいもない。信と大野木が南千住周辺で会ったとは考えにくい。

名波を乗せたというタクシーはなかった。大野木についても全員ノーである。大野木の言うように足は自転車なのだろう。

警察は大野木と信の再会場面か大野木と名波が一緒にいたという証拠がほしい。名波の車に大野木が乗った証拠はある。大野木は名波の車にいつ乗ったのか。大野木に厳しく迫る必要がある。

櫂はいい顔色をしている。健が初めて病院を訪問した時に比べると雲泥の差だ。頼れる人が身近にいるとこんなにも病気を癒すのか。顔色だけ見れば梅毒患者ではない。健は医師に聞いている。まだ完治はしていない。悪化するのを薬で止めているだけ。点滴が主だが、必要以上の投薬は副作用がある。病状を観察しつつ薬の量を増減している。

櫂は懸命に訓練して、次第に発声がよくなってきた。退院後は小・中・高校生を対象にした性教育の先生になるという。教壇に立つにはそれなりの約束事と法的壁を超える必要はあるが、夢を持って退院に望むことは喜ばしい。夢を実現させるためには、さらなる発声訓練が必要だ。

健も幼稚園や老人施設を巡回して名作小説を朗読したいと願っている。健と櫂は交互に朗読し、批判し合ういい関係にある。

櫂が教壇に立てば、溶解欠落した唇と歯茎についていろいろな噂が広がるだろう。その前に性教育者として、溶解欠落の理由を正直に話すことで賛同を得なければならない。このような唇にならないために、体験上から性の在り方を教えたいのです、と。よい行いをする時は声高に主張しないことが大切である。静かに語りかけることで善は広がっていく。

頼子は西新井警察署に挨拶に行くと言って出た。頼子は本当は気が気でないのではないか。名波についてどこまで捜査を尽くすか分からぬが、それが巴商事に対する税務と労基法の調査に通じることになりかねないからだ。

名波の捜査上の疑いは頼子に聞かなければ晴れない。しかし頼子は名波の日常生活の全部は把握していない。万一悪の手に染まっていても、真面目に勤務していれば、雇用側としては信じるしかない。

また、頼子自身のことを警察はどこまで把握しているのだろうか。元夫の鏑木は不正経理の限りを尽くして蓄財した。税務署への報告はずっと赤字を通し、経理上と労働基準法の違法行為を重ねてきた。それは鏑木の考えだけでなく頼子との合作でもある。倒産後、鏑木は都内に潜伏し、頼子は堂々とソープランドを経営していた。名義は鏑木だが頼子の経営に見せかけていた。離婚は書類上だけのことなのだ。稼いだ金の多くは鏑木が握っている。

悪はいつかはバレる。頼子はつくづく思う。不正で稼いだ金は結局はアブク銭でしかない。バイトに払うべき賃金の一部をピンハネし、幽霊雇員で浮かせた。鏑木はそれが儲けだと豪語した。そうでもしないと派遣業は確かな黒字が出ない。さらには特殊浴場に女を斡旋して裏金を得た。ソープランドといわれる浴場内で行われる男と女の行為は売春である。そして途中から櫂の手を借りた。

櫂は巴商事でバイトを希望した。事情があって住所や氏名を出せないからカイという偽名で雇ってくれと面接で話した。街金融からでも金を借り、返せずに逃げ回っていると鏑木は勝手に判断した。しかし、働かせてみるとそうではないことがすぐに分かった。これまでに面接した女と全く違う。頭を腰まで曲げて礼をする。動作も会話もテキパキしている。躾のいい家庭に育ったと思った。鏑木は逆に櫂を利用しようと考えた。

櫂は実名が出ることを異常に嫌っている。弱みを握ったのは鏑木である。彼女の華奢な体を見て、埃の舞う梱包会社への派遣からソープ嬢の斡旋に使おうと考えた。面接に来た女を履歴書上で判断して櫂に預ける。櫂が作業内容を監視しながら女の魅力を見つける。これならと感じた女に「もっとお金になる仕事があるわよ」と話す。ソープ嬢に向く女を物色させるのだ。奇麗に言うならスカウトである。

鏑木は、櫂にはソープ嬢をさせない約束を交わした。ところが、櫂がソープに斡旋した女が出勤日に無断欠勤した。ソープ側から巴商事に電話が入った。電話を受けたのが櫂だった。何度も謝ったが、ソープ側の怒りは収まらない。責任を感じた櫂はついに「私が代わりをさせていただきます」と言ってしまった。それが櫂のソープ嬢の始まりである。

頼子が出先から戻り「カイさんにはさせない約束よ」と言ったが「私が紹介した女ですから」と頼子の言葉を頑として聞かず、「今夜だけですから」とソープのドアを叩いてしまった。

後日、櫂の評判がよく、ソープ側から催促の電話が来た。

「カイという女でないなら客が帰ると言っている。指名に困っている。なんとかしてくれ」という矢の催促に頼子も櫂も困り果ててしまった。それではと櫂はソープ嬢を重ねてしまう。

櫂の評判はすこぶるよく、明日も明後日もとソープ側から迫られた。困り果てた鏑木と頼子は、自分達でソープを開業することにした。そうすることが既存のソープ側から櫂を守れると考えたのである。

櫂はそれ以降、スカウトに徹してソープ嬢にはなっていない。櫂が目をつけたソープ嬢はなぜか評判がよい。それが巴ソープを成功に導いたのだが、時既に遅く、櫂は梅毒に罹ってしまったのだ。

頼子は途中から、ソープ開業は間違いだったと気づき始めていた。自分には子供がいない。もし娘がいたらソープ嬢にするだろうか。いや、絶対にさせない。成人して親元を離れた後は分からないが、それでもソープ嬢にならない娘に育てたろう。自分の娘にはさせないのに他人の娘にさせるのは理不尽だ。頼子は自分の思いを鏑木に伝えたが、大量のアブク銭が転がり込んでくる現実の前に黙認するしかなかった。

この経緯の全部を増田健なる男に話すわけにはいかないと頼子は思った。櫂とは相当前からの知り合いのようだ。一度は縁が切れたというが、深い仲かもしれない。五十歳をとうに超しているのに結婚しないのは櫂がいるからだろう。勤務を休んでまで付き添うには相当の覚悟がないとできないことだ。

櫂の梅毒が知られたことで、巴ソープは休業した。鏑木は「再開の意志がないと、このまま廃業になるぞ」と言ったが、頼子はそれでもいいと思っている。

一、二年は櫂の治療代を含めても生活費はある。三年後はどうするか。櫂を親元に返せと鏑木は言う。頼子はそれはできないと突っぱねた。

「あなたがやらせたのよ。匿名のまま働かせてくれというのにつけ込んで、スカウトをさせた。櫂に稼がせてもらったことを忘れたの。私達のために病気になった櫂を見捨てるんですか」

結婚以来一度も強い言葉を使ったことがないのに、その時だけは厳しく言った。櫂を守ることが自分の安穏と思っているわけではない。

さらには思いもよらない事件がにじり寄った。名波が殺害されたのだ。それも自殺に見せた殺人。一両日に殺人事件だと正式発表があろう。名波の身近に殺人のできる猛者か悪魔が存在したことさえ信じられない。

自分と鏑木は厳しい調べを受けるかもしれないと頼子はおびえた。それは警察ではなく、税務署と労働基準監督署だ。雇用主は従業員の安全と衛生を守る義務がある。

自白

取調室では、大野木が沈黙を守っている。いや、黙秘が正しい。ある限りの証拠物を突き付けたが、身の回りの証拠物が異常に少ない事件だ。手を加えて証拠物を消したのか、元々ないのかは分からない。最重要の証拠物は鹿浜橋の橋脚上の砂と砂埃と名波の車内の指紋である。橋脚上には間違いなく大野木の手の跡とスニーカー跡がある。これは動かしようがない事実だ。その砂埃と同じ性質の砂と汚れが名波の車の床やシートにあった。これを突き付けても大野木はシラを切る。

「砂だけでない。紙幣にあったのと同じ指紋もあった。否定するならきちんとした説明がほしい」

「……」

「指紋はどう否定するんだ。指が勝手に飛んでって車内に付着するかな」

「……」

大野木は目を落として指先を見ている。

「寝所の出入り口の砂も採取した。スニーカーや他の履物に付着して運ばれたんだろう。これには方々の砂が混ざっている。分析した結果は橋脚上と同質の物がわずかにある」

「……」

工藤の顔を見ることができない。目を逸らしたままだ。額に汗が光っている。その汗が玉のように膨れてきた。大野木は大きく息をして、口を開いた。

「刑事さん、名波さんを殺したのは私です。名波さんに申し訳ないことをしたと思っています」

小さな声でそう言うと、額が机に接するほど頭を下げた。

「……詳しく話してもらおうか」

「小糸信さん殺害を依頼したのも私です」

「五十万円は依頼金か」

「そうです」

「ほう。信さんと再会したんだね」

「会いたくないのに偶然に見てしまったんです。見た途端に憎しみが増し、いても立ってもいられなくなりました」

「順序立てて話してもらうかな」

「名波さんとは約一年半前に荒川区内の釣り堀で知り合いました。何度か隣の席になり、自然と言葉を交わしました」

「それで?」

「何度目かは覚えていませんが、夕方近くなって帰りかけたら、乗って帰りませんかと誘われたんです。家に帰るのかと思ったら、『これから仕事なんです。まあ半分は遊びですよ。人には話せませんが』と言うんです。それ以上は詳しくは聞きませんでしたが、その時、偶然に小糸信さんを見かけたんです」

「どこで？」

「私を乗せて赤羽方面へ向かう途中です。地下鉄の王子神谷駅近くでした。赤信号で停止していると小糸さんが歩道を横断するところでした。……男なら普通でしょう、前を通る若い女をジロジロ見るのは。名波さんも見ていて『あー、いい女だ。小柄で可愛い女だな』って言いました。それで、あの女を知っているよ、昔からと言ったんです。そうしたら、『知ってるんですかー。何をしている女です。昔ってことは今は関係ない。俺に譲ってくれませんか』と名波さんが真剣な顔で言うので、譲るも譲らないもない。煮るなり焼くなり自由にしてくださいと答えました」

「名波が何の仕事をしていたか、その時点では知ってましたか」

「詳しくは知りません。黒のダブルスーツを着ていた時もあったから水商売とは想像していましたが、細かなことは聞かないし、話してくれませんからね」

「その後は？」

「数日後に釣り堀で会った時、あの女は俺の物にするか、ソープ嬢にするって言ってました」

「ソープ嬢に？」

「めったなことであの女は動きませんよって言いました。私はあの女に恨みがあるんです。あの女のお陰で私はホームレス状態になった。ソープやキャバクラにでも売っぱらってください。あの女に金をせびられた男は大勢いる。これ以上に被害が増えないように始末したら、名波さんは感謝されますよ。……半分は冗談でした」

「それで?」

「前金五十万円で殺してくれませんか。成功したら五十万円プラスしますって言いました」

「合わせて百万円ですか。……名波は簡単に小糸さんに接触できた?」

「したらしい。詳しくは話してくれませんが、女を丸め込むのは慣れてるって見栄を張っていました」

「ほう。……ソープ嬢になるのを勧誘したって?」

「金になる仕事があるよって言ったら、ソープランドでしょって言われたそうです」

「話す前に承知していた?」

「あなたのスーツ見れば分かるわよ。私は楽して、もっとお金になることしているわよと言われたって」

「それで?」

「小糸さん、イヤ、あの女、実は簡単に男の誘いに乗るんです。でも、男の考えには合わせない。私は金のかかる女だということを承知するなら、ちょっとは付き合ってもいいわよって、コケにされたって怒っていました」

「金のかかる女ね。……それで殺すのを簡単に承知した?」

「初めは冗談に聞いてると思っていたんですが、本気で殺すって言い出した。あの女は俺をコケにしてやがる。俺がソープに誘わなくても誰かが誘う。稼げる女だ。目を付ける奴が絶対にいる。他の店に稼がせたり、俺以外の男の女にさせたくない。自惚れ女は嫌いだ。殺す方法は俺流で……」

「俺流で?」

「どんな方法かは分かりません。……百万円は約束するかと念を押されたので、まず五十万円を前金で払いました」

「名波はどうして簡単に信さんを殺害する気になったんですか。何の関係もない。何の恨みもないと思うがね」

「あいつは俺の誘いを断った。自信を持って断りやがった。もっと稼がせてやろうというのに。……それに携帯電話を渡したのに電話してこない。自分は可愛いと自惚れてやがる。無心された男の仇を俺が討ってやるんだと言ってました」

信は名波に渡された携帯電話を、さも自分の物のように自由に使った。使うからには、名波はいい返事があると予想した。だが、何日待っても返事はない。そのうちに名波が電話しても繋がらなくなった。さらに日が過ぎて櫂の病室の窓から見たことに繋がるのか。

「ソープ嬢になるかならないか、断るのは自由ではないかね。そんな理由で殺すかね」

「普通の人間はしないでしょうね。……侮辱されたからでしょう」

「恨みや侮辱より、百万円に心が動いたのではないかな。名波の車に小糸さんが同乗するほど親密な関係に発展したのかね」

「分かりません。俺は女を丸め込むのはうまいんだ。簡単なもんさって」

「簡単に親密にはなるが、深い関係にはならない。させそうで、させないわけか」

「そうです。逃げ口上が巧みなんです」

「金を積めば男は肉体関係をもてると思うがそうはさせない」

「そう……。男は馬鹿です、私を含めて。だから、男によっては殺したいほどに女を憎むでしょうね」

「あまりにも可愛いので、諦めることができない。自分が諦めると別の男に奪われてしまうのが辛いということですか」

「そんなところです。刑事さんもあの女と交際すれば理解します。一緒にいるだけでとにかく楽しくてうれしい。心が弾む……」

「ほう。……やがては可愛さ余って憎さ百倍ですか」

「おっしゃるとおりです。交際している間は実に楽しかった。仕事が実にうまく進む。あの女のお陰で仕事がうまくいって利益を上げた。その分、少しくらいは使ってもいいのではと勝手に思い込んでしまった。それが躓きです。

　女は怖いです。もうその時には悪いのは自分だとは思わない。悪いのは女だという思いがますます強くなった。別れて約十年なのに、ですよ。名波さんと一緒にあそこであの女に出くわさなかったらよかった……」

「殺害までは考えなくてもよかったのではありませんか。よい思い出をくれた女として、心にしまっておいた方がどんなにかよかったでしょうに」

「それはビタ一文出さない人の台詞です。金を出しても自由にならないと憎しみが湧いてきます」

「娘さんよりも若い女との交際が長続きするはずはないとは思わなかったんですか」

「交際時はそうは思わない。自分だけはうまくいくと思う。不仲になるとは考えもしない。何しろ仕事が順調にいった。数年分も進んだという錯覚があった。……気づいた時は遅かった。妻子の待つ住まいに帰れなくなった。元を糺《ただ》せば自業自得ですが、あの女にも原因の一つはある。電車の中で人違いしたのは確かに私が悪い。人違いですと言ってくれればいいものを。女は後日、私が間違ったクニタカオルの名で会社に電話してきたんです」

「本当に人違いしたんですか。若い子をナンパするか、援助交際の相手を探していたことはない？」

「滅相もない。まー、中堅ですが一応は家電メーカーで総務の長を担当させていただいてました。世間並みの常識は承知しています。援助交際が何であるかは……イヤ、よしましょう。愚痴以外の何物でもない。世間並みの常識は承知していたつもりでも、女の色香に負けたんです。馬鹿な男です」

「馬鹿と気づいても許せなかった？」

「そんなところでしょう」

「で、どんな方法で殺害するように名波に依頼したんですか」

「何しろ小柄です。車に乗れば半分は成功したようなものです。赤子の首を捻るようなもんでしょう」

「赤子の首を捻るねー。名波はそんなに悪人ではないと思うがね」

「金ですよ金。店を出したいと言ってました」

「店？」

「自分でソープの店を出したいと話していました」

これは意外だ。名波がソープランドを開業したいと思っていたとは。百万円で開業できるとは思えないが、資金の一部にはなる。場所を借りる権利金等の一部にはなる。

信を看板にして稼ごうと模索したが、当の信は拒否した。信を狙う同業者は必ずいる。客は大柄の女より小柄の女を好むのをソープ勤めで知った。他業者に攫われるよりいいと考えたのだろう。百万円もらうだけでも損はない。携帯電話の不正売買で多少の儲けもある。

それにしては貯金が少ないようだ。他人名義の預貯金があったのか。電話を登録するにはそれなりの確認が必要になる。銀行通帳は証拠になる。名波はそれほどまでに水商売に成り下がってしまっていたのか。ソープ業は儲かるとみたのか。

「どんな方法で信さんを殺したか話してくれた？」

「聞きません。さっき言ったとおり、車に乗れば赤子を捻るようなもんでしょう」

「名波の車に、信さんと三人一緒に乗ったことはあるのか」

「ありません。……別れてから信とは会ってない。名波さんの車で見ただけです。もし実際に会っていたら殺しを止めるでしょう。可愛い顔を見たら、やめてくれと言ったと思う」

「そんなに可愛い小糸さんを名波はいとも簡単に首を絞めた？」

工藤刑事は右手の指を半輪にして自分の首に当てた。

「百万のために非情になれたのでしょう」

「百万ネー」

工藤刑事には、あの両親のことを思うと、名波が百万円のために人を殺めるとは考えられなかった。

尋問に私情を挟んではならないけれども、すんなりと大野木の言葉を信じることができない。

しかし何を言われようと死人に口なしだ。いくらでも名波を悪人に仕立てることができる。死んでは負けだ。容疑者であれ被疑者であれ、生きて真実を述べることで救われる場合もある。

名波は一時も早くソープランドを開業したくて百万円に目が眩んだ。名波は頼子が相当に儲けていると思った。ソープを開業すれば大金を掴めるという夢を描いたのか。店を構えて女を数人集めれば、女達が商売をしてくれる。こんな楽な商売はないと思っていたのか。

「で、殺害の決行日時はいつと思ったかね」

「……警察の発表どおりではないですか。……検視官は優秀ですね。随分早く発見されてしまった。名波さんの計算が狂ったなと思いました」

「名波は荒川が満潮と干潮で水位がかなり違うことを知ってましたか」

「一番の満潮は何日の何時頃かと一度だけ聞かれた。釣り新聞を見れば分かるのに」

「それで？」

「四月二十八日と言いました。その五日ぐらい前に会った時に」

「何のために満潮の日時を聞かれたと？」

「海釣りでも行くのかとその時は思いました。後でニュースを聞き、あれは殺してから荒川に投げ込むか放置するためだったと思い直した。早く発見され、身元も簡単に判明して、まずいなーと思いました」

「それで名波を殺す気になった。自分もヤバイ。残りの五十万円を払うのが惜しい？」

「……はい」

「順を追って話してもらおうか。名波の信さん殺害と名波を自殺に見せかけた殺しを……」

「二十三日に、赤羽駅近くのファミレスで飯を食べながら五十万円渡しました。……殺す日は約束できないが、近々実行すると聞いて別れた……」

「本当に殺すと思った？」

「百万円を気にしたので殺すと思いました。すぐに遺体が発見されるようなら、殺しても駄目だと言うと、一ヶ月発見されなければ絶対に安全だって言ってました」

「早く発見されて身元が割れた。約束が違うじゃないかと口論になった？」

「口論はしていません。遺体が発見されてから電話したけど、その話はしなかった。数日後に会う約束をして電話を切った。身元は割れても犯人は分からない。交際男が多い女だから探しようがないって思いました」

「警察を甘く見たわけだ。しかし、名波より自分が不安。だから名波を偽装自殺に見せた」

「そうです……」


大野木の話はこうである。

小糸信の遺体が発見され、身元が判明した時点で、名波を自殺に見せかけて殺す計画を練った。まずは名波に教わっていた番号に公衆電話からかけたが厳しく責めなかった。責めれば自分に会おうとしないと思ったからだ。残りの五十万円を渡すと言い、自分が市川に行く約束した。名波は午後二時くらいまでならと快諾した。

当日、大野木は釣りを装い、竿袋を持ち、小型クーラーボックスを肩に掛けた。ゴム長靴を履けば誰の目にも釣りに出かける姿に見える。埼玉高速鉄道で元郷駅から東葦川駅まで行き、武蔵野線に乗り換えて船橋法典駅に下車。中山競馬場に比較的近く、競馬開催日には賑わう駅である。市川市に隣接して多くの市川市民も利用している。

大野木は数本のワンカップを自動販売機で買ってクーラーボックスに入れた。クーラーボックスには洗濯機用の蛇腹のビニールホースも丸めて入っている。これは不燃物ゴミの中で見つけた。名波殺害を考えた時点で入手した。車の排気筒と太さを合わせる塩化ビニールパイプは工事現場近くのゴミ集積所で拾った。塩ビと蛇腹ホースは銀箔の粘着テープで太さを調整した。後は予想したとおりに車の中で酒を飲むかどうかである。

名波は夕方から出勤するので、休むことはできないと電話で話していた。約束の五十万円も用意した。名波はたぶん、遺体の身元が簡単に確認されたので要らないと言うだろうと予想した。しかし、要らないと言っても渡す。どうせ戻る金だ。五十万円は酒を飲ませるための見せ金である。

つまみの柿の種も用意した。はたして名波が運転できないほどに飲むかどうか。自分は飲まない方が今日は飲む。誘導に乗ってワンカップを二本飲めば成功である。

大野木は正午過ぎに目標の公園に着いた。公園は地図で予め調べておいた。コンビニで買った弁当を食べながら、名波殺害の方法を頭で復習した。竿袋を見えるようにベンチに立て掛けた。公園内を通る人や遊んでる子供達に目立つようにだ。竿袋を見た人には釣りの帰りか行く途中に昼食を摂ってると思わせる。

実際、通行人はベンチで弁当を食べている自分を見ても、視線が竿袋とクーラーボックスに自然と移るのが感じとれた。顔は見せないように背を丸めて弁当を食べた。後日に目撃者探しの時に顔を記憶させないためだ。

「竿らしい一メートルくらいの茶色の袋があった。ブルーのクーラーボックスが足元にあったが顔は見えなかった」と言わせる。服装は若々しく見せるために淡いブルーのTシャツに薄いピンク色のブルゾンを羽織り、Gパンをはいた。どこから見ても六十歳過ぎのじいさんには思えないはずだ。

名波は三十分過ぎ頃に来た。開口一番、信が簡単に身元確認されたことを謝ったが、大野木はそれには触れず「確認されても誰が殺したか分からないよ」とショックを受けていない風を装った。

「車の中がいいね。公園に男二人だと何かと怪しまれる」

「そうしよう。別の公園がある。退避所もある」

車に乗る前に、残りの五十万円だと言って封筒から現金の一部を見せた。名波は押し返し「遺体が発見され、身元も簡単に確認されたから男の約束としてもらわない」と言う。「かまわないから受け取ってくれ」と強く言い張ると「そんなに言うならもらうよ。店を出す予定だから大切に使わせてもらう」と受け取って小さなバッグに納めた。バッグの中には免許証と車検証等があり、いつも持参している。携帯電話はシフトレバーの横に備えたボックスにある。

大野木は竿袋とクーラーボックスをトランクに積み込んだ。トランクにはノート型のパソコンがあった。これは予想外だった。

車に乗って五分ばかり走ると、小さな公園と退避所があった。道路端の低い背丈の樹木も都合がいい。トランクのクーラーボックスからワンカップ三本とつまみを取り出し、飲む準備をした。

「一杯やりましょう。成功のお祝いです。身元が確認されても犯人は見つかりません。名波さんの腕を信じます」

「ええ、分かるわけはない。安心してください」

「どんな方法で殺しました？　手口だけでも話してくれませんか」

「あの日は午前中に会い、17号線を走って上尾のドライブインで飯を食べた。約一時間ゆっくりした。特別に話すことはないけどベラベラ話した。朝飯でも昼飯でもない時間だ。ドライブインを出て三十分くらい走ると、餃子を食べたいと言った。飯を食べて今度は餃子かーと言うと、『チビの大食いよ。私と付き合うとお金がかかるのよ。それを承知なら付き合うわよ』と言った。すぐに餃子屋はなく二十分くらい走った。やっと見つけて中華風の定食屋で餃子を食べた。その後はちょっとだけドライブしようかと言うと黙って乗ってきて、間もなく助手席で綾取りを始めた。いい機会だと思った。ズボンのベルトで絞める予定が変わった。夜まで待たずにすぐにでも殺せると思った」

「それじゃあ昼のうちに？」

「そう。大宮辺りから近い荒川の河川敷に行ったりして一時間くらい走ったかな。橋の名前は分からないけど、わりと新しい長い橋の下で休憩した。その時、『俺も少しは綾取りできるかナー、紐を貸してくれよ』と言って、紐を受け取りいくつか綾取りの型を作った。

その時、数十メートル先から川の中を走るモーターボートの音が聞こえてきて、信は川の方に目を向けた。この時を逃したら機会がないと思い、手にしていた紐を彼女の首に前から巻いて、後ろで交叉させ一気に絞めた。一分と経たぬ間に彼女の呼吸は止まった。シートごと倒し、外から見えなくした。一分か二分の出来事だった。橋の下だからどこからも見えない。それから信をトランクに押し込んですぐに走った。

夜まで待って荒川に投げ込もうと考えた。途中で一度だけ、トランクを開けて見たら間違いなく死んでいる。どういうわけか嘔吐して、口の周囲と胸元にわずかだが黄色っぽい物が付着していた。車が揺れたから、胃に届かない食べ物が逆流したと思った。トランク内がちょっとだけ臭ったがそのまま走った。途中で息を吹き返してトランクの中で暴れないように、紐をさらに強く絞めて結んだままにしていた。

二つのパチンコ屋をはしごして夜まで待った。夜の八時頃が満潮だと釣り新聞で確かめていたのでそれまで待とうと思った。新荒川大橋のちょっと下の辺りの様子を見に行った。水を吸って軟らかいヘドロ状態になっていた。流れのすぐ近くへ車で行くのは危険だと思った。自分一人なら目撃されてもいいが、女を担いでいる姿は見られたくない。

近くの西葦川病院に巴ソープの女が入院しているので、時間調整とアリバイ作りに寄って三十分足らずで出た。頃合いだと思い、上下二本ある新荒川大橋の下流側の橋の右側に駐車した。ボンネットを上げ、後方に赤い反射板を置いて故障を装い、川に投げ込む機会を待った。ここでパトカーが通って事情を聞かれたら拙いナと思いつつ数分待った。そこで首の紐を解き丸裸にした。衣類だけは欄干から先に捨てた。

あの橋はパトカーはあまり通らない。橋の向こうとこっちに交番があるが、互いに管轄外になっている。警視庁も埼玉県警も橋の袂でターンして引き返す。五、六分ほどボンネットの中を覗いて故障を装い、葦川方面からの車のヘッドライトを確認した。都内から葦川方面への下りは別の橋なので気にならない。上り下りの橋の間は二メートルくらい。上りの橋の上に駐車しても下りの車のドライバーは何をしているか判別できない。太い欄干が目隠しになっている。ウィンカーの点滅を見れば大概は故障だと思う。

さらに三、四分過ぎた時にヘッドライトの光が途切れた。この時だと思い、信を抱え出し、欄干越しに投げた。満潮の後は引き潮になる。引き潮と一緒に流されると予想したのに流されなかった。これは予想外だった。十日間もあの辺りで浮沈を繰り返すとは思わず、まして簡単に身元確認されるとは思わなかった」

大野木は名波から聞いた話をこう語った。荒川の流れまで被害者を担いでいって遺棄したと予想した警察の考えはここでも違っていた。橋の上から、欄干越しに投げ込んだとは思わなかった。数分前に投げ込んだ衣類は軽いから引き潮に流されて不明になる。名波は衣類さえ発見されないなら、仮に遺体が発見されても身元は確認されないと予想した。

遺棄してから櫂を見舞ったという点も警察の推理と反対だった。名波は被害者をトランクに押し込んだまま櫂を見舞ってアリバイ工作をした。トランク内の嘔吐物は捜査結果と合っていて重要な証拠になった。奇麗に掃除したつもりでも敷きゴムの凸凹部に嘔吐物がわずかに残っていた。

検視での死亡時刻は夕食後と見たが夕食ではなく、朝飯抜きの昼食後。食事後の約二時間以内の殺害時間は鑑識の結果と合致していた。

戯れの後に。


「それで信さんのハンドバッグや携帯電話、現金の入った財布はどうしたか聞いたのか」

「大宮区に行ったらしい。二台の内の一台の携帯は抜き取った。俺が渡した携帯だと言ってました。財布に万札が数枚あったのでそのまま盗み、空財布は破いて後日燃やした。小銭入れと一台の携帯はバッグに残し、17号線から横道に入り、道脇のゴミ集積所に投げたと話していました」

この辺りは捜査結果と合っている。信の遺体を大宮区内の荒川へ投げ込んだと思わすために、大宮区内に戻って偽装工作した。だが、ここでも簡単に身元確認に繋がる結果になった。名波は本当の悪人でないから証拠隠滅の知恵に欠けていたのか。

「よーし、次は名波を殺した手順を話してもらうかな」

「ワンカップを名波さんに渡し、つまみの柿の種の袋を破って二人の間に置きました。……二本くらいなら平気でしょう。酔って眠ってもいいですよ。起こしてあげますから。俺も一本だけやるかな。お祝いとしましょう。そう言って一緒に飲みました。名波さんはあっという間に一本飲み干した。三口か四口で飲める量ですからね。間をおかずもう一本渡しました。

『眠ったら起こしてくれる?』と聞いたので、責任持って起こすと言いました。三十分ほど世間話をしている内に無口になった。『あー、酔ったナー。必ず起こしてくださいよ』と言うと、自分でシートを倒して横になりました。会話はそれが最後でした。約三十分後に手の甲をつねったり鼻をつまんでも全く反応がない。ここぞと思い、車を出て自分の荷物と五十万円を納めたバッグと携帯電話を持ち出しました。

指紋が付いたと思う辺りを拭き取り、自分で飲んだカップは丁寧に拭いて名波さんの指紋を付けた。

トランクにノート型パソコンがあった。パソコンはクーラーボックスに納まるので荷物にはならない。後は計画どおり、持参した蛇腹ホースを排気筒に差し込んだ。熱で溶けないように差し込み部分の塩化ビニールに銀箔粘着テープを前もって巻いておきました。

ホースの端を窓ガラスと窓枠に挟み、透き間にはタオルを詰めて目張りして車を離れました。車内は頃合いにエアコンが効いてるから目覚めることはない。十分もすると車内には排気ガスが充満しました。携帯電話はバラバラにして途中で捨てた。後は警察の捜査結果のとおりです。

名波さんには悪いことをしたと反省しています。小糸信さんに対してもです。……反省しても二人の命は返りませんが」

大野木は頭をガクリと下げた。

「パソコンはどうしたかな。寝所にはなかった」

大野木も名波もパソコンを何に使ったのだ。名波は巴ソープではパソコンを使う仕事をしていない。どうして車に載せていたのか。

「バラバラにして方々に捨てました。遺体の身元確認を少しでも遅らせたいからです。ターミナル内の廃棄物置き場にもわずかずつですが捨てました。プラスチック類はボイラーの覗き窓を開け、投げ込んで燃やしました。二千度で燃えて灰さえ残りません」

頭を下げたまま言った。

「パソコンは新品？　中古？　メーカーは？」

「……新品を数ヶ月は使ったかな。メーカーはＰ……」

大野木の言葉をメモした。名波がパソコンを購入していれば、家宅捜索時にレシートが見つかってい
るかもしれない。
「間違いないね。今の話に……。公園や証拠物品を捨てた場所は覚えているね。市川警察署からも同じ
聴取がある。現場検証もある」
工藤は厳しい目で見た。
「覚えています。武蔵野線の船橋法典駅から近くで競馬場の割と近くです」
大野木の目に涙が光っている。ここで涙を流しても遅い。人の命をなんと思う。二人の命を奪わなけ
ればならないほど、迷惑を蒙っているとは到底思えない。小糸信に対しては多少の恨みはあるだろう
が、元はと言えば人違いした自分が悪い。自分の娘より若い女に惚れ、嫌われたくないために言うがま
まになり、信の気持ちを留めようと会社の金を流用した。さらには家族を捨てた。どう考えたって擁護
できない。しかも、自分の手で殺害するならまだしも、関係ない名波に依頼するのは卑怯だ。
「いいですね。……逮捕ですよ。家族に会われますか。希望するなら連絡します。奥様はあなたは何事
もなく戻ってくると信じているのですよ」
「……いや、今は会いません」
「後悔はないですか。……時が来たら会えることもあります。連絡だけはします」
「分かりました」
大野木は両手を机に乗せた。反省か自戒か大粒の涙が頰に流れた。
「小糸信さんの両親と名波さんの両親に申し訳ない気持ちでいっぱいです。……小糸さんも名波さんも

私に出会ったばかりに……」

　語尾が震えている。震えても泣いても戻らない二人の命。一時の感情に善悪の判断がつかないままの殺人教唆と殺人。殺人は絶対に利はなく不幸を招くだけである。

　大野木にはこれから裁判が待つ。裁判の場では否認もある。大野木は、刑事の無理な調べに耐えられずに罪を認めてしまったと言うかもしれない。それを言わせないために強力な証拠を揃えなくてはならない。警察はさらなる証拠確認を強いられる。

「市川署に連絡します」

　工藤はさっと椅子を立った。


　昼過ぎに工藤刑事が病院に来た。櫂の顔色を見て間をおかず、「顔色がいいね」と言った。お世辞ではない。本来なら退院を間近にしての顔だ。しかし、その退院が櫂には遠い。工藤刑事は健の手の書籍を見た。

「……朗読ですか。いいですね。警察関連の施設にも巡回してください。協力は惜しみません」

「そうさせていただけたらうれしく思います。声も元に戻りつつあります」

「結構なことです。増田さんの力ですね。……増田さんの協力と真心が小糸さん事件に解決の道筋をつけてくれました。大野木が自供しました。名波の殺害も大野木の仕業です」

　健と櫂は顔を見合った。

「偽装自殺の判断は正解でした。あまりにも簡単に殺人を考え過ぎる。信さん殺害を名波に依頼し、口封じに自殺を装って名波を殺す。ひどい男です。種は自らまいたのにそれは認めない。信さんを殺せば後は金を無心される男がなくなるとでも思い、これ以上の被害者が出ないだろうという間違った正義感が動機だという。金を無心されても本心から恨んだ男はいなかったのに。信さんが殺される理由はないんです」

健も櫂も返す言葉がない。健も櫂もホッとした。健のホッとは、櫂が爪の垢ほども二つの事件に関係してないことが証明されたからだ。櫂は自分の思いと推測が信事件の解決を早めたことの安堵だろう。

名波は計略にはまって信を殺し、さらなる計略にはまって殺された。名波に非がなくはない。女を甘く見る性格と他人を信用し過ぎることだ。ソープを一日も早く開店したい思いが強く、ある程度の現金がほしかった。そこに百万円の話が転がり込んだ。女を殺めたら手に入る。名波は人命より百万円を選んだ。

「やはりそうでしたか。……残念です。僕にも多少の責任があったことを思うと自分に悔しいです」

「増田さんには一厘の責任もありません。殺人は手を下した者の非です」

健には刑事的責任が全くないが、道義的責任をどうしても思ってしまう。信の心を掴めなかった優柔な心についてである。

「これから小糸家に報告に参ります。しかしです。信さん殺害の犯人を生きたまま逮捕できなかった報告をしなくてはなりません。……刑事の心情としては情けないです」

偽らざる言葉だろう。犯人を生きて捕えてこそ真の事件解決。被疑者死亡のままの書類送検は、遺族にとって悔しい限りだろう。

ピンポーンと二回鳴って、「工藤様、おいでになりましたら本社に電話をお願いいたします」と小さなアナウンスが流れた。本社とは葦川警察署の意味である。警察関係者と思わせないためである。

「ちょっと失礼」

工藤は階段の踊り場に行って携帯をプッシュした。

「……駅のロッカーに？　そんなにたくさんか。……よーし分かった。鑑識に現場へ至急行くように頼んでくれ。……俺もここから直行する」

話は簡単に終わった。忙しく携帯をたたんでポケットに入れ、再び櫂の病室へ向かった。

「バタバタとせわしくてすみません。……名波はどうやら、さまざまな証明書をパソコンで偽造し、それを売っていたらしい。免許証とか健康保険証などです。また、それで携帯電話を契約した。大塚駅の二つのロッカーから、キーと偽造保険証や、その他の書類が数点見つかった。おそらく大野木も名波から、偽名の芒村慶二の名前とボイラー免許証を買ったと思われます」

健と櫂は顔を見合わせつつ聞いた。

「死んだ者を罵っても始まりませんが、名波はフザケタヤローだ」

工藤は険しい口調で言った。

「私は大塚に参りますので、ここで失礼。……また、後日に伺います」

挙手とも敬礼ともとれる形に右手を顔の辺りまで挙げ、工藤は忙しげに病室を出た。工藤刑事からフザケタヤローの悪態が出るとは思わなかった。かつて若手刑事から「工藤刑事には鬼畜と慈悲と閻魔様とイエス様が内在している」と聞いた。その中の鬼畜と閻魔様の部分が出たのだろう。

悪態を言わせた名波は相当に悪であると、健も思う。

「名波さんが店を出したいという話を聞いていたの？」

「いえ、聞いていません。……簡単にソープの店は出せないと思います」

喫茶店とは違う。名波は資金さえあれば簡単にソープを開業できると思っていたのだろうか。

「どこから原本を見つけ出したんでしょう。原本は簡単には見つけられないし、持ち出せないと思うけど。私には……」

「いや、案外簡単かもしれない。インターネットで名簿を売っていて、パソコンのキーを叩けばすぐに入手できるらしい」

「簡単にですか」

「僕はインターネットをしないから疑問だらけだが、本人の知らない間に婚姻届や住所変更はあるらしい」

名波がパソコンを使って偽造証明書を作成していたらしいとはこうである。ＪＲ大塚駅の貸しロッカーが一週間過ぎてもロックされたままになっているのを管理会社が発見した。駅員が立ち会い、マスターキーで開けるとキーだけあって空だった。キーナンバーから、別会社の貸しロッカーのキーと判明した。

地下鉄丸の内線の新大塚駅に設置されたロッカーだ。駅員立ち会いで扉を開けると、数枚の履歴書、数冊の名簿録、健康保険証と運転免許証、貯金通帳などが複数入っていた。どれも偽造された物であると思われた。この時点では誰が使用したロッカーかは不明だった。

警察官に立ち会ってもらい、ロッカー使用初日の防犯カメラを検証した。すると、扉を開けて物を入れる人物の後ろ姿と横顔があった。直ちに該当の映像が警視庁に電送され、数分後に名波武徳と確認された。偽装自殺の被害者であり小糸信殺害容疑者である。その名波が使用したロッカーに偽造された複数の健康保険証などが入っていたことで、警察は色めき立った。

市川警察署にも連絡されて、家宅捜索時の押収物の再検分が行われた。その結果が葦川警察署に伝えられた。最初の家宅捜索時の押収物の中には偽造に関する物はなかった。偽造にはパソコンなどの機器が必要だが、アパートにも車の中にもない。ないはずである。大野木が持ち去ったのだ。名波は車の中で偽造していたのだろうか。

ＪＲ大塚駅のロッカーからは指紋を採取できなかったが、地下鉄新大塚駅のロッカー扉の取っ手から指紋が採取された。入っていた履歴書や免許証などからも名波の指紋があった。工藤刑事は頼子に連絡し、休業してるソープの家宅捜索を行う旨を告げた。頼子は了承した。名波がコピーした複数の履歴書を頼子に見せた。全部ではないが、過去に働いていたソープ嬢の履歴書だと証言した。巴ソープにコピー機はなく、名波は原本になる履歴書を無断で持ち出し、コンビニ等でコピーしたと思われる。

頼子の立ち会いで、巴ソープの家宅捜索が行われた。頼子には予期せぬ捜索である。名波の件は大野木の偽装自殺自供で解決したと思っていた。名波のソープ開業計画も初耳だった。簡単にソープを持てるわけがない。やはり田舎者の浅はかな考えしかなかったのか。

休業中のソープには押収物がほとんどなかった。ソープ嬢の仮眠室兼控え室の備品はゼロ。多少の私物はあったが処分されている。事務所兼フロントは電話機と小型の書架と机だけ。家宅捜索を予期して廃棄処分したのではない。初めから金銭関係の書類や貴重品はない。あるのはソープ嬢らの三年分の履歴書である。雇用主は三年間は保管する。名波はこれらを無断で持ち出した。

名波がコピーした名簿を見ると、原本の名前を削除したり、別名の一文字を加えたりして実存しない名前もある。大野木も自分の本名の一文字を消して偽名を語った。となると、名波と大野木は深く繋がり、大野木も加担して偽名の証書を作成したのではないのか。

頼子は捜索に協力した。名波の犯罪に手を貸している様子はない。むしろ被害者か。櫂と名波がいなくては商売が成り立たない。頼子は、名波は殺害されたと工藤刑事から正式報告を受け、富山の両親にその旨を電話した。やはりそうですかとの返事を得た。他人を殺めた後に殺害されたことは言わなかった。

「詳しい内容は刑事さんがお電話すると思います。私も改めてお電話させていただきます」と話して電話を切った。

名波は公文書を偽造して携帯電話を不正契約し、それを販売して金を得ていた。名波の悪事は頼子には全く予期せぬことだった。信を殺すために前金として五十万円受け取り、成功して発覚しなければさらに五十万円をもらう約束をしたという。被害者を裸にし、荒川に遺棄したことで永久に発見されないと本当に思っていたのか。頼子の思う名波はそんな幼稚な考えを持つとは思えない。たとえ考えたとしても思い留めなかったのが悔やまれた。

　耀は眠っている。健は声を出さずに唇を動かして本を朗読していた。文面から目を離し、耀を見ると眠りながらうっすらと涙を滲ませている。夢を見ているのか。それとも朗読の内容に感激したのだろうか。声を出していないから耀の耳へは届いていない。

　耀はこれまでに何度も涙を流して感激する場面があった。本の中の登場人物の悲しみの場面や、艱難辛苦の果てに成功を収めた場面になったりすると嗚咽しつつ涙を流した。健もまた、耀の涙の場面と同じところで胸がジーンとなる。健は読書ばかりか、ラジオやテレビのニュースでも涙を流すことがしばしばある。

　耀の涙を見る度に健は思う、心優しい女である、と。優しさが梅毒という不幸を招いた。必要以上の優しさがあると「ノー」と言えない場合が多い。自分よりも相手の立場を考えてしまう。性病感染の第一の原因はコンドームの不使用である。避妊だけでなく、性病を防ぐにはこれ以上の器具はないとされる。女心としてはコンドームを使用したいが、ソープの客の中にはそれを嫌う者も少なくない。「俺が病気持ちと思っているのか」と怒る客もいるという。

　客にはいい気分で帰ってほしいと、ソープ嬢は願っている。耀も結局はプロ意識が強いままにコンドーム不使用で回を重ねてしまった。本当に客のことを思うなら絶対にコンドームを使用することがプロの誇りなのだ。

　耀のこの涙は何なのだろう。反省の涙なのだろうか。健は読書をやめ、手を伸ばして耀の手を握った。

　毛布の中の手は温かい。こうして耀の手を握ると皮膚を突き破り、血液と体温が一緒になって健の体内を駆け巡る錯覚さえする。

それでいい、櫂の血液が健の体を循環して悪玉菌が薄められ、その血液が櫂の体内に還流することによって完治するなら、ずっとこうしていたい。櫂のためなら地球の回転さえ止まってほしい。愛したと口には出さないが、好いた女である。櫂のために生きる覚悟はある。


巴ソープを捜索しても、頼子に責任を問える物は発見されなかった。厳しく言うなら、従業員が書類を持ち出してコピーしたことに気づかなかった監督責任はある。しかし、名波も野添も与えられた業務をこなした。業務で履歴書を見ることは許される。それを持ち出したり、コピーすることは扱う者の良心に委ねる以外にない。

頼子にとっては、名波がパソコンを購入してまで公文書を偽造したことがショックだった。ソープ開業の資金を作るためらしいが、そんなに魅力的に見えたのだろうか。確かに日銭は入るが、半分以上はソープ嬢への日払いで消える。残りで家賃とその他の費用、名波と野添の給与を払っている。名波が考えるほど、大金が残るわけではない。

巴ソープはソープ嬢に恵まれていた。櫂が魅力ある女を選んだからだ。櫂あってのソープ業であり、名波が開業しても成功の保証はない。名波と同年のソープオーナーは皆無である。名波もそれを承知していたはずだ。なのにどうしてソープ開業を目論んだのだろう。

巴ソープの捜索で何も得られなかった警察は、頼子と鏑木の住まいの捜索をすることになった。実質的に夫婦なのに離婚届を出して別々に暮らしている。頼子は旧姓の瀬川に戻って大塚のソープ街の近くにいて、鏑木は東池袋だ。稼ぎは頼子の店だけ、三軒分の家賃を払うには相当の稼ぎが必要になる。名波がソープ業は儲かると計算したのはその辺りかもしれない。

頼子も鏑木も予想外の家宅捜索である。頼子よりも鏑木の方がまさかと思ったことだろう。信の事件も名波事件も全くの蚊帳の外にいた。名波と鏑木はほとんど面識がないのだ。

頼子には鏑木の住まいがどうして家宅捜索の対象になるか不思議だった。これ以上ないほど警察に協力した思いがある。家宅捜索をして何を捜し出すのだ。警察がほしい物は何もない。人材派遣をしていた時の帳簿は、夜逃げした時に遠方の河川に少量ずつ流した。それから十年近く経過している。もう時効である。確かにあの頃は、毎日毎晩、裏帳簿を作成していた。それが蓄財の源になった。

燿は上半身を起こして読書をしている。健は駅で買った新聞を読んでいた。燿の付き添いは体を動かさないから、駅まで歩いて往復するのはいい運動になる。燿が一人の時はトイレとシャワー以外はベッドを離れなかったという。健が付き添うようになって、体を動かすことが大切だと気づき、自発的に病室内を歩き回るようにしている。

燿は健康で働いてる時にも読書はしなかったそうだ。入院で読書する機会が増え、病気っていいですね、と冗談ぎみに言った。読書の大切さをもっと早く知るべきだと思った。

巴ソープ代表の名義と個人名義の瀬川頼子の預金通帳と、鏑木悠太の預金通帳が押収された。都市銀行と信用金庫を合わせて六冊ある。帳簿より通帳で金の流れが分かる。銀行に捜査員が行き、現在の通帳に記載のない金の流れを調べる。数年前の動きは今の通帳に記載されていない。古い金の流れを知る必要がある。税務署へ捜査員が行って、納税の有無と金額を調べた。

すると、約十年にわたって、人材派遣業の巴商事は赤字理由で納税がゼロに近かった。だが、預金通帳を見れば、それが真っ赤な嘘だと素人目にも分かる。派遣業はこんなに儲かるのかと驚くほどの貯蓄額があった。

巴商事は多くの不正をして儲けたのだろう。通帳の残高はどれも七桁あり、都市銀行の二冊は八桁あった。こんなに儲かりながらよくも虚偽の決算をしたものだ。

一方、ソープ業は赤字ではないが、さほど儲からず、開業以来の帳簿上の数字は横ばいである。ある通帳には月三回、十数万円の支払いがある。支払い先は西葦川病院。櫂の治療費と思われる。巴ソープにとっては大きな負担に違いない。現在は休業しているから収入はゼロ。当分は貯蓄を崩してまかなうしかない。

太陽が遠くの山頂に沈みかけているのが感じとれる。茜色に染まった西方の空気を突き抜けた光が、曇りガラス越しに櫂の顔をわずかに染めている。西側に邪魔物のない病棟では、晴れた日は時間がゆっくり流れていく。

櫂と健は交互に朗読し、批評もし合う。櫂の会話も朗読も見違えるほど滑らかになった。訓練の効果が出てきたのだろう。

不安を感じたままの生活では今の顔色はない。体に障害があっても希望を持てば不安なく生きられる。その証拠を櫂に授けたと健は自負している。櫂が拒否しない限りは共に生きる。一緒に暮らしても同衾は永久にないと覚悟しているが、はたして守れるだろうかという不安もある。

耀は若く美しい。女の若さと美に欲情を抱くのは男の本能だ。しかし、健は男を捨てている。これまでも耀の寝顔を見て、時には体の一部が変化した。でもここは我慢だと懸命に堪えて耀には触れなかった。

覚悟は決まったものの、気になるのは耀の両親のことである。耀は一度として親や実家のことを口にしていない。耀の心を割って聞き出すのは不可能だが、本心は会いたい気持ちがあり、特に母親への思慕は絶対あるはずだ。いつか両親に会いたいという言葉を耀に言わせたい。

健と耀は一日を読書で過ごした。長い一日のような気がした。

駅に新聞を買いに行った帰り、健は工藤刑事に電話した。多くを語らずに耀の実家の件を切り出した。

「そこなんです。悩んでいます。耀さんとの約束を守るべきかを。唇などの欠落は親に話さないと約束したんです。話せば本気で舌を噛むでしょう。両親には正直に話すべきだったと反省しています。これは私の責任です。近日中に解決しないといけないことです」

「そうなることを願っています。僕ができることは何でもしますから、遠慮なく申し付けください」

「その節は力を借ります」

話は簡単に終わった。工藤刑事が初めて両親に会った時は、まだ耀の消息が分からなかった。その時点では全部を話さなくても仕方がないだろう。信事件の解決を優先したためではあるが、耀の両親に信事件は関係ない。

耀は娘盛りになってからは親に顔を充分見せてない。娘盛りになった耀をどんなにか見たいだろう。健は歩きつつ思案した。工藤刑事を悩ますことなく耀を両親に会わせたい。耀を泣かせずに……工藤刑事の立場を悪くしない方法で……。

健は大股で階段を上った。入院棟は午前中は割と静かである。おばさんが掃除している。「おはようございます」と挨拶して廊下を進んだ。健は工藤刑事と電話で話した直後に、耀の実家に電話することを決めた。今朝までは当分は口にしないと決めていたのに、だ。今日言わないことは明日も言わない。明後日も言わないことになってしまうと思ったからだ。

ここは心を鬼にして電話する。後はどうなるかは分からない。耀には長期休暇の件で会社に行くから数時間は戻れないと言う。耀の顔を見ると迷ってしまうかもしれない。迷う前に告げる。

病室に入ると既に点滴が始まっていた。反対の手には緊急事態を知らせるリモコンが握られている。健の留守時に安全を守るのは本人である。体温は正常。毎日変わらない。小食だが残さず食べて便通もいい。尿の回数が若干多いのは、運動しないで汗が出ないからと看護師は言った。

「会社に行ってくる。戻るのは午後になる。一人でいいね」

点滴の腕を見ながら言った。

「ゆっくりしてきてください。申し訳ないと思っています。本来は増田さんにお願いする立場ではないのに……」と耀はやや寂しげに答えた。

「いいんだよ。耀の側にいたいんだから」

耀の顔をわざと見ない。耀は何かを感じたろうか。これまでは話す時はいつも顔を見ていたのに。

「工藤さんとも話してくる」

心を鬼にして嘘を通して真実に繋げたい。

戯れの後に。

十年ぶりの邂逅

アパートに帰った。階段の途中で大家の猫が居眠りしている。十歳はゆうに過ぎた猫は、訪問者の顔と乗り物を記憶しているようだ。郵便配達員の赤いバイクのエンジン音を聞いても逃げもせずに同じ格好でいる。宅配の黒猫便と飛脚便もドライバーを目で追いつつ動こうとしない。ところが新聞勧誘員や保険の外務員等が階段を上ってくると、スーッと逃げてしまう。また、自分の許される場所は承知しているらしく、玄関ドアが開いていても中に入らず、ドア近くに座っている。

今も、待ちに待った家主が何日ぶりに帰ったことを知ったのだろう。一緒に階段を上り、ドア前の踊り場に座るかと思いきや、ドアが開くまでの数秒間、健の靴に擦り寄ってニャーンと鳴いた。健は腰を屈めて指先で頭を撫ぜ、さらに喉元を撫ぜると、やや甘え声でニャーンと鳴いて健の脚に頭を擦りつけた。

「待っていたのか。よしよし」

頭から体へと手の平で撫ぜた。猫はさらに甘え鳴きをした。健はドアを開けたまま部屋に入った。猫はピタリと止まり、健の動きを目で追う。可愛がれば応えるのは人間も犬猫も変わらない。いや、人間よりも正直かもしれない。しかも裏切ることはしない。

主をなくしていた部屋は何事もなく迎えてくれた。今度戻れるのはいつになる。その日は遠いのか近いのか。その頃に櫂はどうなるだろう。櫂が一緒なのかそうでないのか、これからの電話によって将来が決まるような気がする。

以前に工藤刑事から受信していたファクス紙から、NTT案内で櫂の実家の電話番号を聞いた。いざダイヤルしようと思うと心臓がドキドキして指が躊躇した。受話器を一旦戻し、深呼吸して再ダイヤルする。二度の呼び出しで受話器が取られた。

「黄金丸でございます」

ややくぐもり声ではあるが女性が出た。

「増田と申します。黄金丸梶之助様のお宅ですね」

「そうでございます」

「東京から電話しております。突然の電話をお許しください」

「東京のマスダ様。……どのような用件でしょうか。私は梶之助の嫁の津和でございます。梶之助にご用なら漁協にお願いしたく存じます。と申しましても梶之助は今、北海道に出張でございます」

途中から怪訝な声になった。漁協の組合長に用があるなら漁協に電話をすればいいのに、自宅に直接かけてくるのはよほどのことだと思ったに違いない。

「奥様でよろしゅうございます」

猫がいつの間にか足元に来ていた。こんなことは初めてだ。猫は健を見ながらズボンの裾に頭を擦り寄せた。家主は追い払わないと感じたのだろうか、頭だけでなく体ごと擦り寄ってきた。

「そうでございますか、……お聞きします」

「びっくりなさるかと思いますが、燿さんのことです。伺うのが本筋ですが電話でお許しください」

「エー、燿のことですか。居所が分かったのですか。警察の方でしょうか。先日、葦川警察署の工藤さんが訪ねてきました。何かの事件に関係しているらしく燿の写真を数枚持っていかれました」

声に弾みが出た。燿の消息をいかに待っていたかが窺われる。猫は健の踵の辺りに座って離れようとしない。

「警察でありません。燿さんの友人です」

「そうでございますか。どうぞお話しください……」

「詳しいことは後で述べさせていただきます。要点を話します。……燿さんは葦川市内の病院に入院しています。行き届きませんが、数日前より付き添いをさせていただいています」

「エー、病気ですか。……それで病名は？　……付き添いや介護の必要な病気ですか」

「必要ではないですが、力になりたく思いまして……」

「まー、それはそれは……。それで病名は？」

梅毒というには勇気が要る。しかしここで躊躇しては電話した意味がない。

「梅毒という疾病はご存じですね」

「はい、存じております。……燿が、まさか梅毒を……」

「はい。残念ながら」

内心ホッとした。梅毒を知らなかったらどう説明しようかと思っていた。

「分かりました。主人に電話して、支度してすぐにそちらへ参ります。どこかでお待ちいただけますか」

津和は電車を使うと言った。ここまで三時間はかかるだろうか。消息不明でもまさか入院しているとは思わなかったろう。まして梅毒は想像の域を超えている。

健が電話を切ると、猫はスーッと離れて声も出さずに外へ出た。


健は西葦川駅からやや離れたファミレスで櫂の母親を待った。ここは信と何度も寄った店だ。あれから何年も過ぎた。記憶している顔のウエートレスはいない。

午後一時過ぎには到着するだろう。健はコーヒーを飲みつつ考えた。自分の行動は黄金丸家と櫂にとって正しかったのだろうか。工藤刑事でさえ、櫂のことを思うと両親には正直に話せなかった。

健はあらためて櫂の欠落した唇と歯茎を思った。報告だけでは終わらない。これからが本番なのだ。母親と櫂を会わせなくては意味がない。今日は黄金丸家にも櫂にも重大な日になる。

タクシーが駐車場に入るのが見え、後部のドアガラスに白髪の女性が確認できた。今のタクシーがそうだろう。津和は電話を切る前、私は髪が白いから分かりますと言った。櫂を案じて心を痛めた末の白髪だろうか。

櫂の症状を一刻も早く知りたいだろうと、面倒な挨拶は省いた。津和は娘に似ていない。櫂は父親似なのか。温和な顔立ちに白髪が似合い、一層品よく見せている。若き日は小町娘であったと推測する。

声は電話で聞いたとおりくぐもっている。津和は「こんな声ですみません。若い時から浜や船で大声を出し、喉に潮風が当たったりしてくぐもり声になってしまいました」と言った。

「気になさらないでください。食事はなされましたか」と健が尋ねると、「喉を通る気がしません。先に耀の症状を聞かせてください」と言って津和はまっすぐ健の目を見詰めた。

健は今朝までのいきさつをかいつまんで話した。

「ありがとうございます。やはり梅毒ですか」

津和は肩を落とした。年長者は梅毒の恐ろしさを知っている。正しい性教育のない時代、近隣に梅毒などの性病感染者がいると、それを基準に話すことが一般的だった。必ずしも正しくはないが、性教育の礎になっていたのは確かだ。

娘の消息を知ったうれしさの直後に梅毒と聞けば、苦悩しているはずなのに、津和は気丈に振る舞い、涙を見せない。本心は泣きたいだろうに、赤の他人の男が陰に陽に支えてくれたことを思えば、泣いている場合ではないと承知しているのだろう。

「クラミジアなどが若い女性に多いとは聞いていましたが、まさか自分の娘が梅毒に感染するとは想像しませんでした。消息は不明でも元気にしていると思っていました。増田様にはずっと迷惑をかけどおしなんでしょうね」

「迷惑とは思いません。耀さんの世話ができることを男冥利に尽きると思ってます」

嘘ではない。迷惑だと思うくらいなら、耀が梅毒と知った時点で知らぬふりをした。増田家のＤＮＡ

は寄る者は拒まず、逃げる者は追わずだ。

「すぐに櫂に会うことはできるでしょうか」

「できますが、申したとおり、櫂さんには内緒です。ご両親に伝えるべきかをずーっと考えていました。櫂さんは、私には親も実家もないと言ってます。理解しないではありません。親を心配させたくないのです。……私は憎まれる覚悟で行動を起こしました」

「聞かせていただいたからには知らないふりはできません。治療費も相当でしょう。……どのような方法でお支払いしていただいているのですか」

「櫂さんが勤めていた店が払っています。現在は休業していますが、代表者は瀬川さんという女性です」

「まあご奇特な……。私が思うに、性病は自己責任です。許せるならお会いしたいです」

普通なら経営者に責任転嫁したいだろう。そうしないのは漁協組合長の重責にある黄金丸家の見識と思える。

「時間を追ってお会いしましょう」

「連絡がなくなってからは、黄金丸の力で探したのですが、手に負えませんでした。地元の警察にも話しましたが全く手掛かりがありません。先日、刑事さんが見えまして、櫂が何らかの事件に関係しているとの話で写真を持って帰られました。その後、刑事さんからは連絡がありませんが、本当に櫂は何かの事件に関係しているのでしょうか」

「その事件は解決しました。櫂さんは全く関係ありません」

「そうですか。安心しました」

もっと早く知らせてほしかったと言われると覚悟していたのに、それらしい言葉はなかった。工藤刑事も苦悩している。本当は擢の事情を知った時点ですべてを話した上で、擢との約束があるので当分はこれまでどおりにしてほしいと言うべきだった。事件は解決した。もはや擢の事情や近況を隠し通す理由はない。

約十年ぶりに娘の顔が見られる。いい娘に成長したろうが梅毒に感染している。津和はうれしい気持ちと同時に戸惑いもあるだろう。迷いの少ないうちに会わせるのがいいと健は考えた。

「親として本当は怖いのです。梅毒と聞いて」

津和は躊躇しつつ言った。当然だろう。梅毒は壊滅されたと多くの人が思っている。

健は心が重かった。擢の唇の溶解や欠落をどう説明すればいいのか。話さないまま病室に行き、擢の
唇を見たら津和はどう思うだろう。ここまで話したのに黙ったまま病室に行くのは卑怯な気がする。娘
の顔を見れば当然唇の欠落は目にする。それを見てびっくりさせるより承知させておいた方がいい。

「症状をお話しするには心苦しい点が一つありますが、心して聞いていただけるでしょうか」

「……はい、遠慮なくおっしゃってください。覚悟はしています」

やや間をおいてから、津和は健を見て言った。

「実は……擢さんの下唇が溶けているんです。一部ですが」

「溶けた?……と言われますと?」

健の顔を覗くように見た。

「……上唇と下唇がピッタリと合いません。歯茎も溶けています。前歯も数本失われています。ですから……言葉にやや不自由な点があります」

津和の顔が一瞬だけ青くなったように見えた。

「……そうですか。よくぞ話してくださいました」

心臓はハチ切れんばかりに高鳴っているだろう。動揺を健に感づかれまいと冷静を保っている。

「訓練で随分回復しました。時間は要しますが普通に話せるようになると思います」

「さまざまなことで増田さんには迷惑をかけたのですね」

「迷惑ではありません。縁《えにし》だと思っています。離れていても見えない糸で繋がっていた。……切るに切れない鋼鉄の糸です」

「櫂とはいつ頃に知り合いましたか」

「約十年前です。交際期間よりも空白期間の方が何倍も長いですが」

「風俗で?」

「いや。印刷系列の梱包会社です。僕は運送会社の出向でした。櫂さんはそこで荷造りのバイトをしていました。巴商事という人材派遣会社に所属していました。その会社は裏でソープランドを経営していました。詳しくは存じませんが、櫂さんは望まれてというか、見込まれてソープの方に……」

「全く知りませんでした。櫂がそのような仕事とは。……大学事務をしながらスナックでバイトしたために、解雇されたことは聞いていましたが。さまざまに手を打ったのに探せませんでした。

女が一人で都会で生きるには風俗かとは思いますが、まさか、ソープで働いた揚げ句に梅毒で入院す

ると は……。工藤刑事さんが見えた時はそこまではおっしゃりませんでした。唇と歯茎が溶けたことは言いにくかったんでしょうね」

「その辺は後でお話しをさせていただきます。工藤さんが面倒な事件を担当しているのは確かですが、事件は解決しました。解決のヒントは櫂さんです」

「入院しているのに事件解決のお役に立ったのですか」

「そうです。工藤さんは櫂さんに大変感謝しています」

「迷惑をかけてる櫂が、どうして警察に感謝される役目を?……」

「櫂さんの証言が事件の解決を早めたのです。それについては工藤さんからお話があるでしょう。細かなことは聞いておりません。申し訳ありません」

「謝らないでください。迷惑をたくさんかけながら……」

「迷惑とは思いません。他人のために尽くすのは増田家の血筋です。貧乏百姓でしたが他人に優しくするように育んでくれました」

「羨ましく思います。……櫂は善悪の判断できる子に育てたつもりですが、親の欲目でしょうか。どうして風俗に走ったか考えが及びません」

「欲目ではありません。自慢できる娘さんです。櫂さんは唇と歯茎が失われても大きな夢と希望を持って治療に専念しています。回復したなら、苦い体験を生かして、小学生や中学生のための性教育の先生になりたいそうです。僕も協力することを約束しました。どうぞお母様も協力していただきたく思います。

週刊誌などによると小学校高学年の何パーセントかは性体験があると報じています。その責任は大人にあります。幼女や少女達へ誤った性教育をしているからです。翟さんは、自分のように悲しい思いをしない少女を育てたいと願っているのです」

「それはもう、耀の夢が叶うように応援したいと思います」

昼の事情を知らないままに耀に会ったら、母親はびっくりするに違いない。話したのは正解だ。津和の心は泣いているが、健が仕事を休んでまで付き添いしていることを思えば、泣いている場合ではない。

健は感謝の言葉やお礼は期待していない。耀とは今後も生活を共にするつもりだ。むしろ、耀と共生する資格があるだろうかと見極められる場でもある。津和が耀と二人きりになった時、「増田さんとの関係は何なの」とは問わないだろう。問われても耀は答えず、見れば分かるでしょう、と顔で表現するだろう。

健は店内の公衆電話で工藤刑事の在署を願いつつダイヤルした。すぐに繋がった。

「時間をいただけないでしょうか。工藤さんを裏切る行動をしてしまいました。事後報告で誠に申し訳ありません」と堂々と言った。

「どうしました?」

「実は、黄金丸家に電話してしまいました。耀には内緒です。お母様と葦川駅近くにおります。これから病院に行きます。その前にお会いしたいのですがいかがでしょうか。お母様も工藤さんにお会いしたいと言ってます」

「分かりました。それは喜ばれるでしょう。黄金丸さんへの報告が私の優柔不断で遅れているのを申し訳なく思っています。櫂さんから親には話さないでと言われて迷っていました。すぐに参ります」

健は席に戻ると、工藤さんが見えますと告げた。その時、空いていた椅子に載せてある津和のハンドバッグがわずかに振動した。「主人だと思います」と言って津和はバッグを持ち、テーブルを離れて外へ出た。

数分で津和は戻ってきた。

「やはり、明日の一番の飛行機に乗るそうです。すぐにも駆けつけたいがどうしても抜けられないと……」

恐縮そうに言いつつ席に着いた。

「もっともです。北海道に行かれて、中座するわけにはいかないでしょう。仕事も大切です」

「申し訳ございません。増田さんにはずっとお世話になりながら……」

「それはいいのです。気にしないでください」

ウエートレスの「いらっしゃいませ」の声で入り口に目を泳がせると、工藤刑事の姿が見えた。健は手を頭上にして場所を示した。工藤もすぐに確認して挙手した。

一時間ぐらい話した。工藤刑事は初めに津和に向かって深々と頭を下げた。櫂さんの現況を知りながら、捜査ばかりが頭にあり、すぐに報告しなかったことを詫びた。津和は、健から櫂の病状を知らされたことで、工藤刑事に対して恨みや憤怒の表情を見せないが、内心は複雑だろう。

「私が娘の立場でも同じでしょう。普通の病気ならともかく、男と遊んだ末の疾病を親に向かって正直に話せるものではありません。責任を感じないでください。性病は自己責任です。櫂と約束した、両親には絶対に話さないという約束を守ってくださいましてありがとうございました」

津和の言葉を聞いて、健は胸の奥にグンと来るものがあると同時に、漁師の妻とはこういうものかと思った。漁船が遭難したニュースをこれまでに何度も見た。漁船が時化た海で遭難した時、組合長は二次遭難を避けるために救助船を出せず苦悩している。遭難した漁師の妻は救助船の出港を泣いて迫る。組合長の妻が懸命に漁師の妻に諭す。健はそんな場面を反芻した。

津和はたぶん、組合所属船の遭難等では落ち着いた行動をとったに違いない。病室に行って櫂に会った時、津和はどんな言動をとるだろうか。「私が娘の立場でも同じです」というのは、自分も梅毒に感染したら親に言わずに隠れて治療することを意味している。古い人間ほど性病は恥だと承知しているのだ。三人は病院に向かった。

津和には廊下で待ってもらい、健と工藤刑事は櫂の病室に入った。櫂は起きて読書していた目を上げて、「お帰りなさい」と言って笑みを見せた。健の後ろに工藤刑事の姿を見つけて、ちょっと意外な顔をした。

「刑事さん。こんにちは」と頭をちょこんと下げた。

「こんにちは。元気そうだね。変わりないかな。顔色がいいね」

「はい。……工藤刑事さんのお力です」

「私の力なんて知れたもの。増田さんの力が一番だよ」

「それはもう、感謝しています。刑事さんにも同じです」

二人の顔を交互に見て微笑んだ。ドアの外にいる津和にも聞こえているだろう。約十年ぶりの耀の生の声である。本心はドアを突き破ってでも娘を抱き締めたいだろう。健はもう少し待ってと心で呟いて、耀のすぐ横に立った。

「今日は覚悟して話すことがあるよ。聞いてくれるね」

やんわり切り出すと、耀は怪訝な顔で健と工藤刑事の顔を見た。健は耀の右手を握り、両手で包んだ。

「僕が会社に行って長期休暇の件を話すというのは嘘なんだ。ごめんなさい。もう一つ、耀が工藤さんと交わした約束を破ってしまった。工藤さんを恨まないでくれ。責任は僕にある」

一瞬、耀の顔が暗くなった。

「落ち着いて、聞いてくれ。……千葉のお母さんに電話して来ていただいた」

健はゆっくり話した。

「……」

暗い顔の中で目だけがキラリと光った。

「お母さんは今、廊下で待っている」

「そんなー、ひどい、ひどいー」

耀は唇をギューと噛んだ。そればかりか舌を噛もうとしている。

「だめだー」

健は叫ぶと同時に櫂の口に両手を差し込み、結んだ唇を無理に開けさせたが、櫂の力も強い。幼児がイヤイヤするように、頭を左右に振って健の手から逃げようとした。工藤刑事が素早く近寄り、櫂の頭を両手で抑えた。健は力を込めて口を開かせた。わずかに開いた唇の間に工藤刑事が毛布の角を詰めた。

櫂はさらに顔を左右に振り二人の手から逃げようとした。その時だ、ドアが力強く開いて津和が飛込んできた。

「櫂、やめなさい！」

叫び声とともに櫂に駆け寄った。櫂の動きが一瞬止まった。健はこの時とばかりに毛布の角をさらに口腔に押し込んだ。

「やだやだやだー」

櫂は必死に叫ぼうとするが、口に押し込まれた毛布が声と呼吸を妨げた。健は両手で毛布を押さえ、吐き出そうとするのを抑えた。これ以上に押し込むと窒息してしまう。しかし、毛布を引き出せば舌を噛む。健は櫂の表情の変化に神経を配った。

櫂は苦しい呼吸の中でも母親の顔を見まいとしている。櫂の両目から涙がどっと噴き出した。健に裏切られた悔しさか、母に知れたことへの絶望か。涙は健の手の甲を生温かくした。

津和は健の前に割り込む形で入った。健は手を伸ばしただけで櫂の口元から手を離してはいない。母親に変形した唇を見られたら、さらに舌を噛もうとするだろう。ここは体を張ってでも手を離すわけにはいかない。

「母さんの顔を見られますか。……さー、母さんの顔を真面目に見てごらん」

津和は強い口調で言いつつ、毅然として櫂に顔を向けた。……櫂は母の顔を見た。その時に全身の力が抜けたように健は感じた。結んでいた唇と歯の力も抜けた。それでもまだ櫂の口に毛布を入れたままだ。工藤刑事はひと安心と見て一歩後ろに下がった。

櫂の目からは涙が出ている。その目で母を見ている。

「舌を噛み切って死ぬなら死んでごらん。母さんの目を見ながらやってごらん。あなたの好き勝手な行動で多くの人が迷惑を蒙ったのよ。増田さんは長期に休んでまで櫂一人のために頑張ってくださっているのよ。刑事さんは警察の禁を破ってまで、気遣ってくださったのよ。それが何ですか、母に知れたからって、舌を噛んで死ぬなんて。自殺するなら梅毒と知った時点ですべきよ。性病は自己責任。女の恥、人間の恥よ。お婆ちゃんが話されたのを忘れたの」

津和はなおも櫂の目から目を逸らさない。これは意外だった。慰めの言葉は一つもない。櫂は全身の力が抜けたように健に凭れかかった。櫂は津和から目を逸らし、やがて嗚咽をもらした。健は櫂の口から毛布の全部を抜いた。毛布の角には歯型がついている。

「母さんに見られたくなかった。死にたいです。許してください」

頭をガクンと下げて健の腕にすがりついた。本心は母の胸に飛び込んで大声で泣きたいに違いない。母が来たと聞いた時、唇の溶解は絶対に知られたくないと同時に、多少は慰めの言葉もあろうかと予想した。

なのにそれらしき言葉はなく叱咤された。親子であろうと病人を叱るのは勇気が要る。健も工藤も言葉を挟む余地なく、見守るしかない。これは愛娘への激励であり、愛情表現でもある、と健は思った。

本当は母親として、苦悩している娘の肩を抱き締めて一緒に泣きたいであろうに、健と工藤刑事の手前では泣くことも抱き締めることもできない。津和は心で泣いているのだろう。櫂が心身共に健なる男に頼り切っていることも悟った。

「いい加減に泣くのはよしなさい。泣いて治るなら、お医者も薬も要りません。どうしたら治るかは当人の心にあるのです。泣いている無駄な時間はないのよ。増田さんと刑事さんに感謝しつつ完治へ努力するのよ」

漁師の妻、漁協組合長の妻であるからこそ出る言葉だ。櫂は嗚咽を徐々に細めて顔を上げた。それでも涙はしきりと流れる。櫂は手の甲で涙を拭おうとした。津和がハンカチを黙って差し出した。櫂は黙ってハンカチを受け取って涙を拭いた。ここで親と娘の心が繋がった。

毛布の角に歯型がある。毛布でなく健の指先なら噛み切られた。指を噛み切るくらいの力を込めないと舌は噛み切れない。櫂は歯茎の一部と前歯が数本ない。それがやや幸いした。舌を奥歯近くにするには少々時間を要し、やや躊躇している間に健に口を開けられたからだ。

「申し訳ございませんでした。大きな声を出しまして」

津和は健に向かって頭を下げ、後ろを振り返り、工藤刑事にも頭を下げた。

「今日からは私も看病しますからね。工藤様と増田様にお世話になったお礼を健康になってお返しするんですよ。……本当に、お二人にはお世話になりました」

「いやー、警察として当たり前のことをしただけです。殺人事件は解決しました。櫂さんの証言が大変役立ちました。お礼を述べたいのは私どもです。何もかも増田さんがご存じです」

「世間知らずの娘なので、増田さんのように優しい男性が早く現れていたらどんなによかったでしょう。ずっと昔にお会いしたく思いました。それなら道を誤らなかったでしょう」

燿の目にもう涙はない。津和のさっきの叱咤を思うと、しっかり躾をされていたという想像は当たっていた。間違っても風俗に走る娘に育てたのではないのにという、津和の無念の思いが伝わってくる。

「燿さん。今夜はお母様と話し合ってください。私は失礼させていただきます」と工藤刑事が離れたまま言った。

「誠にありがとうございました。改めてお礼をさせていただきます」と津和は深々と頭を下げた。

「礼なんてとんでもない。ご主人によろしく」

工藤は一礼してドアの方に向かった。それを追う形で健はドアを開けた。

「ご苦労さまでした」

まるで津和から伝播したかのように、深々と礼をした。礼に始まり礼に終わるのが黄金丸家の伝統である。

健はすぐに戻った。その時、津和がポケットに手を当てていた。

「すみません。主人かも」

手を当てたまま廊下に出た。携帯電話が振動したのだろう。

「お父さんは北海道に研修だって」

「そうなんだ。父が来ないのはなぜだろうと思っていたの」

「櫂はどっちに似てるんだ。……お母さんには似ていないね」

「父でもない。だから私は子供の頃に、どうして私はどっちにも似てないのかと泣いたの。その時、父がね、海で拾ったと言ったの。そしたら、母がムキになって父を怒ったの。子供は本気にするから冗談でも海で拾ったなんて言わないでって。……冗談の分かる人になってほしいから言っただけなのに、あんなに怒らなくたっていいだろうって、後で父が言ってました。今でもその時の母の顔を覚えています。母は冗談に厳しい人です。多くの組合員が漁場で波と戦ってるのに冗談はよしなさいって」

なるほど、黄金丸家の生活の一端が読めた。櫂は冗談も言わない家庭で育った。津和の言うとおりだ。櫂の幼少時に梶之助は組合長ではないが役職にあったろう。漁協幹部の家族が冗談を言っている間にも、漁船は漁に出て一分一秒を波と戦っていることを思えば冗談は禁物だ。津和は常に漁師の家族を思って生活してきた。冗談も言えぬ家庭は櫂にとって窮屈であった。東京の大学に行けば家を出られると考えるのも無理はない。

ノックの後に津和が戻ってきた。

「主人でした。……やはり、明日になります」

「そうですか」

梶之助が来ても、櫂を連れて千葉へ即刻帰るとは言わないだろうが、健の立場はこれまでと大きく変わるだろうと予想した。津和の見た、健と櫂の様子を知れば無理に引き離すことはあるまい。黄金丸家に恩を負わせはしないが、櫂の健への依存度は並大抵ではない。津和が梶之助に話さなくても、雰囲気を見れば櫂を千葉の病院に連れて行くとは言わないだろう。医療施設や技術を考えれば、地方より都会の方が優れていることは明らかだ。

「増田さんには随分と迷惑をかけ続けたんでしょうね。わがままを絵に描いたような娘ですから」

やや柔らかい表情で津和が言った。

「迷惑だなんてとんでもありません。運命の糸の繋がりです。同席できることを誇りに思います。働くだけの僕の生き方を変えてくれました。怪我の功名と言っては黄金丸家に失礼ですが、權さんとこうしていられてうれしく思っています」

「何て優しいお人なんでしょう。權、聞きましたか」

「増田さんの優しさは私が充分に知っています。忘れたら罰があたります。生きられる一秒一秒に感謝しています」

自信に満ちた顔で言った。健は思う、頼子への感謝も忘れてはいけない。蓄財の多くを權の治療費に充てることは並みの温情ではできない。頼子は夫と争ってまで權を守っているのだ。

「お話に伺いました瀬川様に会うことができるでしょうか」

津和がやや遠慮ぎみに聞いた。

「もちろんです。電話しましょう。いいね、權ちゃん。番号知っているね」

「知ってます」

異論はない。赤の他人の治療費を払う者はそうはいない。真の好人物には真の好人物が寄る。黄金丸家は八面玲瓏である。寄り付く人もまた、八面玲瓏なのだ。

權に教わった電話番号を口で繰り返しつつ健は出た。廊下をやや急いで歩き、隅の公衆電話をダイヤルした。……三度の呼び出し音でも出ない。もう二度呼んだ。出ない。番号を間違えていないはずだが、受話器を戻して番号を口で反芻した。

……数分待とう。母と娘に時間を与えよう。二人きりで話したいこともあるだろう。母親としての意見や厳しい話もあろうが慰めの言葉もあろう。

再度ダイヤルしたが、繋がらない。仕方なく健は病室に戻った。頼子は不在だったと言うと、津和は後日に会わせていただきますと言った。

母と娘は融和したように見える。健の数分の不在が二人の距離を縮めたのだろう。親子とはそういうもの。特に母と娘はそういうものだ。

ピンポーンが鳴り、「夕食の時間です」のアナウンスが流れた。トレーを載せた台車が廊下を進んで小窓のデッキに食事を配っていく。今夕は遠慮して津和に勧めようと健は考えた。配られたトレーの一つを櫂に向けた。

「僕は今夜は自宅に戻ります。どうぞ久しぶりに水入らずで過ごしてください。一つはお母様が食べてください。いいね、櫂ちゃん」

「いいわよ。母さんもいいね」

櫂は本心は健にいてほしい。健が同室する限り、津和からの厳しい言葉を聞かずに済むからだ。

「増田さんを追い出すみたいでいいんでしょうか」

「それは気にしないでください。受付に報告します。親御さんの付き添いに駄目ということはありません。看護師が巡回しますから関係を話してください」

「申し訳ございません。何もかもお世話になります」

「気にしないでください。……途中で瀬川さんに電話します。お母様が病院に見えたと言っていいよね、耀ちゃん」

「ええ、言ってください」

「どうぞごゆっくり……」

健はベッド下のリュックサックを手にして耀から離れた。ドアを開けつつ振り向くと、津和が深々と頭を下げた。それには答えず廊下に出た。

これでいい。親子で今後を話し合ってほしいが、黄金丸家に耀を任せるわけではない。親が望んでも耀は望まない。明日は午後に来よう。その頃には父親が同室しているだろう。健がいない間に入院の経緯と健との関係も聞くに違いない。

健は受付に、今夜は患者の母親が付き添うことを告げて病院を出た。


健はビジネスホテルに泊まった。ゆっくり眠りたい。折り畳みベッドは寝にくかった。耀の前では言わなかったが、耀はそれを承知していた。今夜は耀の心配をせずに眠りたい。風呂付きにした。贅沢だとは思うが、疲れた体に免じて許してもらおう。

湯栓を捻ると、初めに水が出て間もなく湯になった。

「約二十分で湯加減と水位が頃合いになります」とプレート書きがある。背の高さにあるサッシ窓の戸を開放して、バスルームの空気を入れ替える。背伸びして覗くようにして外を見たが、一メートルくらい向こう側の波板塀が目隠しになっている。風呂に入った時ぐらいは遠くを眺めたいものだが、現実は諸々の条件で許されないのだろう。

アパートの浴槽よりは一回り大きく、二人が充分に浸かれる。ビジネスと謳っているがラブホテルも兼ねている。カップルで入浴できるように二人用の浴槽にしたのだろう。湯栓も太く、勢いよく出る。浴槽に半分くらい溜まったところで健は裸になってシャワーを使った。

やはり櫂のことを思ってしまう。何とかして欠落した唇を完治させてやりたい。だが、医師の説明を反芻すれば完治はない。よくて現状維持だ。現代医学でも梅毒を完治できないのか。

湯に浸かって思う存分に手足を伸ばすと、健は健全に生かされていることを実感した。櫂の今夜はどうだろう。十年ぶりの母と娘の再会をどんな思いで過ごしているのか。櫂が健康体で再会できたなら、感激の涙があったろうに、現況を思うと素直に喜べないだろう。

津和は「性病は女の恥」と言った。だから櫂は親には知られたくなかった。櫂は健を一瞬は呪ったろう。話したばかりか、母親を連れてきたと聞いた時に、だ。健は恨まれ憎まれる覚悟で行動した。永久に黙り通すことは不可能なのだ。いつかは話さなくてはならない。

母娘は健との今後も話すだろう。津和にすれば、健は得体の知れない男である。名家や旧家とは健のような男を嫌うものだが、娘が世話になったことを思うとあからさまに拒否はできない。

とはいえ、五十路男がどうして赤の他人の世話をするのか、多少の猜疑心と懸念はある。櫂が健康体でも結婚には歳が開き過ぎていて、すんなりと認めるわけにはいかない。今の櫂を思えば、二人が契りを結ぶことは生涯ない。一生抱けぬ女との結婚は常識的にはあり得ない。黄金丸家の資産を狙っての付き添いと思うかもしれない。それを払拭させるのは櫂の言葉と態度次第だ。

バスルームを出て頼子にダイヤルすると、すぐに繋がった。言いにくいのは後回しにしないのが増田家の家訓でもある。

「事後報告です。余計なことと思いながら千葉に電話しました。母親が来ました。今夜は櫂と二人にしました。梶之助氏は北海道出張だそうです。明日の午前中に急遽戻るそうです。工藤さんも会われました。瀬川さんに夕方電話したのですが通じませんでした」

「所用で出かけていて、失礼しました。……櫂の実家や両親のことは、ずーっと考えていました。櫂との約束を秤にかけると、千葉に行く気も話す勇気も出ませんでした。……経営者としては責任回避になりますが……」

「その責任はないと思っていいでしょう。性病は自己責任だと母親に厳しく叱咤されました。梶之助氏も同じ考えだと思います。無下に批判することはないでしょう」

「そうは思っても、私の店での感染ですから管理責任は問われる覚悟です。親の立場を思えば激怒されるのは道理と思っています」

「僕と櫂との関係を考慮すれば厳しい言葉はないでしょう。母親の叱咤どおりに自己責任です。プロであれば本人次第で感染は防げたはずです」

「どうして増田さんは、寛大で優しいお人なんでしょう。櫂が焦がれる理由が分かります」

「単なるお人よしですよ」

「とんでもありません。私は増田さんの生き方を学ばないといけないと思っています。櫂も同じです。

櫂には必要な人なのです。増田さんを模範に生きてくれるでしょう」

「模範なんてとんでもない。今後のことは後で話しましょう。明日は何時頃にいらっしゃいますか」

「午後一時頃にしましょうか。別の用事で西葦川方面に午前中に行く予定です。早めに済ませます」

「分かりました。その時分に近くの喫茶で待ちます」

翌日、近くの喫茶店でコーヒーを飲んでから、健と頼子は病院に向かった。頼子は濃紺のスーツを着ている。初対面の黄金丸夫妻に対しての心遣いだ。たかが風俗の女主人と思われるのが嫌なのだろう。職業に貴賤はないと言うものの、ソープの女主人となれば蔑まれるのが道理だ。派手な服装をしていれば、こんな経営者の下で娘が感染したのかと反発を強めるに違いない。地味な服はそう思われないための防波堤でもある。

健と頼子が病室に入ると、梶之助の姿は見えなかった。こちらが瀬川さんですと紹介すると、頼子は深々と頭を下げた。

「瀬川様には大変にお世話になっている旨をお聞きしました。世間知らずの娘のために気遣いされたことをお詫びします」

津和は頼子に劣らず深々と頭を下げた。二人とも儀礼的でない心のこもった挨拶を交わした。

「主人は医事課に行ってます。間もなく戻ると思います。……大変お世話になり、ありがとうございますと申しております」

津和は着替えていた。持参したバッグに着替えがあったとは思えない。朝の開店を待って購入したのだろう。パンツもブラウスも新しい折り目で分かる。

櫂は二人のやり取りを黙って見ていた。顔色はいい。気分もいいだろう。

「どうぞこちらへ……」

津和は櫂の方へと頼子を招いた。

「失礼します」

頼子はやや他人行儀の顔で櫂のベッド側に寄った。

「……顔色がいいね。よかったね。お母様にお会いできて……」

櫂は笑みを浮かべた。

「はい。……とっても……」

「よかった、よかった。お母様の力をいただいて快方に向かうわね」

「はい。増田さんと頼子ママのお陰です」

「昨夜も話したのです。お二人のご恩を忘れてはなりませんと」

「わずかばかりお手伝いしただけです。そうできることがうれしいです」

健は感じた。櫂は昨夜、頼子を誉めるような会話をしたのだろうと。何をおいても治療費のことは避けて通れない。交通事故や労災なら、雇用者と加害者と保険などによって治療費が支払われるが、性病はあくまで自業自得。にもかかわらず頼子は逃げずに払い続けた。それも完治はないと承知しつつだ。

梶之助は医事課で櫂の症状と今後の見通しを聞いた。さらに、今までの治療費を頼子が払ってきたことを知った。

軽くドアをノックして、梶之助が病室に入ってきた。

「こんにちはー」

　緊張ぎみに言って歩を止めた。小柄だが、陽焼けした顔は精悍に見える。漁協のロゴ入りジャンパーが板に付いている。

　健と頼子は同時に「こんにちはー」と頭を下げた。

「増田さんと瀬川さんです」と櫂が紹介した。

「大変お世話になりまして、ありがとうございます。黄金丸梶之助です。娘の治療にあたっては並々ならぬ心遣いに感謝申し上げます」

　二人を正面に見て深々と頭を下げた。堂々として頑健な体、ついさっきまで漁船を操っていたと言っても信じるだろう。

「瀬川と申します。そのように頭をお下げにならないでください。当たり前のことをしただけでございます。むしろ、櫂さんに申し訳ないと思っております」

「増田です」

　健も頼子と一緒に深々と頭を下げた。梶之助は頭を上げ、さらにもう一度下げてから、今度はすぐに上げた。

「予期せぬ疾病と、思わぬ場所の再会は夢のようですが、お二方の尽力に感謝以外の言葉がありません」

　健は梶之助の人間性にホッとした。漁協の組合長と聞いて、ダブルのスーツを着用し、傲慢に胸を張って他人に接すると予想していたのだが、目の前の梶之助は全く違う。

健は作業着の似合う人が好きだ。体型も想像と違う。長身でなく、太めでもなく、この人物をどうして組合長と思うだろうか。やや訛りを感じるが、話す態度に偉ぶったところが全くなく、謙虚さとはこの人物のためにあるのではと思う。組合長というより、釣り好きなおっさんに近い。

燿は両親のどちらにも似ていない。燿と津和は黙って三人のやり取りを見ている。

「どうぞお掛けください、と言っても椅子がない。病院とは健康な者には不便でございますな。不便な中で長い期間を娘のためにありがとうございました」

「そうでございます。昨夜も燿と話しました。増田さんは長期に勤めを休んでの介護。普通の人にはできないことです。改めてお礼を申します」

「事情があって空白期間がありましたが、入院と知った途端にさらなる縁が深まりました」

「医事課で聞いて参りました。聞くほどにお二人の、娘への接し方に感謝します」

「男の私には、介護や付き添いは形ばかりで充分でなかったと反省しています。瀬川さんの計らいが大きいです。……ねー、燿ちゃん」

「頼子ママと増田さんがご一緒してくださり、今の私があります。一度は死んだも同じの私ですから」

燿はやや暗い表情をした。自殺未遂の件を嫌でも思い出したろう。自殺未遂の件は津和には話していない。病院も説明していない。自殺の件は今は封印だ。報道されないでよかった。工藤刑事のマスコミ対策は正解だった。

いや、報道されることで千葉県内に知れ渡り、それによって燿の件はもっと早く黄金丸家に知れた。考えによっては報道された方がよかったのか。どちらがよいか判断はつかない。

「立ち話も何でしょうから、近くのキッチャ店でコーヒーでもどうですか」

梶之助はやや遠慮ぎみに健と頼子を交互に見た。キッチャがいい。梶之助の若い頃は喫茶よりキッチャなのだ。

「そうしましょう。……瀬川さん」

「そうですね」

「母さん。……後を頼むよ」

梶之助は津和と櫂に話しかけてから、踵を返して健と頼子を伴い病室を出た。


ウエートレスが、アレッという顔で健と頼子を見た。一時間もしないのに再入店したからである。三人は禁煙席の一番奥に座を取った。梶之助は煙草をやらない。頼子は相手が喫煙する時だけ吸うようだ。食事時が過ぎたからだろう、客は二割程度しかいない。梶之助は先に席に着いたが、健と頼子が座ると、改めて席を立ち深々と頭を下げた。

「ここ十年は生きた心地がしないままに過ぎました。私のできる限りを尽くしたのに娘へ届きませんでした。それが思わぬ場所で娘を守ってくださったことを感謝します」

「守ったなんてとんでもありません」

健は頼子を一瞬見てから言った。頼子は答えなかった。自分のソープでの梅毒感染について必要以上に責任を感じているからだろう。梶之助はやっと座った。

「都会で女一人が生きるには風俗かとは思っていました。いや、瀬川さんを責めているのではありません。これも重要なGNPです。国会議事堂に巣くう族《やから》に比べたらどんなにか役に立っています。男にとって必要なものかもしれません。……しかしです。娘が梅毒で長期入院し、しかも女にとって命同様の顔の一部が欠落したとは思いもよりませんでした」

　男親とはそういうものだろう。自分が風俗で遊んでも、自分の娘は働かせたくないというのが正直な気持ちだろう。それもまさかのソープ嬢。

　それでも工藤刑事の話では、もしやと思い、町の若い衆に現金を渡し、数軒のソープをはしごさせたという。親としては勇気が必要だったろう。しかし、簡単には探せるわけがない。都内には至る所にソープ街があり、千をゆうに超えるソープランドがある。数人が駆けずり回っても櫂を見つけることは不可能だっただろう。

　コーヒーが運ばれて来た。

「瀬川さんには治療費で実に迷惑かけました。普通ではできないことです。今後は瀬川さんに治療費では迷惑をかけません。これまでお支払いいただいたのはお返しさせていただきます。本当にありがとうございました」

　頼子に向かって頭を下げた。

「……雇用する者として当たり前のことをしただけです」

「その当たり前が、この頃はできない人間が多過ぎます。話は逸れますが、組合を任せられると、さまざまなことがあります。組合なんてものは昔は口約束でした。現在は書類で契約しても守れない人間が多い。そんなご時世に、瀬川さんは櫂のために病名を出さぬ約束も守ってくださり、経済的にも支えていただいた。誰にもできないことです」

「もっと勇気を持って連絡すべきだったと反省しています」

「……いや、親に知れたら、自殺したかもしれません。瀬川さんと増田さんの計らいによって命を繋いだと思っております。お二人には感謝の言葉もありません。葦川署の刑事さんも辛かったことでしょう。これから工藤さんに会って、お礼を言わせてもらいます」

「工藤刑事が苦慮されていたのは確かです。どうやったら櫂さんの心を傷つけずにご両親に話そうかと心を砕いていました」

「警察にも工藤さんにも責任はありません。親の責任です。都会の誘惑と金の誘惑に負けない娘に育てられなかった私どもの責任です。……瀬川さん、気を悪くしないでください」

「……軽い気持ちでソープを始めたわけではありませんが、櫂さんに手伝っていただき、何もかも順調にいってるうちに背伸びし過ぎました。頃合いを見て廃業しようと思っても、順調にいくとやめる決断がつかないものなんですね。今度の件で廃業の決断ができました」

「事業とはそうなんです。順調にいってる時は自分の経営術に酔ってしまうものです。私の組合内にもおります。魚が売れる時には組合を通さずに売ろうとする。そして、こんなに売れて儲かるなら、自分だけで大きな商売をしようとする。初めはうまくいくもんなんです、案外とね。

そして、さらに販路を拡大しようとする。拡大には経費が嵩みます。拡大してもすぐに儲けが大きくなりません。やがて経営が行き詰まり、借金を作って組合に戻ってくる。うまくいってる時は他人の意見を聞こうとしないのが商売の業《ごう》というものでしょう」

「おっしゃるとおりです。……お許しください。櫂さんを風俗に引き込んで……」

「いやいや、特別な娘だとは思っていません。普通の娘です。今さら遅いかとは思いますが、娘と関係した男衆に申し訳なく思います。無傷の男が娘と関係した後に、恋人や嫁さんと関係したことを想像するとです。櫂が感染したことを自覚した時点でソープを辞めていれば、被害が拡大しなかったと思います。何らかの方法で追跡調査せんといけないかと思います。将来ある若い女性や妊婦を思うと責任を感じます」

梶之助の言葉に異論はないが、遅きに失した感は否めない。それを追及すると頼子の立場がない。性病感染を防ぐには、ソープなどの特殊浴場を設けない法律も必要だが、それよりもまず、ソープに通わない男を育てることが先決だ。それには正しい性教育である。櫂は自分の苦い体験を手本に正しい性の教育者になるという。梶之助も異論ないだろう。

既存の教育者や保護者の中には異論もあろうが、悲惨な経験者であればこそ、これまでの性教育では得られなかった成果も得られるに違いない。要は「悪因悪果」である。悪い結果を招くには悪い原因があることを教えることだ。

「退院したなら、性教育の先生になるというのです。苦い経験を基に正しい情操教育も必要です。小学高学年からでは遅いのです。就学時かそれ以前に教えるべきです。情操教育にはよい本の読み聞かせも必要です。活字離れと言われる時代に、よい本を朗読して子供達に聞かせたいとも話しています。再会した時の櫂さんは言葉に不自由していました。唇と歯茎の欠落によってです。それが訓練によって発音は戻りつつあります。よい本の読み聞かせも幼少期こそ必要です。僕はどちらも協力を惜しまないと約束しました」

「そうですか。喜ばしいことです。黄金丸家としても娘の望んでいることを実現させたいと思います。そうですかー。先生にねー。まさかの苦い経験を生かし、正しい性のあり方を教える先生ですか。それもこれも増田さんと瀬川さんの人間性に影響されたからです。感謝に堪えません。……私は組合の役職を辞しても力を貸します。一番の応援者になります」

その決心までは予想しなかった。梶之助の覚悟の強さが伝わってくる。

「私は世間知らずでした。役職を持ち、多くのコープや消費都市を歩きましたが、何よりも我が組合の発展ばかり考えていました。いかんですな。眼《まなこ》を大きく開いて、足元をもっと見ないと。……家族を糺せぬ男が組織の重責を担うのはおこがましい。まずは娘の完治を願い、足場を固めます。……話してくだされてありがたく存じます」

梶之助はテーブルにぶつけそうになるほど頭を下げた。

「私も協力させていただきます」と頼子も頭を下げた。

簡単に重責を辞せるか疑問は残るが、父親としての決意を信じるしかない。愛娘が苦い体験を包み隠さず語るのは、多くの賛同を得るだろう。教育界は世間知らずが多く、特に性教育はタブーとされてきた。そこへ元ソープ嬢が風穴を開ける。経験は必ず役に立つ。悪を語らず、善ばかり語っては真の教育にはならない。特に性を含めた情操教育は、悪を語ることにより裏返しの善が徹底される。梶之助は腰を上げた。

「私はここで失礼させていただいてよろしいでしょうか。葦川署に行かせていただきます。……瀬川さんには改めてお会いしたく思います」

交互に二人の顔を見た。

「いつでも結構です。またお会いしましょう」

健はにこやかに答えた。頼子もうなずいている。

梶之助は医事課で權の症状を聞き、完治が安易ではないことを承知している。それなのに漁協組合長を辞しても權の完治と性教育者になることを応援する覚悟をした。愛娘に対する深い愛情の証しでもある。

健も頼子も權への応援は惜しまない。今までの梶之助の言動を思うと吝嗇《りんしょく》一家ではないとみた。權のためなら惜しまず金を使うだろう。

新しい旅立ち

頼子が帰ってから健は病室に戻った。燿は読書している。津和に煩い思いをさせないように、声を発せずに唇を動かしている。津和も燿から離れた丸椅子に掛けて、健の読みかけた本を読んでいた。

「お帰りなさい……」

燿の言葉のニュアンスから健を待っていた気持ちを察することができる。津和もやや遅れて「お帰りなさい」と言った。津和にも必要とされているようだ。

「お父様は警察署に回られました。瀬川さんも帰られました」

「そうでございますか。工藤刑事さんにもお礼を申しませんと……。大変にご苦労なさったんでしょう。他の事件やら何やらで……」

「刑事さんの仕事の一環です。事件が解決して喜びも大きいと思いますよ」

「どうぞこちらに」

津和は立ち上がって、健に座るようにと椅子を示した。

「このご本は素晴らしいですね。一ページと読まない間にのめり込んでしまいました」

「どうぞ、そのまま続けてください。……素晴らしい本でしょう。永遠のベストセラーです」

健は櫂の枕元へと寄って優しく声をかけた。

「どう気分は？……」

「はい、とってもいいです」

「いいねー。お母さんとご一緒だと心も和むようだね……」

「時々は怖かったりして」

やや茶目っ気に言う。そうか、健がいない時は、いろいろお説教されたりしているのだろう。それでいいのだ。諭されて反省することも大切だ。

「私ね。……ご本を読ませていただいてから、自分を革命する必要性に気づいたの。体と心の革命ね。もっと早く、このご本に会いたかった。その前に増田さんにもです。増田さんはこのご本と一緒に生きていらっしゃる」

「買い被り過ぎだナー。僕は普通の人間だよ。女性にそんなに思われたら結婚しているよ。僕は女性の目には結婚不適格者なんだ」

「ご自分を卑下する言葉はおっしゃらないでください。増田さんが不適格者なら、世の男は全部そうです」

そんなことを言われた試しがない。お世辞でもありがたい。

津和は黙って本を読んでいる。それでも二人の会話は耳に入っている。……二人の関係は本当は何なのだろうと思っている。二人きりになった昨夜と今しがた、健との関係を聞いたことだろう。結婚の約束をしたのかとも聞いたに違いない。耀は約束はしていないと答えたろう。それならどうして、まるで婚約者か恋人のように振る舞うのか。どう見たって他人の関係ではない。結婚や恋愛に年齢差はないというが開き過ぎだ。

十年前に耀が健を伴い、結婚の許しを乞うても、賛成はしなかったろう。親とはそういうもの。特に黄金丸家のような家は、愛娘がどこの馬の骨か分からない男と結婚することを簡単に許すはずがない。騙されているんじゃないかと疑うのが先だ。

今後どうするつもりかも問われたろう。耀は健の年齢を知らない。恋人の年齢も知らないとはどういうことかと津和は思ったに違いない。

健は身の上を話す必要がないと思っている。耀が語ったことだけを信じてほしい。昨日の電話では、東京の増田です、耀さんとは友人ですと言った。後は耀がどう話すかだが、見たままでいい。よく見せる素振りはこれまでもしなかったし、今後もするつもりはない。変人と思われてもいい。何事にも真心で接するだけ。それを相手がどう思うかだ。

梶之助にしても津和にしても、耀を今までのように健に全部は委ねられないと考えている。これからは津和が付き添うのが当然である。十年間探し続けた愛娘が見つかったのだ。それも梅毒で入院していた。他人に話せぬ疾病であっても親は見守る。健の付き添いは絶対に必要だとは思わないが、耀の心を暗くさせないためにいてもらった方がいいとも思う。

櫂の健への依存度が大きいので、「妻が付き添います。お引き取りください」とは梶之助も言いにくい。入院を継続することになれば、まだまだ健が必要になるだろう。

タクシー業務は隔日出勤、三乗務でワンクールになっている。三乗務後に三連休があるから、長期休暇をとらずに病室から出勤することもできる。

母親が来たことで櫂は精神的に楽になった。梶之助は漁協組合長を櫂のために辞す決心をしたものの、残務整理等があり、時間的な猶予も必要だろう。今後どうなるか、しばらくは、様子を見ようと健は考えた。

津和が読書の目を上げて、「近くに銭湯はあるでしょうか」と遠慮がちに言った。

「あいにくとないですね。ちょっと遠いのですが、駅まで歩いてタクシーで行く所に一軒あります」

「櫂をお願いします。銭湯に行ってまいりますので」

津和は、本を綴じると、銭湯へ行く支度に取りかかった。

「どうぞゆっくりしてきてください」

「主人が戻りましたら、そう伝えてください」

津和はバッグを手にすると「……では行ってくるね」と櫂に念を押すように言ってから病室を出た。

健はドアまで行って見送ってから、津和が座っていた丸椅子に座った。

「いろいろ話したんだろー。疲れたろ。一眠りしたら」

「平気。……夜が眠れなくなるといけないから」

「そうだね。眠れない夜は辛いからね」

「増田さんこそお疲れでないですか」

「平気、平気」

「父も母も本当は怒っているでしょうね。まさかの病気だものね。黄金丸家から梅毒患者が出るとは夢にも思わなかったろうからね。確かに母の言うとおりに女の恥、人間の恥ですもんね。両親に心配かけたお返しをしないといけない。その前に増田さんにも」

「僕はいいんだよ。僕に思う分を多くの女の子達を思ってほしい。こうしている間にも多くの女の子が悪魔に狙われている。性の知識も性病の知識もないままだ。彼女達に性の知識を教える準備をしてほしい。

政府も自治体もあまりにも性教育に無関心過ぎる。特に母親は自分の娘だけは不特定多数の男と関係しないと思っている。その過信が間違っていることを親に教える必要がある。

耀が先生になるのを応援するとお父様も言っている。それを実現するには、まず病気を治すこと。僕は今までどおり耀の側にいるよ。場合によってはここから通勤する。ご両親とも相談する。耀は心おきなく治療に専念すればいい」

「分かりました。感謝に堪えません」

ドアがノックされて梶之助が帰った。

「どうぞこちらへ」

健は一つしかない丸椅子から立って梶之助に勧めた。

「いやいや、そのままどうぞ。……女房はどこへ行きましたかな」

「銭湯に行かれました」

「そうですか。何もかも増田さんにお願いばかりして申し訳ありません。私は千葉に一旦帰らせていただきます。組合の方の処理もありますので。……十年探した娘に会ったばかりなのに、見捨てるように増田さんにお願いばかりして申し訳ないです」

「どうぞどうぞ。心おきなくお出かけください。……いいよね。櫂ちゃん……」

「いいわよ。明日また来てちょうだい」

「そうする。必ず来る。……では増田さんの言葉に甘えて……。女房が戻ったなら電話するように言ってください」

「分かりました」

梶之助はベッドの下からわずかに出ていたボストンバッグを引き出すと病室を出た。健はドアまで行って梶之助を見送った。

ここ数日の櫂の様子を見ていると、もしやして医師の誤診ではないかと思うほど明るい。朗読の訓練を重ねて会話もほとんど正常に戻った。

健は思う、梶之助は千葉に帰ればまた組合長としての労苦もあろう。櫂の件を周囲にどう話すか考えねばならない。十年ぶりに娘に会えたのに、抱き締めて喜ぶことができないのは、とてもそんな心境になれないからだろう。

入院していることや病状を隠し通すことはできない。親戚や近隣の人が見舞いに行くと言ったら止めることはできない。「伝染性が強いから見舞いは遠慮いただいている」はいつまでも通じはしない。

漁協組合の役員や職員に対しても、北海道研修の途中で帰ったことをどう説明すればいいのか。いつまでも嘘をつき通すのは卑怯でもある。耀が行方不明の時には、多くの人達に心配してもらい、捜索に協力いただだいた。地元の有力者だけに広範な付き合いもある。ここは腹を決めて、真実を話すしかない。健は梶之助の切ない胸の内を思わずにはいられなかった。

健は丸椅子に座り直した。耀は梶之助に、今日の午前中に健のことをどのように話したのだろう。健は自らを耀に話さず、彼女のことも聞かなかった。二人とも互いの詳細を知らないのだ。常識的に考えるなら、耀の名字くらいは十年前に知っててていいはずだ。実際には工藤刑事によって知らされた。それも千葉県内の現役漁協組合長の娘である。

一方、耀が健について知っているのはタクシードライバーということだけで、勤務先の社名さえ知らない。梶之助が納得しうる人間像ではなかったろう。それでも健に耀を託し、千葉に一旦帰ることを思えば納得したとも言える。ここは考え過ぎたり、余計なことを詮索しない方がいいだろう。

「この本を父にも読ませたい。人の上に立つ人にはぜひ読んでもらいたい。大学にだってこの本以上の本はなかった。私もこの本に十年前に出会っていたなら、こうして病魔に罹ることはなかった。人の出会いと同じくらいに本との出会いの大切さを知りました」

「そうだ。その本を読むと人を選ぶ大切さが分かる。人とはつまり友達。親も兄弟姉妹も選ぶことはできないからね。『※※革命』を読むと今までの自分の生き方がいかに過ちであったかに気づく。……そして物欲がなくなる。仮に、物をもらう場面に接しても、自分は受け取らずに、その分を誰かに差し上げたいと思う。

それと時間の使い方が上手になる。余暇時間を誰かのために使いたくなる。……物も時間も誰かのために捧げたいと思う。そしてその見返りをほしいとも思わない。何かを変えるには周囲や他人を変えるのではなく、自分が変わる。

昔ね、……僕が子供の頃、ばあちゃんに言われたのを今でも覚えている。子供の時に欲張りになると、大人になっても欲張りのままだよ。誰かによいことしても、すぐに見返りがあると思うな。百回よいことをして、一回返ってくるかこないかだ。

昔はね、乞食といって家々を物乞いする人がいた。ボロを着ていて、風呂に入らないから体は汚れ放題。誰からも嫌われていた。でも、ばあちゃんは分け隔てなくお茶を出し、丼飯を山盛り食べさせた。さらには、にぎり飯を何個も持たせた。

どうして乞食なんかに親切にするのかとばあちゃんに言うと、『いいんだよ。米はいっぱいあるんだから』と平然としていた。数年後に乞食は野垂れ死にした。ばあちゃんに何の恩返しもしないままにね。ばあちゃんは恩返しなんかいらないって言った。

人を助けたから面倒見てやったから、それが返ってくると思うなというのがばあちゃんの教えであり、増田家のDNAかな。……だから、……だから、櫂であろうと誰であろうと厭わない。信ちゃんにもそうした。その信ちゃんは自ら離れた。逃げる人と離れる人は追わない」

健は話しながら、涙が出そうになった。声が震えて、視線を櫂から離した。

「……いいのですか。こんな私のために私生活を台無しにして」

「いいんだよ」

離した視線を再び櫂に向け、椅子をベッドに寄せて櫂の手を両手で握った。

「退院しても、私は女として抱かれることができないのです」

「かまわないさ……。それよりも、櫂が勉強して情操教育の先生になるのをこの目で見たい」

「周囲の人達は許してくれるでしょうか。特にお母様達がね。……梅毒女が何が情操だ性教育だと騒ぐでしょうね。自分の娘だけは間違いを起こさないと思っている母親自身が性教育について何も知らないのにね」

「残念だけど、そのとおりだね。これからも性犯罪はますます増える。被害者がもっと低年齢化するのは間違いない。そうした被害を増やさないためには、やはり幼少期からの性教育が重要なのだ。櫂はその先駆者になる。櫂の未来は明るい。そのためには隠す必要はない。経験を堂々と話せる女になろう」

「そうなりたい。多くの人に迷惑をかけ、多くの人にお世話になった分をお返ししたい」

櫂はきっぱりと言った。もう迷うことはないだろう。この強い意志と前向きの気持ちがあれば、病状が快方に向かうのも早いだろう。

健はそっと櫂の手を握った。櫂が握り返す。しっかりとして温かい手応えを感じて、誰がなんと言おうと、ずっとこれからも櫂と一緒に生きていこうと、健は固く心に誓った。

戯れの後に。

エピローグ

工藤は刑事として、自分が弾かれ者であったことを承知している。捜査は複数で当たるのが基本だが、ほとんど逸脱して捜査していたからだ。

自分の捜査方法は正しいと自負していた。迷宮入りかと思われた難事件も、工藤が加わるか、捜査方法によって解決した。

工藤の捜査方法は法律に反することも多く、当然に警察機構はそれをよしとしない。だから、工藤に未解決事件の掘り起こしをしてほしくないのだ。

工藤が弾かれ刑事になったのは三十数年前に溯る。その当時、警視庁や各県警本部、各警察署では多くの裏金づくりが行われていた。工藤は警視庁勤務の頃、上司に言われるままに領収書に偽名を記し、用意されていた印鑑を押した。噂は聞いていたが、新人刑事にまで不正の役割が回ってくるとは予想しなかった。

不正は工藤の心に重くのしかかった。不正を糺すためになった警察官なのに、不正に手を貸すことは性格に合わない。次回はたとえ上司に言われても拒否しよう。偽領収書作成には協力しないことを覚悟した。

そして数週間後、上司から偽領収書づくりに協力するよう求められた。しかし自分の信条としてできないと言うと、

「刑事で生きようとするなら、奇麗事だけで勤まらないぞ。出世しようと思うなら長い物に巻かれることも必要だ。どうしても協力しないなら、それでもいい。今日のことはなかったことにしろ。その代わり冷や飯も覚悟しろ」と言われた。

工藤はその時に決心した。偉くならなくていい。出世しなくてもいいと。それからは不正に一切関与せず、また、出世のための試験も受けずに平刑事を通してきた。

警察機構の階級を正確には知らない。知ろうともしなかった。階級なんぞほしくない。階級が上がると捜査現場を離れる場合が多い。ずっと捜査現場にいたい。いや、もう現場も階級もない。一人の人間として誇りをもって生きていたい。今日までわがままな刑事をさせてくれたお礼を、何かの形で国民と納税者に返したいと工藤は思った。

三十数年間に多くの事件当事者に会った。その中で増田健との出会いが強い印象として残る。会話も行動も常に相手を優先する。

自分はそんな人間になりきれるだろうか。出会うのが遅かった気がする。

勝手とわがままを通して弾かれ刑事にされた。刑事を辞すと何も残らない。平であっても刑事だからこそ、周囲の人達が尊敬の眼差しで見てくれた。

これからは自分勝手やわがままな行動を抑えて、弾かれ者を返上しよう。そのためには自我をなくすのだと工藤は自分に言い聞かせた。

おわり

著者プロフィール
益子 勲（ましこ いさお）
昭和19年、栃木県生まれ。
東京都足立区在住。

戯れの後に。

2009年 7 月15日　初版第 1 刷発行

著　者　益子 勲
発行者　瓜谷 綱延
発行所　株式会社文芸社
〒160-0022　東京都新宿区新宿1－10－1
電話　03-5369-3060（編集）
03-5369-2299（販売）

印刷所　株式会社フクイン

ISBN978-4-286-07209-8